अगला पृष्ठ

इलाहाबाद थोड़ा क़रीब से

अगला पृष्ठ

इलाहाबाद थोड़ा क़रीब से

के. डी. सिंह

हिन्द युग्म

ISBN : 978-93-92820-04-5

प्रकाशक:
हिंद युग्म
सी-31, सेक्टर-20, नोएडा (उ.प्र.)-201301
फ़ोन- +91-120-4374046

मुद्रक : न्यूटेक प्रिंट सर्विसेस इंडिया, फ़रीदाबाद
कला-निर्देशन : विजेन्द्र एस विज

पहला संस्करण : 2022
मूल्य : ₹199

Agla Prishth
A memoir by *K D Singh*

Published By
Hind Yugm
C-31, Sector-20, Noida (UP)-201301
Phone : +91-120-4374046
Email : sampadak@hindyugm.com
Website : www.hindyugm.com

First Edition: 2022
Price : ₹199

आदरणीय गुरु जी
स्वर्गीय दूधनाथ सिंह जी को

क्रम

प्राक्कथन

एक औसत इलाहाबादी छात्र के जीवन पर, जब मैं अपनी पहली किताब 'शेष अगले पृष्ठ पर' लिख रहा था, तो उस वक़्त यह बात ज़ेहन में कहीं नहीं थी कि इसका 'अगला पृष्ठ' भी कभी आएगा। उन दिनों कई बार जब दो-चार मित्र कमरे पर इकट्ठे होते और इलाहाबादी जीवन के छोटे-छोटे टुकड़ों का वाचन होता, तो मित्रगण उन्हें रुचिपूर्वक सुनते और जैसी-तैसी सलाहें भी देते।

कुछ जूनियर्स कहते कि इनमें जूनियर्स का दर्द उभरकर नहीं आ पाया है, थोड़ा हम पर भी फ़ोकस करिए। कुछ और मित्रों और सीनियर्स की सलाहें भी कुछ इस तरह की होतीं, जैसे किसी नौसिखिए रसोइए को बताया जा रहा हो कि ज़रा लहसुन का तड़का लगाओ, तेल अभी ठीक से गर्म नहीं हुआ है, अरे ज़ीरा क्यों डाल दिया? इसमें तो मेथी का छौंक लगाना था और उसके पहले तो हींग भी पड़नी चाहिए थी इसमें थोड़ी-सी।

बहरहाल, इनकी टिप्पणियों, सलाहों और अनुभवों के इन्हीं तड़कों से, उस रोचक जीवन के चंद टुकड़े पन्नों पर उतरते गए, और आख़िर में एक किताब बनी। बिला शक, उस किताब के सारे हिस्से, जो कि मैंने सभी ख़ुद नहीं जिए थे, बल्कि अपनों को उनमें जीते हुए, उनसे गुज़रते हुए देखा और महसूस किया था। इसलिए 'शेष अगले पृष्ठ पर' के प्राक्कथन में ही मैंने स्पष्ट किया था कि, "यह जो कुछ भी है, वह केवल आत्मघटित नहीं है, आत्मानुभूत भी है। यह केवल आत्मघटित होता तो शायद सीमित हो जाता।"

दूसरों के ऊपर घटित को अपनी अनुभूति बनाना इतना आसान नहीं था। तमाम लोगों ने इस किताब को छपने के बाद मुँह भर गालियाँ दीं, कोसा भी। कुछ ज़्यादा ही ऑथेंटिक होने के चक्कर में, या यूँ कहें कि परफ़ेक्शनिस्ट बनने के मूड में एकाध मित्रों का वास्तविक नाम भी डाल दिया किताब में। जब उन्होंने किताब पढ़ी, तो पर्याप्त बुरा माना। बुरा भर नहीं माना, बल्कि किताब की रॉयल्टी से कंपेंसेशन की माँग भी की।

बहरहाल, इस पहले संस्करण को उत्तर प्रदेश हिंदी संस्थान से युवा लेखन का

'बालकृष्ण शर्मा नवीन पुरस्कार' मिल गया, तो मैंने ख़ुद को लेखक मान लिया।

किताब का दूसरा संस्करण 2012 में आया, जिसमें तीन और नये अध्याय जुड़े इलाहाबादी महासमर के। यह संस्करण भी ख़ासकर इलाहाबाद में ख़ूब पसंद किया गया, जिसका परिणाम यह था कि इसके छपते ही सारी प्रतियाँ बिक गईं।

अब यह नई किताब 'अगला पृष्ठ : इलाहाबाद थोड़ा क़रीब से' उसी रचनाधर्मिता का विस्तार है। यह भी उसी जीवन के छिटपुट टुकड़े हैं जो हम सबने इलाहाबाद में जिए हैं।

दरअसल, जब लोग कहते हैं कि वे अपनी वर्तमान ज़िंदगी से संतुष्ट हैं, अपनी नौकरी, अपने व्यवसाय, अपने उद्योग और अपने दैनिक जीवन से ख़ुश हैं, तो इस कथ्य के नेपथ्य में अक्सर एक ओढ़ी हुई मुस्कान होती है।

अव्वल तो लोग कहते ही नहीं कि वे ख़ुश हैं। लेकिन इलाहाबादी ज़रूर ये कहते हैं कि वे उन दिनों को बड़ी शिद्दत से याद करते हैं, जो उन्होंने इलाहाबाद में बिताए। यह बिलकुल सच है।

इसके पीछे कोई औपचारिकता नहीं है, कोई कृत्रिमता नहीं है। यही वह आवाज़ है जो दिल से निकलती है। आख़िर क्या था उन दिनों में? भविष्य को लेकर, निरंतर आशंकाएँ, प्रतिशंकाएँ? अभाव का जीवन, लोगों की कुरेदती हुई आँखें। क्या कर रहे हो? क्यों कर रहे हो? कब तक करोगे? फिर भी हम ख़ुश थे। और आज भी उन दिनों को याद करके आह्लादित होते हैं।

क्योंकि उन अभावों, चिंताओं और भविष्य के डर से सहमे हुए होने के बावजूद हम स्वतंत्र थे, उन्मुक्त थे, ख़ुश थे। ये सच है कि जीवन का वह कालचक्र कभी वापस नहीं आएगा। लेकिन हर इलाहाबादी जानता है कि वे जीवन के सबसे सुनहरे दिन थे।

वजह सिर्फ़ इतनी ही है, जैसा कि मैंने समझा है कि भाव का सुख तभी है जब हमने अभाव देखा हो। जो ज़िंदगी हम इलाहाबाद में जीकर आए हैं, वह आज लाख समृद्धि के बावजूद नहीं जी पाते। और शायद इसीलिए, वे दिन अब हमारा अतीत नहीं, हमारे स्वप्न हैं।

'अगला पृष्ठः इलाहाबाद थोड़ा क़रीब से' उन्हीं स्वप्नों के बिखरे हुए टुकड़ों को यथासंभव समेकित करती हुई कहानियों का एक पुंज है।

बाक़ी आप ही पर छोड़ता हूँ!

के. डी. सिंह, 8 सितंबर 2021

आख़िरी रोटी

दोपहर की अबड़-थबड़ है।

रातभर की जगी हुई उनींदी-सी आँखें अभी और चाहे जितना सोना चाहें, सवेरे नौ दस बजे तक वातावरण की दैनिक खट-पट से खुल ही जाती हैं। दैनिक क्रियाओं से निवृत्त होकर, चाय-ब्रेड का नाश्ता या फिर हिम्मत पड़ी तो चौराहे पर बनारसी की चाय और दो-ठो नानखटाई वाले बिस्किट, एक-ठो मीठा वाला और एक-ठो नमकीन वाला।

चलिए, सुबह का सत्र तो निपट गया। लेकिन सबसे कठिन काम है दोपहर का भोजन बनाना। रात के जूठे पड़े बर्तन मुँह चिढ़ा रहे हैं। रात की बची हुई और एक छोटी-सी कटोरी में खुल्लर की भूगोल की किताब से ढकी हुई सब्ज़ी से इलाहाबादी कम्पटीटर का इतिहास थोड़े बदल जाएगा? खाना तो बनाना ही पड़ेगा। वो क्या कहते हैं कि स्वस्थ शरीर में ही स्वस्थ मस्तिष्क का वास होता है, और जब तक शरीर को खाना नहीं मिलेगा, घंटा बनेगा स्वस्थ शरीर?

तो दैट्स फ़ाइनल! खाना तो बनेगा ही। रोज़ का काम है, कोई पहली बार बना रहे हैं, हुँह!

अरहर की दाल चढ़ गई है। दो मंझोले क़द के आलू छीलकर उसी दाल वाले कुकर में समर्पित कर दिए गए हैं, जो दाल पकने के बाद स्वयं को चोखे में तब्दील करेंगे- टमाटर, हरी धनिया, हरी मिर्च, नमक और दो बूँद सरसों के तेल के साथ। मूली, प्याज़, खीरा और टमाटर का सलाद भी तैयार है तब तक। स्वस्थ शरीर, स्वस्थ मस्तिष्क, पौष्टिक भोजन, बूझ रहे हैं न? और सलाद तो लाज़मी ही है!

रूम पार्टनर अपनी चौकी पर बैठा, प्रतियोगिता दर्पण का ताज़ा अंक आँखों के सामने लगाए हुए, इस पूरे कार्यक्रम को निस्पृह भाव से देख रहा है। वह जानता है कि इस पूरी श्रमसाध्य कार्यवाही के बाद अगली शिफ़्ट उसी की है, आटा गूँथने और रोटियाँ बनाने की।

दुनिया वालों के लिए रोटी निश्चित रूप से महत्त्वपूर्ण होगी। आख़िर सारी मेहनत रोटी के लिए ही तो है। लेकिन इलाहाबादी कम्पटीटर के लिए रोटी एक मजबूरी है, आकांक्षा नहीं। उसका जूझने का साध्य केवल रोटी तो नहीं ही है! कुछ और भी है। बहरहाल! जैसे-तैसे क़रके निपट ही जाता है यह महान कार्य।

रोटियाँ बन गई हैं, कुल आठ। प्रति व्यक्ति चार-चार के हिसाब से। सबसे अंत में चावल चढ़ा दिया गया है, ताकि जब कुकर का ढक्कन खुले, तो खिले-खिले गर्म चावलों की ख़ुशबू पूरे लॉज में तैर जाए।

नहाने-धोने के बाद भूख अपनी पूरी शिद्दत से दहाड़ें मारने लगती है। चटाई बिछ जाती है, देसी घी, नमक, अचार जैसी सहायक वस्तुओं को इस दस्तरख़्वान पर सजा दिया जाता है।

लेकिन यह क्या? अचानक दरवाज़े पर एक अप्रत्याशित दस्तक हुई है। सशंक होकर दरवाज़ा खुलता है तो भाई साहब नस्ल का एक इलाहाबादी चेहरा नमूदार होता है।

"आइए सर!" एक बेहद औपचारिक मुस्कान के साथ उनकी अभ्यर्थना करते हुए दोनों पार्टनर एक-दूसरे को कनखियों से देखते हैं और आँखों-ही-आँखों में भोजन यज्ञ को थोड़ी देर के लिए स्थगित करने का प्रस्ताव पारित होता है। लेकिन कमरे के वातावरण में तिरती हुई अरहर की दाल की ख़ुशबू और कुकर से निकलती चावल की गर्म भाप के साथ देसी घी और अचार की मादक महक को छिपाना असंभव है।

"अच्छा, तो भोजन की तइयारी है?" सर ने कुटिल मुस्कान के साथ पूछा है।

"जी बस, अभी-अभी बना के फ़ुरसत हुए!"

जूनियर पार्टनर की आवाज़ किसी भेड़िए के सामने खड़े मेमने की जैसी निकली। उसे पता है कि अगर सर भी इस भोजन यज्ञ में दो-चार आहुतियों के लिए आतुर हुए तो आटा दोबारा गूँथना होगा। कल्पना मात्र से ही पार्टनर को झुरझुरी हो आई।

"अरे तो शुरू करो भाई!" सर ने जैसे अभयदान दिया।

"आप भी आइए सर!" जूनियर की ज्वलनशील आँखों की उपेक्षा करते हुए सीनियर पार्टनर ने एक बेहद कमज़ोर आमंत्रण दिया।

"बन ही रहा होगा कमरे पर!" उन्होंने सौम्य मुस्कान के साथ कहा।

"हम तो सुबहियें के निकले हैं। गए थे ज्ञानभारती तक। कोई बताया कि 'राम की शक्ति पूजा' पर नई समीक्षा आई है। साला घंटे भर धकियाते रहे लेकिन किताब तो कोई आई नहीं। साले हमहीं को चूतिया बना दिए!"

कहते हुए वे हाँफने और हँसने के बीच का कोई स्वर पकड़कर एकाध मिनट तक उसके आरोह-अवरोह से जूझते रहे।

"बन ही रहा होगा कमरे पर?" जूनियर पार्टनर ने केवल इन शुरुआती पंक्तियों का संज्ञान लिया। अपनी अटकी हुई साँसों को ख़ाली पेट थूक के साथ निगलने में खाँसी आ गई।

"सही बात है, वहाँ तो खाना बरबादे होगा, जब बन ही रहा है तो!"

जूनियर पार्टनर ने सर को संबोधित करते हुए, जैसे ख़ुद को दिलासा दिया। सर मेज़ पर पड़ी प्रतियोगिता दर्पण को यूँ ही उलटने लगे।

दोनों पार्टनर चटाई पर बैठ गए। भोजन सामग्री थालियों में निकाली जाने लगी। दिव्य सामग्री के पट खुलते ही कमरे में महक तीव्रतर होती गई।

"बड़ा गमकउआ घी है गुरु, घर का है?" सर के सामने खुली प्रतियोगिता दर्पण फड़फड़ाने लगती है।

"जी सर! यही तिवारी लाया है घर से!" बड़े ने छोटे की ओर इशारा किया।

"हूँऽऽऽ! दाल भी घर की ही लग रही है। बाज़ार की पॉलिश वाली दाल में ऐसी महक कहाँ!"

सर ने प्रतियोगिता दर्पण बंद कर दी है।

"जी!" बड़े पार्टनर के स्वर में शंका का पुट है और छोटे पार्टनर के हाथों में असमंजस कि परोसें कि अभी रुक जाएँ!

"लाओ फिर! थोड़ी दाल चखेंगे तुम्हारी।" कहते हुए सर चटाई पर विराजमान हो गए।

जूनियर पार्टनर के चेहरे पर संदेह मिश्रित आश्वस्ति के भाव आए। आगे बढ़कर उसने एक ख़ाली कटोरी में दाल भरकर दो चम्मच घी डाल दिया।

"वाह भई! दाल तो वाक़ई लाजवाब है। हम भी घर ही से लाते हैं दाल। लेकिन सही पूछो तो असली कमाल होता है हाथ का। अब यही देखो... किताबें वही, सिलेबस वही, फिर भी हर कम्पटीटर के नोट्स अलग-अलग! है कि नहीं? किसने बनाई है वैसे?" कटोरी को होठों से लगाकर, सूप की तरह सिप करते हुए सर ने पूछा। बड़े पार्टनर ने सर झुकाकर प्रशंसा ग्रहण की।

"अच्छा!" सलाद का एक टुकड़ा उठाते हुए सर ने पूछा।

"और रोटी कौन बनाता है?"

तिवारी यानी छोटे पार्टनर ने सशंकित भाव से सर की ओर देखा, जिसके दो मतलब हो सकते थे। एक तो यह कि 'मैं' और दूसरा यह कि 'मतलब बताओ तुम... काहे पूछ रहे हो?'

"एल्लेओ... तुम्हारी अकेले दाल टेस्ट किए जा रहे हैं तो छोटे को बुरा नहीं लगेगा? लाव गुरु... त फिर रोटियौ देखी जाए एक ठी! एक्के दिहा।" कहते हुए उन्होंने अपनी बात पूर्वोक्त सम पर लाकर पटकी।

"काहे से कि बन ही रहा होगा कमरे पर! हमारा जूनियर भी बड़ा होनहार है, बहुत तेज़ हाथ चलता है उसका। गणित से बीएससी किया है और रोटी तो अइसी गोल बनाता है कि गोला परकार से वृत्त खींच दिया हो जइसे।" कहते हुए उन्होंने हाथ बढ़ाकर एक रोटी उठा ली।

कमरे में सन्नाटा छाया रहा, जिसे सलाद की करर-करर और दाल की फुरकन ही थोड़ा-बहुत तोड़ पा रही थी।

"रोटी बहुतै पतली बनाते हो यार! साला कुछ सद्ढा ही नहीं पड़ा!" कहते हुए उन्होंने एक और रोटी उठाई और बमुश्किल चार कौर में उदरस्थ की।

"गजबै दाल बनी है गुरु! बहुतई बढ़िया! कटोरी फोड़ के खा जाए आदमी, अइसा स्वाद! अह्हा!" कहते-कहते उन्होंने तीसरी रोटी उठाई और हाथ से मसलते हुए उसे दाल में ही मीस लिया और घी की शीशी उठाकर धार बनाते हुए उस मिक्सचर को सजाने लगे। परम तृप्ति के भाव लिए, मिक्सचर को फुरुक-फुरुक पीते हुए सर पूरी निष्ठा से भोजन यज्ञ में डूब चुके थे। दोनों पार्टनर, दो-दो रोटी खाकर बची हुई आख़िरी रोटी को हसरत से देख रहे थे।

आख़िरी रोटी के साथ, इलाहाबाद में सदैव एक मनोवैज्ञानिक द्वंद्व रहा है। कोशिश यही की जाती है कि दो लोगों के बीच रोटियाँ सदैव सम संख्या में बनाई जाए। यहाँ भी इस सिद्धांत का बाक़ायदा अनुपालन हुआ था लेकिन, अब आख़िरी रोटी, लाइन ऑफ़ कंट्रोल के बीच नो मेन्स लैंड की तरह गोल-गोल पड़ी हुई, दोनों पार्टनर्स का मनोविज्ञान आँक रही थी।

"न-न... ग़लत बात है! भोजन कभी छोड़ना नहीं चाहिए। अन्न है, पाप लगता है!"

सर ने इस नसीहत के साथ बची हुई आख़िरी रोटी उठाई और उसकी सतह

पर घी की एक परत जमाते हुए जूनियर से मुख़ातिब हुए, "गुड़ है का?"

जूनियर पार्टनर ने नि:शब्द उन्हें गुड़ का डिब्बा पकड़ा दिया।

"बस भइया, अब चावल न खाब! तुम लोग खाओ। काहे से कि..."

"कमरे में बन ही रहा होगा!" जूनियर ने दाँतों को भरसक पीसते हुए उनका वाक्य पूरा किया।

सर ने इस बार जूनियर की ओर समीक्षात्मक दृष्टि से देखा और सीनियर की ओर मुख़ातिब होते हुए बोले, "लड़का ज़हीन है! पॉलिटिकल सांइस दिलाओ इसको, प्री में।"

और फिर वे गुड़ की सहायता लेते हुए उस आख़िरी रोटी से जूझने लगे।

बेगानी शादी में

शाम ही कुछ अलसाई हुई थी।

यूँ तो मौसम के लिहाज़ से मई-जून की गर्मियों में दोपहरों के अलसाने का प्रचलन है, लेकिन जब परीक्षाएँ नज़दीक हों और सिलेबस पूरा होने का कोई ओर छोर न मिल पा रहा हो, तो रात-रात भर पढ़ने और दोपहर चढ़े तक सोने में शरीर की बायलॉजी गड़बड़ा ही जाती है।

क्या है कि कोई मौसम अच्छा या बुरा होता ही नहीं। न कोई सुबह चहचहाई हुई होती है न कोई शाम अलसाई हुई। सब कुछ मन के अच्छे-बुरे होने पर डिपेंड कर जाता है। लोग जिस सावन के गीत गाते हैं और कवि जिस मूसलाधार बारिश का वृत्तांत लिखते हैं, तो पक्की छतों के नीचे बैठे लोगों के मन मयूर नाचने लगते हैं। लेकिन वही बारिश कहीं बाढ़ बनकर लोगों के सपने बहा रही होती है तो कहीं किसी के कच्चे घर को ढहा रही होती है। ज़ाहिर है कि उनके बच्चे 'बरखा रानी आई बरखा रानी आई' गाकर तो नहीं झूम रहे होंगे!

बहरहाल! इस लताड़ के बाद अब आपको यह मान लेने में कोई दिक़्क़त नहीं होनी चाहिए कि जिस शाम का ज़िक्र यहाँ हो रहा है, वह वास्तव में एक अलसाई हुई शाम थी। शाम अलसाई हुई ज़रूर थी, लेकिन रात की ओर तेज़ी से बढ़ रही थी। दो रूम पार्टनर्स में से पार्टनर नंबर एक, कई बार कमरे से बाहर एक पतली-सी छज्जेनुमा बालकनी में झाँक आया था, जहाँ कल रात में बनी खिचड़ी के अवशेषों की मोटी-सी परत को सहेजे, दोनों पार्टनर्स का साझे का कुकर, अपना गंदा-सा मुँह फैलाए, बाक़ी बर्तनों की क़तार के बीच बेशर्मी से पड़ा था। योजना तो आज भी खिचड़ी निर्माण की ही थी, लेकिन इस निर्माण की आधारशिला पर ही यक्ष प्रश्न कुंडली मारकर बैठा हुआ था।

"आख़िर कुकर को साफ़ कौन करे?"

दोनों पार्टनर कनखियों से एक-दूसरे को देखकर, हताश भाव से पुनः अपनी टेबल पर मध्यकालीन इतिहास के नोट्स खोलकर बैठ जाते और सल्तनत काल

के किसी सुल्तान के युग में इस तरह घुसने की कोशिश करने लगते, जैसे इस कुकर को साफ़ करने की तरकीब वहीं कहीं से निकलेगी।

आज रात के भोजन का प्रश्न प्रस्तर युग के किसी ऐसे परिवार के भूख के संघर्ष की तरह अभी भी विद्यमान था, जो आज शिकार पर न जा सका हो। यही वह क्षण था, जब दोनों पार्टनर्स के एक साझे मित्र ने कमरे में प्रवेश किया। आगंतुक मित्र ने बेहद साफ़-सुथरी शर्ट पहन रखी थी और चेहरा दो सौ वाट के बल्ब की तरह प्रकाशमान था।

"परफ़्यूम रखे हो गुरु?" आते ही उसने पार्टनर नंबर दो से प्रश्न किया।

कल के ही नहीं, आज के भी इलाहाबादी पाठक को यह प्रश्न असंगत लग सकता है। दस गुणा दस के एक कमरे में, जीवन के न्यूनतम साधनों के साथ अध्ययनरत छात्रों के कमरे में परफ़्यूम?

तो इसकी पूर्व पीठिका यह थी कि पार्टनर नंबर दो के चाचाजी विदेश में रहते थे। वो जब भी इंडिया आते, दो-चार विदेशी टाइप के सेंट-परफ़्यूम उसे भेंट कर जाते, जिन्हें वह अपनी अटैची में सहेजकर रखता।

"थमो जरा! कहाँ की सवारी है गुरु? तुम तो बिना परफ़्यूमै के महक रहे हो!" पार्टनर नंबर दो ने जिज्ञासा प्रकट की। हालाँकि अभी उसने अटैची खोलने का कोई उपक्रम नहीं किया।

"अमे यार, दे रहे तो द्यो, नहीं तो जाएँ हम!"

साझा मित्र लोकल का ही बाशिंदा था और अलोपीबाग में कहीं रहता था।

"दे रहे हैं बे! कहीं भागे जा रहे हैं का? लेकिन ये तो बताओ कि जा कहाँ रहे हो इत्ता सज-सँवर के? मामला क्या है?" पार्टनर ने पुनः मूल प्रश्न दोहराया।

"अमे यार! गुप्ता जी के बेटवा का रिसेप्शन है आज सत्कार भवन में। चाचा के दोस्त हैं और हमारे पड़ोसी हैं। उन्हीं के निमंत्रण में जा रहे हैं और हाँ, साइकिल यहीं खड़ी किए जा रहे हैं, रिक्शा से जाएँगे। लौटते में उठा लेंगे साइकिल।"

"काहे?" पार्टनर ने ईर्ष्या से चुपड़ा हुआ प्रश्न किया।

"काहे मतलब? तुम भी दिशा शूलै हो का में? अमे वहाँ मेन गेट पर तमाम परिचित होंगे, साइकिल से उतरते अच्छा लगेगा सबके सामने?"

साझे मित्र की बात लॉजिकल थी। लेकिन ठीक उसी वक़्त पार्टनर नंबर दो के दिमाग़ में कोई बल्ब जला।

“चलें?” प्रश्न पार्टनर नंबर एक से किया गया था, लेकिन साझा मित्र उसके पहले ही चिहुंक उठा।

“अइसे कइसे? न निमंत्रण न उमंत्रण! चूतिया हो क्या?”

“अबे तुम्हारा तो है न निमंत्रण? तब का... हम तुम कोई अलग-अलग हैं? हम नहीं मानते ये निमंत्रण-फिमंत्रण की फारमेल्टी!”

पार्टनर नंबर दो, नंबर एक की ओर मुड़ा और हाँका लगाया, “पहिनो यार कपड़े-सपड़े! आज गुप्ता जी के मेहमान हैं हम।”

पार्टनर नंबर एक थोड़ा झिझका। फिर बालकनी में पड़े कुकर की ओर कनखियों से एक निगाह मारी। वह अभी भी पूर्ववत मुद्रा में मुँह चिढ़ा रहा था। पार्टनर नंबर एक ने कुकर को हिक़ारत भरी निगाह से देखा और दृढ़ स्वर में चिल्लाया, “बस दुइ मिनट!”

साझे मित्र की हालत, कसाई के बकरे की तरह थी। वह मुनमुनाया, “अमे कोई कुछ पूछ-पाछ लिया तो डेमोक्रेसी हो जाएगी... समझा करो यार!”

“अबहीं उठाय के पूरी लाल स्याही, व़ा चित्रकारी करब तुम्हरी शर्ट मा कि पिकासो फेल होइ जाई। कउनो ड्राई क्लीनर का बाप न धोय पाई। समझे कि नहीं?”

पार्टनर नंबर दो अपनी टेबल से लाल स्केच पेन उठाकर उसे खोलते हुए बोला, “अमे चलो यार! हम मना किए क्या? लेकिन वहाँ कुछ भला-बुरा हुआ तो तुम दोनों जानना। हमसे मतलब नहीं है। हम न पहचान पाएँगे तुम दोनों को।”

मित्र ने आख़िरी प्रयास किया, “मतलब कैसे नहीं बे? न्योतहारी तुम हो कि हम? हम तुम्हारे साथ जा रहे हैं! कोई बात होगी तो यही न बताएँगे कि यही लाया है हमको! हम तो लक्ष्मी टॉकीज तक आए थे पिक्चर देखने। यही पकड़ लाया कि चलो आज का डिनर हमारी तरफ़ से!”

पार्टनर नंबर दो ने धमकाया और अपना सबसे बढ़िया वाला परफ़्यूम निकालकर मित्र के ऊपर एक फुहार छोड़ दी। कमरा एक भीनी महक से शराबोर हो गया। यह पार्टनर की धमकी थी, या इत्र की ख़ुशबू का असर, कि मित्र ने पूरे जोश के साथ नारा बुलंद किया, “चलो में! जउन होई तउन देखा जाई!”

और तीनों यार, गलबहियाँ डालकर पैदल ही सत्कार भवन की ओर बढ़ गए। लक्ष्मी टॉकीज को पार करते हुए, जब ये मंडली सत्कार भवन के मुख्य द्वार के पास पहुँची तो पार्टनर नंबर एक ने मित्र को कॉशन दिया।

"पहले तुम जाओ। तुम्हारा निमंत्रण तो है ही। अंदर का माहौल लेने के बाद हमें मेन गेट पर मिलना। हम लोग जैसे ही प्रकट हों, तुम दौड़कर पूरी गर्म जोशी से 'आइए-आइए' करना!"

मित्र मुड़कर जाने लगा तो पार्टनर नंबर दो ने पुनः ताकीद की, "ज़्यादा ओवर एक्टिंग न करना, समझे?"

मित्र चला गया। पाँचेक मिनट बाद दोनों पार्टनर, सड़क पर खड़ी एक कार के बोनट से अपने पृष्ठभाग को टिकाकर, कुछ इस तरह खड़े हुए कि जैसे अभी-अभी इसी कार से उतरे हों।

दो-चार पल वे मुख्य द्वार को घूरते रहे और फिर ख़रामा-ख़रामा आगे बढ़े। मुख्य द्वार पर खड़े मित्र ने वह ज़ोरदार वेलकम किया कि लोग इस आशंका में चौंक पड़े कि शायद दूल्हा आ गया है। पार्टनर नंबर दो ने मित्र को कोहनी मारकर सचेत किया। फिर दोनों घुसपैठिए सीधे भोजन पंडाल की ओर बढ़ लिए।

कमरे की ओर लौटते हुए रात के दस बजने को थे। पूड़ी, पनीर, छोले, कबाब और पुलाव के ऊपर आइसक्रीम की तह लगाने के बाद अब पेट, मौसम और हवा, तीनों में ठंडक थी। बालसन चौराहे तक पहुँचते-पहुँचते, तीनों की चुप्पी अलग-अलग ढंग से टूटी।

"बच गए गुरु!" ठंडी साँस लेते हुए मित्र के मुँह से बोल फूटा।

"यार, जल्दबाज़ी में पान लेना भूल गए। जबकि काउंटर तो एकदम मेन गेट पर ही था!"

पार्टनर नंबर एक ने अफ़सोस ज़ाहिर किया।

"खाब्या काऽऽऽ?" कहते हुए पार्टनर नंबर दो ने अपनी जेब से चार-पाँच बँधे हुए पान निकाले और दोनों के सामने पेश कर दिए। फिर जो क़हक़हे फूटे कि कमरे तक पहुँचते-पहुँचते गली के कुत्ते भी चौंककर भाग लिए। कमरे पर पहुँचकर मित्र ने अपनी साइकिल उठाई और लंबे-लंबे पैडल मारते हुए रफूचक्कर हुआ।

दोनों पार्टनर्स ने कमरे का ताला खोला, बालकनी में पड़े कुकर को एक बार फिर पूरी हिक़ारत से देखा और एक सामूहिक डकार के साथ उसे सांत्वना दी, "अब कल देखेंगे बेटा तुझे!"

त्रिकाल कथा

1990 में जब मैं इलाहाबाद पहुँचा था और सन 2000 में जब मैं लोक सेवा आयोग के पहिये पर खिंचकर इलाहाबाद से बाहर हुआ, तो इस एक दशक में प्रतियोगी छात्रों के रहन-सहन, तौर-तरीक़ों और सहायक संसाधनों में व्यापक तब्दीली हुई। इन तब्दीलियों के हवाले से मैं समय के इन टुकड़ों को तीन कालों में बाँटता हूँ। यह उस विशिष्ट इलाहाबादी संस्कृति को समझने में सहायक होगी, जिसके हर काल में, हम, आप या हम जैसों की छाप है।

अपने इलाहाबाद प्रवास के शुरुआती दौर में, जैसा कि मैंने पाया, डेलीगेसी में खाना बनाने का मुख्य साधन स्टोव ही हुआ करता था। मिट्टी के तेल की राशनिंग थी और यूनिवर्सिटी के परिचय पत्र पर, निर्धारित मात्रा में साप्ताहिक रूप से तेल मिला करता था। हॉस्टल्स में, रविवार की शाम को मेस बंद होने के कारण, लोग हीटर का सहारा लेते थे, जो बमुश्किल एक प्लास्टर ऑफ़ पेरिस की गोल प्लेट होती थी, जिसमें लगी हुई स्प्रिंग्स, हमारी परेशानियों की तरह ही ज़िग-ज़ैग लहराते हुए दो बिंदुओं पर जाकर जुड़ जाती थीं।

वे दो बिंदु, जो हीटर में विद्युत ऊर्जा प्रवाह के बिंदु थे। ठीक वैसे ही जैसे हर इलाहाबादी प्रवासी की घरेलू आधारभूत संरचना में माँ-पिता, दादा या बड़े भाई हमारी आर्थिक ऊर्जा के स्रोत बिंदु थे। और जिनके बूते पर हम इलाहाबाद में, बक़ौल भड़काऊ पड़ोसियों और हसद के मारे पट्टीदारों के 'ऐश' कर रहे थे।

'करता क्या है वैसे?' ऐसे हिक़ारत भरे प्रश्नों का एक ही जवाब देते-देते हमारे 'फ़ाइनेंसर' भी थक जाते थे। और जवाब वाक़ई एक ही था- 'पढ़ रहा है इलाहाबाद में!'

भाषा विज्ञान के जानकार, इस वाक्य विन्यास पर आपत्ति कर सकते हैं। वे कह सकते हैं इसे 'इलाहाबाद में पढ़ रहा है' भी कहा जा सकता था।

लेकिन नहीं, मेरी गुज़ारिश है कि आप इस जानकारी को भाषा विज्ञान की नहीं मनोविज्ञान की दृष्टि से देखें। पहले वाक्य में ज़्यादा ज़ोर 'इलाहाबाद' पर है,

पढ़ने पर नहीं। यही वे बताना चाहते थे कि लड़का पढ़ रहा है, लेकिन इलाहाबाद में। इस उत्तर में इलाहाबाद नहीं, इलाहाबाद की सत्ता और महत्ता निहित थी। कुछ वैसे ही, जैसे गाँधी के बैरिस्टरी पढ़ने में वो बात न होती, जो उनके 'विलायत' से बैरिस्टरी पढ़ने में थी।

बहरहाल! ये 'पढ़ रहा है' वाला जुमला कुछ अरसे बाद 'तैयारी कर रहा है' वाले जुमले से प्रतिस्थापित हो जाता था। पढ़ना, तैयारी करने में तब्दील हो जाता था लेकिन एक गर्वोक्ति फिर भी इस वाक्य में नियतांक की तरह बनी रहती और वह थी- 'इलाहाबाद में!'

इस तैयारी की कोई अंतिम तिथि न थी। यह अभिभावकों की आर्थिक, पारिवारिक और मानसिक स्थिति पर निर्भर करती थी। कमरे में विद्युत यंत्रों के नाम पर एक बल्ब या ट्यूबलाइट दीवार पर, एक टेबल लैंप मेज़ पर और एक पंखा किसी स्टूल या किसी टूटी हुई कुर्सी पर दो पटरे रखकर स्थापित होता था। यह सिन्नी का भी हो सकता था और ओरियंट का भी। सीलिंग फ़ैन कम ही पाए जाते थे। दस में से कहीं एक-दो कमरों पर। सेल या बैट्री से चलने वाला रेडियो, हर कम्पटीटर के कमरे का एक अनिवार्य तत्व था, जिसमें बीबीसी की न्यूज़ सुनना एक बेहद ज़रूरी काम माना जाता था।

मेरे एक सीनियर तो बाक़ायदा कॉपी-पेन लेकर बैठते थे और प्रमुख वैश्विक ख़बरों को जल्दी-जल्दी नोट करते थे। उनके लिहाज़ से, हर ख़बर ही प्रमुख थी, क्योंकि वह बीबीसी में आ रही थी। किसी रेल दुघर्टना की ख़बर में, टक्कर में प्रयुक्त दोनों रेल गाड़ियों के नाम, नंबर, अप या डाउन, दुर्घटना स्थल, कितने मरे, कितने घायल, ये सारे तथ्य वो अपनी कॉपी पर उतारते थे। वो प्रायः इस तथ्य पर कंफ़्यूज़ हो जाते थे, जब टकराने वाली दोनों ही गाड़ियाँ या तो अप हों या डाउन।

वो चिड़चिड़ाते, "एक गाड़ी अप जा रही है, दूसरी डाउन... तब तो टक्कर की बात समझ में आती है! लेकिन दोनों गाड़ियाँ डाउन हैं तो साला टक्कर हुई कैसे? अँधरा के ही चला रहा था क्या? जो सामने वाली गाड़ी दिखी नहीं?"

अपने बिस्तर पर बैठकर, पालथी मारकर, अपने घुटनों के ऊपर मुंशियों वाली चित्रगुप्तीय अधमेज़ रखकर, जब वो बीबीसी और अपनी नोट बुक में खोए रहते, तो ऐसा प्रतीत होता कि महर्षि वेदव्यास पुनः महाभारत की रचना पर उतारू हों। इस बीच उनका जूनियर पार्टनर गणेशन या तो सब्ज़ी काट रहा होता,

आटा गूँथ रहा होता, या फिर रोटियों को यथासंभव अधिकतम वृत्ताकार शक्ल देने में मशग़ूल होता।

अस्सी के दशक के उत्तरार्द्ध और नब्बे का पूर्वार्द्ध, कम्पटीशन काल का आदिकाल या प्रस्तर युग था, अगर आप ऐसा कहें तो मुझे कोई आपत्ति नहीं होगी। क्योंकि इसके पहले का इलाहाबाद तो सुपर सीनियर्स ही बताएँगे। मैं तो तभी से बता सकता हूँ, जब से मैंने अपने इलाहाबाद को देखा। हमें अपने उन सीनियर्स की सिद्धहस्तता पर जलन होती थी, जो हीटर या स्टोव पर, तवे पर ही कपड़े की एक पोटली-सी बनाकर, उसकी सहायता से रोटी को घुमा-घुमाकर, न केवल सेंक सकते थे, बल्कि फुला भी सकते थे। इस पद्धति में बार-बार तवा उतारने का झंझट नहीं था और न ही हीटर में चिमटे के औचक स्पर्श से, दिन में तारे नज़र आने का ख़तरा था।

93-94 आते-आते, कुछ समृद्ध प्रतियोगियों के कमरे में पाँच लीटर वाला गैस सिलेंडर दिखने लगा था, जिसके मुँह पर एक सिंगल चूल्हा कसा होता था। स्टोव धौंकने, उस पर पिन लगाने और तेल की धार देखने के दिन अब विलुप्त होने की कगार पर थे। कुछ फ़ैशनेबल सीनियर्स के कमरों में अब छोटा या मंझोला वाला कूलर भी नज़र आने लगा था।

मेरे इलाहाबाद प्रवास का दूसरा काल 94-95 के बाद से शुरू होता है। कुछ परिस्थितिजन्य गतिरोधों के कारण मैं स्नातक के बाद घर वापस लौट आया और एक संक्षिप्त अंतराल के बाद पुनः 1996 में इलाहाबाद पहुँचा। जनवरी 1996 की कड़क सर्दी में जब इलाहाबाद जंक्शन पर उतरा तो हड्डियाँ कँपकँपा उठीं। बड़े भाई अभी भी इलाहाबाद में ही थे, सो कमरे की कोई दिक़्क़त न थी।

इस बीच, इलाहाबाद थोड़ा-सा बदल गया था। बहुत थोड़ा-सा ही। स्टोव अब नहीं दिखते थे। दिखते भी थे तो बस इक्का-दुक्का ही। छोटे-बड़े गैस सिलेंडर, कम्पटीटर्स की दुनिया में आ चुके थे। कूलर भी अब ज़रूरी हो चले थे, कम्पटीशन की रंग-बिरंगी पत्रिकाओं में भी इज़ाफ़ा हुआ था। कमरों के किराये बढ़ गए थे। मकान मालिकों की भूख भी और सब्ज़ियों के दाम भी। इलाहाबादी जीवन का यह दूसरा काल, किसी कम्पटीटर के पास एसी, मोबाइल, लैपटाप की उपलब्धता से पहले का काल है।

लेकिन अब तीन-चार कमरों के समूह बनाकर, लड़के खाना बनाने वाली बाइयों की सेवाएँ लेने लगे थे। माना जाने लगा था कि खाना बनाने में 'टाइम

लॉस' होता है। महँगाई थोड़ी बढ़ गई थी और उसी अनुपात में, रोते-झींकते, घर वालों को मासिक ख़र्च भी बढ़ाना पड़ गया था।

किताबों के बाज़ार में नई-नई पत्रिकाएँ और किताबें लॉन्च हो रही थीं। सामान्य अध्ययन की एक गाइड जो बक़ौल प्रकाशक और अपने नाम से भी 'यूनीक' थी, उसे सामान्य अध्ययन की बाइबिल का दर्जा मिल चुका था। किसी कम्पटीटर के पास 'यूनीक' का न होना, कम्पटीशन की दुनिया में उसे पिछड़ा बना सकता था। यह किताब सारे डिस्काउंट और दाम कम कराने के झगड़े झंझट के बावजूद ढाई सौ रुपये की थी। जबकि अभी बमुश्किल दो-चार साल पहले तक ही, कुल पाँच सौ रुपये के मासिक ख़र्च पर एक आईएएस, या पीसीएस तैयार हो रहा था।

हमारे एक सीनियर के पिताजी ने, उन्हें मासिक ख़र्च पकड़ाते हुए, एक निहायत ही रूटीन प्रश्न पूछा।

(यही वह अवसर होता था, जब चिड़चिड़ा से चिड़चिड़ा कम्पटीटर भी अपने पिता, बड़े भाई, दादा, या अपने किसी भी आर्थिक स्रोत की बात बहुत ध्यान से सुनता था।)

"और कितना टाइम लगेगा आईएएस बनने में? आठ साल तो हो गए, हर बार यही सुनता हूँ कि इस बार हो जाएगा! प्री तो निकाल लेते हो, मेन्स कब निकालोगे?"

प्रश्न में भले ही अधीरता की मात्रा, गारंटी माँगने की हद तक थी, फिर भी था तो वह एक रूटीन प्रश्न ही? आख़िरकार विश्व बैंक भी जब किसी राष्ट्र को कोई आर्थिक सहायता, अनुदान, या ऋण देता है तो उसकी वापसी सुनिश्चित करने के लिए कुछ नियम-क़ायदे, कुछ शर्तें, कुछ एमओयू तो रखता ही है। प्रश्न भले रूटीन था, पर इस बार जवाब रूटीन नहीं था।

"जितना पैसा आप मुझे हर महीने देते हैं, उतने में बमुश्किल पीसीएस बना जा सकता है, आईएएस तो भूल ही जाइए आप। आईएएस बनने के लिए एक समृद्ध लाइब्रेरी चाहिए। अच्छी किताबें अब दिल्ली में आती हैं और उसके लिए महीने में एकाध चक्कर दिल्ली का लगाना पड़ता है, वो भी रिज़र्वेशन वाला टिकट करा के!" जवाब मिला।

यानी अब संघ और प्रांत की सिविल सेवाओं की तैयारी में आर्थिकी की अपनी भूमिका थी। कम्पटीटर की अच्छी याददाश्त और रात रात भर जागने के

माद्दे के बावजूद। अच्छी किताबें, अच्छी कोचिंग, अच्छे नोट्स! कम्पटीशन अब कम्पटीटिव हो चला था।

यहाँ एक बात जोड़नी पड़ेगी मुझे। कुछेक कम्पटीटर अब अपने रहन-सहन के स्तर को भी, प्रतियोगिता के स्तर से जोड़कर देखने लगे थे। आईएएस की तैयारी करने वाले का कमरा भी जिलाधिकारी के कार्यालय जैसा सुसज्जित होना चाहिए, ऐसा उनका मानना था। जब तक मानसिक स्तर, रहन-सहन, खान-पान, संघ लोक सेवा आयोग के स्तर का नहीं होगा, तब तक वो कॉन्फ़िडेंस कहाँ से आएगा? रहते हैं लेखपालों की तरह और 'ये' हैं कि आईएएस की बात करते हैं... हुँह!

यहाँ स्वगत रूप में झुंझलाने वाले इस कम्पटीटर का 'ये' से आशय, सामूहिक रूप से अपने पूज्य पिता, माता, भाई-बहन और पट्टीदारों से था... वह भी 'सम्मिलित' रूप से। और फिर वह 'सम्मिलित राज्य प्रवर अधीनस्थ सेवा' के अनसॉल्व्ड निकालकर उनसे जूझने लगता है। ये परिवर्तन, मूलतः डेलीगेसी में परिलक्षित हो रहे थे। हॉस्टलर अभी, डेलीगेसी की तमाम समस्याओं से अनजान थे। संसाधनों और जीवन स्तर के लिहाज़ से वे डेलीगेसी की तुलना में अभिजात्य थे। मेस में खाना, कॉमन रूम में टीवी पर मैच देखना, एक्स्ट्रा कैरीकुलर एक्टिविटीज़ में ठाकुर, ब्राम्हण और भूमिहार की लाबीइंग करना, वे अफ़ोर्ड कर सकते थे। सो कर रहे थे!

उन्नीस सौ छियानबे से दशक के अंत तक के वक़्फ़े में इलाहाबाद में कम्पटीशन की परंपरागत तैयारी के कई मानक टूटते हुए दिखते हैं। बुंदेलखंड, पूर्वांचल, रूहेलखंड और बिहार से लेकर मध्य प्रदेश की ओर से प्रवासियों की तरह झोला-बोरी लटकाए, ट्रेनों में लदे-फदे स्वप्नजीवी युवा, कभी प्रयाग स्टेशन, तो कभी इलाहाबाद जंक्शन के दोनों साइड, खुल्दाबाद और सिविल लाइन की तरफ़ से, सपनों के इस शहर में भर-भरकर नमूदार हो रहे थे। लेकिन जिस माहौल की तलाश में वे आए थे, या आ रहे थे उसका पसंगा भी अब शायद इलाहाबाद में बचा हो। आप इसे अतिशयोक्ति कह सकते हैं। लेकिन इस तथ्य से मुँह नहीं मोड़ सकते कि सन 2005-06 के बाद से इलाहाबादियों का पलायन दिल्ली की ओर हुआ।

सीनियर्स के उदारतापूर्ण सहयोग और उनकी गार्जियनशिप जैसी अवधारणाएँ, जो कभी इलाहाबादी क़िस्सों की जान थीं, अब मिथक बन चली थीं। सलेक्ट

हो चुके सीनियर्स अब अपने नोट्स और टिप्स जूनियर्स में नहीं बाँटते थे, बल्कि नवागंतुक या संभावित आगमनार्थी अपने छोटे भाइयों या भतीजों के लिए सुरक्षित रख लेते थे।

इसी दौरान कम्पटीशन के विषय भी शेयर मार्केट की तरह चढ़ने-गिरने लगे थे। एक समय तो संस्कृत, फ़िलॉसफ़ी रट लेने वालों के लिए यूपीपीसीएस में कोई-न-कोई पद गारंटीड हो गया था।

नये लोग प्रीलिम्स की तैयारी करने और क्वॉलीफ़ाई कर लेने तक भी मेन्स के सब्जेक्ट ही तय नहीं कर पाते थे। क्या पता, जब तक प्री क्वॉलीफ़ाई करें, तब तक कौन-सा सब्जेक्ट पहले पायदान पर बज रहा हो? वरिष्ठों के मार्गदर्शन की कंजूसी और काँइएपन ने ही शायद इलाहाबाद में कोचिंग्स को कुकुरमुत्तों की तरह जगह-जगह उगने में मदद मिली। यह मेरा निजी आकलन है, जिस पर आपकी सहमति आवश्यक नहीं है।

यूँ तो इलाहाबाद को एक ठहरा हुआ शहर कहते हैं, लेकिन सन सत्तर और अस्सी के बीच का इलाहाबाद, हमारी पीढ़ी के इलाहाबाद से शायद तब भी कुछ सरल था। इलाहाबाद के कम्पटीटिव माहौल में एक ख़ास तरह की गुणवत्ता थी, जो उस समय के लखनऊ, बनारस, पटना या कानपुर में नहीं थी।

लेकिन सन् 90-95 के बाद का इलाहाबाद कई मायनों में बदल रहा था। कम्पटीटर्स की संख्या में इज़ाफ़ा, कमरों की दिक़्क़त, किराये में बढ़ोत्तरी और पत्र-पत्रिकाओं की बढ़ती वैरायटी ने कम्पटीशन को कबड्डी या हॉकी टाइप से उठाकर क्रिकेट बना दिया था। तैयारी की भाषा और जुमले भी पेशेवर हो चले थे।

"अबकी फ़िलॉसफ़ी चढ़ गई गुरु! पोल साइंस तो बैठ गई। हिंदी मीडियम में कोई ढंग की किताब ही नहीं है। अच्छी चीज़ पहले अंग्रेज़ी में आती है और जब तक उसका हिंदी अनुवाद यूनिवर्सिटी रोड में आ पाता है, तब तक सब्जेक्टवै साला डूब जाता है। फलाने सर पता नहीं कहाँ से 'राव' के नोट्स जुगाड़े हैं! उनकी टुटही चौकी के नीचे जो पुराना बक्सा है न? उसी में रक्खे हैं। भगवान कसम! हम ख़ुद देखे हैं चौकी के नीचे घुसे हुए।"

"नोट्स?" अगला आँखें चौड़ी करता है। गोल वे पहले से ही हैं।

"नहीं यार, सर को जब नोट्स दोहराना होता है तो वो ख़ुद ही चौकी के नीचे घुस जाते हैं। वो तो बक्से में घुस के पढ़ते, लेकिन बक्सा थोड़ा छोटा है।"

इस दौरान, उपलब्ध लिटरेचर, समीक्षाओं, पत्रिकाओं में इतनी यूनिफ़र्मिटी

हो चुकी थी कि सब वही पढ़ रहे थे। शायद इसीलिए यह धारणा सार्वजनीन हुई कि या तो कुछ ऐसा पढ़ो जो मटीरियल ही विशिष्ट हो, यानी जो दूसरों को उपलब्ध न हो। या फिर अपने पढ़ने का तरीक़ा ही विशिष्ट करो।

इसी विशिष्टता की माँग ने, कृष्णा कोचिंग जैसी इंजीनियर और डॉक्टर तैयार करने वाली संस्था को भी, सिविल के क्षेत्र में डॉक्टर राजेंद्र कुमार जैसे हिंदी के प्रोफ़ेसर ढूँढने पर मजबूर किया और अब कोचिंग में हिंदी, इतिहास, समाजशास्त्र जैसे विषय भी पढ़ाए जाने लगे। वरना, बक़ौल वर्मा जी- "साला हम कबौं सोचे भी नहीं थे कि हिंदी के ट्यूशन पढ़े के परी! फिजिक्स, केमिस्ट्री औ मैथ का ट्यूशन तौ हमहूँ पढ़े हैं इंटर मा। मुला ये हिंदी-फिंदी!"

यही वह वक़्त था, जब उत्तर प्रदेश लोक सेवा आयोग में सब्जेक्ट ताश के पत्तों की तरह फेंटे जाने लगे थे। लोगों ने इस फेंटाई को स्केलिंग के नाम से जाना। लेकिन सिर्फ़ नाम ही जाना। ख़ुद स्केलिंग नाम के जंतु को तो हमारे रहते इलाहाबाद में शायद ही कोई जान पाया था। कहते हैं कि यह वैदिक गणित की कोई शाखा थी, जो आयोग ने अपनाई थी और जिसमें भाँति-भाँति के विषय डूबते उतराते रहते थे।

इंद्रधनुष एक: रंग हैं जुदा-जुदा

"हॉस्टल में आदमी सीनियर बनता है अपने बैच से! जान्यो कि नहीं?" रगड़ी हुई खैनी को होंठों के अग्रभाग में ही कहीं दबाकर थोड़ी देर तक बाक़ायदा उसे व्यवस्थित करते हुए बताते हैं वर्मा जी।

अभी-अभी बनारसी की दुकान पर गरमा-गरम चाय उदरस्थ की है वर्मा जी ने। तो खैनी कुछ अलग ही मज़ा दे रही है। तलबी लोग ही जानते हैं कि चाय पीकर, या मीठा खाकर उसके बाद ताम्बूल या तम्बाकू सेवन का क्या महत्त्व है।

कुछ ज्ञान पिपासु जूनियर्स, पास की ही बेंच पर जमे हैं। ज़्यादातर तो, इस सेशन को 'रिलैक्सेशन' के तौर पर ही लेते हैं, ख़ास तौर पर वर्मा सर के साथ। वे हँसाते भी हैं और रुलाते भी हैं। हँसाते हैं देस-दुनिया की बातों से और रुलाते हैं अपने ही घर-परिवार के क़िस्सों से। लेकिन ख़ुद बिना हँसे, बिना रोए।

कम्पटीशन के लिए प्राय: आउट डेटेड हो चुके वर्मा जी, अपनी खैनी की कभी न छूटने वाली आदत की तरह जमे हुए हैं इलाहाबाद में।

"घर लौट के करेंगे भी क्या मरदे? जवानी यहाँ गँवा दी, तो बुढ़ापा अब घर वालों के मत्थे मढ़ें?"

वो एक निर्द्वंद्व ठहाके के साथ कहते हैं। पता नहीं क्यों, हर बार इसी वाक्य के बाद उनकी आँख में, बनारसी की भट्ठी से निकला कोयले का कोई टुकड़ा पड़ जाता है, जो उनकी हरदम हँसती हुई आँखों से पानी निकाल ही देता है।

वर्मा जी को जूनियर्स के भुगतान पर चाय पी लेने में कोई हर्ज नहीं। कोई भोजन भी करा दे तो सोने पर सुहागा। और बदले में, रंगमंच की 'शो मस्ट गो ऑन' शैली में जूनियर्स को ठहाके लगवाते रहते हैं।

"और डेलीगेसी में सर?" इससे पहले कि लेखकीय हस्तक्षेप लंबा हो जाए, एक जूनियर पूछ बैठता है।

"डेलीगेसी में सीनियर बनता है आदमी, अपनी सीनियरिटी से! जूनियर मानें तो सीनियर और न मानें तो चूतिया।"

एक ज़ोरदार ठहाका लगता है। वर्मा सर अपने कमरे पर जाने के लिए उठ गए हैं। उधर से चौहान सर आते हुए दिख रहे हैं। सुपर सीनियर, कड़क और अक्खड़। एक जूनियर ने कई दिन से जुटाई हुई हिम्मत को आज फिर नये सिरे से जुटाकर, कुछ खुसुर-फुसुर-सी की है उनके कान में।

"ठीक है! आ जाओ चाय पीने के बाद। कमरे पर मिलते हैं।"

चौहान सर ने संक्षिप्त शब्दों में कहा है। अप्वॉइंटमेंट फ़िक्स हो गया है। जूनियर ने नया-नया विषय लिया है प्री की तैयारी के लिए पोल साइंस! और चौहान सर, पोल साइंस के मास्टरमाइंड हैं। प्री निकालने की टिप्स देते हैं।

थोड़ी देर बाद ही, जूनियर ठीहे पर पहुँच गया है। चौहान सर, कॉफ़ी का प्याला लिए अपनी एक्ज़ीक्यूटिव टाइप चेयर पर विराजमान हैं।

"पढ़ना... पढ़ना... और पढ़ना! दिन-रात बस एक्के ठो काम। कोई अंत नहीं, कोई समय नहीं।" चौहान सर ने यहाँ से शुरू किया है। जूनियर, उनके वक्तव्य के केंद्रीय भाव को पकड़ पाने में फ़िलहाल असफल है।

"लेकिन ज़रा सोचो! यही अगर सब कर रहे हों, तो तुम कोई बाणासुर हो जो प्री फटकार लोगे? जब सभी को कोर्स पता है, सेलेबस पता है, किताबें पता हैं, तो सब न निकाल लेते प्रीलिम्स?"

चौहान सर, जब गाइड करने पर आते हैं, तो पहले ऐसई फटकारते हैं 'न्यू कमर' को। छह प्री निकाल चुके हैं। लोवर-फोवर सब मिला के। एनसीईआरटी तो घोंटे पड़े हैं। विपिन चंद्रा में कहीं से कुछ पूछ लो, पेज नंबर सहित बता देंगे। संविधान की व्याख्या ऐसे करते हैं कि जैसे ख़ुद एक समय में संविधान सभा के मेंबर रहे हों। संवैधानिक भाषा में तो ख़ुद डीडी बसु पानी माँग लें। ज्ञान में कोई कमी नहीं और रहते भी स्टाइल से हैं, एकदम एक्ज़ीक्यूटिव! मिलने से पहले टाइम लेना पड़ता है। ये नहीं कि दरवाज़ा खटखटाया और घुस गए मुँह उठा के।

"देखो भाई, पढ़ने और समझने में बड़ा फ़र्क़ है!" वो शुरू करते हैं।

"भूसा तो भैंस के सामने भी रख दो, तो खा ही लेती है वो भी। है कि नहीं?"

मार्गदर्शन के आकांक्षी जूनियर को फ़िलहाल कोई मार्ग नहीं सूझता। वह कुछ इस अंदाज़ में सिर हिलाता है कि वह हाँ भी लगे और ना भी। पता नहीं, सर क्या जवाब सुनना चाहते हों? और उल्टा हो जाने पर फटकार बैठें?

"लेकिन निकालती तो अंत में गोबर ही है न?" चौहान सर अपनी बात का पटाक्षेप सदैव प्रभावी ढंग से ही करते हैं।

"जी!" जूनियर के पास सहमत होने के अतिरिक्त कोई चारा नहीं है।

"क्यों?" चौहान सर जूनियर की आँखों-में-आँखें डाल देते हैं और डाले रहते हैं देर तक।

"क्या क्यों?"

जूनियर अकबका उठता है इस दोहरी मार से। एक तो प्रश्न की उलटबाँसी और दूसरे आँखों की इस मार से।

"अरे भैंस की बात कर रहा हूँ। क्यों करती है गोबर?" चौहान सर पूछते हैं। फिर एक क्षण ठिठककर ख़ुद ही समाधान करते हैं, "क्योंकि वह भूसा खाती है! जो भूसा खाएगा, वह गोबर ही न करेगा? क्या समझे?"

"जी, गोबर ही करेगा!"

जूनियर जल्दी-जल्दी सिर हिलाता है।

"बस यही कहता हूँ मैं! कि ये सुखराज जैन और प्रभात विशप भूसा हैं भूसा। और इनके बूते तुम लोग प्री क्वॉलीफ़ाई करने निकल पड़ते हो। इनको पढ़कर जो नोट्स बनाए जाते हैं वो गोबर हैं, शुद्ध गोबर। समझे कि नहीं?"

"जी सर, समझे।" जूनियर के पित्ते ढीले पड़ चुके हैं। वह समझ नहीं पा रहा कि शुद्ध गोबर में 'शुद्धता' को वह किस संप्रत्यय में ग्रहण करे। लेकिन वह इतना जान गया है कि पिछले चार महीने से वह जो भी पढ़ रहा था, वह भूसा था। और उससे जो भी निकल रहा था, वह गोबर था, चाहे वह कितना भी शुद्ध हो।

लेकिन दूसरी ओर उसे थोड़ी-सी प्रसन्नता भी है। पड़ोस के कमरे वाला लड़का भी, यही दो किताबें पढ़ रहा है आजकल। जूनियर की बाँछों के पीछे से एक हल्की मुस्कान चुपचाप खिली और विलुप्त हो गई।

"जे.सी. जौहरी का नाम सुना है?" चौहान सर ने पूछा।

"कोई सीनियर ही होंगे। हमारी लॉज में तो कोई जौहरी सर नहीं हैं!" जूनियर ने हिचकिचाते हुए बताया।

"अरे महराज, हद्द न करो! पोल साइंस से प्री दे रहे हो और जौहरी को नहीं जानते? किताब है उनकी, पोल साइंस पर। वो पढ़ो और साथ में सी.एल. खड़िया की अंतर्राष्ट्रीय संबंध भी चेंपो। फिर देखो कौन उलटा पाता है तुमको प्री में। संविधान में डीडी बसु को घोंट डालो, हिंदी वर्जन में।" चौहान सर ने गुरुमंत्र दिया।

"जी सर! कलिहैं लइ आउब! चाँप देब दुइ महीना मा।"

जूनियर के अति-उत्साह ने तात्कालिक अभिव्यक्ति के लिए अनायास ही मातृभाषा की शरण ली। चौहान सर ने फ़िलहाल उसकी भाषा और लहजे को एवॉइड कर दिया है। प्री की टिप्स देने बैठे हैं, इंटरव्यू की थोड़े ही। जब इंटरव्यू देने की नौबत आएगी तो क्या ये पिलूँदा, यहाँ आकर चौहान सर से टाइम लेगा? निकल लेगा किसी कोचिंग के कैप्सूल कोर्स की टाँग पकड़कर... हुँह!

चौहान सर ने अनजाने में ही अपना सिर झटक दिया।

"थैंक्यू सर! चलते हैं।" जूनियर ने विनयवत होकर अनुमति माँगी।

"ठीक है। और कोई दिक़्क़त फँसे तो पूछ लेना। सीनियर्स से गाइडेंस लेने में कभी संकोच मत करना। अरे भई, काहे हम माथा फोड़ रहे हैं आठ साल से हियाँ! इसीलिए न कि छोटे भाइयों को सही रास्ता दिखा सकें?" चौहान सर ने कहा।

"जी सर, आप लोगों के मार्गदर्शन के बिना क्या कर पाएँगे हम लोग। कोई दिक़्क़त होगी तो आप ही के पास न आएँगे? और फिर आप ठहरे हमारी ही तहसील के। क्षेत्र का आदमी ही अपने क्षेत्र के आदमी का हाथ पकड़कर खींचेगा, तभी न निकलेगा कम्पटीशन?" जूनियर प्रवाह में बह गया। चौहान सर समझ गए हैं कि लड़का इमोशनल हो गया है।

"अच्छा! त एक काम करा राजू! हॉब्स, लाक, रूसो पर एक-ठी निबंध लिख मारा आज। हम शाम के आइब कमरवा मा। तनी चेक करी कि लेखन शइली कइसन बा तोहार।"

चौहान सर की उदारता, अचानक ही आंचलिक होकर छलछला उठी।

"जी सर!" जूनियर ने नतमस्तक होकर स्वीकार किया।

"दुई-ठी रोटी हमरौ बनाय लिहा। का मालूम, केतना देर-अबेर होइ जाए डिस्कशन मा!"

जूनियर अपने इमोशन के बैठते हुए झाग के साथ रुख़सत हुआ है। अभी रूम पार्टनर अलग किचकिचाएगा कि जब नहीं तब, किसी-न-किसी को बुला लेते हो। हम आज ख़ाली सब्ज़ी काट देंगे, बाक़ी आटा-रोटी तुम अपना देखना।

'सब्ज़ी! अभी तो सब्ज़ी भी लेनी है।' जूनियर को ध्यान आता है।

शाम का धुंधलका, फव्वारे चौराहे पर पसरने को है। इससे पहले कि वह सचमुच पसर जाता, जूनियर ने सब्ज़ी की दुकान की ओर दौड़ लगा दी।

रंगहीन होता इंद्रधनुष

एक जैसे दिन, एक जैसी रातें।

टेबल लैंप की धीमी रौशनी में एक-एक दिन करके ख़र्च होती ज़िंदगी। कभी-कभी यह ज़िंदगी ख़ुद आईने में आकर पूछती कि कब तक?

यह एक ऐसा यक्ष प्रश्न था जिसका उत्तर शायद ही कोई युधिष्ठिर दे पाता। शाम ढले, चाय की दुकानों पर कुछ कुम्हलाए से चेहरे दिखते, जो कम्पटीशन के साथ-साथ अपनी निजी ज़िंदगी की भी जद्दोजहद से जूझते दिखते। लेकिन यह द्वंद्व सबका निजी ही था। निजी और घरेलू ज़िंदगी पर शायद ही कभी कोई सार्वजनिक बहस होती हो। अंतर्द्वंद्व से घिरे ये चेहरे, अपनी-अपनी समस्याओं को छोड़कर, अंतर्राष्ट्रीय समस्याओं पर बहस करते, चिड़चिड़ाते और कभी-कभी तो आपस में इस हद तक लड़ बैठते कि दो-एक दिन के लिए बोलचाल बंद हो जाती।

कुछ भाग्यशालियों को अंतर्मन की ऊर्जा सहेजने और अपनी कल्पनाओं में कोमल ऊर्जा के संधान के लिए एक बड़े से परिसर में बिखरे तीन मंदिरों के समूह की शरण हासिल थी। ये वही मंदिर थे, जिन्हें साहित्य ने 'पचपन खंबे लाल दीवारें' के नाम से जाना।

कभी नोट्स लेने, कभी देने, तो कभी अपने गृह जनपद की किसी कन्या को, उसके घर से लाए गए सामान को, दूत की भाँति पहुँचाने का सुअवसर कुछ लोगों को प्राप्त होता।

लेकिन प्राय: यही माना जाता था कि इस त्रिमूर्ति मंदिर समूह की देवियाँ, डेलीगेसी को घास नहीं डालतीं। केवल कुछ गिने चुने हॉस्टल ही उनकी दृष्टि परिधि में होते थे। वैसे भी क़स्बाई संस्कृति से आए हुए 'इनबिल्ड इन्फ़ीरियारटी कॉम्प्लेक्स' से ग्रसित छात्रों को उनकी ख़ुराक, पिया मिलन चौराहे पर ही जितनी मिल जाए, उतनी बहुत थी। फ़िक़्रेबाज़ी और 'नज़र तापना' ही इनका कोटा था। कोई लड़की इनसे पलटकर कुछ पूछ ही बैठे तो इस प्रवर्ग के तिरपन काँप जाते।

और कहीं वह पचपन खम्बों वाली हुई तो, तौबा-तौबा!

वीमेन्स हॉस्टल की चारदीवारी के भीतर जैसे एक अदृश्य परीलोक था। उनके लिए, जो कभी इसके भीतर नहीं गए थे। एक बार तो किसी साहसी ने जोखिम उठाकर, चारदीवारी फाँदकर इस परीलोक का सर्वेक्षण भी करना चाहा था। वह शाम को कहीं से दीवार फाँदकर, शताब्दी छात्रावास की छत पर जा पहुँचा। हालाँकि समय रहते उसे देख लिया गया और दंड के प्रचारात्मक सिद्धांत के हवाले से, हॉस्टल के गार्ड और अन्य स्टाफ़ ने उसकी भरपूर सेवा की। इस बात के प्रचार ने, भविष्य में ऐसी इच्छा रखने वाले उन्मादियों को ख़ासा हतोत्साहित किया। और यह स्थापित हो गया कि इस परिसर में काग़ज़ की एक पर्ची के माध्यम से मुख्य द्वार से घुसना ही सबसे सुरक्षित रास्ता था। लेकिन इस रास्ते में दिक़्क़त यह थी कि सचिवालय प्रवेश की भाँति, यहाँ भी अंदर आपको कोई जानता हो, जो उस पर्ची को प्राप्त करे और उस पर्ची के सहारे मेन गेट तक खिंची चली आए। पर इस बाइपोलर कनेक्शन के धारक कम ही थे। कम-से-कम डेलीगेसी में तो इक्का-दुक्का ही। हाँ, हॉस्टलर्स ज़रूर इसमें अगुआ थे।

उस ज़माने में, क्या उसमें और क्या इसमें, बल्कि हर ज़माने में, किसी भी युवा कम्पटीटर या यूनिवर्सिटी स्टूडेंट का सौंदर्यबोध किसी ख़ास मानक से प्रेरित नहीं था। इनके लिए एक लड़की, बस एक लड़की ही सौंदर्य का पूरा प्रतिमान थी। कुछ लोगों को तो बाक़ायदा प्लेटोनिक प्रेम में पड़कर कवि और शायर होते देखा गया। पूरी शायरी ख़त्म करके वे अपने गंतव्य को भी प्राप्त हो गए और इन अज्ञानी लड़कियों को अंत तक पता भी नहीं चला कि सैकड़ों डायरियों के पीले पड़ चुके पन्नों में लिखी इबारतों में कहीं उनके अक्स भी झाँक रहे हैं।

बहरहाल! कम्पटीशन क्वॉलीफ़ाई करने के पीछे एक बड़े और नियोजित उद्देश्य, समाज और घर वालों की नज़र में ख़ुद को साबित करने और 'क्या कर रहे हो आजकल' जैसे नश्तर प्रश्नों से छुटकारा पाने को अगर किनारे कर दिया जाए, तो दूसरी और तत्काल प्रकट होने वाली इच्छा एक ख़ूबसूरत लड़की पाने की ही होती थी। वह महिला मित्र के रूप में प्राप्त हो या जीवनसाथी के रूप में। यहाँ साध्य महत्त्वपूर्ण और रोमांचक था, साधन नहीं।

अगर मैं बहुत बायस्ड नहीं हो रहा हूँ तो, एक आम कम्पटीटर उस वक़्त एक प्रताड़ित पात्र था। प्रायः हर जगह से। रिश्तेदारियों में जाने से बचना उसकी मजबूरी थी। गाँव-घर में ज़्यादा दिन रुक जाए तो बरछी-सी छेदती आँखें- 'लौट

आए क्या? अब नहीं जाना क्या? कित्ते दिन की छुट्टी है?' वग़ैरह-वग़ैरह।

और थका-हारा कम्पटीटर 'जैसे उड़ि जहाज को पंछी, पुनि जहाज पर आवे' वाली शैली में वापस हॉस्टल या डेलीगेसी के दस बाई आठ के कमरे पर। फिर वही दाल, भात, चोखा। और कभी उत्सवधर्मिता जगी तो अंडा करी।

प्रीलिम्स, मेन्स और इंटरव्यू अपनी गति और समय से आते-जाते रहे। कोई अदृश्य-सी जिजीविषा थी, जो बीएड और लेखपाली के फ़ॉर्म भरने से रोकती रही। अहं कुलबुलाता रहा और सेलेक्ट हो चुके भाई साहबों की कहानियाँ दिल बहलाती रहीं। घरेलू वित्तीय स्रोतों से निरंतर अंतर्राष्ट्रीय टाइप के दबाव, शब्द और भाषाएँ बदल-बदलकर आते रहे।

...दिन गुज़रते रहे...

बनारसी चाय वाले की बेंच वहीं थी। यादव के ब्रेड-पकौड़ों में अब भी कीट-पतंगे निकलते थे। फ़व्वारा चौराहा अभी भी हर शाम, अपनी फुहार से, दिलों में लगी आग को बुझाने की कोशिश में मुब्तला था।

इलाहाबाद वहीं का वहीं था। और हम भी!

जाने चले जाते हैं कहाँ

कल तक तो यहीं थे। हमारे बीच, हमारे साथ ही।

बताइए! अभी कल ही की बात है। कल शाम को ही तो मिले थे चाय की दुकान पर। बोले कि यार खाना मैं आज तुम्हारे कमरे पर ही खाऊँगा। अंडा करी लाजवाब होती है तुम्हारे हाथ की।

आते थे कभी-कभी। कभी-कभी क्या, अक्सर ही।

कहते थे कि अब मैंने अंडा करी खाना ही छोड़ दिया। नहीं-नहीं ये मतलब नहीं! दूसरे के हाथ की छोड़ दी है, जब से तुम्हारे हाथ की खाई है। बड़े ही भले आदमी थे। एकदम सहज। बोले तो डाउन टू अर्थ! इतने डाउन कि चटाई पर ही बैठकर खाते थे हमारे साथ।

यह कोई शोक-संभाषण नहीं है। न किसी की पुण्यतिथि पर दिया गया कोई वक्तव्य है। पाठक अगर इससे ये अंदाज़ा लगाएँ कि जिनके बारे में बात हो रही है वो दिवंगत हो गए हैं, तो यह ग़लत बात होगी।

दरअसल, आज शाम ही लोक सेवा आयोग में जो लिस्ट चस्पा हुई है, उसमें 'उनका' भी नाम है। एसडीएम हो गए हैं वो। सम्मिलित राज्य प्रवर अधीनस्थ सेवा के पिरामिड में शीर्ष का पद। और अब उनके बेहद नज़दीकियों का कहना बनता है कि वो बेहद नज़दीक थे।

...आख़िर 'थे' क्यों हो जाते हैं लोग? जिनके साथ पढ़े, गढ़े, चूल्हा-चौका किया, गलबहियाँ डालकर कटरा और सिविल लाइन घूमे, अचानक उनके चारों तरफ़ 'थे' की गहरी परत क्यों चिपक जाती है? रातों-रात, एक बेहद सामान्य से दिखने वाले भाई साहब, जिनके बाल तक उनके संपर्क से एक-एक करके अलग हो रहे हों और जिनके लिए एक जूनियर कम्पटीटर, दस्तरख़्वान बिछाकर, भरी मिर्च का अचार, घर का देसी घी, सीज़न की सबसे महँगी सब्ज़ी और सलाद सजाकर इंतज़ार कर रहा होता है। भाई साहब, नियत समय से आधे घंटे बाद ही प्रकट होते हैं, हाथ में इकोनॉमिक सर्वे का नया एडीशन और एक छोटी-सी

विश्व घटनाचक्र लेकर।

"अरे बन गया क्या? चलो बैठो यार। जल्दी से लगा दो। साला चार दिन बचे हैं इंटरव्यू में और अभी गजेटियर भी देखना है। इज़राइल पस्त किए है, रुपये की परिवर्तनीयता साली पल्ले नहीं पड़ रही, ऊपर से ये नये आर्थिक सुधार भी अभी ही करने थे इन्हें। साले ये भी नहीं देखते कि इंटरव्यू आने वाला है।"

जूनियर बलिहारी हो रहा है- अच्छा! तो ये है आईएएस का इंटरव्यू देने वालों की शब्दावली। और हम लोग साला अभी तक सबसे बड़े जल प्रपात और सबसे छोटी नदी में ही अटके हुए हैं।

"पहले आप खा लें सर!" बन चुके खाने की भड़काऊ महक के बावजूद, जितेंद्रिय होकर जब जूनियर यह कह पाता है तो उस वक़्त उसकी अपनी भूख पर क्या बीत रही होती है, वही जानता है।

"हूँऽऽऽ!" इस शाब्दिक मितव्ययिता के साथ जब भाई साहब इस आतिथ्य को स्वीकार कर रहे थे, तो कौन जानता था कि सलेक्शन के बाद अपने ज्ञान-विज्ञान, मार्गदर्शन और यहाँ तक कि फ़ुटनोट्स को लेकर भी वे इससे ज़्यादा मितव्ययी हो जाएँगे।

ख़ैर, यह तो बाद की बात है। 'थे' कोई ऐसे ही नहीं हो जाता। बड़ा संघर्षपूर्ण सफ़र होता है 'हैं' और 'थे' के बीच।

नया चश्मा लगाकर, बालों को अधिकतम माथे तक लाने की पूरी कोशिश के साथ, गले में एक ख़ास तरह का बेस लाना पड़ता है। वैसे भी, जिस दिन इंटरव्यू के लिए जाने में पहली बार टाई बँधी थी, गला उसी दिन कस गया था और गर्दन सीधी होकर अकड़ गई थी। लेकिन सलेक्शन के बाद अब थोड़े मितभाषी भी हो गए हैं।

'कितने घंटे पढ़ते थे सर?'

'क्या पढ़ते थे सर?'

'क्या खाते हैं सर?'

'जो पढ़ते हैं, उसे एक्ज़ाम हॉल में कॉपी पर कैसे निकाल पाते हैं सर? निकल जाता है पूरा?'

'कैसे शुरू करते हैं सर? कैसे ख़तम करते हैं सर?'

और इन 'बचकाने' प्रश्नों के उत्तर में सर केवल हल्का-सा मुस्कुराते हैं। हल्का-सा मतलब, ऊपर और नीचे के होंठों को, ठीक बीचो-बीच से नियंत्रित

करते हुए, बायें हिस्से पर अपेक्षाकृत और कठोर नियंत्रण के साथ, केवल दायें हिस्से को एक तिर्यक लकीर की तरह बेहद अनुशासित विस्तार देते हैं, कुछेक मिलीमीटर की... बस।

आपको हँसी आ रही होगी? कोई आसान प्रक्रिया है ये? यह मुस्कान बहुत अभ्यास माँगती है। आयोग की लिस्ट में नाम आते ही, गंभीरता के मठ के शिखर पर जा बैठना योगियों का काम है। आप नहीं समझेंगे।

लक्ष्य को पा लेने का सुख, गूँगे का गुड़ है। यह अलग बात है कि जिन प्रश्नों के उत्तर में बुद्ध स्वयं मौन हो जाते थे, वो वाले उत्तर भी आते हैं सर को।

"पढ़ने-वढ़ने से कुछ नहीं होता, चूतियापा है सब!"

उनका बेहद विस्फोटक बयान आता है, जो अब अगले कई दिनों तक चाय की दुकानों पर बहस का विषय रहेगा। लेकिन इस विस्फोटक निष्कर्ष से कौन-सा जूनियर है, जो चौंक नहीं पड़ेगा? यही तो चाहते थे सर कि आप चौंक पड़ें, आप झिंझोड़ दिए जाएँ, आपकी चूलें हिल जाएँ।

"ज़रूरी चीज़ है एकाग्रता!" वो आँखें बंद कर लेते हैं, यह सुनिश्चित करते हुए कि आपकी आँखें खुली रहें।

"सोलह घंटे पढ़ने से कम्पटीशन नहीं निकलता। चार घंटे पढ़ो, तीन घंटे पढ़ो, बल्कि दुइयै घंटे पढ़ो। लेकिन पढ़ो पूरी प्लानिंग के साथ! समझे?"

पढ़ने के घंटे, क्रमशः कम करते हुए वो जूनियर को अथाह ऊर्जा से भर रहे हैं। उन्हें ख़ुद नहीं पता कि जूनियर के दिलो-दिमाग़ में कैसी रंग-बिरंगी झालरें जल गई हैं। अब ये 'प्लानिंग' फिर एक भरी दोपहरी की दाल-रोटी, या रात की अंडा करी की बलि लेगी। जूनियर को अभी इस बात का अहसास भी नहीं है। जूनियर ही ठहरा। अभी उसे ज्ञान ही कितना है कम्पटीशन का!

प्रतियोगिता दर्पण में पिछले साल के प्री के क्वेश्चन पेपर से एक सौ बीस में चालीस क्वेश्चन सही हो गए थे, जिसमें चौबीस तुक्के थे। यानी क़िस्मत भी मेहरबान है और बिना किसी तैयारी के एक तिहाई सफलता सुनिश्चित है। रही बात जी.एस. की, तो सर खुदै बता रहे थे कि पचहत्तर प्लस बहुत हैं। वो भी तुक्के मिला के। तब क्या? इत्ते में तो लटक लेंगे मेन्स की गाड़ी में।

ख़ुशफ़हमी बड़ी चीज़ है दोस्तों! ये न होती, तो अधिया लौट गए होते अभी तक अपने-अपने घर।

एक विलुप्त नदी को खोजती नस्ल

ईमानदारी गेंद खेलती है।

इस वाक्य में न तो ईमानदारी गेंद से मेल खाती है, न ही खेलने से।

कहने का मतलब है कि हर शब्द का एक संसार होता है जहाँ वह व्यवहृत हो, तो अपना कोई अर्थ रखता है, अन्यथा पूरे वाक्य में, अपनी जगह बैठे-बैठे कॉमा और पूर्ण विराम को निहारता रहता है।

कुछ यूँ ही, इलाहाबाद में भी, इलाहाबादियों की त्रिवेणी में तीन स्तर सदैव समानांतर गतिमान रहते हैं। जैसे एक ही वाक्य में पिरोए गए तीन असंगत शब्द हों। और इनमें से हर शब्द की अपनी एक अलग दुनिया हो।

पहला स्तर, उन नवागंतुक बीए, बीएससी, बीकॉम, की 'बी' के सहारे अपने 'बीइंग' का अहसास लिए हुए बैचलर्स का है, जो सबसे पहले पूरब के ऑक्सफ़ोर्ड के विशाल बरगद की एक पत्ती या टहनी होने का संकल्प लेकर आते हैं। कुछ तो सचमुच ही इस वट वृक्ष की छाया में आ जाते हैं और बाक़ी असफल रहने पर, विकल्पों की तलाश में एडीसी, सीएमपी, ईसीसी, या 'ईश्वर शरण' में जाकर शरण पाते हैं।

लेकिन क्या फ़र्क़ पड़ता है? चाहे यमुना, बाँदा से केन को समेटे हुए क़स्बों-क़स्बों होते हुए गऊघाट की ओर से घुसे, या फिर गंगा कानपुर, फ़तेहपुर होते हुए फाफामऊ के रास्ते। इलाहाबाद आकर तो सबको संगम होना ही है। काहे से कि सरस्वती जो मिल जाती हैं यहाँ।

अब इसे रूपक ही समझ लें, तो कोई हर्ज नहीं। लेकिन जिस सरस्वती की खोज में हमने इलाहाबाद के लिए महाप्रयाण किया था, वह कोई ऐसी प्रवाहमान जलधारा नहीं थी कि आए और छपाक से कूद गए।

वो तो यहाँ आकर हमने जाना कि सरस्वती तो विलुप्त हैं। न-न! इतनी जल्दी निष्कर्ष पर न पहुँचिए। इतना भी धैर्य नहीं था तो रहते वहीं फ़तेहपुर, ग़ाज़ीपुर, आज़मगढ़ और बनारस में। नहाते दिन भर गंगा। काहे चले आए थे

गेहूँ, दाल, चावल और गुड़ की बोरी बाँध के? इसीलिए न, कि अपने यहाँ सरस्वती नहीं थीं? तो फिर धीरज रखिए न! विलुप्त का मतलब ये थोड़ी है कि सूख ही गई हैं सरस्वती जी। यहीं कहीं बहती हैं, अंदर ही अंदर। ढूँढना पड़ेगा, टाइम लगेगा थोड़ा।

हॉस्टल मिल रहा हो तो ठीके है। नहीं तो अइसा करो कि पहले ढूँढो एक-ठो कमरा। अल्लापुर, सलोरी, बघाड़ा, करनपुर, कटरा, रसूलाबाद या मम्फ़ोर्डगंज में। कहने वालों की बातों पर जाने की ज़रूरत नहीं, सब जगह बराबर बहती हैं सरस्वती जी। बहलाने वाले बहुत मिलेंगे कि मम्फ़ोर्डगंज, जॉर्ज टाउन, टैगोर टाउन में थोड़ा ज़्यादा बहती हैं, अल्लापुर में थोड़ी कम और सलोरी, रसूलाबाद में थोड़ी गहराय गई हैं। लेकिन ये सब प्रोपगंडा है।

सरस्वती जी पूरे इलाहाबाद के नीचे-नीचे बह रही हैं। हताश होने की ज़रूरत नहीं। जहाँ भी अपने बजट के मुताबिक़ एक-ठो कुर्सी, मेज़ और चौकी रखने की जगह मिल जाए, वहीं निस्तार कर लो पहिले। अब आ ही गए हो, तो धीरे-धीरे सब समझ में आ जाएगा।

अभी कुछ दिन पहले ही, शर्मा जी के गाँव से एक नया-नया उजबक-सा चेहरा, झोला-झंडी लेकर आया था इलाहाबाद। शर्मा जी के घर से सत्तू, गुड़ और घी का डिब्बा लाया था, जो कि शर्मा जी को हैंड ओवर करना था और लगे हाथ कमरा ढूँढने में मदद भी चाहिए थी उसे।

"आओ-आओ! अंदर निकल आओ।" शर्मा जी ने उजबक चेहरे की अगवानी की।

"अंदर? अंदर कहाँ?" उजबक चेहरे ने आँखें मिचमिचाईं।

आप इस उजबक चेहरे के मुँह पर मत जाइए। वो ग़लत नहीं कह रहा था। दरवाज़े पर खड़े-खड़े ही साफ़ नज़र आ रहा था कि कमरा वहीं से ख़त्म हो रहा है। एक चौकी, एक कुर्सी-मेज़, दीवार से सटे बरतन, स्टोव और बाक़ी की सायास बनाई गई जगह पर किताबें, पत्रिकाएँ और अख़बार अपनी यथासंभव बेतरतीबी के साथ यत्र-तत्र विराजमान थे। सचमुच ही, कमरे का 'अंदर' था कहाँ। दिखे, तो कोई अंदर आए न?

"अब राजू, ऐसई है, जो है!"

शर्मा जी ने पूरे आत्मविश्वास के साथ कुर्सी को, मेज़ की दोनों अगली टाँगों के बीच पैवस्त किया, किताबों से भरे गत्ते को चौकी के नीचे खिसका दिया।

और आप यक़ीन नहीं करेंगे कि वहाँ सचमुच ही उजबक चेहरे के लिए बैठने भर की जगह निकल आई।

"भइया बहुतै दिक्कत किया ई एडरेसवा ने! कहाँ घुस के लिए हैं कमरवा। अउर कमरवौ अइसा कि एतने म तौ हमार छोटकी बछिया न रहि पाए!" उजबक चेहरे ने माथे से पसीना पोछते हुए कहा।

'उजबक चेहरा अभी इलाहाबादी संस्कृति, जूनियरिटी-सीनियरटी के मानकों और परंपराओं से अनभिज्ञ, सामंतवादी सोच से संपृक्त और एक बड़े से अहाते जैसे कमरे की कल्पना से आबद्ध है।' शर्मा जी ने उदारतापूर्वक सोचा। शर्मा जी भी जब सात साल पहले यहाँ आए थे, तो वो ख़ुद भी इतने ही उजबक थे। सो अपने गहन अनुभव के आलोक में, उन्होंने उजबक चेहरे के इस बेलौस अंदाज़, उन्मुक्तता और अल्हड़पन को अत्यंत करुण भाव से निहारा, जिसे बस कुछ दिनों में ही बीते दिनों की बात हो जानी थी। और फिर खिस्स से हँस दिए।

"लेकिन एक बात है भइया! सरस्वती जी थोरा दुबराय गई हैं। एतना मनई टूट परा है इकट्ठा कि सबके अविद्या छोड़ाए-छोड़ाए गंधाए लगी हैं!" उजबक ने अफ़सोस ज़ाहिर किया।

"तुम कहाँ देख लिए बे, सरस्वती जी को?" शर्मा जी अचकचा गए।

"अरे हेइं... अउर कहाँ? आपके कमरवा के बाहेर, गली मा!" उजबक चेहरे ने अगाध आस्था के साथ बताया।

"ऊ नाली है बे, चूतिया!" शर्मा जी ने प्रतिकार के साथ ही, उजबक के चेहरे को ध्यान से देखा। लेकिन वह समझ नहीं पाए कि उजबक चेहरा, वाक़ई इतना उजबक है, या फिर अभिधा और लक्षणा का धुरंधर? वहाँ उन्हें एक कुटिल मुस्कान के अतिरिक्त कुछ ख़ास नहीं दिखा।

"काऽऽऽ राजू! सरस्वती जी इलाहाबाद के अंदर-अंदर बहती हैं। एतना ऊपर नहीं कि गाँव से अउतै दिख जाएँ। रइहौ दुई-चार साल, त सब जानि जइहौ!"

बहरहाल, ऐसे क्षेपक इलाहाबाद की हर गली में तैरते रहते हैं। इससे पहले कि ये हमारी कथा के मूल प्रवाह की गति भंग करें, हम आगे बढ़ते हैं। तो इस पहले स्तर की जलधारा कहीं की तरफ़ भी बह चले और किसी भी घाट जा लगे, होती वह इलाहाबादी ही है और ख़ुद को पूरब के ऑक्सफ़ोर्ड का ही हिस्सा मानती है। विधिक रूप से यह ग़लत भी नहीं है क्योंकि आख़िर सभी कॉलेज

संबंद्ध तो यूनिवर्सिटी से ही हैं।

अब दूसरा स्तर है, स्कूल, कॉलेज, विश्वविद्यालय, डिगरी-फिगरी की मृगमरीचिका से कब का निकल चुका, थोड़ा हैरान, परेशान और अपने आस-पास के परिवर्तनों को ठीक बग़ल से सन्न से निकलते देख, बौखलाया हुआ-सा कम्पटीटर। अख़बार, रेडियो, मैगज़ीन और चाय की दुकानों पर हर चर्चा में करेंट अफ़ेयर ढूँढता कम्पटीटर। हर बार दाल, चावल, गेहूँ के बोझ के साथ-साथ 'जल्दी करो कुछ, कब तक वहीं पड़े रहोगे' के अल्टीमेटम के साथ घर से लौटता कम्पटीटर।

उसे सुबह नहा-धोकर यूनिवर्सिटी नहीं जाना होता। जाना भी हुआ तो बस यूनिवर्सिटी रोड तक। हॉस्टल्स की ऊँची-ऊँची बिल्डिंग्स को निहारता हुआ, पूरब के ऑक्सफ़ोर्ड की विशाल घड़ी पर नज़र मारता हुआ, बस किसी तरह अपने समय की सुई को रोके रखने की कोशिश करता है।

एक असंभव कोशिश!

एक कम्पटीटर, यहीं के विश्वविद्यालय से निकला हो सकता था और नहीं भी। बाहर के विभिन्न डिग्री कॉलेजों से अपना स्नातक-परास्नातक पूरा करके आए हुए लोग, इलाहाबाद में संस्थागत नहीं थे। यहाँ इनकी पहचान या तो किसी लॉज के अंत:वासी के रूप में थी या अधिक विस्तृत फ़लक में कहें तो किसी डेलीगेसी से।

जो लोग छात्र जीवन में थे, वे अभी आर्थिक-मानसिक समस्याओं से काफ़ी हद तक मुक्त थे। एक उत्साह से लबरेज़, इलाहाबाद यूनिवर्सिटी के स्टूडेंट होने का गौरव। घर के दुलारे और परिवार के भविष्य की टिमटिमाती आशाओं के लाइट हाउस। जिस तरह अंग्रेज़ों के राज में कभी सूर्यास्त नहीं होता था, उसी तरह इनके कमरों में कभी देशी घी ख़त्म नहीं होता था। माँ के हाथ के बने बेसन या आटे के लड्डू, जिनमें गुँथे हुए काजू और किशमिश अनचाहे ही मुँह में बार-बार आते। हर होली, दशहरे और दीवाली में माँ, बाप, भाई-बहनों और भाभियों के स्नेहिल आमंत्रण-'छुट्टी होते ही घर चले आना, सब याद कर रहे हैं तुम्हें!'

आख़िर ये कैसी सामाजिक संरचना थी कि यूनिवर्सिटी में पढ़ने वाले जो लड़के अपने अभिभावकों की इच्छा, सहमति और महत्त्वाकांक्षाओं के रैपर में लिपटकर इलाहाबाद आते थे, वही लोग बीए, एमए पूरा करके, दो-चार साल में ही घर वालों के लिए आर्थिक बोझ क्यों हो उठते थे?

कालांतर में गेहूँ, दाल, तेल या घी लेने जाने के लिए भी घर की ओर मुँह करना अब हिचकिचाहट क्यों पैदा करता था? भाभियों, चाचियों के मुँह क्यों फूलने लगे थे?

इलाहाबाद के लिए वापसी के अंतिम दिन और ट्रेन के नियत समय तक भी, पिता, दादा, या भाई से महीने के ख़र्च की माँग, मुँह से निकलने में इतना वक़्त क्यों लेने लगी थी? क्या कम्पटीटर होना गुनाह था? या फिर देर तक कम्पटीटर बने रहना गुनाह था? शायद यह दूसरा कारण ही ज़्यादा सही था।

क्या वाक़ई एक कम्पटीटर, इलाहाबाद में, घर के रोज़मर्रा के जंजालों से मुक्त, घर की छोटी-बड़ी परेशानियों से निःस्पृह, बिना किसी काम के मासिक तनख़्वाह लेकर, ऐश कर रहा था? जो भी था और जैसा भी था, सब कुछ संभवतः एक अनिश्चित भविष्य के संघर्ष का ही हिस्सा था।

वो एक ऐसे युद्ध के सिपाही थे जिन्हें अग्रिम पंक्ति तक भी पहुँचना होगा या नहीं, यह तय नहीं था। अधिकांश तो इस लड़ाई की तैयारियों और अपने अस्त्र-शस्त्र, कवच-कुंडलों को ही चमकाने में ज़िंदगी के महत्त्वपूर्ण दिनों को खो रहे थे। जिन्हें प्री क्वॉलीफ़ाई करके मेन्स देने का मौक़ा मिलता, वो ख़ुद को मोर्चे की एक पंक्ति में अग्रगामी दल में शामिल होने का सुख मान लेते।

लेकिन जीत की संभावना तो, केवल इंटरव्यू की एलओसी तक पहुँचकर, ख़ुद को साबित करने में ही थी। यह एक निरंतर चलने वाला युद्ध था, जो अपने विशिष्ट पिरामिडीय व्यूह में, अपने निचले तल की ओर से लाखों सैनिकों को खींचता था और पिरामिड के ऊपरी शीर्ष पर एक चौथाई से भी कम योद्धाओं को एलओसी नसीब होती थी। उस पर भी, सब्जेक्ट, भाषा, लेखन, निबंध, जी.एस. और स्केलिंग की संगीने झेलता हुआ, अपनी जन्म-जन्मांतर की जानकारी, वाक् शक्ति और प्रत्युन्नमति के दैविक अस्त्रों के सहारे, एक बहुत छोटा-सा समूह ही विजेता होकर, इलाहाबाद से हमेशा के लिए बाहर हो जाता था।

कैसा युद्ध था यह? कैसी रणभूमि थी, जहाँ योद्धा जीत जाने के बाद, रणक्षेत्र को पिछली पाँत के योद्धाओं के हवाले कर, मुस्कुराता हुआ अपना विजय जुलूस लेकर, युद्ध भूमि से पलायित हो जाता था?

फिर दिनों, महीनों और सालों तक, पिछली पंक्ति के सैनिक उसके विजय गीत गाते और इस विचित्र लड़ाई के हथियारों, व्यूहों और युद्धकला के रहस्यों के बारे में, उनसे जानना चाहते। विजेताओं की बातें, आदतें, उनके उठने, बैठने,

सोने, जागने और पढ़ने के तरीक़ों, उनकी शंखपुष्पी, च्यवनप्राश के ब्रांड, याददाश्त बढ़ाने के कैप्सूल, टेबलेट्स की कंपनियों के नाम, किंवदंतियों की तरह अल्लापुर, मम्फ़ोर्डगंज से रसूलाबाद, चाँदपुर सलोरी तक, डेलीगेसीज़ की चाय की दुकानों में तैरते रहते।

विजेता, फिर विजेता ही थे। वे जो बताते, वही हथियार था। वे जिस करवट बैठते, वही युद्ध कौशल था और वे जिस किताब पर हाथ रख देते, वही इस युद्ध की बाइबिल थी। और इस संगम की तीसरी जलधारा थी किसी कैप्सूल कोर्स की तरह इलाहाबाद आने वालों की। वे बैंकिंग, पीओ, रेलवे में गार्ड, टीसी और कर्मचारी चयन आयोग की परीक्षाओं के लिए आते थे। सीपीएमटी और इंजीनियरिंग वाले भी इसी वर्ग में शामिल थे। लेकिन इलाहाबादी कम्पटीटर ने इन्हें कभी भी मुख्य धारा का योद्धा स्वीकार नहीं किया। और उन्हें भी इससे कोई फ़र्क़ नहीं पड़ता था। वे ज़्यादातर समय अपनी कोचिंग में और अपने कमरों पर रीज़निंग में जूझते रहते थे।

तो ये थे, वे तीनों शब्द, जो एक ही पन्ने पर, एक ही वाक्य में टँके, एक-दूसरे के लिए असंगत शब्द की तरह, इलाहाबादी व्याकरण के ही हिस्से थे।

...लेकिन ज़रा ठहरिए!

ये इस परिवेश में एक-दूसरे से इतने भी दूर नहीं थे, जितना कि लेखक इन्हें साबित कर चुका। हो सकता है कि लेखक ख़ाली अपने निजी अनुभव ही चिपका रहा हो? यह तीसरा स्तर, इलाहाबाद की मिश्रित संस्कृति से एकदम जुदा नहीं था। एक विशुद्ध कम्पटीटर का रूम पार्टनर, यूनिवर्सिटी का स्टूडेंट भी हो सकता था और बैंकिंग या रेलवे की तैयारी करने वाला भी। माना कि इनके उद्देश्य भिन्न थे, लेकिन एक ही कमरे पर, एक साथ रहकर, ये तीनों धाराएँ एक-दूसरे से इतना निस्पृह कैसे हो सकती थीं? ऐसा न होता, तो संगम इलाहाबाद में ही क्यों होता? पटना में क्यों न होता?

ख़ैर! कालांतर में छोटे भाइयों, भतीजों को हाईस्कूल या इंटर से ही इलाहाबाद ले आने का प्रचलन शुरू हो गया था। इस प्रयास की नैतिक प्रस्तावना कुछ यूँ थी- 'वह, अर्थात छोटा भाई, शैशवकाल से इलाहाबादी माहौल को आत्मसात करेगा और बड़ा होते-होते, नंबर कमाऊ विषयों से बीए करेगा। इस दौरान इतर पत्र-पत्रिकाएँ उसका ज्ञानवर्धन करेंगी और खेल खेल में ही वह जनरल स्टडी को स्पेशल स्टडी की तरह घोंटकर पी जाएगा। करेंट अफ़ेयर्स के लिए बीबीसी

तो है ही!'

यूएनओ के वैश्विक शांति के घोषणापत्र की भाँति, यह प्रस्तावना भी देखने, सुनने और कहने में बेहद सुंदर और सुशील थी और अभिभावकों को अति सुख देती थी। जिसका परिणाम यह होता था कि छोटा भाई, भतीजा या भांजा, वह जो भी हो, अपना बोरिया-बिस्तर बाँधकर इलाहाबाद में पदार्पित हो उठता था।

उसके आने के दो-चार रोज़ बाद ही एक विडंबना सर उठा लेती, जैसे कि वह सर उठाने के लिए बस छोटे भाई के आगमन की ही प्रतीक्षा कर रही हो। अब इसे विडंबना कहें या सुविधा कि बीबीसी का समय ही, रात के भोजन तैयार करने का भी समय था। यह इलाहाबादी परंपरा का एक मज़बूत हिस्सा था।

तो क्या? आटा हाथ से गूँथा जाना है, सब्ज़ियाँ काटने और छौंकने में उँगलियों और अँगूठे का प्रयोग समीचीन है। रोटी सिंक रही हैं या जल रही है, यह देखने के लिए आँखों के प्रयोग की परंपरा कोई आज से नहीं चली आ रही है।

अब ख़ुद बताइए कि इस पूरे इंतज़ामात में कानों की कोई भूमिका दिखी आपको?

नहीं न?

तो फिर दिक़्क़त क्या है?

बीबीसी को अपने निजी कानों से सुनेगा, मस्तिष्क को जागृत रखेगा और देश-दुनिया की ख़बरों के ज़रिए अंतर्राष्ट्रीय परिदृश्य पर कड़ी नज़र रखेगा। और यह नज़र, मस्तिष्क से रखी जानी है, आँखें तो रोटी पर नज़र रखेंगी।

यह उस प्रस्तावना का परंतुक है, जिसे इलाहाबाद पहुँचने के बाद जोड़ा जाता है। तो अब, जैसा कि आप देखेंगे, इन सब गतिविधियों के दौरान वह पाएगा कि केवल कानों को छोड़कर, शेष अंगों के सहारे दो लोगों का खाना बिलकुल तैयार है, बल्कि कभी-कभी तो तीसरे का भी, अगर भाई साहब के भी कोई भाई साहब आ गए डिस्कशन के लिए।

इस प्रकार, सगे छोटे भाई, चचेरे भाई, दूर के भाई, मुहल्ले का कोई धर्म भाई, या भाई साहब को भइया कहने वाला किसी भी जाति, धर्म, अपने गाँव, तहसील या ज़िले का कोई भी भाई। मुख़्तसर यह कि उक्त नैतिक प्रस्तावना के आलोक में सभी भाइयों के लिए इलाहाबाद के द्वार खुल गए।

बात दरअसल ये भी है कि यहाँ रहेगा तो वहाँ के छिछोरों से भी दूर रहेगा। पढ़ने-लिखने के माहौल से भी दो-चार होगा, और... और क्या?

खाना-पीना बनाना भी सीख जाएगा। कल को जब हम चले जाएँगे सलेक्शन लेकर, तो क्या टिफ़िन मँगाएगा ? इतना तो आना ही चाहिए हर इलाहाबादी को।

यह कुछ ऐसा प्रतिध्वनित होता, जैसे कोई बड़ी अम्मा घर में जवान होती बिटिया को परंपरागत उपदेश जारी कर रही हो कि 'अभी नहीं सीखेगी, तो कब सीखेगी ? क्या मुँह दिखाएगी वहाँ जाकर ? और क्या कहेंगे लोग कि खाना बनाना भी नहीं सिखाया ?'

और फिर छोटा भाई बनाम जूनियर, बनाम पार्टनर, भाई साहब की सेवा को अपना धर्म मानकर, बिना किसी हील-हुज्जत के सालों गुज़ार देता। जब तक कि उसका भी कोई छोटा भाई न आ जाए।

इलाहाबाद के नीति निर्देशक तत्व

उन दिनों इलाहाबादी कम्पटीटर के जीवन और रहन-सहन की कुछ अघोषित किंतु निश्चित परंपराएँ हुआ करती थीं। हालाँकि वे टूटती भी थीं और सायास तोड़ी भी जाती थीं, लेकिन कतिपय अराजक तत्वों द्वारा ही। बहरहाल, ऐसे लोग तो हर युग और हर शहर में होते आए हैं।

लेकिन अमूमन, लोग इनका पालन करते थे। ये परंपराएँ, जो नैतिक बोध से संपृक्त, नीति निर्देशक तत्व मात्र ही थीं, सीनियर से जूनियर को और फिर उसके जूनियर को पीढ़ी-दर-पीढ़ी हस्तांतरित होती थीं। एक कम्पटीटर के जीवन में इन नैतिक मूल्यों का कभी बाध्यकारी, तो कभी मजबूरी भरा ऐच्छिक स्थान था।

यूनिवर्सिटी के खिलंदड़े छात्र जीवन को एक बारगी हटाकर अगर मीमांसा करें, तो डेलीगेसी के एक विशुद्ध कम्पटीटर के लिए, किसी लड़की के प्रेम में पड़ जाना, उसके कम्पटीशन कैरियर के लिए 'मिसकैरेज' की भाँति था। ऐसा उस कम्पटीटर का नहीं, उसके अलावा शेष कम्पटीटर समाज का मानना था। कम्पटीशन की तैयारी एक तपस्या, या महायज्ञ की तरह थी, जिसे कोई मेनका अगर भंग कर दे, तो यज्ञ ध्वंस हो जाता था, ऐसा सुना गया है।

चाय पीने, मौसम की सबसे सस्ती सब्ज़ी ख़रीदने और रोज़गार समाचार, तथा एक-दो मासिक प्रतियोगी पत्रिकाएँ ख़रीदने से इतर, अगर आप चाट खा रहे हैं, सिगरेट और शराब का सेवन करते हैं, तो कम्पटीशन के प्रति आपकी गंभीरता से, शेष कम्पटीटर समाज का भरोसा तत्काल उठ सकता था। बिना किसी ख़ास प्रतियोगितात्मक मक़सद के, सिविल लाइंस की ओर मुँह करना, कोल्ड ड्रिंक पीना, या विंडो-शॉपिंग करना, नैतिक अपराध की श्रेणी में गिना जाता था। ऐसे लोग, गंभीर टाइप के डिस्कशन क्लबों, क्विज़ ग्रुपों और कंबाइंड स्टडी की पात्रता से हाथ धो सकते थे।

आज की क्या स्थिति है, मैं कह नहीं सकता। लेकिन कम-से-कम 80 और 90 के दशक में ये परंपराएँ, पूरी दृढ़ता के साथ विद्यमान थीं। और इन्हें तोड़ने

वाले, ख़ासी हिक़ारत की नज़र से देखे जाते थे। मुझे अपने इस वर्णन में, ये जैसे कल की ही बातें लगती हैं, लेकिन नये लोगों को याद दिलाना बनता है कि ये बातें अब से तीस साल पुराने इलाहाबाद की हैं। उस वक़्त के तमाम पैदा हुए बच्चे अब तक संघ लोक सेवा आयोग की अधिकतम आयु सीमा भी पार कर चुके होंगे।

तो जैसा कि मैं बता रहा था कि बावजूद इन नैतिक प्रतिबद्धताओं के किसी किताब की दुकान से कोई पत्रिका पार कर देना, सब्ज़ी की दुकान से हरी मिर्च, एकाध नीबू, या थोड़ी-सी हरी धनिया धोखे से जेब में डाल लेना, बिना टिकट ट्रेन में सफ़र कर लेना, ये सब कृष्ण की माखन चोरी के सदृश, इन्नोसेंट टाइप के अपराध थे, जो रोचक, रोमांचक और अपने बचपने को दोहराने जैसा था।

लेकिन चाय वाले का पैसा मारते, या चाय पीकर बिना पैसे दिए खिसक जाने वाला कोई कम्पटीटर, कम-से-कम मैंने तो नहीं देखा। शायद ही कभी किसी इलाहाबादी ने, किसी रिक्शे वाले को बिना किराया दिए, धमकाकर भगाया हो, या किसी दूध वाले, अख़बार वाले का पैसा मारकर, कमरा बदलकर किसी दूसरी डेलीगेसी में चला गया हो। यह भी एक प्रकार की नैतिकता थी, जो इलाहाबाद में बरक़रार थी।

हॉस्टलर कभी-कभी समूह में, बिना टिकट किसी सिनेमा हॉल में घुसकर पिक्चर देख लेते, या कोई हिट गाना देखकर ही निकल आते। वो इसे भी एडवेंचर के तौर पर ही लेते थे, जिस पर सिनेमा हॉल के गेटकीपर के अतिरिक्त और किसी को कभी कोई आपत्ति नहीं हुई।

डेलीगेसी में सभी प्रतियोगी छात्र, लॉज या गेस्ट हाउस टाइप की ही जगहों में नहीं रहते थे, बल्कि ऐसे मकानों में भी उनकी रिहाइश हो सकती थी, जिनमें बस एक-दो कमरे ही स्टूडेंट्स के लिए थे, शेष हिस्से में मकान मालिक का परिवार, या दूसरे नौकरी-पेशाओं के परिवार भी हो सकते थे।

इन जगहों पर लड़के पूरी शुचिता के साथ रहने की कोशिश करते और कमरे पर आने वाले आगंतुकों को भी पूरे नियंत्रण के साथ, उनके कमीनेपन को स्थगित रखते। यह शुचिता तब तक दृढ़ रहती, जब तक ऊपर-नीचे, अगल-बग़ल के किसी पोर्शन में कोई ताज़ा-ताज़ा युवा होती लड़की, ख़ुद ही स्वैच्छिक बदमाशी पर न उतर आए। लेकिन कम्पटीटर लोग, कभी अपनी तरफ़ से ऐसी कोई पहल नहीं करते थे, जो उन्हें अकारण ही कमरे से वंचित कर दे।

मैं यह दावा नहीं करूँगा कि उन दिनों इलाहाबाद में सतयुग था। यह भी नहीं

कि कम्पटीटर्स में कोई सौंदर्यबोध ही नहीं था और न यह कि वे छत पर सूखते हुए महिलाओं के अधोवस्त्रों को बड़े ग़ौर से, देर तक घूरते नहीं रहते थे। बल्कि सच तो ये था कि वे अपनी परिस्थितियों के चलते ऐसे 'प्रेस्ड चरित्रवान' थे, जो उन सूखते अधोवस्त्रों को, अपनी कल्पना में ही, तरतीब से लगाकर, उनके भीतर एक मनचाहा स्त्री शरीर डालकर कुछ देर उच्छवास भर सकते थे और तत्क्षण ही सर झटककर, उस दु:स्वप्न से बाहर आ सकते थे।

इस पूरी क़वायद की एक वजह थी। और वजह ये थी कि इलाहाबाद में एक बार ठीक-ठाक कमरा मिल जाना जितना कठिन था, उससे भी कठिन था नया कमरा ढूँढना और उससे भी कठिन था उसमें शिफ़्ट होने का कष्टसाध्य श्रम करना। पूरा बना बनाया माहौल, पड़ोस के यार-दोस्तों का छूट जाना... अलग!

तो इस बाध्यकारी आत्मबल और कृत्रिम चरित्रबल के चलते वे मकान मालिक की दृष्टि में आदरणीय शर्मा जी, वर्मा जी, गुप्ता जी, भाई साहब या सर जी बने रह सकते थे और इसी में उनकी भलाई भी थी। कई सीनियर्स को तो अपने इस आवरण के आधार पर ही पड़ोस की भाभियों से खाने-पीने की चीज़ें भी अनुदान के तौर पर मिल जाती थीं। तीज-त्योहार में अगर वे अपने घर न जा सके हों तो गुझिया, पापड़, पूरी, कचौरी भी थाली में सजकर, कमरे में ही उपलब्ध हो जाती थीं।

गंभीर कम्पटीटर इलाहाबादी स्थानीयता के साथ सकारात्मक सामंजस्य और सह अस्तित्व की भावना के साथ रह रहे थे और नुक्कड़ की पान की दुकान से दोहरा, पान, तंबाकू जैसी चीज़ें वे मासिक भुगतान के आधार पर हासिल कर सकते थे, जिसका हिसाब महीने-दो महीने के अंतराल में, घर से पैसे आ जाने पर किया जा सकता था।

ऐसा नहीं है कि इस विश्वसनीयता भरे वातावरण में ख़लल डालने वाले तत्व नहीं थे। हमारा एक जूनियर तो सब्ज़ी की दुकान में एक मूली या खीरा ख़रीदने जाता और उनके आकार-प्रकार की छँटनी करते-करते अंततः दो-तीन आलू, एकाध टमाटर, मटर की कुछ फलियाँ और पाव-डेढ़ पाव प्याज़ लेकर लौटता था। इस तरह से वह केवल सलाद के पैसे ख़र्च करके एक टाइम की आलू, मटर, टमाटर की सब्ज़ी तैयार करता था, जिसके अंतिम स्वाद से भी समझौता न करके हरी धनिया की पत्ती पड़ोस के किसी कमरे से नि:संकोच माँग लेता था।

कुछ सीनियर्स तो उसके इस हुनर से प्रभावित होकर उसे प्रोत्साहित करते

हुए, चौराहे पर स्थित किताबों और पत्रिकाओं की दुकान से इसी महीने की ताज़ी-ताज़ी क्रॉनिकल, दर्पण, या प्रतियोगिता सम्राट जैसी पत्रिकाएँ भी मँगवा लेते थे जिन्हें वह समाज सेवा के तौर पर सहर्ष अपने पैंट में खोंसकर पूरे कॉन्फ़िडेंस के साथ दुकान से लेकर आता और सीनियर को सौंप देता।

कुछ सीनियर्स के पास तो इससे भी बड़ा जिगरा था। वे उस पूरी पत्रिका को पढ़कर या ख़ास-ख़ास हिस्सों की फ़ोटो कॉपी करा के अगले दिन उसी पत्रिका को लेकर पुनः दुकान पहुँच जाते और ये कहकर कि... यार कुछ ख़ास काम का नहीं है इसमें। और उसी मूल्य की किसी अन्य पत्रिका से बदल लाते।

यही जूनियर, जिसका ज़िक्र हो रहा है, एक दिन मेरे पार्टनर से बड़ी मासूमियत से पूछते पाया गया कि- 'भाई, फुलकी का पानी कैसे बनता है?'

पार्टनर ने अनभिज्ञता ज़ाहिर की तो वह अपनी जेब से आठ-दस फुलकियाँ निकालकर वहीं मेज़ पर रखकर चलता बना। उसे बेहद अफ़सोस था कि जिस चाट के ठेले से वह फुलकी चुराकर लाया था, वहाँ से फुलकी का पानी अपनी जेब में भरकर नहीं ला सका था।

जहाँ तक मेरी स्मृति है, एक बार उसने अपने हुनर को विस्तारित करते हुए, आलू, टमाटर, मटर से भी आगे बढ़कर, तक़रीबन डेढ़ किलो का एक कद्दू अपनी शर्ट के अंदर छुपाकर अपने ही पूर्ववर्ती रिकॉर्ड को तोड़ना चाहा था। लेकिन दुर्भाग्य से दुकानदार के पास दो ही कद्दू थे, इसलिए जूनियर जैसे ही अपना काम करके वापस मुड़ा, दुकानदार ने पाया कि बड़े कद्दू के साथ रखा हुआ, छोटा कद्दू अदृश्य है।

वह दुकान छोड़कर इसके पीछे लग लिया। थोड़ी दूर तक पीछे-पीछे आने के बाद, वह तेज़ी से आगे निकलकर, यू टर्न लेकर उसके ठीक सामने आ खड़ा हुआ। जूनियर की तोंद, बाक़ी दिनों की तुलना में ज़्यादा फूली हुई थी। दुकानदार ने पूरा जोखिम लिया और जूनियर के पैंट के अंदर तक खोंसी हुई शर्ट को झटके से खींच दिया। छोटा कद्दू नीचे गिरा, जिसे दुकानदार ने सड़क पर गिरने से पहले ही लपक लिया।

"पइसा... बाबू जी?" दुकानदार ने पूरे संयम के साथ कहा।

"कद्दू का पैसा नहीं दिया क्या?" जूनियर ने दुकानदार को एवॉइड करते हुए बेहद सरल भाव से साथ में चल रहे मित्र से पूछा।

मित्र ने अवगत कराया कि वह तो कद्दू खाता ही नहीं तो ख़रीदेगा क्यों?

अत: इस छोटे कद्दू से उसका कोई लेना-देना नहीं है।

"अच्छा ?" जूनियर आश्चर्यचकित हुआ। और दुकानदार की ओर मुख़ातिब होते हुए बोला।

"तो ले जाओ अपना कद्दू! जब ख़रीदा ही नहीं तो पैसा कैसा ? हमें क्या पता था कि भाई कद्दू खाता ही नहीं!"

कहते हुए जूनियर आगे बढ़ गया और दुकानदार उसे आग्नेय दृष्टि से घूरता हुआ अपने छोटे कद्दू को लेकर चलता बना। इस घटना के बाद जूनियर ने नाराज़ होकर उसकी दुकान से सब्ज़ी लेना ही बंद कर दिया और उससे अगले चौराहे पर दूसरी सब्ज़ी की दुकान 'अनवास' ली।

क़िस्तों में वापसी

पाश्चात्य दार्शनिक स्पिनोजा की ईश्वर संबंधी धारणा पर उनके एक समकालीन दार्शनिक लिखते हैं- 'स्पिनोजा का ईश्वर शेर की वह गुफा है जिसकी ओर जाते हुए पद-चिह्न तो दिखते हैं पर लौटते हुए नहीं!'

"ई साला स्पिनोजा का ईश्वर है कि इलाहाबाद की डेलीगेसी?"

बीए सेकेंड ईयर में फ़िलॉसफ़ी पढ़ रहा गणेशन खीसें निपोरकर कहता है। बेहद मस्तमौला-सा जूनियर है और नाम भी कुछ भला-सा ही है, लेकिन कम उम्र में ही बेहद परिपक्व तोंद के चलते किसी ने मज़ाक़ में ही गणेशन कह दिया तो फिर यही नाम रूढ़ हो गया। अब तो कोई उसके असली नाम से पुकार दे तो एकबारगी ख़ुद चौंक पड़ेगा वह।

गणेशन की बात में थोड़ी अतिशयोक्ति हो सकती है। बेहतर होगा कि आप उसके केंद्रीय कथ्य पर जाइए।

इलाहाबाद की ओर आते हुए लोग डंके की चोट पर आते हैं। जब सारे साजो-सामान के साथ एक स्टूडेंट या कम्पटीटर इलाहाबाद के लिए प्रस्थान करता है तो घर से लेकर नाते-रिश्तेदार तक यार दोस्तों से लेकर गाँव-जवार तक और पड़ोस की चमकीली आँखों वाली लड़की से लेकर उसके खुर्राट बाप तक को पता होता है कि मुहल्ले का एक होनहार लड़का इलाहाबाद जा रहा है पढ़ने।

अब पता नहीं किस कलेवर में लौटेगा! परगना मजिस्ट्रेट बनकर या ख़ाकी वर्दी में तीन सिल्वर सितारे लेकर? ये सितारे किसी वर्दी के कंधे पर तो जब सजेंगे तब सजेंगे... माँ-बाप, भाई-बहनों की आँखों में अभी से सज गए हैं। इलाहाबाद प्रयाण जैसे गारंटी है मध्यवर्गीय सपनों के फलीभूत होने की।

बहरहाल जैसा भी लौटे जो भी बनकर लौटे। लेकिन यह दुबला-पतला कृशकाय, आँखों के ऊपर तक लहराते गझिन बालों वाला किशोर कम-से-कम अपने मूल स्वरूप में तो नहीं ही लौटेगा। लेकिन जाने वाले जब हार कर लौटते हैं तो इसकी ख़बर केवल उसके घर को ही होती है। बहुत हुआ तो उस लॉज को

भी जिसका वह अंत:वासी था। या फिर उन्हें जिन्हें चौकी, कुर्सी, मेज़ किताबें और पत्रिकाएँ रखने वाली बाँस की बनी तीन खानों वाली खुली रैक उपहार में या औने-पौने दामों में मिल जाती है, बस।

मैं मानता हूँ कि हिंदी ख़ूब पढ़ी होगी आपने। शब्दकोश भी कमज़ोर नहीं है आपका। लेकिन अगर इलाहाबाद से 'लौटने' और 'निकलने' का अंतर नहीं समझ पाए आप तो दोनों शब्द बस पर्यायवाची बनकर रह जाएँगे आपके लिए। जबकि सच तो ये है कि इलाहाबादी व्याकरण के धरातल में दोनों शब्दों के अर्थ बहुत भिन्न और इनमें निहित रस बिलकुल अलग-अलग हैं।

अच्छा! तो अब वाक्य प्रयोग भी चाहिए आपको? ठीक है तो फिर 'किलियर' ही हो जाए बात!

'भइया तो निकल गए!' और 'भइया तो लौट गए!' दोनों वाक्यों में कोई अंतर नहीं दिखता आपको?

पहले वाक्य में आल्हाद है, उमंग है, उत्साह है, दुंदुभी-सा बजता हुआ। जबकि दूसरे वाक्य में विषाद की एक क्षीण-सी परत के भीतर ढेर सारा अवसाद है। वह अवसाद जो भइया को अब ताज़िंदगी त्रिशंकु की तरह लटकाए रखेगा। अब वह न तो ज़मीन का होगा न आसमान का। उसकी स्मृतियाँ विजय के हार पहन रही होंगी जिनमें चेहरा जो होगा वह लाख कोशिश के बावजूद सलेक्ट हो चुके किसी यार-दोस्त का ही होगा। उसके स्वप्न कहीं ज्वॉइन कर रहे होंगे और उसकी जिजीविषा अभी भी रोज़गार समाचार की किसी विज्ञप्ति में 'अधिकतम आयु' वाली पंक्ति खोज रही होगी।

जबकि ख़ुद 'वह' जिस धरातल पर खड़ा होगा वहाँ ग्राम सेवक ने भी उसे फटकारकर भगा दिया होगा। खसरा-खतौनी के जंगल में बुवाई के बीज और खाद की तलाश में या पत्नी और बच्चों के तानों के बीच ही कहीं अपनी ज़मीन का एक टुकड़ा खोज रहा होगा जिस पर वह दो पल पैर टिकाकर खड़ा हो सके, एक दीर्घ नि:श्वास के साथ।

क्षणांश के लिए लेखकीय हस्तक्षेप बर्दाश्त कीजिए। कुछ ज़रूरी बात है।

तो बात दरअसल ये है कि ऐसा नहीं है कि इलाहाबाद से लौटकर लोग वकील नहीं बने, पत्रकार नहीं बने, व्यवसायी नहीं बने, बीमा एजेंट नहीं बने, खेती नहीं किए, या फिर किराने की दुकान नहीं खोली। ऐसा भी नहीं कि इलाहाबाद से लौटकर फिर लोग जिए ही नहीं।

उनकी अजेयता को सलाम है, उन सबकी जिजीविषा को नमस्कार है जो इलाहाबाद से बिना कुछ लिए लौटकर नये सिरे से जिए। जीवन के टूटे धागों के सिरे ढूँढे और फिर पिरोया उन्हें एक मज़बूत बेहतरीन माला बनाने के लिए।

उन सबसे क्षमा चाहते हुए कहना होगा कि यह दरअसल टूटे हुए सपनों की दास्तान है। यह बहुसंख्य की कथा है। योद्धा वही है जो एक रणभूमि में हारकर नई रणभूमि चुने। जो तलवार इलाहाबादी चुनौतियों के सीने पर रखने के लिए दसियों साल चमकाई गई, हताश होकर उसे अपनी ही गर्दन पर रखने के बजाय वही तलवार आस-पास के झाड़-झंखाड़ को काटकर साफ़ करके नई और उर्वर ज़मीन बनाने के लिए भी इस्तेमाल हो सकती है। बल्कि हो भी रही है। ऐसे अनेक उदाहरण सबके सामने हैं।

और इलाहाबाद केवल कम्पटीशन क्वॉलीफ़ाई करना ही नहीं सिखाता, यह लड़ना भी सिखाता है, यह दूसरों से आपको अलग बनाता है।

बहरहाल, बात को फिर से वहीं से शुरू करते हैं जहाँ पर यह बाधित हुई थी। तो इस वापसी के दृश्य पर अगर मम्मट का कोई अध्येता किसी उदात्त अंत की कल्पना करे जिसमें नायक का भव्य अंत पूरे ताम-झाम वाले क्लाइमेक्स के साथ शोले के अमिताभ बच्चन की झलक दे रहा हो तो यह कल्पना बेमानी होगी।

सच तो ये है कि इस वापसी पर कोई बिजली नहीं कड़कती, कोई तूफ़ान नहीं आता, कोई बारिश नहीं होती, जिसे देखकर हिंदी का कोई प्रकांड विद्वान यह रूपक दे सके कि 'देखिए ज़रा! आज फलाने सर वापस जा रहे हैं तो आसमान की आँखें भी भर आईं।'

यह 'लौटना' भी कई बार हृदय गति बंद होने की तरह क़िस्तों में होता है। पहले एंजाइना पेनमाइल्ड अटैक, फिर दूसरा अटैक। और कहते हैं कि तीसरा अटैक अंतिम होता है।

चालाक मुसाफ़िर ऐसे ही क़िस्तों में लौटते हैं। सबसे पहले वे केवल अपना टूथब्रश, मंजन, कपड़े और कुछ किताबें लेकर जाते हैं एक लंबी छुट्टी पर। अभी वे अपना हॉफ़ पैंट, लोवर, एक ढीली-ढाली-सी टी-शर्ट और हवाई चप्पल यहीं छोड़ देते हैं कमरे पर ही।

लेकिन जाने से पहले वे दो-चार फ़ॉर्म ज़रूर भर देते हैं। इस लिहाज़ से एक्ज़ाम देने तो अभी आना ही है। फिर प्रीलिम्स के ठीक पहले आते हैं एक्ज़ाम देते हैं और इस बार फिर अपनी कुछ पुरानी किताबें, टेबल लैंप (वहाँ घर पर

भी पढ़ना होता है देर रात तक) हाईस्कूल, इंटर के सर्टीफ़िकेट, ग्रेजुएशन की मार्कशीट और डिग्री की मूल प्रतियाँ लेकर लौटते हैं इस बार।

उनका फोल्डिंग बिस्तर और कुछ पुरानी पत्रिकाएँ अभी भी इसी कमरे पर रहेंगी। गैस चूल्हा उनका है और सिलेंडर पार्टनर का। सो फ़िलहाल चूल्हा ले जाना मुल्तवी है।

"टेबल लैंप का तो समझ में आता है! चूल्हा क्या करोगे ले जाकर?"

ये प्रश्न उन्होंने पार्टनर की आँखों में पढ़ लिया है।

उधर रेडियो भी पार्टनर ने फँसा रखा है। अभी नये सेल उसी ने ख़रीदकर डाले हैं और जब तक सेल ख़त्म न हो जाएँ रेडियो कैसे दे देगा वो? या फिर सेल के पैसे देते जाओ। एकदम सीधी-सी बात है, पार्टनरशिप में हिसाब-किताब बिलकुल 'किलियर' होना चाहिए। लेकिन हफ़्ते-दस दिन चल चुका है रेडियो। सेल कुछ तो ख़र्च हुए ही होंगे तो नये सेल का पैसा क्यों दे दें भई?

कष्टप्रद तो यह है कि कमरे का आधा किराया अभी देते रहना होगा नहीं तो कोई दूसरा पार्टनर आ जाएगा।

अरे क्यों आ जाएगा भाई? कौन-सा हम इलाहाबाद 'छोड़' के जा रहे हैं? वो तो बाबूजी की तबीयत कुछ नासाज़ रहने लगी है इन दिनों। और भौजाई की रोज़-रोज़ की चिक-चिक से तंग आकर भाई ने चूल्हा अलग कर लिया है।

अरे यार! बँटवारा काहे को? अभी खेत-पात तो सब एक ही हैं। भाई-भौजाई के मकान के ही दूसरे पोर्शन में शिफ़्ट हो जाने को बँटवारा कहेंगे आप? हाँ ये ज़रूर है कि इनका इलाहाबाद का ख़र्चा अब बाबूजी जानें क्योंकि 'उस' वाले पोर्शन की आर्थिकी अब भौजाई के हाथ में है। उनके भी लड़के-बच्चे हैं।

चिक-चिक क्यों हुई, यह अभी स्पष्ट नहीं है। कभी-कभी बस भौजाई के कुछ स्वगत शब्द दोनों पोर्शन की भौतिक सीमाओं का उल्लंघन करते हुए बाबूजी वाले पोर्शन तक हवा में तैरते हुए आ जाते हैं।

"घर की साझी कमाई में एक भाई दिन-रात हाड़ तोड़े और दूसरा इलाहाबाद में पड़े-पड़े खाए और उड़ाए?"

ख़ैर! गाँव-घर की औरतें इससे ज़्यादा क्या सोच पाएँगी। कौन-सा इलाहाबाद में पढ़ी हैं वो? चलिए कोई बात नहीं।

वैसे भी अभी हालिया कोई एक्ज़ाम भी तो नहीं इधर। प्री का रिज़ल्ट आते ही राशन-पानी लेकर हम फिर हाज़िर। तब तक बाबूजी की तबीयत भी कुछ सँभल

जाएगी। कोई ऐसी ख़ास बीमारी भी नहीं है। बस यही भाई के अलग होने का 'धसका' लगा है और कुछ नहीं। मेन्स के सब्जेक्ट भी लौट के ही फ़ाइनल कर लेंगे, जो उस वक़्त चल रहे होंगे, झोर के नंबर देने वाले। सारी प्लानिंग चौंचक है। भौजाई तो भौंचक ही रह जाएगी सलेक्शन की ख़बर सुनकर।

प्री का रिज़ल्ट आ गया है। सब्जेक्ट में 95 गई है मेरिट। हमारे 97 तो कोई काट नहीं सकता था। फिर साला हमारा रोल नंबर गया तो गया कहाँ? ख़ैर अब जहाँ भी गया हो अब क्या आएगा लौटकर!

लेकिन हम अभी कहाँ जा रहे हैं। लोवर का मेन्स दिए थे उसका रिज़ल्ट आना है अभी। यूडीए का एक्ज़ाम भी आने वाला है, लेकिन अभी थोड़ा टाइम है उसमें। तब तक गाँव होकर आते हैं। साइकिल लिए जा रहे हैं गुरु! खेत पर जाना पड़ता है न। अब गाँव से खेत तक जाने के लिए कोई रिक्शा तो होता नहीं है वहाँ!

अपने इस मज़ाक़ पर ख़ुद ही खुलकर हँस लेते हैं सर।

पड़ोस के कमरे में रह रहे त्रिलोचन पांडे उर्फ़ तिल्लू सर अपने जूनियर पार्टनर को बा-आवाज़-ए-बुलंद कोई क़िस्सा सुना रहे हैं। उनकी आवाज़ ही ऐसी है कि खुसफुसाकर भी बोलें तो पूरे लॉज में सुनाई पड़ती है।

"तो गुरु, हुआ ये कि दो देशों के बीच एक बड़ी जंग में एक-ठो कंपनी कमांडर जोश में बॉर्डर क्रॉस करके पहुँच गया दुश्मन की ज़मीन पर। पकड़ा गया, गिरफ़्तार हुआ और जेल भेज दिया गया। बुरी तरह घायल था। शरीर में बम के टुकड़े धँस गए थे। जेल अस्पताल में दाख़िल कराया गया और जो भी इलाज हो सकता था, हुआ। लेकिन बारूद का ज़हर ऊपर तक फैल गया था। एक दिन डॉक्टर ने बताया कि एक टाँग काटनी पड़ेगी नहीं तो जान से जाओगे।

तिल्लू सर पूरी तन्मयता से क़िस्से में डूब गए थे। क़िस्से की शुरुआत रोचक जान पड़ी तो जूनियर भी किताब बंद करके क़ायदे से मुख़ातिब हुआ।

"तो भइया, मरता क्या न करता? कमांडर राज़ी हो गया। टाँग कट गई। लेकिन उसने जेलर साहब से एक विचित्र फ़रमाइश की कि उसकी कटी हुई टाँग को पैक करके उसके घर भेज दिया जाए तो बड़ी कृपा होगी। जेलर को इस बात पर कोई हर्ज न दिखा। सो कटी हुई टाँग को ठीक से पैक करा के उसके घर के पते पर पार्सल करा दिया।"

"हाँ बिचारा! सोचा होगा कि छूट तो पाना नहीं है अब। घर वाले बिचारे टाँग देखकर ही संतोष कर लेंगे!" जूनियर ने क़िस्से में अपनी रुचि प्रदर्शित की।

"बस यही तो है! इसी तरह बीच में टिपिर-टिपिर करोगे और फिर कहोगे कि कुछ पल्ले नहीं पड़ा। ऐसई दोगे कम्पटीशन?" पांडे जी ने उसे कथा व्यतिक्रम के लिए फटकारा।

"आगे सुनो! कुछ दिन बाद ज़हर दूसरी टाँग तक भी पहुँच गया। फिर वही नौबत आई जो पहली वाली टाँग के साथ आई थी। ज़ाहिर है कि दूसरी टाँग भी काटनी पड़ी। कमांडर ने फिर वही निवेदन दोहराया। जेलर को भी उसकी हालत से थोड़ी सहानुभूति थी सो दूसरी टाँग भी पैक करके उसके घर के पते पर पार्सल कर दी गई। दुर्भाग्य देखो कि अब भी कोई गुंजाइश न छोड़ी ऊपर वाले ने। ज़हर फिर बायें हाथ तक पहुँच गया। फिर वही सब। और बायाँ हाथ भी पैक करके घर के पते पर पार्सल।

इसी दौरान जेल में एक बड़ा फ़ौजी अधिकारी निरीक्षण करने के लिए आया। अस्पताल का भी निरीक्षण हुआ। जेलर साहब हर क़ैदी की हिस्ट्री ब्रीफ़ करते जा रहे थे, किसको कहाँ से पकड़ा गया, किसको क्या बीमारी है, वग़ैरह।

जब उस कंपनी कमांडर की बारी आई तो जेलर ने बताया, "साहब, ये दुश्मन का फ़ौजी ज़रूर है लेकिन बेचारा क़िस्मत का मारा हुआ है। अभी पिछले तीन महीनों में इसकी दोनों टाँगें और बायाँ हाथ काटना पड़ा। मुझे तो लगता है कि अब इसके दायें हाथ का भी नंबर आने वाला है।"

इसके बाद जेलर ने उसकी पार्सल वाली विचित्र माँग का भी ज़िक्र किया। अधिकारी बड़े ग़ौर से सारी तफ़सील सुनता रहा।

"हूँऽऽऽ!" अधिकारी ने गंभीरतापूर्वक सिर हिलाया और सारे स्टाफ़ से मुख़ातिब हुआ, "किसी की समझ में आ रहा है कुछ?"

जेलर सहित जेल का पूरा स्टाफ़ अचकचाया।

"मैं पूछता हूँ कि कोई समझ पा रहा है इसकी प्लानिंग?" इस बार अधिकारी ने फ़ौजी अंदाज़ में कड़ककर पूछा।

"सर मैं कुछ समझा नहीं!" जेलर ने हतप्रभ होकर कहा।

"अबे चूतियों! ये आदमी बड़ी टेक्नीक से क़िस्तों में जेल से फ़रार हो रहा है!"

जूनियर बुक्का फाड़कर हँसा। लॉज के दूसरे कमरों से भी कुछ ठहाकों की आवाज़ें आईं। उधर जेल में सन्नाटा छा गया।

मोक्ष, मुक़दमें और महत्त्वाकांक्षाएँ

सच कहूँ तो गोथिक शैली की लाल इमारतें हमेशा से मुझे मनहूस-सी लगती थीं। यह मेरा अपना परसेप्शन है कि अंग्रेज़ों के ज़माने की असामान्य ऊँचाई वाली छतें, ढलवाँ और मज़बूत खपरैल से ढके बरामदे मुख्य द्वार से बंगले तक पहुँचने वाला झाड़-झंखाड़ भरा रास्ता हमेशा मुझे भयावह और एक रहस्यमयी उदासी से संपृक्त लगता है।

इलाहाबाद में ऐसी इमारतों और बंगलों की बहुतायत है। देखा जाए तो इलाहाबाद केवल इन्हीं गोथिक शैली के अंग्रेज़ी स्थापत्य की इमारतों, अकबर के क़िले और संगम के पंडों का ही शहर होता अगर यहाँ शहर के हर कोने में कम्पटीटर्स न बिखरे होते। इलाहाबाद दरअसल उत्तर प्रदेश के हर कोने से बल्कि मध्य प्रदेश, बिहार और उत्तरांचल से आए हुए छात्रों और कम्पटीटर्स की विभिन्न बोलियों, संपुटों और लहजे की विभिन्नताओं से ही गुलज़ार है, अन्यथा यह एक सूना और बेज़ार शहर होता।

इस शहर की निम्न और निम्न मध्यवर्गीय आर्थिकी प्रायः स्टूडेंट्स पर ही टिकी है। मिश्रित जनसंख्या और बहुवर्गीय जीवन धाराओं के इस अकेले प्लेटफ़ॉर्म का 'थ्री एम' फ़ैक्टर बहुत महत्त्वपूर्ण और रोचक है। और वह तीन 'एम' हैं- मोक्ष, मुक़दमे और महत्त्वाकांक्षाएँ!

आनन-फानन में त्वरित मोक्ष दिलाने वाले एजेंट तो ट्रेन में नैनी स्टेशन से ही चढ़ बैठते हैं। लेकिन उनके टारगेट्स शक्ल-सूरत से ही भिन्न और घुटा हुआ सिर लिए दूर से ही पहचाने जा सकते हैं। घोड़ा निशान पंडा से लेकर घोड़ी वाले पंडा, हाथी वाले पंडा, गाय, भैंस, तेंदुआ और विभिन्न संगत-असंगत जानवरों वस्तुओं के झंडे और निशानों वाले बैनर तले पूरे डिब्बे में टिड्डी दल की तरह बिखरे ये एजेंट इलाहाबाद जंक्शन आते-आते अपने-अपने हिस्से के बछड़े या बकरे ढूँढ ही लेते हैं। और फिर उनकी गर्दन और इनकी पगही।

संगम किनारे लपककर जजमान के हाथ में पत्तों का बना एक दोना धरकर

एक बेहद पतला और सफ़ेद रंग का द्रव, जिसे वे दूध कहते हैं, डालकर इससे पहले कि जजमान उस सफ़ेद द्रव की गुणवत्ता पर कोई प्रश्नचिह्न लगा पाए, तुरंत दोने सहित जल में जबरन अर्पित करा देते हैं।

इस द्रुत गति के डायनॉमिक्स (गति विज्ञान) की ख़ास बात यह है कि इसके किसी भी चरण को पूर्ण होने में महज़ कुछ सेकेंड लगते हैं और जजमान के किसी दिवंगत प्रियजन को बिना किसी पूर्व सूचना के ही मोक्ष मिल चुका होता है।

अब अंतिम चरण स्वयं जजमान की अपनी मुक्ति का है। और यह मुक्ति उसे अपनी जेबें झाड़ने तक कुल कितने की पड़ेगी कहा नहीं जा सकता। लेकिन मुक्तिदाता द्वारा तय किए गए पत्रम-पुष्पम में पूरी हीला हवाली और अधिकतम संभव बारगेनिंग के बाद भी मुक्ताकांक्षी यही महसूस करता है कि उसे दुबारा मूड़ दिया गया है।

उधर मुक्तिदाता का मानना है कि जब तुम ख़ुद ही मुड़ाकर आ रहे हो तो दो छूरा हमने भी फिरा दिया तो कौन-सा ग़लत कर दिया?

उपरोक्त मुंडन संस्कार तो एक तयशुदा स्थान में संगम किनारे नियत है। लेकिन मुक़दमेबाज़ों के मुड़ने का स्थान भिन्न है। वहाँ संगम की लहरें नहीं काले रंग के गाउन लहराते हैं। प्रदेश के कोने-कोने से आई हुईं ज़मानतें, रिट, याचिकाएँ, स्टे, एफ़िडेविट और अपीलें यहाँ मुँह बाए हुए बैठने के लिए 'बेंच' का इंतज़ार करती हैं क्योंकि बेंच से ही तय होता है कि ये अपीलें किस करवट बैठेंगी।

कौन-सा काला गाउन स्टे विशेषज्ञ है और किसकी अपीलें ज़्यादा सुनी जाती हैं, यह फ़ीडबैक लोग बाग़ अपने शहरों से ही लेकर चलते हैं, क्योंकि वहाँ भी काले कोटों की शाखाएँ और धाराएँ होती हैं जिनमें डुबकी लगा-लगाकर आए हुए अपीलार्थी पहले ही ख़ासे तैराक हो चुके होते हैं।

"इतनी भीषण गर्मी में भी काला कोट उसके ऊपर एक कट जैकेट और सबसे ऊपर लबादे जैसा काला गाउन तिस पर गला भी दो सफ़ेद पट्टियों से कसा हुआ। काहे प्राण दे रहे हैं ये लोग?" एक बार किसी ज्ञान पिपासु ने किसी मठाधीश से पूछा था।

जवाब में जो क़िस्सा निकलकर आया, वह केवल क़िस्सा न होकर इतिहास निकला-

'हुआ यह था कि इंग्लैंड में जॉर्ज पंचम, प्रथम या द्वितीय, जो भी रहा हो इत्ता

तो याद नहीं है हमें, लेकिन कोई राजा था जो दिवंगत हो गया और इस अवसर पर एक महीने का राजकीय शोक घोषित हुआ।

'मठाधीश जो थे राजनीति शास्त्र से बीए किए थे और कम्पटीशन में भी राजनीति ही रखे थे। 'ब्रिटेन में रूढ़ियाँ और परंपराएँ' उन्होंने बीए के पहले साल में ही विश्व के प्रमुख संविधान नामक पुस्तक में पढ़ रखी थी।

'तो हुआ ये कि अगले दिन सभी दरबारी जिन्हें वहाँ कोर्टियर्स कहते हैं और कोर्ट शब्द भी वहीं से आया है शोक व्यक्त करने के लिहाज़ से काले रंग का गाउन पहनकर कोर्ट में उपस्थित हुए। यह शोक व्यक्त करने का अंग्रेजों का तरीक़ा था। जैसे अस्पताल में पड़े व्यक्ति को शुभकामनाओं के तौर पर फूल देने का और अगर उससे चूक जाएँ तो वही फूल उसके ताबूत में चढ़ा देने का।

'फिर अगले दिन... और फिर अगले दिन यानी महीना भर तक तो काला गाउन पहनकर ही कोर्ट में जाना था, राजकीय शोक जो ठहरा। दिक़्क़त आई तीस दिन के बाद अगले दिन। घोषित राजकीय शोक की मियाद ख़त्म हो गई। लेकिन अगले दिन हर कोर्टियर का यही सोचना था कि अगर मैं आज गाउन पहनकर नहीं गया और मान लो कि कोई सिरफिरा आज भी गाउन पहने चला आया तो महारानी तो यही सोचेंगी न, कि देखो तो ज़रा इसको! महीना पूरा हुआ नहीं कि गाउन उतार दिया। जैसे दिन ही गिन रहा था कि कब महीना ख़त्म हो और कब मैं गाउन उतारूँ।

'तो इसी असमंजस में हर कोर्टियर अगले दिन भी गाउन पहनकर ही गया कोर्ट में। कोर्ट पहुँचकर हर कोर्टियर ने अपनी-अपनी बुद्धि को धन्यवाद दिया। क्योंकि वे देखते क्या हैं कि सभी कोर्टियर आज भी काला गाउन पहनकर ही आए थे। फिर तो दिन, महीने, साल बीतते गए, लेकिन गाउन उतारने की हिम्मत न पड़ी किसी की। और तभी से ये इंग्लैंड के कोर्ट की परंपरा बन गई कि कोर्टियर अब काला गाउन पहनकर ही कोर्ट में घुसते थे। परंपरा रूढ़ि बनी और रूढ़ि बन गई नियम। अब कोई गाउन न पहने तो कोई मानने को तैयार नहीं कि ये कोर्टियर है।'

मठाधीश ने ज्ञान पिपासु का समाधान किया।

और तीसरा फ़ैक्टर है महत्त्वाकांक्षियों का। वे लोग जो ज़िंदगी में कुछ बड़ा पाने और होने की जिजीविषा लेकर कम्पटीशन के सबसे अनिश्चित युद्ध में हिस्सेदारी के लिए इलाहाबाद आते हैं। इन्हीं से इलाहाबादी निम्नवर्ग की रोज़ी

चलती है। चाय, सब्ज़ी, आटा, मसाले, दही, जलेबी, बन-मक्खन, किताबें, पत्रिकाएँ, अख़बार, कुर्सी, मेज़, चटाई, चौकी, सुराही, प्लास्टिक की बाल्टी, मग, टेबल, लैंप, बल्ब, हीटर, समोसे, ब्रेड, पकौड़े, जूस, चड्डी, बनियान, झाड़ू, साबुन, तौलिया, पेन, काग़ज़, फ़ोटोकॉपी, पीसीओ, टिफ़िन, बैटरी, सेल, मिट्टी का तेल, गैस की रिफ़िलिंग, मोमबत्ती, माचिस, मूसा का गुल, खैनी की पुड़िया, चूना, दोहरा, दूध, च्यवनप्राश, शंखपुष्पी और डिस्प्रिन की गोलियाँ बेचने वाले इसी महत्त्वाकांक्षी वर्ग की ज़रूरतों पर अपना पेट पालते हैं।

इन तीन महत्त्वपूर्ण कारकों के अतिरिक्त एक चौथा 'एम' भी है। मकान मालिकों का। जिनका ज़िक्र किए बग़ैर इलाहाबाद की डेमोग्राफ़ी अधूरी रह जाती है। सज्जन, दुर्जन, सनकी, चिड़चिड़े, स्नेहिल, उदार, मक्खीचूस, क़ानूनची, अक्खड़, खुर्राट आदि हर वैरायटी के मकान मालिक हैं यहाँ।

कम्पटीटर्स की बाढ़ देखकर घर के हर हिस्से में जहाँ भी दो पैर रखने की जगह मिली इन्होंने तुरंत उसे पैक करके एक खिड़की और एक दरवाज़ा लगा दिया। लो बन गया एक और दड़बा। और किराया हमारे ज़माने में डेढ़ सौ से पाँच सौ तक। बाथरूम और प्रसाधन साझे में कई-कई कमरों के बीच एक या बहुत हुआ तो दो। कोई सीढ़ी के नीचे तो कोई सड़क की ओर अनाधिकृत रूप से निकले हुए छज्जे पर।

एक अदद कमरे के आकांक्षी मुहल्ले-मुहल्ले भटकते हैं। मकान मालिक के सामने पेश होने पर जिस साक्षात्कार से सामना होता है वह लोक सेवा आयोग के साक्षात्कार से कमतर नहीं होता। इसके बाद एक कठोर एमओयू- हीटर नहीं जलेगा, लफंगई नहीं चलेगी, यार-दोस्त कमरे पर नहीं आएँगे, पानी में पूरी मितव्ययिता बरतनी होगी आदि-आदि।

"बाथरूम थोड़ा ज़्यादा छोटा नहीं है?" एक अभ्यर्थी नाक सिकोड़कर पूछता है।

ज़रूरी नहीं कि नाक की यह सिकुड़न बाथरूम के छोटे आकार के असंतोष से उपजी हो। इसमें बाथरूम से आती हुई मरे हुए चूहे की-सी बदबू की भी भूमिका हो सकती है।

"पहले क्लियर कर लो! थोड़ा कि ज़्यादा... क्या कहना चाहते हो?"

मकान मालिक की नाक नैसर्गिक रूप से ही सिकुड़ी हुई है इसलिए उसने उसे सायास सिकोड़ने का कोई उपक्रम नहीं किया है।

"जी, मेरा मतलब है, ज़्यादा छोटा, मतलब काफ़ी छोटा...।" अभ्यर्थी एक उचित शब्द खोजने के प्रयास में हिचकिचाता है।

"काहे? पढ़ने आए हो कि सिर्फ़ टट्टी ही करने? कबड्डी खेलना है बाथरूम में? अरे बैठने की ख़ासी जगह है, नल अंदर ही लगा है, ऊपर रोशनदान है जिसमें हवा आने की भी और निकलने की भी पूरी गुंजाइश है और क्या चाहिए? इससे भी बड़ा चाहिए तो आनंद भवन में ट्राई कर लो!"

मकान मालिक ने इस क्षणिक हितोपदेश से ही अवगत करा दिया है कि आगे भी कमरे की पुताई, बाथरूम की सफ़ाई, खिड़की के टूटे होने या दरवाज़े की कुंडी कमज़ोर होने जैसी कोई आपत्तियाँ स्वीकार नहीं की जाएँगी। 'जो है जहाँ है जैसा है' की पॉलिसी पर सहमत हों तो तत्काल एडवांस पकड़ाएँ, नहीं तो शाम तक किसी दूसरे को उठ जाएगा, 'रूम'। और ख़बरदार जो इसे कमरा कहकर इस शानदार रूम की तौहीन की।

और फिर अभ्यर्थी इस प्रत्याशा में कि अभी फ़िलहाल एडजेस्ट कर लेते हैं बाद में कोई खुला, हवादार और नैसर्गिक धूप की आवाजाही वाला बढ़िया 'रूम' इत्मीनान से ढूँढ लिया जाएगा, उस दड़बे का हिस्सा बन जाता है। और कालांतर में वह शेख़र जोशी की कहानी 'बदबू' के मुख्य पात्र की तरह उसी वातावरण का अभिन्न अंग बन जाता है।

दिवास्वप्नों के हवाले से

सपने देखना अच्छी बात है। देखे गए सपनों को सच करने के लिए उन्हें साकार करने के लिए दिन-रात एक कर देना भी अच्छी बात है। डॉ. कलाम साहब ने कहा था कि सपने वे नहीं होते जिन्हें हम नींद में सोते हुए देखते हैं। सपने वे हैं जो हमें सोने नहीं देते।

अव्वल तो नींद हराम करने वाले सपने देखने ही नहीं चाहिए थे। लेकिन ये तो सपने देखने वालों का जिगरा है कि उन्होंने कुछ सपने देखे और अब इलाहाबाद में दिन-रात जागकर उन्हीं सपनों को ज़मीन पर उतारने की तैयारी में योद्धाओं की तरह जीवन के कठोर मोर्चे पर तैनात मौसम और माहौल के थपेड़ों से जूझते हुए कुछ कर गुज़रने और ख़ुद को साबित करने के लिए प्रतिबद्ध हैं।

'ज़मीन पर उतार ले आने' की यह क़वायद इतनी आसान नहीं है, चाहे वे सपने हों या गंगा की धारा। सुनते हैं कि भगीरथ ने भी पुरखों को तारने के लिए गंगा को ज़मीन पर उतारने का बीड़ा उठाया था और उनके इस प्रयास को आज भी 'भगीरथ प्रयास' कहने की परंपरा है। उन्हें अपने मृत पुरखे तारने थे, जबकि एक इलाहाबादी के सामने स्वयं को, अपने परिवार को, और अपनी पूरी पीढ़ी को तारने की अदम्य जिजीविषा मुँह बाये खड़ी होती है। यह टास्क और भी दुष्कर हो उठता है जब हम देखते हैं कि वहाँ तो एक ही भगीरथ था, भले ही उसकी तपस्या कठिन थी, लेकिन कम-से-कम कोई कम्पटीशन तो नहीं था किसी दूसरे भगीरथ के साथ! जबकि इलाहाबाद के हर हॉस्टल, हर डेलीगेसी के हर कमरे में एक भगीरथ तपस्यारत है। विरोधों, अविश्वासों, अभावों और अपनी अस्मिता के ख़तरों से जूझता हुआ भगीरथ।

लेकिन एक फ़र्क़ हैं इन सपनों का भी और इन सपनों में भी। हम 'अपने' सपनों के लिए अपनी नींदें हराम कर सकते हैं बल्कि करनी भी चाहिए। कुछ वक़्त के लिए हम अपने एक बड़े सपने के लिए तमाम छोटे-छोटे सपने स्थगित कर सकते हैं, यहाँ तक भी ठीक है। लेकिन जैसा कि ज़िक्र किया, अपने सपनों

के लिए। इलाहाबादी स्वप्नदर्शियों की एक बड़ी जमात भी है जो अपने नहीं अपनों के स्वप्नों को पूरा करने के लिए अपनी नींदे खोती है। वे सपने जो शायद उन्होंने ख़ुद न भी देखे हों लेकिन उनके माँ-बाप, भाई-बहनों और परिवार के बुज़ुर्गों ने देखे हैं। वो भी तब से जब आपकी नींदें इतनी सुकून भरी होती थीं कि ख़ुद सपने भी उसे डिस्टर्ब करने में हिचकिचाते थे।

स्कूल की फ़ील्ड में कई लंबे-लंबे छक्के मारकर तालियों की गड़गड़ाहट के बीच धोनी या कोहली बनने का सपना आपका अपना था। कॉलेज के नाटकों में भाग लेकर मंच पर गरजते संवादों और उत्तेजित दर्शकों के शोर के बीच थियेटर में जाने, अभिनय करने या निर्देशक बनने का सपना आपका अपना था। घर के तमाम रेडियो, घड़ी, टीवी, बल्ब, ट्यूबलाइट सबके अंजर-पंजर खोलकर उनके भीतर की मशीनरी का पोस्टमार्टम करते हुए एक बेहतरीन इंजीनियर बनने का सपना भी आपका अपना था।

तो क्या हुआ ? होता रहे।

आपको उस वक़्त कहाँ पता था कि एक सपना आपके पैदा होने से भी पहले देखा जा चुका है। और वह आपके पिता ने देखा था, दादा ने देखा था, या फिर किसी और ने। आपको कलेक्टर, डिप्टी कलेक्टर, एसपी या डिप्टी एसपी बनाने का स्वप्न।

नौकरियाँ हालाँकि और भी होती हैं इनके अलावा भी। पर वे सांत्वना पुरस्कार हैं। अगर आप उनके सपनों को ज़मीन पर नहीं उतार पाए ये सांत्वना पुरस्कार भी उन्हें थोड़ी सांत्वना तो देंगे और आप माफ़ कर दिए जाएँगे। यानी आपके अपने सपने, नितांत निजी सपने, न तो टास्क हैं न बोनस। ये आपका लड़कपन है। आपकी अल्हड़ता है। आपका चूतियापा है, जिन्हें आप प्रकट करने से भी परहेज़ करेंगे।

लड़के के इंटर पास करते ही पिता के स्वप्न की तीव्रता बढ़ जाती है जिसे अब माँ, भाई, बहन और परिवार के दूसरे बुज़ुर्गों की भी नैतिक सहमति हासिल है। और इस सपने को सच करने का रास्ता इलाहाबाद से खुलता है। जैसा कि पिता को पता है। और इन ख़बरों के पीछे मुहल्ले, पड़ोस, गाँव, शहर के वे भगीरथ हैं जो अपने-अपने हिस्से की गंगा की धार ज़मीन पर उतारकर अपनी पीढ़ियों को तार चुके हैं। और कई ऐसे भी हैं जो संगम नगरी में अभी भी तपस्यारत हैं और वे भी बस तारने ही वाले हैं।

तो अब क्या है कि लड़का अपने पिता की दी हुई सपनों की गठरी को गेहूँ, चावल, दाल, घी, चना, गुड़, अचार आदि की बोरी, किताबों की गठरी के साथ ही कहीं एडजेस्ट करने की कोशिश में है। और इस बीच उसे पता ही नहीं चलता कि उसके अपने ख़ुद के सपनों की एक छोटी-सी गठरी घर पर ही कहीं छूट रही है। एक पुराना-सा ज़ादुई बैट, एक नाटक की कवर फटी हुई, कोई पुरानी-सी किताब या गिटार और बाँसुरी जैसी कोई चीज़। और फिर वही सपने जो आपके लिए सबने सृजे हैं आपके अपने सपने हो जाते हैं।

लोक सेवा आयोग के सामने से गुज़रते हुए ये सपने चीख़ते हैं चिल्लाते हैं और साल के अंत में रिज़ल्ट वाले अख़बार के किसी पन्ने में जाकर कहीं जज़्ब हो जाते हैं और लाख ढूँढने पर भी नहीं मिलते।

इन सपनों के छोटे-छोटे टुकड़े अल्लापुर से लेकर सलोरी तक, बैरहना से रामबाग तक, दारागंज से सोहबतिया बाग़ तक, मेहदौरी से लेकर बेली रोड तक, कटरा से मम्फ़ोर्डगंज तक, जॉर्ज टाउन से लेकर टैगोर टाउन तक, और अगर थोड़े भाग्यशाली हुए तो यूनिवर्सिटी के आस-पास किसी हॉस्टल के छोटे-छोटे कमरों में तैरते दिखते हैं।

'दिखते हैं!' ये तो भाषिक अलंकार हुआ। क्योंकि सच में देखा जाए तो सपने स्वप्नदृष्टा के अलावा किसी और को दिखते कहाँ हैं? फिर भी लोग जूझते हैं और जूझते हैं, जूझते चले जाते हैं।

यूँ सपने देखने में कोई तकलीफ़ नहीं है। उन्हें पालने में भी नहीं। तकलीफ़ तो होती है उनके टूटने पर। एक अरसे तक यक़ीन नहीं होता कि सपना टूट गया है। सचमुच टूट गया है!

विचलित होने का नहीं देखता मैं कारण

जब मंज़िल दूर हो और रास्ता क़दरन मुश्किल ही नहीं लंबा भी हो तो रास्ते में पड़ने वाली चढ़ाइयों में तन ही नहीं मन भी थकता है। एक उदासी भरी थकान। मन को तोड़ने वाली थकान उदास तो होगी ही।

देर रात तक एक पुराने से टेबल लैंप की धीमी रौशनी में ऊँघती आँखों के सामने परछाइयों की तरह नाचते अक्षर। कहीं दूर कुत्तों के भौंकने की आवाज़ें। आख़िर ये क्यों जागते हैं रात भर? इन्होंने कौन से सपने देख रखे हैं? इन्हें कौन से नोट्स आज ही उतारने हैं कॉपी पर?

नहीं-नहीं! इनकी भी कोई-न-कोई भूमिका होगी इस रण क्षेत्र में। नहीं तो क्यों कहा जाता कि विद्यार्थी के तमाम लक्षणों में से एक श्वान निद्रा भी है?

"एक कम्पटीटर को हर बात में कुछ-न-कुछ काम का ढूँढना ही चाहिए।" शुक्ला सर कहते हैं। ठीक ही कहते होंगे। पता नहीं कब कहाँ कौन-सी बात चेंपनी पड़ जाए, ख़ास तौर पर निबंध के लिए, तो अब कुछ काम का है। सर के ठीक ऊपर हथौड़े की तरह बजती दीवार घड़ी रात के तीन बजा रही है। और सामने ही रखी है 'राम की शक्ति पूजा'।

इस बार के मेन्स में एक प्रश्न बिलकुल तय है इससे। निराला तो निराले ही हैं और अज्ञेय? वो तो ज्ञेय ही नहीं हैं। बहुत मुश्किल हैं दोनों के दोनों। तुलसी, सूर, कबीर पर तो बहुत कुछ मिल जाता है लेकिन निराला और अज्ञेय पर तो क़ायदे की समीक्षाएँ भी नहीं मिलतीं। जो मिलती भी हैं वो बिलकुल सतही।

आख़िर ऐसा क्या लिखें जो बिलकुल अलग हो। कविता की मीमांसा ऐसी हो कि उसका रचयिता भी न सोच पाए कि इसका ये मतलब भी हो सकता था।

"राम की शक्ति पूजा में विरुद्धों का सामंजस्य है।" समीक्षा की पहली पंक्ति पर अंडरलाइन के लिए पेन उठता है। वही विरुद्ध जो हर संघर्षशील योद्धा के सामने इफ़रात में उगते हैं। परिवार में पढ़ाई में कम्पटीशन में नोट्स में महीने के ख़र्चे में मकान मालिक के किराये में।

पिता तो अब ऐसे देखते हैं कि उनकी दृष्टि से अपराधबोध-सा जागता है। भाई-भाभी हर महीने एक बँधी-बँधाई रक़म लिफ़ाफ़े में डालकर हर महीने इलाहाबाद भेजने और इस रक़म को एक कमरे में पड़े-पड़े 'अइयाशियों' में उड़ाने के सख़्त ख़िलाफ़ होते जा रहे हैं।

'धिक जीवन को
जो पाता ही आया विरोध!'

थका हारा कम्पटीटर अपना सिर झटकता है। मालूम नहीं क्यों! इस 'असमय' की नींद को झंझोड़ने के लिए या फिर अपने विरुद्धों में सामंजस्य बिठाने के लिए!

ताँत की बुनी हुई कुर्सी के कई तार टूट चुके हैं। लेकिन क्या करें जब ख़ुद ज़िंदगी की बुनावट ही कमज़ोर पड़ने लगी हो और तमाम रिश्तों के तार टूटने को हों तो ये तो फिर नश्वर कुर्सी है।

मेज़ अगर दीवार से टिकाकर न रखी गई होती तो वह भी शायद अपनी जगह पर खड़ी रहने से इनकार कर देती। ज़िंदगी हो या मेज़ अगर सभी पाए संतुलन में न हों तो फिर टिकती कहाँ है ?

बहरहाल, नई मेज़ ख़रीदने की सोचना भी बेमानी है। किताबों-कॉपियों का ख़र्च कमरे का किराया और साग-सब्ज़ी के लिए ही पैसे मिलते रहें यही बहुत है।

एक माँ ही है जिसे अपने 'राजीव नयन' पर भरोसा है। घर ख़र्च से कुछ बचाकर जो भी उसकी अपनी संचित निधि है, चलते वक़्त घर के किसी कोने में ले जाकर सबकी नज़र बचाते हुए उसमें से कुछ पैसे मुट्ठी में भींचकर पकड़ा देती है। एक फुसफुसाहट भरी ताकीद के साथ- "दूध लगा लेना पाव भर! देखो तो केतना कमज़ोर हो गए हो!"

'माँ और दूध का रिश्ता जन्मना है!' किसी किताब में कहीं पढ़ा हुआ-सा याद आता है और वह स्केच पेन से अपनी कॉपी के एक कोने में लिख लेता है। कभी-न-कभी किसी निबंध में ज़रूर काम आ जाएगा। शुक्ला सर बोलते ही हैं।

रात की उनींदी आँखों के सामने कोई छोटा मोटा-सा भी विकल्प होता तो वे बंद हो गई होतीं। सुबह के पौने चार बजने को हैं, लेकिन अब ये केवल कम्पटीशन नहीं अस्मिता का भी प्रश्न है।

अस्मिता उसकी। परिवार की। मुहल्ले, पड़ोस, गाँव, शहर, रिश्तेदारों की बेधती नज़रें। उनके व्यंग्य बाण अनर्गल क़हक़हे, सबका मिला-जुला शोर

कानों में कड़वाहट घोलता है। आँसुओं से नींद टूट जाती है। यह एक नई खोज है उसके लिए।

अगली पंक्तियों से निःसृत राम का क्षोभ उनकी हताशा और आत्मक्रंदन जैसे इस कमरे के कोने-कोने में फैल जाता है। दुछत्ती के ऊपर लेंटर पर घात लगाए बैठी हुई छिपकली जिस कीड़े को सम्मोहक आँखों से देख रही है वह अभी अपने परिणाम से अनभिज्ञ बेहद निश्चिंत भाव से टेबल लैंप की रौशनी को ताक रहा है। कमरे का वातावरण अचानक भयावह लगने लगता है।

'अप्रतिहत गरज रहा पीछे अंबुधि विशाल
भूधर ज्यों ध्यानमग्न केवल जलती मशाल!'

कमरे का बल्ब नहीं जलाया जा सकता क्योंकि रूम पार्टनर सो रहा है। रूम पार्टनरशिप की एक अघोषित आचार संहिता से बँधा हुआ वह पार्टनर के खर्राटों से भी सामंजस्य बिठाने की कोशिश में है।

यह भी विरुद्धों का सामंजस्य ही है। एकमात्र लैंप की धीमी-सी रौशनी का धुंधला प्रकाशवृत्त सामने रखी हुई खुली किताब के पन्ने पर केंद्रित है। अक्षर आँखों के सामने नाचते हैं। कम वोल्टेज में धीमी गति से चलता हुआ पंखा एक अश्रवणीय रिदमिक-सी मनहूसियत सृजित कर रहा है।

शक्ति पूजा का आख्यान जैसे जीवन का आख्यान बनकर कमरे में तिर रहा है। पट्टीदारों के विश्वासघात और गाँव की ज़मीन के एक बड़े हिस्से पर उनका जबरन क़ब्ज़ा। बुरे दिनों से जूझते हुए पिता कम उम्र में ही बूढ़े हो चले बड़े भाई। और इन सबकी आशाओं का एकमात्र केंद्र रात के तीन-चार बजे दस गुणा आठ के एक सीलन भरे कमरे में बाहर की उमस और अंदर की तपिश से जूझता हुआ योद्धा जैसे राम की व्याकुलता से एकाकार हो उठता है।

कई बार प्रीलिम्स निकालकर भी परिणाम मेन्स में कभी सामान्य अध्ययन, कभी निबंध, कभी मुख्य विषय, तो कभी क्वॉलीफ़ाइंग पेपर पर आकर अटक जाता है। हर बार ऐसा लगता है जैसे यह अंतिम व्यूह है जिसे भेदकर वह विजय पताका फहराता हुआ घर लौटेगा। लेकिन परिणाम हर बार निराश करता है।

'मित्रवर विजय न होगी समर!'

कहने को तो पंक्तियाँ सामने हैं पर पता नहीं क्यों आत्मसात नहीं हो पा रहीं। आख़िर कहाँ और कैसे होती है चूक?

दसियों बार दोहराए गए नोट्स, जहाँ-तहाँ हाथ पैर मारकर हासिल की

गई पाठ्य सामग्री, सीनियर्स के चक्कर लगा-लगाकर लिखने-पढ़ने के तरीक़े भाषा शैली स्मरण शक्ति बढ़ाने के लिए शंखपुष्पी राइटिंग ठीक करने के लिए रोज़ दो-चार पेज इमला अंग्रेज़ी के अख़बार बीबीसी के समाचार, सब कुछ तो आज़मा लिए।

'करता मैं योजित बार-बार
शर निकर निशित
वे शर हो गए आज रण में
श्रीहत खंडित!'

निश्चित रूप से यह अकेले राम का क्षोभ नहीं है। न यह सिर्फ़ उनका अपना विलाप है जो जीवन की सबसे बड़ी चुनौती के सामने कमज़ोर पड़ रहा है। यह हर उस योद्धा का क्षोभ और क्रंदन है जो जीवन के महायुद्ध में योद्धा है। उसकी दृष्टि पुनः दुछत्ती की ओर जाती है। कीड़ा अब वहाँ नहीं है और छिपकली भी शायद अपने लक्ष्य को उदरस्थ करके पुरानी पत्रिकाओं और अख़बारों के ढेर के पीछे ही कहीं विलुप्त हो गई है।

वह उठता है और दो घूँट पानी पीकर शेष बचे हुए पानी से मुँह में छींटे मारकर ख़ुद को जगाने की कोशिश करता है। लॉज के ऊपरी तल के किसी कमरे से खाँसने की आवाज़ आती है। यानी वह इस 'अमानिशा' में अकेला रात्रिचर नहीं है। और भी लोग हैं जो अपने-अपने हिस्से की लड़ाई में व्यूहरत हैं। भले ही सब 'राम की शक्ति पूजा' न पढ़ रहे हों, कुछ लोग अस्तित्ववाद आस्था की छलांग और दुरास्था से भी जूझ रहे होंगे।

सुबह के चार बज गए हैं और बाहर की दुनिया जागने को है। और फिर ब्रम्हमुहूर्त में कविता की आख़िरी पंक्तियाँ उसे एक साहस और आत्मविश्वास से भर देती हैं। जाम्बवान की यह सलाह-

'विचलित होने का नहीं देखता मैं कारण
आराधन का दृढ़ आराधन से दो उत्तर
तुम वरो विजय संयत प्राणों से प्राणों पर!'

और अंततः कविता के अंतिम छंद पर जैसे देवी स्वयं प्रकट होकर योद्धा को आशीर्वाद दे रही हों- 'होगी जय होगी जय हे पुरुषोत्तम नवीन!'

पंक्तियाँ जैसे लोरी का काम करती हैं और योद्धा अपना जिरह बख़्तर उतारकर गहरी नींद की आग़ोश में पैठ जाता है।

गूँगे का गुड़

कम्पटीशन में सफलता और उसे पाने की अनुभूति गूँगे का गुड़ सरीखा है। क्या लिखें, यह तो बताया जा सकता है, लेकिन कैसे लिखें यह ख़ुद ही समझना पड़ता है।

यह सिर्फ़ संयोग नहीं है कि अनुभूति के स्तर पर उतरकर जो भी ज्ञान के उस 'केंद्रीय तत्व' को पकड़ पाया वह दूसरों को बताने में असमर्थ होकर बुद्ध की तरह मौन रह गया या फिर कुछ कहने बताने की कोशिशों में कबीर की तरह उलटबाँसियों का सहारा लिया।

दरअसल सत्य और अनुभूति के प्रकटीकरण की भाषा 'मौन' ही है। जब नरेंद्र स्वामी रामकृष्ण के पास पहुँचे थे और उनसे कुछ जानने-पूछने की चेष्टा की तो उन्होंने बिना कुछ कहे बस नरेंद्र के माथे पर हाथ रख दिया और नरेंद्र विवेकानंद हो गए।

दुर्भाग्य से इलाहाबाद में कम्पटीटर को इस अनुभूति का ज्ञान कराने वाला कोई रामकृष्ण नहीं है। कुछ मोटा-मोटा अस्फुट-सा दायें-बायें का तो मिलेगा आपको लेकिन बाक़ी आपको ख़ुद ही जानना है। संघर्ष से, मेहनत से, और लगन से। और शायद इसीलिए 'उष्ट्र' को उट्र बोलने वाले भी विद्योत्तमा को पाने की ख़्वाहिश में कालिदास बन ही जाते हैं। ऐसा ही है यह इलाहाबाद और यहाँ की आबो-हवा।

रही बात ज्ञान की तो ऐसे तो कटरा का 'ज्ञान भारती' वाला भी किसी मार्गदर्शक से कम नहीं है। जैसे ही आपने किसी स्पेसिफ़िक किताब का नाम लिए बिना ये कहा कि, "संविधान पर कोई बढ़िया किताब आई है क्या?"

बस ज्ञान भारती तुरंत भाँप लेता है कि कम्पटीशन के तालाब की यह एकदम नई मछली है। यूपी दे रहे हैं कि सिविल? वह ऐसे पूछता है जैसे योग्य डॉक्टर नये मरीज़ से यह पूछकर कि मोशन कैसा है, ठोस है कि पतला? और फिर लक्षणों के सहारे बीमारी और बीमारी के सहारे इलाज तक पहुँचने की कोशिश

कर रहा हो।

"सिविल की तरफ़ से शुरू करेंगे... फिर यूपी भी देख लेंगे!" लड़का भी ओवर-कॉन्फ़िडेंट है।

"तो भइया! आप लेओ डीडी बसु! क्या है कि सुभाष कश्यप तो सब पढ़ते हैं। 'ले मैन' वाली फ़ीलिंग आती है उसकी भाषा में। डीडी बसु की भाषा ज़रूर थोड़ी कठिन है लेकिन एकदम सॉलिड चीज़ है!" ये कहते हुए वह डीडी बसु का नया एडिशन धप्प से काउंटर पर पटक देता है।

बताइए? और आप कहते हैं कि माहौल कहाँ है इलाहाबाद में! जहाँ किताब बेचने वाला तक इस दर्जे का जानकार हो वहाँ किताब पढ़ने वाला किस लेवल तक जाएगा सोचिए ज़रा।

कई एक विशेषज्ञ सलाहों पर तो मुझे 'भोला लाई चना वाले' की याद बड़ी शिद्दत से आ जाती थी।

'भोला भेलपूरी' के नाम से हमारे शहर में एक ही कैंपस में तीन टॉकीजों की त्रिमूर्ति के सामने सजा-धजा ठेला लगाए हुए भोला। उसके हाथ में स्टील का एक पिचका हुआ मग जिसकी गर्दन पर घुंघरू लगे हुए थे। वह बड़ी फुर्ती से उसी मग में लाई चना नमकीन बेसन के महीन सेव डालकर उसके ऊपर मसाला छिड़ककर एक फुल नीबू निचोड़कर मग को हिलाता और बीच-बीच में उसे लकड़ी के काउंटर पर दे मारता। स्टील का मग पाकीज़ा फ़िल्म की हीरोइन की तरह छना-छन की आवाज़ पैदा करता और भेल पूरी तैयार।

इस बीच वह उस कैंपस की तीनों टॉकीजों में लगी फ़िल्मों की तटस्थ समीक्षा भी करता जाता।

"भोला भाई, बनाओ एक-ठो चरफर-चरफर!"

हम घंटा गोल करके स्कूल से भागकर वहाँ गए होते और किताबें उसी के ठेले पर रख देते। क्योंकि किताबें लिए हुए पिक्चर देखने पर आस-पास के लोग हिक़ारत से देखते यहाँ तक कि गेटकीपर को भी हिक़ारत से पूछने का नैतिक अधिकार प्राप्त हो जाता।

"क्यों बे? स्कूल से भाग के आए हो?"

बहरहाल! भोला ऐसा नहीं था। किताबें काउंटर के नीचे सरकाकर वह पूछता, "कउन-सी देख रहे हैं?"

"सोचे नहीं अभी! वइसे कौन-सी बढ़िया चल रही है?" हम पूछते।

"ये जो बंद दरवाज़ा चल रही है मृदंग में ये तो बकवास है। भूतों वाली स्टोरी है। कहानी में कोई सर-पैर नहीं है। 'मल्हार' में मिथुन चक्रवर्ती की फिलिम लगी है मुकद्दर! गाँव-गिराँव से लोग बहुत आते हैं इसी में घुसते हैं। लेकिन भइया मार-पीट के अलावा कुछ है नहीं इसमें। हीरोइन अच्छी है और एक-ठो गाना भी टाप किलास है- 'मैं मुमताज तेरे ख़्वाबों की तू मेरा साहजहाँ!'

"लेकिन भइया! आपका टेस्ट जानते हैं हम। आप 'मयूर' में जो लगी है कर्मा! वो देखिए। देशभक्ति वाली पिच्चर है अनुपम खेर विलेन है। अच्छी पिच्चर है एकदम बढ़िया!"

ज्ञान भारती वाला और भोला भेलपूरी वाला दोनों ही अपने व्यवसाय के प्रति सजग थे, लेकिन व्यवसाय की बारीकियों पर भी उनकी पूरी नज़र रहती थी। नव प्रवेशियों के लिए दोनों ही अच्छे सलाहकार थे। इलाहाबादी कम्पटीटर केवल सलाह की ही नहीं सलाहकार की 'ऑथेंटिसिटी' पर भी फ़ोकस करता है। सलाह और मार्गदर्शन के बीच की बारीक रेखा को वह भली-भाँति पहचानता है। अब मान लीजिए कि किसी गंतव्य के लिए दो या अधिक रास्ते हैं और आप दोराहे या तिराहे पर खड़े हैं।

कोई बता रहा है कि भइया आप तो इस कच्चे रास्ते से निकल जाएँ। शॉर्टकट भी पड़ेगा और रास्ता भी ख़ाली मिलेगा। दूसरा बताता है कि भाई आप कंफ़्यूज़ न हों। आप लंबा रास्ता पकड़िए एकदम पक्का, चौंचक जीटी रोड लगा है वहीं तक।

तो ये सब रायशुमारी है, सलाहें हैं। उनसे पूछिए कि आप गए हैं इस रास्ते से एक्को बार? तो बताएँगे कि हम तो नहीं! हाँ, एक बार हमारे ताऊ जी के लड़के गए थे!

"तो क्या बताए? कैसा है रास्ता?" राहगीर पूछता है।

"हमें का पता? वो लौटते तो बताते। वहीं से निकल गए होंगे आगे कहीं!"

"अब?"

गंतव्य पर पहुँच चुका आदमी यहाँ बताने के लिए उपलब्ध नहीं है। उससे पूछने गंतव्य तक ही जाना हो तो फिर पूछने की क्या ज़रूरत? फिर तो पहुँच ही न गए आप?

तो गंतव्य से पहले ही कुछ क़दम दूर से वापस हुए राहगीर ही हमारे अच्छे मार्गदर्शक होते हैं। ये वही सीनियर्स हैं जो मेन्स और इंटरव्यू से लौटकर आए

हैं और फिर से जाने के लिए कमर कसकर तैयार हैं। ये सब का 'सब कुछ' न सही कुछ का 'सब' तो बता ही सकते हैं? वही मार्गदर्शन है वही गाइडेंस है।

लेकिन ज़रा ध्यान से! सलाहकार, मार्गदर्शक और दिग्दर्शक का फ़र्क़ भी मालूम रहे। ये लोग भी राह के सभी गड्ढे गिन के नहीं आते और न ही नये बने गड्ढों पर कोई रिपेयरिंग टिप्पणी दे पाएँगे। इसलिए थोड़ा बहुत जो मिल जाए उसे लेकर अपने संघर्ष के समंदर में गोता लगा दीजिए। क्योंकि, 'जिन खोजा तिन पाइयाँ गहरे पानी पैठ!'

लेकिन हर कहावत हर जुमला हर युग में काम नहीं करता। हमने अपने आगे-पीछे और बीच में कई ऐसे लोग भी देखे हैं जो कभी-कभी इतना गहरे पैठ गए कि उबरना ही मुश्किल हो गया।

दर्शन हो या इतिहास, राजनीति शास्त्र हो या मनोविज्ञान, हिंदी हो या समाजशास्त्र! वे अपने विषय को ही साध्य समझ बैठे और इतना समझ बैठे कि अपने विषय के तो प्रकांड हो गए लेकिन कम्पटीशन की अन्य सहायक सामग्री से विमुख होते हुए संतत्व को प्राप्त हुए।

इनमें से भी जो समय पर चेत गए वे लोग जेआरएफ़ या नेट निकालकर किसी यूनिवर्सिटी या डिग्री कॉलेज में 'विषय विशेषज्ञ' हुए और सुखपूर्वक रहने लगे। लेकिन जो लोग अपने शास्त्र में शास्त्री हुए, वे न तो शास्त्र के रहे न शास्त्रीयता के।

हमारे एक सीनियर थे जिनकी दर्शन में तीव्र रुचि थी। वे एक-एक दार्शनिक पर छह-छह किताबें पढ़ते थे। परीक्षाओं की शुरुआत से एक दिन पहले तक हर टॉपिक और चैप्टर पर उनके सामने कई-कई किताबें बिखरी होतीं। हर बिंदु पर हर विचारक पर वे इतना कुछ जानते थे कि जब मेन्स देने बैठते तो प्रश्न पत्र पर अंकित सारे प्रश्न विचारक और सिद्धांत उनके लँगोटिया परिचित निकलते!

लेकिन असमंजस की स्थिति यह बनती कि हर प्रश्न का उत्तर उन्हें कम-से-कम सात-आठ सौ पन्नों का आता होता और विडंबना यह कि उसे उत्तर पुस्तिका पर अधिकतम पाँच-सात पेज में लिखने की बाध्यता होती। शुरुआती आधे-पौन घंटे तो वो नजूमियों की तरह विचारमग्न रहते कि इस प्रश्न का उत्तर कहाँ से शुरू करें और कहाँ जाकर गिराएँ कि शुरुआत भी अच्छी बन पड़े और उपसंहार भी।

इसी उहापोह में आधा समय निकल जाता और बाक़ी के आधे समय में वे किसी एक प्रश्न का उत्तर बहुत समराइज़ करते हुए भी लगभग 25-30 पेज

लिखते। दूसरा प्रश्न वे लिखने की तैयारी में होते कि क्रूर कक्ष निरीक्षक उत्तर पुस्तिका को उनके हाथ के नीचे से बड़ी सफ़ाई से निकाल ले जाता यह कहते हुए कि, "केतना लिखेंगे? टाइम ख़त्म हो गया!"

पूरे कम्पटीशन काल में उनकी एक ही केंद्रीय समस्या रही कि 'सब कुछ तो पढ़ा हुआ है सब बढ़िया और उत्कृष्ट कोटि का है। छोड़ूँ तो छोड़ूँ क्या?'

वो शायद ही कभी समझ पाए हों कि जितना ग्रहण करना ज़रूरी है, उतना ही ज़रूरी है छाँटना और छोड़ना!

आपकी समझ में आ जाए तो मार्गदर्शन समझकर नहीं, सलाह समझकर विचार कर लीजिएगा!

लिक्खे जो खत तुझे

हमारी इलाहाबादी ज़िंदगी में उस समय मोबाइल का ज़माना नहीं था। जब कभी घर पर फ़ोन करना हो तो हम लोग रात के ग्यारह बजने का इंतज़ार करते थे क्योंकि ग्यारह बजे एसटीडी रेट एक चौथाई हो जाते थे। फ़ोन करने वाले लड़के प्रायः दो क़िस्तों में फ़ोन करते थे। एक बार पड़ोस के किसी अंकल या आंटी के घर में फ़ोन करके अनुरोध करना कि 'घर से पापा या मम्मी को बुला दीजिए! हम थोड़ी देर में दुबारा मिलाते हैं।'

और यह थोड़ी देर कितनी देर में तब्दील हो जाएगी यह एसटीडी मशीन की टूँ-टूँ पर डिपेंड करता था या हमसे पहले लाइन में लग चुके किसी सीनियर पर कि उनकी बात कब ख़त्म होगी।

हालाँकि वे लोग ख़ुशनसीब थे जिनके घर में 'पीएंडटी' फ़ोन था और एक बार फ़ोन लग जाने पर वे पहली बार में ही बिना अंतराल लिए घर पर बात कर सकते थे। फ़ोन दरअसल तब ज़रूरी बातें करने के लिए था। आजकल के मोबाइल धारकों की तरह लंतरानियों के लिए नहीं। लंबी बातों और भावाभिव्यक्ति के लिए ख़तो-किताबत ही एक मुफ़ीद ज़रिया था।

इलाहाबादी जीवन काल के दौरान लिखे गए और प्राप्त हुए तक़रीबन चार-पाँच सौ से भी ज़्यादा पत्र आज भी मेरे पास किसी अमूल्य निधि की तरह सुरक्षित हैं। जब भी कभी मैं उस पिटारे को खोलता हूँ तो उन पत्रों की इबारतें और शब्द आज भी इलाहाबाद की तत्कालीन स्थितियों और परिस्थितियों के साक्षी के रूप में मेरे सामने जीवंत हो उठते हैं।

एक बार का वाक़या है।

दोपहर में अपनी एक किताब लेने अपने एक सीनियर 'बल्लू सर' के कमरे पर जाना हुआ। बल्लू सर कम्पटीशन में दर्शन और इतिहास के विषय धारक थे और बेहद पढ़ाकू थे। हमेशा गंभीर और मुरझाए से रहने वाले बल्लू सर 'स' और 'ष' दोनों के साथ समान न्याय करते हुए उन्हें 'फ़' बोलते थे। 'फ' भी

एकदम सीधा सपाट नहीं नुक़्ते के साथ। मसलन- "फ़ीडी फ़र्मा (सीडी शर्मा) के कितबिया होइ का हो?"

बल्लू सर खाना तैयार कर नहाने की तैयारी में थे।

"बइठा राजू, नहाय के आईत हईं!" उन्होंने बेमन से कहा। हालाँकि उनकी हालत ऐसी थी जैसे अभी-अभी बनियान और बरमूडा पहने-पहने ही नहाकर ही बैठे हों और जून की दोपहरी में खाना बनाने के भगीरथ प्रयास में पसीने की गंगा को अपनी जटाओं पर उतारकर उसे नियंत्रित ढंग से फ़र्श में प्रवाहित कर रहे हों। पसीना जो था वह सर से लेकर नीचे फ़र्श तक चू रहा था।

उनके अनमनेपन की वजह जाननी मुश्किल न थी। एक इलाहाबादी के कमरे पर भोजन यज्ञ के ठीक पूर्व किसी का भी कमरे पर अप्रत्याशित आगमन यज्ञ ध्वंस के लिए पधारे किसी असुर की भाँति ही कष्टकर होता है।

बहरहाल! वे बाल्टी और मग लेकर बाथरूम की ओर बढ़ गए और मैं उनकी कुर्सी पर बैठकर सामने टेबल पर रखी किताबें पलटने लगा। कमरे से दस क़दम दूर स्थित बाथरूम के जर्जर दरवाज़े से उनके गुनगुनाने की आवाज़ छन-छनकर कमरे तक पहुँच रही थी।

"ऐ काफ़ कहीं ऐफ़ा होता... के दो दिल होते फ़ीने में... एक टूट भी जाता इफ़्क़ में तो... तकलीफ़ ना होती जीने में!"

जून की उस तपती दोपहरी में उनकी अनगढ़ और बेसुरी आवाज़ जैसे सन्नाटे में किसी रेगिस्तान से आती बंजारे की आवाज़ की तरह कसक रही थी। मैंने टाइम पास के लिए टेबल पर रखी एक पुरानी पत्रिका उठाई तो उसके बीच में रखे कुछ काग़ज़ात फिसलकर टेबल पर आ गिरे। वे कुछ चिट्ठियाँ थीं।

हालाँकि दूसरे की पत्नियों को निहारना और दूसरे की चिट्ठियों को पढ़ना एक निषिद्ध किंतु रोमांचक अपराध है, लेकिन जब वे सामने हों तो उसे 'अवसर' के रूप में ग्रहण करने की कुत्सित प्रवृत्ति हमारे अचेतन से निकलकर चेतन से होती हुई हाथों और आँखों को (मौक़े पर जिसकी जैसी ज़रूरत हो) सक्रिय कर ही देती है। मैं भी सक्रिय हुआ और वे चिट्ठियाँ पढ़ने का मोह छोड़ नहीं सका।

पहली चिट्ठी कुछ यूँ थी-

प्रिय बिंदिया!

हम यहाँ राज़ी-ख़ुशी से हैं और ईश्वर से तुम्हारी राज़ी-ख़ुशी मनाया करते हैं। ये पत्र हम तुम्हें महकउआ वाले पेन से लिख रहे हैं। इसकी स्याही एकदम गुलाब की तरह महकती है। तुम सूँघ के देखना एकदम्मै से गनगना जाओगी।

हम इलाहाबाद सकुशल पहुँच गए थे और सबसे बड़ी बात कि अपना ख़ुद का कमरा भी मिल गया है। समान बढ़िया से सेट कर लिए हैं। तुमने जो कंगन हमें दिया था वो अपने बक्से में सुरक्षित रखे हैं, रोज़ हम एक बार उसे निकाल के देख लिया करते हैं।

तुम्हारे पापा ने कहा था कि कुछ बन के दिखाओ तो इसीलिए इलाहाबाद आए हैं। अब एसडीएम बन के ही लौटेंगे। तुम तो ख़ैर क्या समझोगी लेकिन तुम्हारे पापा तो लेखपाल हैं, उनसे पूछना कि एसडीएम क्या चीज़ होता है।

कहते हैं कि प्यार में कोई बात दिल में नहीं रखनी चाहिए इसलिए एक बात कह रहे हैं तुमसे। तुम ये जो अपने दीदी-जीजा के घर बार-बार मऊरानीपुर जाती हो तो हमें बिलकुल अच्छा नहीं लगता। कहना तो नहीं चाहिए लेकिन बता रहे हैं कि तुम्हारा जीजा एकदम हरामी किसिम का आदमी है। हम तो कई बार बईठ के दारू पिये हैं उसके साथ। न-न, हम तो पीते ही नहीं! तुम तो जानती ही हो। मतलब हम बईठे थे, दारू तो तुम्हारे जीजा पी रहे थे। अब मुहल्ले के दामाद हैं, तो आवभगत तो करनी ही पड़ती है।

तो हम बता रहे थे कि जब जीजा दारू पीते हैं तो तुम्हारे बारे में अनाप-शनाप बोलते हैं। ये हमें बिलकुल अच्छा नहीं लगता बता रहे हैं!

पिछले पत्र में तुमने बताया था कि तुम्हें देखने वाले आ रहे हैं। तब से हम सो नहीं पाए हैं, न पढ़ने में मन लग रहा है। कैसे भी करके साल भर काट लो। बस एक बार सलेक्शन हो जाए फिर कोई माई का लाल हमारे मिलन को रोक नहीं पाएगा।

अपना ध्यान रखना।

तुम्हारा

बल्लू (बालेंद्र कुमार सिंह)

पत्र काफ़ी पुराना था जैसा कि उसमें लगे घी तेल के दाग़ों से स्पष्ट था। ज़ाहिर है कि पत्र पोस्ट नहीं किया गया था। महकउआ पेन की गमकती हुई

स्याही की ख़ुशबू प्रतियोगिता दर्पण के इतिहास विशेषांक के बीच ही कहीं इतिहास के रूप में जज़्ब होकर अपनी महक खो चुकी थी।

उसके नीचे एक और छोटी चिट्ठी थी जिसके लिफ़ाफ़े पर हुई खिचिर-पिचिर और डाक टिकट की अनुपस्थिति बताती थी कि चिट्ठी बैरंग ही आई होगी। चिट्ठी का मज़मून बेहद संक्षिप्त था-

बल्लू जी!

मेरा नमस्ते पहुँचे। आप एक साल का कह के गए थे आज पूरे ढाई साल हो गए हैं। हम कित्ता दिन पढ़ाई का बहाना बना के टालते? आप बोले थे कि एसडीएम की परीक्षा एक साल में किलियर हो जाती है। हम दुइ साल तक इंतज़ार किए। बीच में कई लड़कों के सामने हमारी 'दिखाई' भी हुई लेकिन हम हर बार सबकी नज़र बचा के लड़के को अपनी आँखें भैंगी करके नीचे का टूटा दाँत 'ई' करके दिखा दिए।

लेकिन अब पापा हमारी सादी तय कर दिए हैं। लड़का अमीन है और अच्छा कमाता है। देखने में भी अच्छा है इसलिए हम उसको दाँत नहीं दिखा पाए। जून की सादी है आप ज़रूर आइएगा। अपना ध्यान रखिएगा और ख़ूब पढ़ाई करिएगा। एसडीएम बन के ही लौटना है आपको।

चलती है गाड़ी तो उड़ती है धूल
बल्लू जी आप अब हमको जाना भूल!

आपकी
बिंदी

और अंत में एक हल्दी लगा हुआ शादी का कार्ड था जिसके ऊपर दो शहनाइयाँ एक-दूसरे की ओर मुँह करके 'एक्स' की आकृति बना रही थीं।

नीचे छपा था- 'आयु0 बिंदिया रानी परिणय चि0 रामफेर'

'चि' के आगे लगे शून्य को जैसे झुंझलाहट में काटकर उसे 'चिरकुट' कर दिया गया था, जो कि राइटिंग से बल्लू सर द्वारा ही संपादित प्रतीत होता था। और कोई करेगा भी क्यों?

कार्ड में मंडपाच्छादन की तिथि आज ही की थी। कार्ड और चिट्ठियों को यथा स्थान रखकर मैं उदास-सा बल्लू सर के लौटने की प्रतीक्षा करने लगा।

चिट्ठियाँ शायद हमारा इतिहास और भूगोल दोनों बताती हैं। इतिहास जो किसी ने पढ़ा नहीं (जब तक ऐसे ही कोई चोरी से न पढ़ ले) और चिट्ठियों की इबारतों से टूटे हुए चेहरे का भूगोल तो चेहरा ही बता देता है।

अभी भी बल्लू सर की बाथरूम से फँस-फँसकर आती हुई आवाज़ बग़ल के कमरे से आती कुकर की सीटी से लोहा ले रही थी...

किफ़को फुनाऊँ हाल दिले बेकरार का
बुझता हुआ चिराग हूँ अपने मजार का
ऐ काफ़ भूल जाऊँ मगर भूऽऽलता नहीं
किफ़ धूम फ़े उठा था जनाजा बहार का
ये दुनियाऽऽऽ ये महफिलऽऽऽ मेरे काम की नहीं!

नइहर छूटो ही जाए

किसी लक्ष्य को पा लेने या बिना पाए भी इलाहाबाद से बिछड़ना जैसे अपने नइहर से बिछड़ना है! मैं आज भी जब अपने व्यक्तित्व निर्माण के इस कुरुक्षेत्र में जाता हूँ तो नये प्रयागराज में अपना पुराना इलाहाबाद ढूँढने की कोशिश ज़रूर करता हूँ।

सलेक्शन से ज्वॉइनिंग के बीच का वक़्फ़ा एक क्रांतिक समय है जिसमें जीवन शैली का रूपांतरण क्रमशः होता है। ज्वॉइनिंग के बाद भी एक-दो साल तक जब तक सुविधाओं और विलासिताओं के मायावी वृत्त ने मन और शरीर को पूरी तरह नहीं ढक लिया होता तब तक अंतर्मन में बसा इलाहाबाद आपको पुकारता रहता है।

अगर किसी का सलेक्शन उस परीक्षा के सर्वोच्च पद पर नहीं हुआ है, तो बहुधा लोग इस स्थिति को अपग्रेड करने के लिए (या उसके नाम पर) उसी परीक्षा का फ़ॉर्म भरते रहते हैं, जिसके पीछे पिरामिड में और ऊपर चढ़ने की आकांक्षा तो होती ही है, अचेतन में कहीं-न-कहीं इलाहाबाद से जुड़े रहने का मोह भी होता है।

एक दुनिया से दूसरी दुनिया में प्रवेश शायद बहुतों को अपने मूल स्वभाव से विरत कर देता है। जब कोई सीनियर सलेक्ट होकर इलाहाबाद से निकल जाता है और फिर अपने 'माहौल' को ढूँढने की जिजीविषा में किसी टूरिस्ट की तरह इलाहाबाद लौटता है तो वह उसी कमरे या लॉज में जाना चाहता है जहाँ की ज़िंदगी उसके अंतर्मन में बसी हुई है।

जूनियर्स बड़े उत्साहपूर्ण ढंग से उनका स्वागत करते हैं। उनके मन का भोजन तैयार होता है। लेकिन एक आचार संहिता भी है इस आयोजन की।

तेल हो या मसाला, साग सब्ज़ी हो या मुर्ग़ा या फिर अंडा। उसका भुगतान सलेक्टेड सीनियर को ही करना पड़ता है। कमरे के कुछ सबसे छोटे और जूनियर पार्टनर तो अपने से बड़े या सीनियर पार्टनर को भुनभुनाते हुए साफ़ बता देते हैं

कि, "अभी सर के लिए कोई दिक़्क़त नहीं है लेकिन देखिएगा खाने के लिए बैठते-बैठते चार लोग और आ जाएँगे। जीरा भी ख़त्म है और गरम मसाला भी। प्याज़, लहसुन, अदरक थोड़ी बहुत स्टॉक में है लेकिन वह इस वृहद आयोजन के लिए ऊँट के मुँह में जीरा है।"

उधर सलेक्टेड सीनियर सर सौ का नोट लापरवाही से निकालकर छोटे को पकड़ाते हैं, "जा गुरु! समनवा लइके आवा दउड़ के। आज वहै चउंचक अंडा करी खियावा हो। तरस गए वइसी करी को। मिर्चा-सिर्चा डारि के ख़ूब कड़क बनावा!"

और फिर वे कमरे पर एकत्र जिज्ञासुओं को अपनी अफ़सरी के क़िस्से सुनाने लगते हैं।

बहुत दिनों तक इलाहाबाद से तार तो उनके भी जुड़े रह जाते हैं जो कुछ न हासिल करके लौटे हैं। एक 'दुरास्था' में जीते हुए बहुत दिनों तक वे इस सत्य को ख़ुद स्वीकार करने में झिझकते हैं कि वे वापस लौट आए हैं।

इलाहाबाद से छुट्टियों में लौटे एक मित्र को वे एक कृत्रिम उत्साह से बताते हैं, "अइसा कुछ नहीं है यार! तइयारी तो यहाँ भी हो सकती है। उसमें का दिक़्क़त है? इत्ते दिन इलाहाबाद में रहकर माहौल तो समझ ही लिए हैं। प्रतियोगिता दर्पण, रोज़गार समाचार, सब स्टेशन के पास फुद्दन के 'कम्पटीशन कॉर्नर' में मिल ही जाता है। हम तो अपना कमरा अलग कर लिए हैं भाई। घर वालों को बोल दिए हैं कि फालतू डिस्टर्ब न करें! सबसे सुकून की बात तो ये है कि यहाँ खाना बनाने का भी झंझट नहीं। बना-बनाया थाली में परोस के कमरे में आ जाता है!"

और वो एक निश्चिंतता भरा ठहाका लगाते हैं, जो अपने मूल स्वरूप में गले से बाहर निकलने की कोशिश करता है, लेकिन उसका खोखलापन गले में ही कहीं अटक जाता है और वो खाँसने लगते हैं।

अंदर कहीं से एक कर्कश नारी स्वर उभरता है जिसे वे और ज़ोर से खाँसकर दबाने का असफल प्रयास करते हैं, "सब्ज़ी लाने को बोला था शाम को। आटा भी उठा के नहीं लाए चक्की से अभी तक। अब सोइएगा ख़ाली पेट! कोई भंडारा नहीं खुला है यहाँ। बहुत कलट्टरी हो गई इलहाबाद में। भुइँ म आ जाव अब!"

वो खाँसते हुए पानी का एक घूँट पीते हैं और मित्र की ओर देखकर मुस्कुराते हैं जैसे कह रहे हों कि, "इस पर ध्यान मत दो, ये तो रोज़ का है।"

जब नइहर छूटता है तो कुछ दिनों तक उसकी याद बहुत सताती है।

"वर्मा सर का क्या हुआ? मिश्रा जी का अंग्रेज़ी क्वॉलीफ़ाइंग निकला कि इस बार भी लटक गए? फलाने चाय वाले, ढिमाके पान वाले के क्या हाल हैं? हमारी चर्चा करते हैं कि नहीं? करते तो होंगे ही सरऊ। एक के पंद्रा और दूसरे के बारा रुपये उधार जो हैं। गरियाते तो होंगे ही?"

"लेकिन कौन-सा इलाहाबाद छोड़ आए हैं? अभी तो प्री देने जाना ही है न!"

"फरमवा तो भर के ही आए थे। अच्छा देखना हमारे सब्जेक्ट पर कोई विशेषांक या कोई नई गाइड आई हो तो अगली बार लेते आना। पैसा हमसे यहीं ले लेना!"

फिर वो आटा उठाने के लिए साइकिल लेकर मुहल्ले की एकमात्र आटा चक्की की ओर चल देते हैं!

मायालोक की किंवदंतियाँ!

इलाहाबाद की ज़िंदगी के अनेक सिरे हैं जिन्हें एक साथ समेट पाना बहुत मुश्किल है। यहाँ सफलता से चमकते चेहरे भी हैं, और अनिश्चितता से जूझती मुरझाई आँखों वाली सूरतें भी। यहाँ अपने घरों से प्रेषित होते हुए तनाव और दबाव में दबे हुए संघर्षरत चरित्र भी हैं, और निरंतर असफलताओं से टूटते हुए व्यक्तित्व भी।

इलाहाबाद का जीवन दरअसल बनते-बिगड़ते सपनों का एक व्यापक कोलाज है, जिसमें इच्छाओं, जिजीविषाओं, आँसुओं और मुस्कुराहटों की आड़ी-तिरछी तस्वीरें बिना किसी तरतीब के चस्पा हैं!

इस वृहद कोलाज में से अपने हिस्से की तस्वीर को ढूँढना और उसमें मनचाहा रंग भरना ही एक कम्पटीटर की प्रबल आकांक्षा होती है। लेकिन इसमें कभी-कभी बरसों लग जाते हैं। और फिर भी सही रंग भर सके यह ज़रूरी भी नहीं। इन बेरंग सूरतों का अपने कैनवास से निकलकर बाहर जाना कुछ ऐसा लगता है जैसे क़साई के इरादों से वाक़िफ़ कोई गाय उसके साथ घिसटती हुई जा रही हो।

'चयन सूची' में चस्पा होकर इलाहाबाद से निकली तस्वीरों की ख़ूबसूरती और उनके चमकते रंगों की चर्चा बरसों तक होती हैं। कभी चाय की दुकानों पर, तो कभी किताबों और पत्रिकाओं के स्टॉल पर। कभी हॉस्टल की मेस में, तो कभी लॉज की छत पर, रात्रि भोज के बाद की सांस्कृतिक सभा में।

हालाँकि चर्चा तो अल्पकाल तक उनकी भी होती है जो हताश और निराश होकर लौट गए। सफलता की कहानियाँ अगर इलाहाबादियों को यह बताती हैं कि उन्हें क्या करना चाहिए, तो असफ़लता की कहानियाँ यह कि क्या नहीं करना चाहिए।

कम्पटीटर हर हाल में बस 'सीखने और जानने' को तत्पर है। चलिए! सीखना तो ज़रूरी ठहरा। लेकिन 'जानने' की जिज्ञासा में जो कहानियाँ और

किंवदंतियाँ जन्म लेती हैं, वे कई बार तो अपनी पौराणिकता का यक़ीन दिलाते हुए काल्पनिकता से भी आगे जाकर हास्यबोध पैदा करने की हद तक जाती हैं।

"पांडे सर जब सिविल का इंटरव्यू देने धौलपुर हाउस पहुँचे तो कॉन्फ़िडेंस उनके जूतों तक से छलक रहा था!"

कहानी यहाँ से शुरू होती है तो फिर कहीं तक भी जाती है। उसका जाना बनता भी है क्योंकि पांडे सर इसी वाले इंटरव्यू से आईआरएस हुए थे। वो तो इंटरव्यूअर को किसी बात पर डपट न दिए होते तो आईएएस हो गए होते, ऐसा कहा जाता है।

"तो... घुसते ही पूछा कि जिस दरवाज़े से अभी आप आए हैं उसकी लंबाई कितनी है? अब और कोई होता तो इंची टेप माँगने लगता। लेकिन वो तो पांडे सर थे। तपाक से बोले कि अपने ठीक आधे का दुगुना!"

बस फिर तो जम गए पांडे सर।

"अच्छा ये बताइए... इस कमरे का गुरुत्व केंद्र कहाँ है?" किसी ने पूछा।

पांडे जी ने चेयरमैन के सामने रखे गोल डब्बे से एक पेंसिल उठाई। मेज़ पर इधर-उधर घुमाते हुए एक जगह रख दिया और बोले, "ये रहा सर!"

"इतना धुप्पल भी नहीं चलता यार! मान लो नाप लिए होते वो लोग तो?" श्रोताओं में से किसी ने आपत्ति की।

"बक... बुड़बक! वो लोग गुरुत्व केंद्र का नपना लेके बैठे थे क्या? ई सब कोशचन्वा प्रजेंस ऑफ़ माइंड देखने के लिए होता है!" वक्ता ने समाधान किया।

"चलिए-चलिए, आगे बताइए आप!" व्यग्र श्रोताओं ने हस्तक्षेप किया।

"फिर एक ने पूछा कि स्पोर्ट पर कुछ बताइएगा?"

"पांडे जी साफ़ मना कर दिए कि स्पोर्ट में गुल्ली-डंडा के अलावा हमें और किसी खेल में कोई रुचि नहीं है।"

"प्लीज़! अच्छा एक कोश्चन बता दीजिए!" बोर्ड के मेंबर ने मनुहार की।

"एक? अच्छा पूछिए फिर! लेकिन एक्के बताएँगे!"

"अभी कल होने वाले विश्व कप के भारत-पाकिस्तान मैच में भारत के जीतने की क्या संभावना मानते हैं आप?" बोर्ड ने एकदम टिपिकल क्वेश्चन किया।

"भारत के जीतने की संभावना फ़िफ़्टी परसेंट!" पांडे जी फट्ट से बोले।

"और पाकिस्तान की?" दूसरे मेंबर ने सवाल किया।

"ई ग़लत बात है। एक्के कोश्चन की बात हुई थी! ये दूसरा है।" पांडे जी साफ़ बोल दिए।

"अरे बता दीजिए!"

"न! बात की भी कोई बात होती है। हम बोले थे तो आप ही बोले कि अच्छा एक कोश्चन बता दीजिए!"

और पांडे जी फिर नहीं बताए तो नहियै बताए! पांडे जी का इंटरव्यू समाप्त हुआ। वो उधर आईआरएस हुए और इधर सभा विसर्जित हुई। वक्ता और श्रोता सभी लोग अतिरिक्त ताज़ी हवा फेफड़ों में भरते हुए अपने-अपने कमरों में टेबल लैंप की पीली रौशनी के वृत्त में अपनी-अपनी रात खपाने के लिए प्रस्थानित हुए।

एक और सीनियर थे जिनके बारे में किंवदंती थी कि वो आईएएस हो गए थे। शायद नागालैंड कैडर में। हालाँकि कुछ का मानना था कि वे कहीं कुछ नहीं हुए थे और उनके सलेक्शन की बात महज़ एक प्रोपगंडा थी। बहरहाल लोगों में अंत तक यह रहस्य रहा कि वो आईएएस हुए भी थे या नहीं।

लेकिन कब तक?

तब तक जब तक कि वे एक दिन अपने गृह जनपद में प्रकट होकर ज़िले के कप्तान से कर्टसी मीटिंग करने नहीं चले गए।

अर्दली ने कप्तान को बताया कि नागालैंड कैडर के एक आईएएस आपसे मिलने आए हैं। कप्तान साहब ने उन्हें अपने ड्राइंग रूम में बैठाया। कॉफ़ी के साथ औपचारिक बातें होने लगीं... कौन-सा बैच, ट्रेनिंग फ़ाउंडेशन जैसी आधिकारिक बातें।

आईएएस की बातों, हाव भाव और कुछ सूचनात्मक विसंगतियों को लेकर कप्तान साहब को कुछ शक-सा हुआ। उन्होंने अपना जो बैच बताया था संयोग से कप्तान साहब की निजी पत्नी भी उसी बैच की आईएएस थीं और किसी अन्य जनपद में तैनात थीं।

कप्तान साहब 'एक्सक्यूज़ मी' के सहारे घर के अंदर गए और अपनी पत्नी को फ़ोन मिलाया। पत्नी ने अवगत कराया कि इस नाम का कोई आदमी तो उनके बैच में था ही नहीं। फिर भी कप्तान साहब के 'इंसिस्ट' करने पर उन्होंने अपने बैच का एकेडमी रिकॉर्ड भी नेट पर खँगाला, तो भी उस नाम का कोई आदमी उस बैच में नहीं निकला।

सब तरफ़ से पुख़्ता होकर कप्तान साहब ने अपने सीओ और कोतवाल को

फ़ोन किया और तत्काल बंगले पर पहुँचने को कहा।

थोड़ी देर बाद ही सिविल सेवा के कथित सर्वोच्च अधिकारी श्री 'क.ख.ग.' जी कोतवाल साहब की जीप की पिछली दोनों सीटों के मध्य ख़ाली जगह पर उकड़ूँ बैठे हुए सदर कोतवाली की ओर गतिमान थे।

सिविल के रिज़ल्ट में उनका नाम और रोल नंबर भले ही अख़बार में नहीं छपा रहा हो लेकिन ये गाथा अगले महीने की 'सत्यकथा' में पूरी रोचकता के साथ छपी, जिससे जानकारों का यह भ्रम क़तई टूट गया कि यह घटना कोई किंवदंती मात्र थी।

बाद में यह अतिरिक्त जानकारी भी हुई कि वे अपने मुहल्ले के कई लड़कों से लाख-पचास हज़ार जमा करा चुके थे, नागालैंड में नौकरी लगवाने के लिए।

एक और सज्जन की घटना है।

वो कई बार प्री क्वॉलीफ़ाई करके रिज़ल्ट के बाद जब गाँव जाते तो पूरे गाँव को बताकर आते कि इस बार वर्दी पहनकर ही लौटेंगे। डिप्टी एसपी बनना उनका सपना था और उनके घर वालों का भी। लेकिन वे दुर्भाग्यवश हर बार मेन्स में छँट जाते।

अंत में बार-बार मेन्स देने से आजिज़ आकर आयोग की कार्यप्रणाली से क्षुब्ध ये सज्जन तीन सिल्वर प्लेटेड स्टार लगी वर्दी पहनकर गाँव पहुँच गए। घरवालों में ख़ुशी की लहर दौड़ गई और गाँव के चौधरी लोग भी झुक-झुककर सलाम करने लगे। पिताजी ने पूरे गाँव में बूँदी के लड्डू बँटवाए।

सज्जन जो थे वो तब तक वर्दी पहनकर गाँव में घूमे जब तक वह धुलने लायक़ नहीं हो गई। वही वर्दी पहनकर खेत में होला खाया जा रहा है, उसी वर्दी में नीम के पेड़ के नीचे ताश हो रहा है। गोया वर्दी न हुई कर्ण का कवच-कुंडल हो गई, जो देह से उतरती ही न थी।

सब ठीक चल रहा था कि एक दुर्घटना हो गई।

गाँव के किसी लड़के को गाँजा बेचने के जुर्म में नज़दीकी थाने के थानेदार ने हवालात के सुपुर्द किया। लड़के का बाप वर्दी के पिताजी के पास रोते-धोते आया और सिर पटककर गुहार करने लगा कि भइया जी चाहें तो लड़के को छुड़ा सकते हैं।

आख़िरकार पिताजी के निर्देश पर थोड़ा हीला-हवाली के बाद डिप्टी एसपी साहब बावर्दी थाने पर जा पहुँचे। वर्दी देखकर थानेदार तो अदब में आ ही गया

था और हवालात के दरवाज़े बस खुलने ही वाले थे, अगर इलाक़े के सीओ साहब भी उसी समय थाने का निरीक्षण करने न पहुँच गए होते।

सीओ साहब ने अपने समकक्ष अधिकारी को थाने में बैठा देखकर हाथ मिलाया और 'चाय पर चर्चा' शुरू की। यहाँ भी वही बैच ट्रेनिंग-ट्रेनिंग के उस्ताद पीटीसी के अधिकारियों के बारे में विमर्श होते-होते हवालात के दरवाज़े खुले और गाँजे वाले लड़के के साथ-साथ डिप्टी साहब भी अंदर पाए गए।

अगले दिन सुबह आरोपी और सिफ़ारिशी दोनों एक ही जीप में बैठकर जेल गए। और इस प्रकार इस कथा का दुखांत हुआ।

किंवदंतियाँ तो बहुत हैं और होंगी! लेकिन लब्बोलुवाब यही है कि जब अचेतन चेतन को टेकओवर कर ले और आदमी ख़ुद ही भरम में जीने लगे, तो ऐसी विसंगतियाँ किंवदंतियाँ बनकर ही लोगों का मनोरंजन करती हैं!

उठती हुई अँगड़ाइयाँ

जीवन की आपाधापी से जूझते हुए इलाहाबादी दिनचर्या की नीरसता नई किताबों के पन्नों की धीरे-धीरे कम होती महक, रंगहीन, गंधहीन और स्वादहीन होती ज़िंदगी। और इन सबके बीच निषिद्ध होते भी कुछ इच्छाएँ अनैच्छिक रूप से जागती हैं। जीवन में धर्म-अधर्म और नैतिकता-अनैतिकता के बीच बहुत बारीक-सा फ़र्क़ है जिसके ठीक बीचो-बीच आपदधर्म खड़ा होता है। एक क्षेपक इसे बेहतर स्पष्ट कर पाएगा।

तो हुआ यह कि एक बार एक कर्मकांडी ब्राह्मण कई दिनों की भूख और प्यास से व्याकुल किसी गाँव के किनारे से गुज़रता हुआ एक पेड़ के नीचे गश खाकर गिर पड़ा। वहीं पास में किसी निम्न जाति का एक चरवाहा अपनी बकरियाँ चरा रहा था। वह दौड़कर पहुँचा और उन्हें सँभाला...

"पानी!" सूखते हुए गले से पंडित जी के मुँह से निकला।

चरवाहा असमंजस में पड़ा। माथे पर चंदन का तिलक लगाए रामनामी चादर ओढ़े पंडित जी को देखकर उसने संकोचपूर्वक कहा, "पानी तो है मेरे पास। थोड़ी छाछ भी है! लेकिन मैं निम्न जाति का हूँ आप मेरे हाथ से पानी पिएँगे?"

पंडित जी ने हाथ से इशारा किया और मंद स्वर में बोले, "जो कुछ भी हो दे दो! दो दिन से कुछ नहीं खाया। पानी भी नसीब नहीं हुआ!"

चरवाहे ने उन्हें सहारा देकर अपने लोटे से थोड़ा पानी पिलाया। पंडित जी थोड़े चैतन्य हुए और बोले, "थोड़ी छाछ भी दे दो... पेट में कुछ जाए तो कम-से-कम खड़ा होकर चल सकूँ!"

चरवाहे ने उन्हें थोड़ी छाछ भी दे दी। और निवेदन किया, "आप बहुत कमज़ोर प्रतीत होते हैं। यहीं पास में मेरा घर है चलिए आप थोड़ा विश्राम कर लीजिए, मैं आपके लिए भोजन की व्यवस्था करता हूँ।"

पंडित जी को सहारा देकर चरवाहा उन्हें अपने घर तक लाया और घर के

बाहर एक नीम के पेड़ के नीचे चारपाई बिछा के उन्हें लिटा दिया और ख़ुद घर के अंदर उनके लिए खाने की व्यवस्था करने चला गया।

पेट में पहुँची छाछ और नीम की ठंडी छाँव में खुली हवा ने पंडित जी को काफ़ी राहत दी। वे उठकर बैठ गए। नीम की पत्तियाँ अब उन्हें थोड़ी ज़्यादा हरी भरी लग रही थीं। थोड़ी देर बाद चरवाहा एक थाली में गेंहू का दलिया और गिलास में दूध लेकर पंडित जी के पास पहुँचा।

"लीजिए थोड़ा भोजन ग्रहण कर लीजिए!" उसने पंडित जी से अनुरोध किया।

"क्या? भोजन? तुम्हारे हाथ का भोजन कैसे ग्रहण कर सकता हूँ? मैं कर्मकांडी ब्राम्हण हूँ और तुम निम्न जाति के अछूत! मेरा धर्म भ्रष्ट नहीं हो जाएगा?"

फिर एक क्षण रुककर उन्होंने कहा, "मुझे थोड़ा आटा-दाल और घी दूर से ही दे दो। मैं यहीं पेड़ के नीचे चूल्हा बनाकर अपना भोजन तैयार कर लूँगा!"

चरवाहा हतप्रभ हो गया और बोला, "लेकिन पंडित जी अभी कुछ देर पहले आपने मेरे हाथ से पानी पिया, छाछ भी पी। मैं अछूत आपको ख़ुद पकड़कर यहाँ तक लाया तब आपका धर्म भ्रष्ट नहीं हुआ?"

पंडित जी मुस्कुराए और कोमल स्वर में बोले, "अन्यथा मत लो भाई... वह सब आपदधर्म था। धर्म की गति बड़ी सूक्ष्म है। उसे हर कोई नहीं समझ सकता। जिस समय जीवन-मरण का प्रश्न था उस समय यह आपदधर्म की माँग थी कि जीवन की रक्षा के लिए मैं तुम्हारे हाथ से तो क्या किसी के भी हाथ से जल ग्रहण करता। लेकिन अब इस समय भोजन करना मेरी मजबूरी नहीं इच्छा है। मैं ख़ुद भोजन बना सकता हूँ तब क्यों धर्म का उल्लंघन करूँ?"

कहानी का मोरल आप समझते रहिएगा। हम केंद्रीय विषय पर लौटते हैं।

यौन आकर्षण एक बेहद स्वाभाविक अनुभूति भी है और ज़रूरत भी। जिस तरह व्यस्तता, लक्ष्य प्राप्ति के प्रयत्न और संघर्ष की मनोदशा में रहते हुए भी आप खाने, सोने और दूसरी नियमित दिनचर्या को स्थगित नहीं करते, वैसे ही एक उम्र के बाद आपके अंदर की कोमल ऊर्जा विपरीतलिंगी सौंदर्य से प्रेम-जुड़ाव और आत्मिक लगाव की प्राकृतिक ज़रूरत महसूस करती ही है।

प्राय: इलाहाबादी कम्पटीटर इसे दबाता है! और ये इच्छाएँ अचेतन में कहीं जाकर डंप हो जाती हैं, जहाँ पर ये विकृत होकर अपच यौन कुंठाओं के रूप में

निकल सकती हैं।

मेरे एक सीनियर बताते थे कि उनका रूम पार्टनर प्रायः दोपहर की कड़ी धूप में भी कोई पत्रिका लेकर सबसे ऊपर वाली छत पर चला जाता और घंटे-आध घंटे में पसीना-पसीना होकर नीचे कमरे पर लौटता।

"क्या हुआ, यहाँ रूम में कोई डिस्टर्बेंस है जो तुम इस तरह की धूप में ऊपर छत पर पढ़ने जाते हो?"

पार्टनर ने कोई उत्तर न दिया।

एक दोपहर जब वह छत पर गया तो थोड़ी देर बाद ही सीनियर भी चुपचाप छत पर पहुँचे और सीढ़ियों के अंतिम सिरे पर खड़े होकर उसकी 'पढ़ाई' का अवलोकन करने लगे।

जूनियर ऊपर छत पर रस्सी में सूखने के लिए फैले कपड़ों में से मकान मालकिन के अधोवस्त्रों को चूम रहा था! वह हर अंत:वस्त्र को ध्यान से देखता और उस पर कोमलता के साथ हाथ फिराता फिर अपने चेहरे पर उसे भींच लेता! यह अचेतन में फेंक दी गई एक ज़रूरत का विकृत प्रस्फुटन था। जूनियर इसका अकेला उदाहरण नहीं होगा, बहुत से इलाहाबादी इससे दो-चार होते हैं।

फ्रॉयड लिखते हैं कि मन के कई स्तरों में तीसरा स्तर 'अचेतन' है जिसमें सभी मूल जैविक आवेग और सहज प्रवृत्तियाँ होती हैं। लेकिन इसमें वे स्मृतियाँ, विचार प्रवृत्ति और धारणाएँ भी शामिल होती हैं, जिन्हें 'दमन' नामक एक तंत्र द्वारा अचेतन में धकेल दिया गया है।

लेकिन ध्यान देने की बात है कि दमन की गई प्रवृत्तियों और इस दमन तंत्र को जब भी होश आता है तब चेतन तंत्र में इनकी पुनर्वापसी से व्यक्ति की सामान्यता और एकीकृत कार्यप्रणाली को ख़तरा हो सकता है।

विश्वविद्यालय परिसर से जुड़ा एक विशाल कैंपस जो चारों ओर से ऊँची-ऊँची दीवारों से घिरा हुआ है और अंदर जाने के लिए एकमात्र मुख्य द्वार पर सिक्योरिटी गार्ड्स का कड़ा पहरा होता है।

इस कैंपस में उस वक़्त तीन अलग-अलग इमारतें होती थीं जिनके अलग-अलग कमरों में सौंदर्य बुद्धि (ब्यूटी विद ब्रेन भी) और खिलंदड़ापन भरा होता था। जिनका अंदर कोई परिचित न हो उनके लिए ऊँची दीवारों के भीतर यह इमारतें रहस्यलोक थीं ख़ास तौर पर गाँवों और क़स्बाई पृष्ठभूमि से आए हुए लड़कों के लिए।

अपनी दबी हुई कोमल (और कभी-कभी कुत्सित भी) भावनाओं के वशीभूत शाम को कुछ लड़के डब्ल्यूएच (वूमेन हॉस्टल) के मुख्य द्वार के इर्द-गिर्द थोड़ी देर भटककर एक-दूसरे से फ़ोहश मज़ाक़ करते हुए अपनी ज़िंदगी का वह हिस्सा थोड़ा-सा जी लेते हैं जो फ़िलहाल इस पढ़ाई-लिखाई की उम्र में निषिद्ध और वर्जित है।

"पता है ? दो लड़कियाँ कल यूनिवर्सिटी के पीएमसी से गुज़रते हुए आपस में बात कर रही थीं। एक पूछ रही थी कि यार ये लड़के लोग जो झुंड बनाकर यहीं बैठे रहते हैं, ये क्या बातें करते होंगे आपस में हमें देखकर ?"

दूसरी ने कहा, "अरे वही... जो हम लोग आपस में करती हैं इनको देखकर!"

पहली वाली ने वितृष्णापूर्ण मुँह बनाया और बोली, "हे भगवान! कितनी गंदी बातें करते हैं ये लोग!"

एक सम्मिलित ठहाका उठा और चौराहे पर सब्ज़ी की दुकान पर जा गिरा। रात के खाने के लिए सब्ज़ी-सलाद भी तो लेना है।

लड़कियाँ न सही लड़कियों की चर्चा भी कम सरस नहीं होती। मेहनत से बनाए गए खाने को उदरस्थ करने के बाद जब शरीर अलसा रहा हो, अँगड़ाइयाँ अपने आप उठ रही हों, तो इस इंटरवल में दो ही चर्चाएँ सुख देती हैं। एक तो भूतों की और दूसरी लड़कियों की!

भूत होते नहीं, दिखते भी नहीं। लेकिन उनकी कहानियों में ही रोमांच है। लड़कियाँ होती हैं, पर मिलती नहीं। लेकिन उनकी कल्पना में ही सुख है!

लॉज में रात के भोजन के बाद छत पर मनसायन करते हुए दर्शनशास्त्र से 'एम्मे' कर रहे तिरवेदी सर बताते हैं, "अरे भइया! ये लड़कियाँ होती ही उल्टी खोपड़ी की हैं। इनको कभी समझ नहीं सकते आप। सुनिए... दर्शनशास्त्र में एक-ठो कहानी आती है। सुनिएगा ?"

और फिर बिना अनुमति या सहमति के वह शुरू भी हो जाते हैं।

"एक-ठो लड़की थी। उसको दो लड़के बहुत पसंद करते थे। लड़की भी दोनों के साथ उठती-बैठती थी, लेकिन कंफ़्यूज़ थी कि वह किस लड़के को पसंद करती है। पहला वाला लड़का उसे मिलने के लिए पार्क में बुलाए तो अपना आधा घंटा पहिले ही पहुँच के लड़की का इंतज़ार करे। लड़की घास में बैठने लगे तो उसे रोककर लपक के पहिले ज़मीन पर अपना रुमाल बिछा दे।

लड़की गुलाब के फूल की तरफ़ देख के बोल भर दे कि हाय राम कित्ता सुंदर है! तो लड़का लपक के फूल तोड़ के उसके हाथ में पकड़ा दे! समझ्यो?

"हाँ, मतलब 'म्याहर' रहा!" गुड्डू ने सिर हिलाया।

"औ जब दुसरका लड़िका बुलावे पार्क में तो लड़की पहुँच के बैठी इंतज़ार कर रही है। औ महाशय पहुँच रहे हैं आधे-पौन घंटे बाद! लड़की गुलाब का फूल देख के आह भरे तो लड़का कहे कि फूल देखने के लिए होता है, तोड़ने के लिए नहीं। वैसे भी इस पार्क में फूल तोड़ना मना है। लड़का ग़ुस्सा भी हो, लड़का डाँट भी दे, छोड़ के चल भी दे। कुछ दिन बाद लड़की ने पाया कि वह दूसरे लड़के को प्यार करती है। उसको जो डाँटता भी था, नियंत्रण भी रखता था, और प्यार भी करता था!"

"मतलब मेहरे का पत्ता साफ़!" ध्यान से सुन रहे जूनियर यादव जी ने संतोषपूर्वक कहा।

"असिल में लड़कियाँ होती ही उल्टे दिमाग़ की हैं। इनके चक्कर में नहीं पड़ना चाहिए!" तिरवेदी सर ने जैसे किसी वेदवाक्य-सा उद्धृत किया।

"देखे नहीं? 'एम' जित्ता सीधा खड़ा रहता है। 'डब्लू' उसका एकदम उल्टा! हम तो भाई इन चक्करों में पड़ते ही नहीं।"

यह भी एक कुंठा ही थी जो 'अंगूर खट्टे हैं' वाली कहानी से प्रेरित थी।

ज़्यादा नहीं बस इतना ध्यान रखें कि जीवन में चीज़ें प्राथमिकताओं की माँग करती हैं। घुटनों के बल चलने वाले बच्चे के लिए पैरों पर खड़ा होना पहली प्राथमिकता है। उसकी भूख के शमन, सोने की व्यवस्था, कपड़े आदि पहनाने के लिए उसकी माँ है!

लेकिन उसे अपने पैरों पर ख़ुद ही खड़ा होना है। अभी विवाह, बच्चे, यौन सुख, उसकी प्राथमिकता में कहीं नहीं हैं।

कुछ कुछ ऐसा ही इलाहाबादी जीवन में भी है। भले ही विपरीत सेक्स आपकी स्वाभाविक ज़रूरत है, लेकिन वह आपकी प्राथमिकता नहीं है। प्राथमिकता अभी भी अपने 'पैरों पर खड़े होने' की ही है।

आत्मानं विद्धिः!

Man know thyself !

एक ग्रीक मठ के प्रवेश द्वार पर सदियों से ये पंक्तियाँ अंकित हैं। और हमारे उपनिषदों में तो यही सूत्र वाक्य और भी पहले से है।

'आत्मानं विद्धिः !'

दोनों महावाक्यों का एक ही मतलब है 'ख़ुद को जानो!'

यानी यह अपील सदियों से हमारे धर्मग्रंथ करते आए हैं।

अपने इलाहाबादी जीवन में मैंने कितने ही ऐसे दिग्भ्रमित लोग देखे जिन्हें अपने बारे में ही यह भान नहीं था कि उन्हें दरअसल क्या करना चाहिए? सिविल और पीसीएस की होड़ में सभी बेतहाशा दौड़ते हैं, दौड़ना भी चाहिए, क्योंकि दौड़ सबके लिए खुली है। इस दौड़ में 21 साल की उम्र और स्नातक होने के अलावा कोई दूसरा प्रतिबंध नहीं है। लेकिन कुछ लोग सचमुच ख़ुद को जानते हैं। यह भी कि यह उनका रास्ता नहीं है, बावजूद इसके वे इलाहाबाद में जीवन के अमूल्य आठ-दस साल क्यों खपाते हैं?

ख़ुद को जानने के बारे में स्वामी विवेकानंद अक्सर एक कहानी सुनाते थे। चलिए हम भी सुन लेते हैं!

"एक विद्वान ऋषि अपनी पत्नी के साथ जंगल में बने एक आश्रम में रहते थे। उनकी विद्वता पर मनुष्य तो क्या जंगल के जानवरों को भी कोई संदेह न था।

एक शाम जंगल का एक शेर उनकी कुटिया के पीछे झाड़ियों में छिपा बैठा राह से गुज़रते किसी शिकार की तलाश में बैठा था। उसने सुना कि ऋषिवर अपनी पत्नी से कह रहे थे, "शीघ्रता करो! बाहर का सारा काम समेट लो संध्या आने वाली है!"

शेर चौंक पड़ा। उसे लगा कि संध्या कोई बड़ी और ख़तरनाक शक्ति है जिससे ये विद्वान ऋषि भी भयभीत हैं और जल्दी-जल्दी संध्या के आने के पहले ही अपना काम समेटकर कुटिया के भीतर चले जाना चाहते हैं।

अब शेर को सोचते-सोचते वाक़ई संध्या का डर सताने लगा।

वहीं कहीं पास में एक नदी के घाट पर एक धोबी कपड़े धो रहा था। शाम होते देख उसने भी कपड़े समेटे और चलने की तैयारी की। देखा कि उसका गधा ग़ायब है। शायद घास चरते-चरते कहीं दूर निकल गया था।

धोबी अपने गधे को ढूँढता हुआ ऋषि की कुटिया के पीछे से गुज़र रहा था कि उसे झाड़ियों में कुछ हलचल दिखी। शाम का धुंधलका अब गहरा गया था। उसे लगा कि उसका गधा ही झाड़ियों के पीछे छिपा हुआ है।

उसने झाड़ियों में अंदाज़े से ही दो तीन लाठियाँ भाँजी जिनमें से एक शेर की पीठ पर पड़ी।

"दुष्ट कहीं का... यहाँ छिपा बैठा है? चल इधर!" कहते हुए धोबी ने शेर का कान पकड़ा और खींचते हुए घाट पर ले गया। वहाँ उसने शेर की पीठ पर धुले हुए कपड़े लादे और फिर पीछे से एक लट्ठ प्रहार किया, "कामचोर कहीं का! जब काम की बात आती है तो झाड़ियों में जा छिपता है?"

शेर समझ गया कि वह 'संध्या' के चंगुल में फँस चुका है। बेचारा भयभीत-सा कान दबाकर चुपचाप चलने लगा।

चलते-चलते रास्ते में सामने से आती हुई एक लोमड़ी मिली। उसने शेर की हालत देखकर आश्चर्य से पूछा, "महाराज! ये क्या? क्या हालत बना रक्खी है? आप गधों का काम क्यों कर रहे हैं?"

शेर ने उसे आँखों-ही-आँखों में चुप रहने का इशारा किया और बोला, "देख नहीं रही हो संध्या ने मुझे पकड़ लिया है और लाठियाँ मार रही है?"

"क्या महाराज! ये तो धोबी है। रोज़ जंगल वाली नदी में कपड़े धोने आता है एक गधा लेकर। और इसकी इतनी हिम्मत कि आज स्वयं आपको गधा बनाया हुआ है?"

शेर ने मुड़कर देखा और एक ज़ोरदार दहाड़ मारी। धोबी अपने कपड़े-सपड़े छोड़कर सरपट भागा और घर पर ही जाकर दम लिया।"

कहानी का मोरल चाहे शेर की तरफ़ से ग्रहण करें या धोबी की तरफ़ से, ज़्यादा फ़र्क़ नहीं पड़ता। आप कहेंगे कि लोमड़ी के बताने पर शेर ख़ुद को जान पाया कि मैं शेर हूँ। तो क्या वह पहले नहीं जानता था कि वह शेर है?

हाँ धोबी ज़रूर जान गया कि जिसे वह गधा समझ रहा था वह दरअसल शेर है। और मैं धोबी हूँ यह तो वह जानता ही था।

आत्मानं विद्धिः!

स्वयं को जानना और स्वयं की क्षमताओं को पहचानना एक ज़रूरी चीज़ है। अगर हमें अपने बारे में किसी तरह का कोई भ्रम न हो तो चीज़ें काफ़ी आसान हो जाती हैं।

मेरा एक जूनियर था जो प्रीलिम्स देने के बाद सबसे देर में कमरे पर लौटता था। प्री की परीक्षा देकर जब हम कमरे पर लौटते तो लॉज के सभी लोग किसी एक के कमरे में समवेत होकर उत्तरों का मिलान करते। किसी प्रश्न का उत्तर जब किसी किताब में मिल जाता और ढूँढने वाला चिल्लाता- "इसका उत्तर है, 'तिलक' या फिर 'गुप्त काल'। मिल गया... गुप्त काल सही आंसर है!"

और हम सभी अपनी-अपनी सीरीज़ की बुकलेट में चेक करके चिल्लाते- मेरा सही है। मेरा सही है।

एकाध चेहरे लटक भी जाते। "हमको लग रहा था... कि गुप्त काल ही है। लेकिन एकदम लास्ट में मिटा के पाषाण काल पर टिक कर दिए। धत्त साला... बुद्धि फिर गई थी!"

सबसे अंत में वह जूनियर पहुँचता। खटाखट खटाखट... अपनी बुकलेट चेक कराता और ऑप्शनल में उसके 120 में से 110-12 सही निकलते।

हम उसे बलिहारी हो जाने वाली नज़रों से निहारते और वह विजय भाव से सबका सिंहावलोकन करता। लेकिन प्री में उसका कभी न होता।

रिज़ल्ट आने पर वह हम सबकी गवाही में किसी को बताता, "एक-एक-ठो कुशचन चेक किए हैं। एक सौ दस कहीं नहीं गए थे... पता नहीं क्यों नहीं हुआ?"

किसी के पास इसका जवाब नहीं होता। जबकि मेरिट 103 से अधिक नहीं गई होती थी।

"पक्का... फ़िलिंग ऑर्डर गड़बड़ हो गया।" जवाब भी वही सुझाता।

फ़िलिंग ऑर्डर का मतलब सबसे पहले प्रश्न संख्या 1 मिस हुआ। उसका उत्तर अगर 'ए' था... तो प्रश्न संख्या 2 के उत्तर में आंसर शीट पर 'ए' को पेंसिल से गोल-गोल कर दिया। और आगे के सारे आंसर इसी सीक्वेंस में 'फ़िलिंग' में ग़लत होते गए।

ओफ़्फ़! सारा ठीकरा दुर्भाग्य पर, क़िस्मत पर, नक्षत्रों पर!

ये बात सिर्फ़ जूनियर ही जानता था कि एक्ज़ाम हाल से निकलकर वह

सबसे अलग क्यों हो जाता था। वह सीनियर्स के कमरों-कमरों जाकर सही उत्तर क्यों पता करता था? सही उत्तर पता हो जाने के बाद एक्ज़ाम हॉल में लगाए गए ग़लत उत्तर का 'एबीसीडी' अपनी बुकलेट में रबर से मिटाकर सही उत्तर पर दोबारा पेंसिल से टिक क्यों करता था? और यह सब करते-करते अपने कमरे तक पहुँचने में उसे देर क्यों हो जाती थी?

तो आपको क्या लगता है कि उसे अपनी क्षमता की जानकारी नहीं थी? 120 में 25-30 प्रश्न सही करके उसे कोई भ्रम था कि वो प्री क्वॉलीफ़ाई कर लेगा? तो क्या आत्मानं विद्धि: का सूत्र वह जान-बूझकर अप्लाई नहीं कर रहा था?

वह सब जानता था। अपने बारे में अपनी क्षमता के बारे में भी।

तो क्यों पड़ा हुआ था वह इलाहाबाद में? क्यों अपने जीवन का ऊर्जावान स्वर्णिम समय ज़ाया कर रहा था? किस भ्रम में?

वह अपने गाँव से इकलौता कम्पटीटर था जो इलाहाबाद में 'तइयारी' कर रहा था। आस-पास के गाँवों से रिश्ते भी आने लगे थे। क्योंकि लड़का इलाहाबाद में पढ़ रहा है। जैसे कि कैसे एक भी प्री निकल जाए तो प्रधान जी वाले रिश्ते को तुरंत हाँ कर देना है।

यह 'जैसे कि कैसे' क्या होगा, कैसे होगा? यह भविष्य के गर्भ में है। और गर्भ में अगर कुछ है तो उसे 'उम्मीद' कहते हैं। और हर संभावना का गर्भपात नहीं होता। जुमला तो सुना ही होगा... फलाने की बहू 'उम्मीद' से है। उम्मीद बड़ी चीज़ है। इतनी कि अगर 'अनर्गल' हो तो जीवन के दस-बारह साल आराम से लील सकती है।

तो भाई साहब! इलाहाबाद में पढ़ना ही नहीं 'पढ़ते रहना' भी जब तक है तब तक एक सामाजिक प्रतिष्ठा है।

'क्या कर रहे हैं आजकल?' के चुभने वाले प्रश्न का तर्कसंगत उत्तर है- 'तैयारी कर रहे हैं... इलाहाबाद में!'

मैं ऐसे कितने ही लोगों को जानता हूँ जिन्होंने सही समय पर बिलकुल सही समय पर ख़ुद को जान लिया पहचान लिया अपनी क्षमता और क्षेत्र को जान लिया कि वे क्या कर सकते हैं और कितना कर सकते हैं। ख़ुद को किसी भ्रम में नहीं रखा उन्होंने। न घर वालों को रहने दिया। दो-चार प्री और एकाध मेन्स देने के बाद ही आत्मनिर्णय लेते हुए पूरी सच्चाई से स्वीकार किया कि, "हमसे न हो

पाएगा। हम इसके लिए नहीं बने हैं! हम कुछ और करेंगे। आईएएस-पीसीएस हो जाना ही ज़िंदगी का साध्य नहीं है!"

बिलकुल सच है ये बात!

ज़िंदगी का साध्य एक अच्छा संतुष्टि पूर्ण जीवन है। एक सामाजिक पशु के रूप में अपने साथ-साथ समाज के लिए भी कुछ करना साध्य है। भले आदमी बनना, लोगों का प्रेम, स्नेह और सम्मान पाना साध्य है। बाक़ी तो सब कुछ साधन है इस साध्य का। चाहे वह नौकरी हो, व्यवसाय हो, पत्रकारिता हो, वकालत हो, कला हो, समाजसेवा हो, या राजनीति!

और जब इलाहाबाद से लौटकर जाइएगा जीवन के वास्तविक साध्य के लिए कोई वैकल्पिक साधन अपनाइएगा तो उस दौरान जब आपके मुहल्ले का कोई दो टके का गुंडा आपसे ये कहे कि... "तुम अभी जानते नहीं हो मुझे। जानते हो मैं कौन हूँ?"

तो उस पर नाराज़ मत होइएगा। हाथापाई पर मत उतरिएगा। वह सचमुच नहीं जानता कि वह कौन है! शायद इसीलिए आपसे पूछ रहा है। उसे भी आत्मानं विद्धि: के उपनिषदीय सूत्र की ज़रूरत है।

ज़िंदगी इक किराये का घर है

इलाहाबाद में रोटी, कपड़ा और मकान की आधारभूत ज़रूरतों में से एक कम्पटीटर रोटी और कपड़ा तो घर से ही बाँधकर लाता है लेकिन मकान भी साथ उठा लाने में एक व्यावहारिक समस्या है!

वह यह कि जब वह बुद्ध की तरह 'गृह त्याग' कर अपने ग्रहों की परीक्षा के लिए इलाहाबाद की बस या ट्रेन पकड़ता है तो उसी समय घर तो क्या घर की याद को भी जबरन अपने अचेतन के बक्से में बंद करके चलता है।

'साथ लेकर मकान क्या चलते
घर को फिर घर ही छोड़ आए हम!'

लेकिन इलाहाबाद आकर चार दीवारें और एक छत तो चाहिए ही। एक छोटा दरवाज़ा और एक खिड़की हो तो और भी बेहतर!

इलाहाबाद की ओर कूच करने वाले प्रवासियों के भी दो वर्ग हैं। एक वे जिनके गाँव-गिराँव के भाई साहब और सीनियर्स पहले से ही इलाहाबाद में मौजूद हैं और कमरा ढूँढने या मिल जाने तक अपनी रिहाइश को ही प्लेटफ़ॉर्म की तरह उपलब्ध कराने को (मन से या बेमन से) तैयार हैं। और दूसरे वे जिनका कोई ख़ास तो इलाहाबाद में नहीं है लेकिन कोई-न-कोई परिचित, जानकार, जानकार का परिचित या परिचित का जानकार कहीं किसी गली में बरसों से रह रहा है। एक अधपन्ने पर उनका पता लेकर घूमते हुए नये चेहरे अक्सर भटकते मिल जाते हैं।

अगर यह छत किसी लॉज में मिली तो वहाँ पहले से ही रह रहा कोई परिचित ही पर्याप्त है, लेकिन अगर डेलीगेसी में किसी मकान में कमरा मिलने की प्रत्याशा हो तो सबसे पहले मकान मालिक के 'सघन साक्षात्कार' से गुज़रना पहली शर्त है।

हर मकान मालिक के अपने 'टैबू' हैं! किसी को बुंदेलखंड के नाम से चिढ़

है तो कोई 'ग़ाज़ीपुर, बलिया, आज़मगढ़, जौनपुर वालों को कमरा ही नहीं देते!

किसी को मांसाहार पसंद नहीं है तो कोई अंडे तक से परहेज़ रखता है। हालाँकि 'कमरे में मीट-मछली बिलकुल नहीं बनेगा!' इस विधिवाक्य में लड़के यह लूप होल ढूँढ ही लेते हैं कि चूँकि मुर्ग़ा और अंडे का ज़िक्र इस महावाक्य में नहीं है अत: ये दोनों चीज़ें अनुमन्य हैं और मकान मालिक की 'किरायेदार आचार संहिता' का उल्लंघन नहीं मानी जाएँगी।

कुछ मकानों में किरायेदारी का प्रबंधन किसी तेज़तर्रार मालकिन के हाथ में होता है। ऐसे मकानों में ख़ुद मकान मालिक की हैसियत भी किरायेदार जैसी ही होती है। वह सुबह-शाम आकर किरायेदारों के कमरे में बैठ जाते हैं और अपने जीवन के स्वर्णिम युग (जो कि स्वभावत: उनके परिणय बंधन में बँधने से पहले का ही होता है) की कहानियाँ सुनाकर तब तक रोते हैं जब तक कि घर के केंद्रीय स्थल से एक तीव्र तारत्व युक्त ध्वनि प्रेषण न हो जाए- 'कहाँ मर गए?'

और मकान मालिक जहाँ जिस कमरे में भी मर गए होते हैं वे जीवित होकर तत्काल मुख्यालय को रिपोर्ट करते हैं।

खलिहर मकान मालिक किरायेदारों को सर्वाधिक दुख देने वाली प्रजाति है। मुख्य दरवाज़े पर कुर्सी डालकर विराजमान यह प्रजाति या तो बीड़ी फूँकती है या फिर इनकी हथेली में अनवरत सुरती घिसी जाती है। कमरे पर आने जाने वालों को 'स्कैन' करते हुए इनकी मुद्रा 'सुकरात के असंतुष्ट मनुष्य' जैसी होती है।

"मेला लगा रक्खा है। पढ़ते कब हैं ये? दिन भर लौंडे-लफाड़ियों का आना-जाना... ई सब ना चली भइया, अउर कहीं ढूँढ लेओ। ये सरीफों का घर है कोई धरमसाला नहीं है कि जिसका मन करे वही मुँह उठाए चला आ रहा है। ई सब ना चली भइया!"

बात इसी सम पर आकर गिरती है कि 'ई सब ना चली भइया!'

और 'ई सब' पूर्ववत चलता रहता है। बस महीने का किराया टाइम पर उनके हाथ में रखते रहें।

एक बार मैं अपने एक मित्र गौतम के आमंत्रण पर उनके कमरे पर रात के भोजन के लिए गया। रात तक़रीबन नौ बजे के आस-पास खाना बनने की तैयारी हो ही रही थी कि उनके मकान मालिक श्रीवास्तव जी आ धमके। उसी मकान में नीचे उनका कंफ़ेक्शनरी स्टोर था। थे तो वो किराने के दुकानदार ही लेकिन रौब-दाब और मूँछों से रिटायर्ड कर्नल लगते थे। उनके हाव-भाव और बातचीत

का अंदाज़ भी किसी रिटायर्ड फ़ौजी जैसा ही होता था।

"आइए भाई साब... भोजन कर लीजिए!" गौतम जी ने कर्टसी में कहा।

"नहीं... भोजन करके आ रहे हैं!"

उन्होंने मकान मालिक वाले रौबीले स्वर में कहा और कुर्सी पर बैठ गए।

"क्या बन रहा है?" उन्होंने हेडमास्टर की तरह पूछा।

"जी अंडा करी की तैयारी हो रही थी!" गौतम ने ससंकोच बताया। हालाँकि उनके किरायेनामे की शर्तों में अंडा निषेध नहीं था बल्कि वो तो ख़ुद ही कभी-कभी मित्र के ही कमरे पर मीट या चिकन बनवाकर खाते थे।

"माचिस है?" उनके प्रश्न में आदेश की मात्रा अधिक थी।

मित्र ने माचिस दी, उन्होंने सिगरेट जलाई और मुँह से धुआँ छोड़ने लगे। तक़रीबन आधे घंटे तक वे सिगरेट को शनैः शनैः पीते रहे। कमरे में सन्नाटा बना रहा। फ़िलवक़्त सारी तैयारियाँ स्थगित हो गईं।

"आप कौन?" प्रश्न मेरे बारे में था, लेकिन वो अपने किरायेदार से मुख़ातिब थे।

"मित्र हैं!"

"हम्म! यहीं रहते हैं?"

मित्र अचकचा गया। शुरू से ही वह सिंगल रह रहा था। वह समझ नहीं पा रहा था कि आख़िर मकान मालिक ने यह प्रश्न पूछा क्यों?

"नहीं भाई साहब! सिंगल रूम है अकेले ही रहते हैं, आपको तो पता ही है!"

मित्र ने सफ़ाई दी।

"बताया था तुमको भीड़-भाड़ बिलकुल नहीं चाहिए। ये सब खाना-पीना जो भी करना है बाहर जा के! कमरा पढ़ने के लिए दिए हैं, पार्टी शार्टी करने के लिए नहीं। बताइए... रात में नौ बजे अंडा बनाया जा रहा है?"

उन्होंने ऐसे अंदाज़ में कहा जैसे वो अगला आदेश मुझे उस कमरे से बाहर फेंक देने का करेंगे। अब यह कुछ ज़्यादा हो रहा था।

मैं ख़ुद को रोक नहीं पाया। 'अब गौतम जी का कमरा रहे या जाए!' मैंने सोचा और श्रीवास्तव जी की ओर मुख़ातिब हुआ, "सुनिए श्रीवास्तव जी! काफ़ी देर से लिहाज़ कर रहा हूँ आपका। इसलिए नहीं कि आप गौतम के मकान मालिक हैं, बल्कि इसलिए कि उम्र में बड़े हैं आप। इस छह फुटी चूहेदानी में दो

लोग रहना भी चाहें तो रह लेंगे? कहाँ पड़ेगा दूसरा फ़ोल्डिंग? वार्डन बनने का इतना ही शौक़ है तो आप भी डाल लीजिए यहीं पर अपनी एक चारपाई! और अंडा बन रहा है तो कोई गुनाह है? घंटे भर से इस दड़बे में बैठकर सिगरेट फूँक रहे हैं आप। पूरा कमरा धुएँ से भरा हुआ है और आप हमको नैतिकता का पाठ पढ़ा रहे हैं? महज़ दो लोगों का एक साथ खाना पार्टी है? महोदय! सम्मान लेना है तो देना भी सीखिए। अभी कल 20 लड़के हॉकी लेकर आएँगे और आपकी किराने की दुकान तहस-नहस करके चले जाएँगे। पहचानते रहिएगा आप कि किसने क्या तोड़ा! और मुझे तो पहचान ही लेंगे आप? तो एफ़आईआर करा दीजिएगा। मेरा एक कज़िन आईपीएस है और बुआ का लड़का यहीं इलाहाबाद में डिप्टी एसपी है। जाके पुलिस में कम्प्लेन करिएगा मेरी!" मैंने लगभग एक साँस में कहा।

श्रीवास्तव जी की फूँक सरकती दिखाई तो नहीं दी न सुनाई ही दी। लेकिन उनके चेहरे से ज़रूर स्पष्ट था कि फूँक कहीं-न-कहीं से गोपनीय तौर पर सरक चुकी है। वो तत्क्षण उठे और बिना कुछ कहे निकल गए।

"बहुत सही गुरु। तंग किए था बहुत दिन से। रोज़ आकर यहीं सिगरेट फूँकता है। डॉक्टर ने मना किया हुआ है तो घर में पीने पर पत्नी चढ़ बैठती है!" मित्र आह्लादित था।

"लेकिन अब तुम्हारा कमरा?" मैंने संदेह व्यक्त किया।

"अरे उसकी ऐसी की तैसी! वो तो संकोच में कुछ कह नहीं पाता था। कमरा तो उसके बाप भी न ख़ाली करा पाएँगे! लेकिन यार एक बात बताओ... ये आईपीएस और डिप्टी एसपी भाई साहब कौन हैं। कभी बताए नहीं?"

"कौन आईपीएस? कौन डिप्टी एसपी? इलाहाबाद से जितने सलेक्शन होते हैं वो सब अपने भाई ही तो हैं!" मैंने ठहाका लगाया।

मित्र ने भी दोगुने ज़ोर से साथ दिया और उबले हुए अंडे छीलने लगा!

सिक्के के दूसरे पहलू के रूप में इलाहाबाद में मकान मालिकों का एक वर्ग सहृदय और उदार लोगों का भी है। होली दिवाली अगर आगे पीछे एक्ज़ाम पड़ जाने की वजह से किरायेदार घर न जा सके हों तो मकान मालिक की ओर से गुझिया, पापड़, खुरमी सब कमरे पर भेज दी जाती हैं। कभी-कभी तो पूड़ी सब्ज़ी और अचार भी।

"सब घर के ही बच्चे हैं! जा दे के आ भइया को! त्योहार है आज।"

नेपथ्य से मकान मालकिन की आवाज़ आती है और उनका लड़का एक प्लेट में सजे पकवान लेकर कमरे में नमूदार होता है। और खाते-खाते 'भइया' का गला भर आता है।

इलाहाबाद छोड़ते हुए दोनों तरह के मकान और मकान मालिक याद रह जाते हैं। कुछ अपनी सदाशयता की वजह से, तो कुछ अपनी दुष्टता की वजह से। यादों में दोनों की जगह होती है लेकिन अच्छे मकान मालिकों की जगह दिल में कहीं होती है!

और दुष्टों की? राग़िब मुरादाबादी उनके लिए लिखते हैं-

'कहलाए जिसमें रह के हमेशा किरायेदार
क्या उन्स हो मकीन को ऐसे मकान से'

** उन्स- लगाव (अटैचमेंट अफ़ेक्शन)*

** मकीन- मकान में रहने वाला निवासी*

जोड़ियाँ बनती हैं, टूटती हैं

कहते हैं कि जोड़ियाँ आसमान में बनती हैं! लेकिन इससे भी पहले इलाहाबादियों की जोड़ियाँ एक बार इलाहाबाद में भी बनती हैं, जब दो लोग रूम पार्टनर बनते हैं। इस बारे में देखा जाए तो हॉस्टल्स और डेलीगेसी की परिस्थितियों में भिन्नता है।

हॉस्टल्स में रूम पार्टनर मिलना 'अरेंज मैरिज' की तरह है। लिस्ट का घूँघट उठाने के बाद ही संज्ञान में आता है कि किससे पाला पड़ा है। लेकिन डेलीगेसी में पार्टनर ढूँढे जाते हैं। पहली कोशिश होती है कि कोई गाँव-घर का या अपने क्षेत्र का मिल जाए, थोड़ा जूनियर हो तो बेहतर। अगर न मिले तो फिर जो भी मिले या तो पढ़ने-लिखने में थोड़ा होशियार हो या फिर खाना बनाने में, चल जाएगा।

पार्टनर्स की अलग-अलग क़िस्में हैं।

टेढ़ा पार्टनर, सीधा पार्टनर, हिसाबी पार्टनर, दब्बू पार्टनर, अक्खड़ पार्टनर, पढ़ने वाला पार्टनर, पढ़ने से आजिज़ हो चुका पार्टनर, खाने में सिद्धहस्त और खिलाने में मूंजी पार्टनर, घर से आए घी और लड्डुओं को बक्से में बंद करके रखने वाला पार्टनर! क़िस्में बहुत हैं। अपनी वाली भी आप इसी में कहीं आगे जोड़ सकते हैं।

इलाहाबादी रूम पार्टनरशिप की एक अघोषित आचार संहिता है, जो लगभग घोषित है। एक तो यह कि भोजन की तैयारी में दोनों सहभागी होंगे। 'रूमेलू' (घरेलू का छोटा वर्जन) कामों का तर्कसंगत बँटवारा होता है। जैसे, आटा कौन गूँथेगा, रोटी कौन बेलेगा-सेकेगा, दाल कौन चढ़ाएगा, सब्ज़ी कौन बनाएगा आदि। ये सारे काम निजी क्षमता और हुनर के आधार पर बँट जाते हैं।

शाम को रेडियो पर बीबीसी में अंतर्राष्ट्रीय घटनाओं के परिदृश्य पर 'एनालिसिस' शुरू होते ही कुकर चढ़ जाता है और उद्‌घोषक की प्रभावशाली आवाज़ के बीच-बीच कुकर की सीटी एक रिदमिक माहौल तैयार करती है।

एक छोटे कमरे में चीज़ें इतनी संघनित होती हैं कि दस मिनट कमरे में दोनों

पार्टनर्स की उपस्थिति में बैठ जाने पर कमरे और पार्टनर्स के बीच 'होम अफ़ेयर्स' की आंतरिक सतह तक नज़र आ जाती है।

एक दिन हालिया ही पार्टनर सूत्र में बँधे दो हमउम्र और समकक्षीय पार्टनर्स के कमरे पर जाना हुआ। उस वक़्त एक कमरे के कोने में अपनी कुर्सी पर बैठा किताब हाथ में लिए ब्रह्म मुद्रा में विराजमान था और दूसरा कमरे के दूसरे कोने पर ज़मीन में गद्दा बिछाए हुए यूनिक गाइड में घुसा हुआ 'चोल और चालुक्यों' से जूझ रहा था।

कमरे का अर्धभाग दूसरे अर्धभाग की तुलना में थोड़ा साफ़ सुथरा था। ठीक बीचो-बीच सब्ज़ियों की छीलन, कूड़े और गुटके के पाउचों की पतली-सी भूमध्य रेखा-सी बनी हुई थी, जैसे फ़र्श के कुल क्षेत्रफल को ठीक बीचो-बीच से बाँटकर एक 'लाइन ऑफ़ कंट्रोल' खींच दी गई हो।

यह अद्भुत दृश्य देखकर मैंने ग़ैर सफ़ाई वाले इलाक़े में बैठे पार्टनर से उस 'व्यवस्था' की वजह जानने की जिज्ञासा व्यक्त की।

पार्टनर ने बड़ी बेचारगी से बताया, "कहते हैं कि हम अपने हिस्से का आधा कमरा साफ़ करेंगे तुम अपना करो! हम पढ़ने आए हैं यहाँ... कोई झाड़ू लगाने नहीं आए। इस लाइन के उधर उनका है और इधर हमारा। हम अपना 'इलाक़ा' शाम को साफ़ करते हैं!"

"और बीच का यह कूड़ा? ये कौन साफ़ करता है?" मैंने पूछा।

"दो-चार दिन में इकट्ठा हो जाने पर इस लाइन को भी स्केल से नाप के आधा-आधा कर लेते हैं।" उसने खुलासा किया।

"खाना कौन बनाता है?"

"हमीं बनाते हैं... इनको तो आता ही नहीं। एक दिन चाय के लिए पानी उबाले थे वो भी जल गया था!"

उनकी इस दुरभि 'कूड़ा संधि' पर मुझे एक क्षेपक याद आया-

एक गाँव में दो भाई थे। बड़ा भाई विवाहित था और छोटा अविवाहित। दोनों ही बड़े प्रेम से मिल-जुलकर रहते थे। उनके पास एक मुर्रा भैंस थी जो चार लीटर दूध सुबह-शाम देती थी। सारा दूध बड़े भाई की पत्नी और बच्चों में खप जाता था और छोटे भाई को सुबह भरपेट छाछ मिलती थी। लेकिन छोटे ने कभी इस पर आपत्ति नहीं कि बल्कि एक परंपरा की तरह इसका निर्वहन कर रहा था।

छोटा भाई मेहनती था। खेत पात का मशक्कत वाला सारा काम निपटाता

और भैंस का भी दाना-पानी वही देखता था।

गाँव में भड़काने वालों की भी कमी नहीं होती। कुछ लोगों ने दुग्ध वितरण की अन्यायपूर्ण प्रक्रिया को लेकर धीरे-धीरे छोटे के कान भरना शुरू किया और अंत में एक स्थिति यह आई कि छोटे ने घोषणा की कि मुझे बँटवारा चाहिए!

भाई ने पूछा कि आख़िर हुआ क्या? छोटे ने दुग्ध वितरण को लेकर घर की व्यवस्था पर सवालिया निशान लगाए। बड़ा समझ गया कि यह गाँव के ईर्ष्यालु लोगों की करामात है।

"ठीक है! तुम्हें भैंस को लेकर दिक़्क़त है न? तो चलो भैंस का ही बँटवारा कर लेते हैं।" बड़े ने प्रस्ताव रखा।

छोटा सहमत हो गया। उसकी तो कोई दिक़्क़त भी न थी। जिन लोगों ने उसके कान भरे थे उनका मुख्य फ़ोकस भैंस और उसका दूध ही था। भाई ने भैंस के पेट पर बीचो-बीच एक पतली रस्सी बाँधी और बोला, "मुँह की तरफ़ से आधी भैंस तुम्हारी और बाक़ी नीचे की तरफ़ की मेरी... ख़ुश?"

छोटा ख़ुश हो गया। अब भैंस का मुँह नाक कान सब उसका था। पिछले हिस्से में क्या था... पूँछ और गोबर?

अगले दिन सुबह से ही छोटे ने भैंस का चारा पानी किया। मुँह की तरफ़ से आधे हिस्से को नहलाया अपने हिस्से की पूरी देखभाल की। इसके बाद बड़ा भाई आया और अपने हिस्से से पूरा दूध दुह ले गया। छोटे ने ऐतराज़ किया तो बड़ा बोला कि अपने हिस्से के साथ मैं चाहे जो करूँ। अब तो बँटवारा हो चुका है। तुम अपना हिस्सा देखो... मैं अपना!

अब तो भाई को छाछ मिलनी भी बंद हो गई। वह फिर अपने सलाहकारों के पास पहुँचा। थोड़ी खुसुर-फुसुर के बाद रणनीति फ़ाइनल हुई। अगले दिन जब बड़ा भाई भैंस दूहने बैठा तो छोटा एक लाठी लेकर आया और भैंस के मुँह पर दे मारी। बड़ा अभी बमुश्किल आधा लीटर दूध ही निकाल पाया था। इस अप्रत्याशित प्रहार से भैंस बिदकी और ऐसी ज़ोर की लात चलाई कि दूध का बर्तन दूर जा गिरा और दूध ज़मीन पर।

बड़े ने फिर बर्तन उठाया। छोटे ने इंतज़ार किया। जब बर्तन में आधा लीटर दूध हुआ तो फिर छोटे ने भैंस के मुँह पर एक लाठी दे मारी। इस बार भैंस ने ज़्यादा तीव्र प्रतिक्रिया दी और बड़े के जबड़े पर एक भीषण पद प्रहार किया। बड़े के बर्तन का सारा दूध और कुछ दूध के दाँत एक साथ बाहर आ गए।

"क्या कर रहे हो... पगला गए हो क्या?" बड़ा चिल्लाया।

"तुमसे मतलब? हम अपने हिस्से में लाठी चलाएँ या बंदूक़! तुम अपना काम करो हम अपना!" छोटे ने कहा।

पद प्रहार सदैव से ही ज्ञान-चक्षु खोलने की उत्तम तजवीज़ होती आई है। वह चाहे मनुष्य की हो या पशु की। रावण के पद प्रहार ने ही विभीषण को अवगत कराया था कि रावण राक्षस है और राम ईश्वर। अतः इस 'भैंसीय पद प्रहार' ने बड़े के ज्ञान-चक्षु खोल दिए। बँटवारा निरस्त हुआ। छोटे-बड़े आपस में गले मिले और अगले दिन से छोटे को भी एक गिलास निपनिया दूध मिलने लगा।

कमरे के बीचो-बीच लाइन ऑफ़ कंट्रोल खींचने वाले पार्टनर्स भी जल्द ही एक-दूसरे पर पद प्रहार की मनोदशा तक पहुँचेंगे अवश्य। ऐसा मुझे विश्वास था।

और वही हुआ।

एक दिन उनमें से एक पार्टनर मिला जिसने बातों-बातों में ही बताया कि दोनों अब अलग हो गए हैं।

"क्यों? क्या हुआ?" पूछने की ज़रूरत तो न थी फिर भी लोकाचारवश पूछना पड़ा।

"अरे साला! एक दिन एक स्टील के कटोरे में लोबान डालकर धुआँ कर दिया। और ख़ुद बाहर निकल गया। बैठना मुहाल हो गया भाई साहब! हम पूछे कि ये क्या चूतियापा किए हो भाई? तो बोला कि अपने हिस्से के बैक्टीरिया मार रहे हैं तुमसे का मतलब?

बस भइया... उसी दिन निकाल बाहर किए। कमरा तो हमी लिए थे वो तो बाद में आया था।"

उम्मीद तो यही है कि एक-दूसरे से मुक्ति पाकर दोनों अलग-अलग सुखपूर्वक रहने लगे होंगे क्योंकि कहानियाँ तो सुखांत ही होनी चाहिए। यह दीगर बात है कि इलाहाबाद की सारी कहानियाँ सुखांत नहीं होतीं!

छोटे-बड़े!

इलाहाबादी ज़िंदगी में 'छोटे भाई' की आमद जहाँ बड़े भाई के लिए पुरसुकून और राहत भरी घटना है वहीं पड़ोसी कमरों के लिए खासे रश्क़ का मुद्‌दा है।

बड़े भाई अब उस मठ के मठाधीश की तरह अपनी कुर्सी पर इत्मीनान से बैठ सकते हैं, जिसमें कोई ज़िम्मेदार और भरोसेमंद शिष्य आ गया हो। अब न साग सब्ज़ी लाने का झंझट न खाना बनाने का। बड़े भाई शौकिया ही साथ में रोटियाँ सिंकवा लें या फिर 'लाओ यार आज हम बनाते हैं' वाले अंदाज़ में सब्ज़ी बना दी किसी एडवेंचर की तरह तो और बात है।

छोटा भाई प्रायः शुरुआती दौर में 'अपरेंटिस' पर होता है। कुछ बिचका-बिचका-सा बड़े भाई की मोटी-मोटी किताबों, स्टडी टेबल, नोट्स, पत्रिकाएँ, इकोनॉमिक सर्वे, अंग्रेज़ी अख़बार और कांट, रसेल या सार्त्र पर उनकी बहसों से भयाक्रांत!

इलाहाबादी तौर-तरीक़े सीनियरिटी और जूनियरटी के अदब लिहाज़... कब, कहाँ, कितना बोलना है ये सब सीखने में वक़्त लगता है थोड़ा। अब कमरे के रख-रखाव, भोजन-व्यवस्था वह भी समय पर। दूध ब्रेड अंडा सब लाने की ज़िम्मेदारी छोटे भाई की है।

ज़िम्मेदारी बड़े भाई की भी कम नहीं बढ़ी। कमरे पर गंभीर बने रहना ज़्यादातर किताबों में नज़र गड़ाए रखना, छोटे के बेवक़ूफ़ी भरे तौर-तरीक़ों पर डाँट लगा देना और लॉज के दूसरे कमरों में जाकर बैठकी करने, गलचौरा लगाने से बरजना, यह अब बड़े भाई की ज़िम्मेदारी है। वो इलाहाबाद में छोटे के सिर्फ़ भाई ही नहीं, अभिभावक और संरक्षक भी हैं। घर वालों ने उन्हीं के भरोसे पर तो भेजा है छोटे को इलाहाबाद।

शाम 7 बजते ही जब छोटा भाई अपने किसी हम उमर के साथ बतकही में मुब्तला हो और अचानक कहे कि, "अरे सात बज गए? भइया चौराहे से आते

होंगे। खाना भी बनाना है अभी!"

तो अगल-बग़ल के 'भाई विहीन' कमरों के सीनियर्स के कलेजे पर साँप लोट उठते हैं। और जब यही साँप लोटते-लोटते कलेजे में गड्ढा करने लगते हैं तो शुरू होता है 'घरफोड़ू' अभियान। होता हालाँकि यह मज़े के लिए ही है लेकिन इसके परिणाम कई बार गंभीर होते भी देखे गए हैं। मेरे लॉज में एक सीनियर थे जो केवल प्रवृत्तिवश ही छोटके भाइयों को भड़काने का शगल रखते थे।

उनका 'मोडस ऑपरेन्डी' कुछ यूँ था कि जब बड़े भाई कमरे पर न हों तो वो शुभचिंतक के रूप में नारद मुनि की तरह कमरे में प्रकट होते और शुरू करते, "का होइ रहा है भइया?" वो बड़े मीठे स्वर में पूछते।

"आइए सर!" छोटा सम्मानपूर्वक कहता।

"चाय न पियईहौ का? कि जब भइया आय जइहैं तबै बनी?" सर अभी बाण की नोक पर विष संधान कर रहे हैं।

"अरे नहीं सर! बनाते हैं चाय!" छोटा खिसिया जाता है।

चाय बन जाती है। सर कप उठाकर कहते हैं, "बहुत तकलीफ़ होती है भाई!"

"क्या हुआ सर? बवासीर की प्रॉब्लम तो नहीं?" छोटा भोलेपन में पूछता है।

"अरे नहीं... उसकी तो दवाई ले रहे हैं हम! तकलीफ़ तो होती है तुम्हारा हाल देखकर!" विष संधान पूरा हुआ, अब तीर को निशाने पर छोड़ने की देर है।

"हमको क्या हुआ सर? हमें तो बवासीर भी नहीं है!" छोटा अब थोड़ा-थोड़ा हतप्रभ है।

"अरे मतलब... काहे लाए हैं तुमको इलाहाबाद? बस यही चूल्हा-चौका करने के लिए? जब देखो तब... ए चाय बना लो, ए छोटे खाना नहीं बना अभी तक? इससे काहे बतिया रहे हो? उससे काहे बतिया रहे हो? मतलब... हद्द है भाई!"

सर ने चाय का पहला ज़ोरदार 'कश' लिया जिसकी आवाज़ लॉज के सबसे कोने वाले कमरे तक सुनी गई।

"क्या हद्द है सर?" विष असर कर रहा है।

"सब सुनते हैं अपने कमरे से। बहुत तकलीफ़ होती है! अरे पढ़ने-लिखने आया है आदमी तो पढ़ाई-लिखाई करेगा, कुछ कम्पटीशन आदि की तैयारी

करेगा, अफ़सर बनेगा, कि बस रसोइया बन के ही रह जाएगा?" सर ने अगला वार किया है।

"अब... बड़े भाई हैं तो! और कम्पटीशन की तैयारी भी तो कर रहे हैं। हमको तो अभी बहुत टाइम है। फ़ुरसतै तो रहते हैं हम! खाना बना दिए तो टाइम बच जाता है उनका थोड़ा।" छोटा जैसे सफ़ाई दे रहा है।

सर समझ रहे हैं कि 'राम लक्ष्मण' वाले संस्कार मज़बूती से घुसे हैं छोटे के ज़ेहन में। निकालने में थोड़ा टाइम लगेगा। हो सकता है एक दो ऐसी बैठकें और करनी पड़ें।

"वो बात भी ठीक है!" सर ने दो क़दम पीछे लिए।

"लेकिन कुछ-न-कुछ तइयारी तो तुमको भी शुरू कर ही देनी चाहिए। बाद में इकट्ठा बोझ पड़ेगा तो गोहार मारोगे फिर। और नहीं तो कम-से-कम प्रतियोगिता दर्पण ही उठा लिया करो अपने सब्जेक्ट का पेपर ही हल करो, अभ्यास तो होगा कुछ। वैसे एक बात बताएँ तुमको?"

"जी... बताइए?" छोटा थोड़ा और नज़दीक खिसक आता है।

"तुम्हारे आने से पहिले भइया के जो पार्टनर थे वो सब्ज़ी बनाते थे ख़ाली। रोटी तुम्हारे भइया ही सेंकते थे। क्या ग़ज़ब की फूली-फूली रोटी बनती थी। मानना पड़ेगा, रोटी में तो एकदम्मे एक्सपर्ट हैं भइया!" सर ने आख़िरी तीर छोटे के सीने में पैवस्त किया और मन-ही-मन नारायण-नारायण करते हुए चाय का आख़िरी घूँट ख़त्म करके चल दिए। उन्हें पता था कि उन्होंने शुरुआत कर दी है, अंत अब छोटा करेगा।

भाई साहब के लौटने पर उन्होंने देखा कि सब्ज़ी बनी रखी है आटा गूँथा हुआ रखा है और छोटा प्रतियोगिता दर्पण में घुसा हुआ है।

"क्या हुआ... खाना तैयार नहीं हुआ अभी?" भाई साहब ने किंचित रोष के साथ कहा।

"बन तो गया है... खाली रोटी भर तो सेंकनी है! आप सेंक लो। मैं पेपर सॉल्व कर रहा हूँ।"

भाई साहब ने अपनी साँस में थोड़ी अतिरिक्त ऑक्सीजन ली और लॉज के सीनियर्स को बिना आवाज़ के स्वगत गरियाते हुए गैस पर तवा चढ़ा दिया!

बदले-बदले से सरकार नज़र आते हैं

"सत्ता भ्रष्ट करती है, पूर्ण सत्ता पूर्ण भ्रष्ट करती है।"

राजनीति शास्त्र से प्रीलिम्स की तैयारी करते हुए लॉर्ड एक्टन का यह कोटेशन कई बार आँखों के सामने से गुज़रा होगा। कई बार रटे और कई बार एक्ज़ाम पेपर में भी छपा देखा। ज्यों-का-त्यों रट लिया, कभी मतलब जानने की कोशिश नहीं की। लेकिन जब इलाहाबाद से सत्ता और शक्ति प्राप्त होते ही अनेक चरित्रों को जीवन में बदलते गिरते और इंसानियत खोते हुए देखा, तब जाकर समझ में आया कि लॉर्ड एक्टन दरअसल कहना क्या चाहते थे।

कुछ बातें कुछ घटनाएँ ऐसे ही चरित्रों की!

हमारी पीढ़ी जब इलाहाबाद आई तो हमने इसी इलाहाबाद से निकली पुरानी पीढ़ी के कुछ चरित्रों के 'चरित्तर' किंवदंतियों की तरह सुने। मसलन एक सीनियर थे जिनकी शादी इंटर या बीए में ही हो गई थी। शादी के बाद वे इलाहाबाद प्रतियोगी परीक्षाओं में अपनी क़िस्मत आज़माने आए। ज्योतिषीय प्रकांडों का मत है कि कभी-कभी जब आपके हाथ की रेखाएँ परीक्षा पास करने के लिहाज़ से कमज़ोर हों तो सहारे के लिए 'दूसरा हाथ' लगा लेना चाहिए।

आपका अपना नहीं यह दूसरा हाथ किसी स्त्री का होना चाहिए। और स्त्री अगर आपकी पत्नी हो तो और भी बेहतर! तो सीनियर के दिलो-दिमाग़ में शायद ये टैबू भी कहीं-न-कहीं रहा हो। या उन्हें बीए के बाद इलाहाबाद जाना ही था, शादी महज़ एक संयोग मात्र रही हो?

वजह जो भी हो इस बारे में ठीक से कुछ कहना मुश्किल है। अब जितना मोर्चा इन्होंने इलाहाबाद में रहकर सँभाला उससे भी कहीं ज़्यादा पत्नी ने घर में सँभाला। ज्यों-ज्यों सीनियर पीढ़ी के इस चरित्र की तैयारी का वक़्फ़ा बढ़ता गया, त्यों-त्यों गाँव में पत्नी के व्रत के दिनों में भी इज़ाफ़ा होता गया।

पहले मंगल सँभाला, फिर बृहस्पति, फिर संतोषी माता ने शुक्रवार भी सौंप दिया। यह कहना मुश्किल है कि हफ़्ते में मात्र तीन दिन अन्न खाकर पत्नी उनकी

सफलता की कामना कर रही थी या तीन दिन उपास करके पतिदेव के लिए राशन बचा रही थी। वैसे भी संयुक्त परिवार था और पत्नी को आए दिन जेठानियों के संभाषण सुनने को मिल ही जाते थे कि सब बड़े मिलकर खेती किसानी में हाड़-तोड़ रहे हैं और कुँवर साहब हर महीने गेहूँ, दाल, चावल, घी, तेल और नक़द ख़र्चा बाँध के इलाहाबाद निकल जाते हैं। चलिए वो तो घर के हैं उनका भी हक़ बनता है कि फूँकें और तापें! लेकिन एक-ठो महारानी अलग छोड़ के गए हैं। अब बैठे-बैठे इनको भी खिलाओ और उनको भी।

पत्नी इन तानों को सुनकर भी अनसुना करतीं। रात को जब वे सोतीं और सपने में देखती कि 'वो' बड़े अफ़सर हो गए हैं। बड़ा बंगला है, गाड़ी है, नौकर-चाकर हैं... और ख़ुद को बंगले के लॉन में झूले पर बैठा देखती तो उनकी सारी थकान और भूख काफ़ूर हो जाती।

तपस्याएँ केवल सतयुग में ही फलदायी नहीं थीं, वे आज भी सफल होती हैं! इनकी भी हुई। आख़िरकार पतिदेव को उच्च पद मिला। बड़े भाई और भौजाइयों ने ख़ूब ख़ुशी मनाई और पत्नी को तल्ख़ रूखे और चुभते हुए तानों की बजाय स्नेहसिक्त ताने मिले, "छोटकी का तो बन गया... रानी बन के रहेगी अब!"

और 'रानी' संकोच में सिर्फ़ मुस्कुरा देती।

पतिदेव एक अदृश्य विजय जुलूस के साथ अपने चारों ओर एक आभा मंडल-सा लिए घर लौटे और पहली फ़ुरसत में घोषणा की कि वे वर्तमान पत्नी से तलाक़ लेकर नई शादी करेंगे। चूँकि वर्तमान पत्नी गाँव की ग़ैर पढ़ी-लिखी औरत है और उनके वर्तमान पद और क़द से पत्नी की संगत नहीं बैठती। अफ़सर के साथ पत्नी को भी चाल ढाल रहन-सहन से अफ़सर की पत्नी लगना चाहिए।

और एकाध महीने में ही उन्होंने पत्नी को एकमुश्त गुज़ारा भत्ता देकर 'टर्मिनेट' कर दिया। मायके वाले आकर उन्हें ले गए। 'रानी' मायके जाकर अपने भाइयों-भौजाइयों की दासी बनी और फिर क्या हुआ... पता नहीं।

हाँ, इतना ज़रूर पता है कि नौकरी ज्वॉइन करके अफ़सर ने पढ़ी-लिखी लड़की से शादी की और उसे लेकर लॉन और झूले वाले बंगले में चले गए।

यूँ ही एक वाक़या और!

एक लड़की थी, जिसे मैं जानता था। शार्प माइंडेड, ज़हीन, महत्त्वाकांक्षी। सिविल की तैयारी कर रही थी। लेकिन घर वालों में इतना माद्दा न था कि उसे बहुत दिन तक पढ़ा पाते और कम्पटीशन की अनिश्चितता या उसमें लगने वाले

लंबे समय को झेल पाते।

आख़िरकार लड़की ने अपनी पसंद से शादी कर ली। जिससे शादी की वह एक क्लर्कीयल जॉब करता था। बुद्धिमान, उदार, और खुली सोच का आदमी था। जब उसे अपनी पत्नी की महत्त्वाकांक्षाओं का भान हुआ तो उसने पत्नी से पूरी आत्मीयता से कहा कि, "तुम पढ़ो तैयारी करो! घर की चिंता मत करो मैं सँभाल लूँगा। तुम्हें जो भी संसाधन चाहिए मुझे बताओ। लेकिन अपने सपनों जो कि अब 'हमारे सपने' हैं उन्हें बीच में मत छोड़ो!"

पत्नी निहाल हो गई और एक्ज़ाम की तैयारियों में जुट गई।

पति सुबह-सुबह उठकर चाय नाश्ता बनाता और पत्नी को स्टडी टेबल पर ही पकड़ा देता। नौ बजे तक लंच तैयार कर ख़ुद का टिफ़िन तैयार करता पत्नी का खाना किचन में ढककर रख देता और ऑफ़िस निकल जाता।

शाम को थका-माँदा ऑफ़िस से लौटता तो पत्नी किताबों में घुसी मिलती। पति फिर उसे चाय बनाकर देता और रात के खाने की तैयारी में जुट जाता।

जैसा कि मैंने बताया... तपस्याएँ केवल सतयुग में ही फलदायी नहीं थीं, वे आज भी सफल होती हैं! इनकी भी हुई।

पत्नी का पहले ही अटेम्प्ट में फ़ाइनल सलेक्शन हुआ, वो भी सिविल सेवा के सर्वोच्च पद पर। ट्रेनिंग के लिए मसूरी जाती हुई पत्नी को पति ने भरे गले से विदा किया और चिट्ठी-पत्री, फ़ोन के ज़रिये हाल चाल भेजते रहने की ताकीद की।

जल्द ही चिट्ठी आई भी। लिफ़ाफ़े में चिट्ठी के साथ तलाक़ का नोटिस भी था! लिखा था- 'मैं अब बहुत बड़े पद में हूँ और किसी क्लर्क के साथ ज़िंदगी गुज़ारना मेरे लिए मुश्किल होगा। मुझे यहीं एकेडमी में ही मेरा एक समकक्ष अफ़सर मिल गया है जो मेरी भावनाओं को समझता है और मेरे शादीशुदा होने के बावजूद मुझसे शादी करने को तैयार है। उम्मीद है आप मुझे निराश नहीं करेंगे!'

पति ने पत्नी को जैसे वह सब कुछ दिया था जो उसने चाहा था, वैसे ही उसकी इस आख़िरी चाहत पर तलाक़ भी दिया।

ये कहानियाँ अगर 'विक्रम-बेताल' की होतीं तो आख़िर में बेताल ज़रूर पूछता कि हे राजन! बता... इस कहानी में कौन सही था और कौन ग़लत?

इनकी दुनिया में कोई विक्रमार्क होता तो शायद इन्हें बताता भी, समझाता भी। लेकिन विक्रमार्क तो छोड़िए इन्हें कोई बेताल भी नहीं मिला जो इनसे पूछ सकता कि, 'ज़रा दिल से बताओ, तुम अपने निर्णय में कितने सही हो और

कितने ग़लत?'

लेकिन हताश न हों, दुनिया इतनी भी बुरी नहीं है जितनी कहानियों में दिखती है। मेरे एक सीनियर की शादी तभी हो गई थी जब वे पंद्रह-सोलह साल के थे। पत्नी भी ग़ैर पढ़ी-लिखी और शहरी तौर-तरीक़ों से बिलकुल अनजान।

कालांतर में सीनियर का सलेक्शन एक अखिल भारतीय सेवा के लिए हुआ। पद स्थापित होने के बाद उन्होंने पत्नी को काम चलाऊ ही सही लिखना-पढ़ना, उठना-बैठना, लोगों से मिलना-जुलना ख़ुद सिखाया।

एक दिन संयोगवश ही मैं उनके घर पहुँचा तो वे अपनी पत्नी को मोबाइल चलाना सिखा रहे थे। मैंने दोनों को नमस्कार किया, उनकी पत्नी नमस्कार का उत्तर देते हुए चाय-पानी की व्यवस्था कराने के लिए अंदर चली गईं। मैंने देखा कि उनके चेहरे पर आत्मविश्वास था, जीवन के प्रति संतुष्टि थी, और चेहरा खिला हुआ।

मैंने सीनियर से कहा, "सर आपने तो भाभी को बिलकुल ही बदल दिया!"

भाई साहब मुस्कुराए और बोले, "नहीं यार! थोड़ा उनको बदला और थोड़ा मैं बदला। जिसने ज़िंदगी भर मेरे अभावों, तनावों और बेरोज़गारी में मेरा साथ दिया, हौसला बढ़ाया, अगर उसके लिए मुझे ख़ुद को भी थोड़ा-सा बदलना पड़े तो क्या बुरा है। अब देखो साइन कर लेती हैं, रिमोट से टीवी चला लेती हैं और गृह मंत्रालय तो चला ही रही हैं!" वो अपने ही मज़ाक़ पर ठहाका लगाकर हँसे।

उस घर की आबो-हवा में मुझे एक अजीब-सा सुकून और पॉज़िटिवनेस तैरती मिली। ड्राइंगरूम बेहद तरतीब से सजा हुआ। चीज़ें व्यवस्थित!

तब तक उनकी पत्नी भी चाय लेकर आ गईं। मेरी नज़रों का पीछा करते हुए उन्होंने गर्व से बताया, "सब इन्हीं का सजाया हुआ है! इस घर को सुंदर और व्यवस्थित रखने में ही जुटी रहती हैं और मेरी ज़िंदगी को भी!"

उनके साथ चाय पीते हुए मुझे उनके पूरे घर में एक ख़ुशनुमा-सा अहसास कुछ यूँ हो रहा था-

'हो के ख़ुशबू की तरह
फैला था मेरे चारसू
मैं उसे महसूस कर सकता था
छू सकता न था!'

खिसकती ज़मीन

जीवन में कभी-कभी एक समय ऐसा आता है जब बड़ों-बड़ों के हौसले टूट जाते हैं।

गाँव-गिराँव और क्षेत्र के जिन सफल चेहरों की कहानियों और उदाहरणों से प्रेरित अभिभावकों ने जिस उत्साह के साथ एक कच्चे अनगढ़ लेकिन महत्त्वाकांक्षी लड़के को 'तईयारी' के लिए ख़ुशी-ख़ुशी भेजा था एक समय आता है जब यह उत्साह मद्धिम पड़ने लगता है और ज्यों-ज्यों इस 'तईयारी' का वक़्फ़ा खिंचता जाता है नींव के हाथ कड़े होते जाते हैं।

सिविल और यूपी के फ़ॉर्म भरने के साथ-साथ एमपी, बिहार, राजस्थान और उत्तराखंड के भी पीसीएस के फ़ॉर्म केवल 'कहीं भी' नौकरी की जिजीविषा के चलते ही नहीं भरे जाते बल्कि वे हमारा 'बैक अप' भी होते हैं। जब घर वाले हाल ही में आए यूपी के रिज़ल्ट में असफलता से चिड़चिड़ाते हैं तो हम कह सकते हैं कि, "अरे अभी उत्तराखंड प्री का रिज़ल्ट अवेटेड है, बिहार का मेन्स तो पक्का देना ही है, बस प्री का रिज़ल्ट आने की देर है। समीक्षा अधिकारी का भी तो रिटेन है अभी। एडमिट कार्ड तो आ ही गया है!"

और इतने सारे एडमिट कार्ड लोक सेवा आयोग की सरकारी टाइप मुहर के साथ देखकर घरवाले इलाहाबाद प्रवास के वीज़ा में साल-छह महीने की समय वृद्धि कर ही देते हैं। लेकिन ये तो माँ-बाप की छतरी सर पर होने तक ही संभाव्य है।

बड़े भाई भी अगर थोड़े इमोशनल हैं तो भी एक छोटी-सी 'गृह पंचायत' के गंभीर सत्र में यह एक्सटेंशन प्रस्ताव पारित हो जाता है, बशर्ते भाभी विपक्ष में न बैठी हों।

खारुस भौजाइयों की लॉबीइंग करना भी ख़ासा मुश्किल काम है। लेकिन जब मासिक ख़र्च की ज़िम्मेदारी चाचा ताऊ या दादा सँभाल रहे हों तो ऑडिट थोड़ा सख़्त हो जाता है। यह ऑडिट ख़र्चे का तो होता ही है, समय का भी होता है।

"और कितने साल? कोई अंत है कि नहीं इस तैयारी का? बग़ल के गाँव के तिरलोचन पाँड़े का लड़का चार साल में ही 'डीवाईइसपी' हो गया था। अब तो सुना है कि पोस्टिंग भी हो गई है!" चाचाजी आक्रोश भरे स्वर में कहते हैं।

"ममाना है उनका हमारे गाँव में!" चाची ने निरुद्देश्य ढंग से बताया।

"अभी आए थे दहिन्वारा दिलाने। वर्दी पहन के आए थे, कांधे में चाँदी के तीन-तीन बिल्ले चमक रहे थे! उनकी तो उमर भी इनसे कमै होगी!"

चाची निस्पृह भाव से सूचना प्रसारित कर रसोई की ओर बढ़ गईं। चार-छह साल बाद आपको इलाहाबाद में 'बने रहने' का औचित्य साबित करना होता है कि आप वहाँ क्यों हैं? और सात-आठ साल में यह भी कि "आप कौन हैं?"

अभी पिछले हफ़्ते ही काकू सर गाँव से लौटे हैं। पता नहीं कब और किसने उनकी सीनियरिटी और उमर के हिसाब से उन्हें 'काकू सर' का ख़िताब दिया और वह रूढ़ हो गया।

काकू सर गाँव से लौटने के बाद से ही कुछ गुमसुम से हैं। रोज़ धीरे-धीरे करके अपने 'सामान' की उगाही कर रहे हैं जो जाने-अनजाने घटना-दुर्घटना वश किसी दूसरे के पास कभी चला गया है।

शिब्बू के कमरे में एक दिन खाना खाने गए थे और अपने चश्मे का कवर भूल आए थे। शिब्बू ने चौराहे पर चाय पीते हुए कई बार याद दिलाया कि, "सर, आपके चश्मे का कवर हमारे कमरे में छूट गया है। हम भूल गए, कल लेते आएँगे।"

तो हर बार यही कहते रहे कि, "यार हमें चश्मा लगाना होता है। कवर नहीं! आ जाएगा। न हम भागे जा रहे हैं न कवर। अगली बार जब फिर अंडा करी खिलाओगे कमरे पर तभी लेते आएँगे काहे परेशान होते हो?"

लेकिन आज भरी दोपहरी में पहुँचे थे शिब्बू के कमरे पर। शिब्बू हैरान कि आज तो खाने पर भी नहीं बुलाए थे।

"अरे वो... कवर लेने आए थे चश्मे का!" उन्होंने लापरवाहीपूर्वक बताया।

तो क्या अब कवर कहीं भागा जा रहा है? या काकू सर ख़ुद? शिब्बू सर खुजाता हुआ उन्हें कवर पकड़ा देता है।

शाम को पता नहीं कहीं से 'लगा' के आ गए। शायद पहली बार। जूनियर से बोले, "पार्टनर ढूँढ लेना कोई। हम निकलेंगे एक-दो दिन में!"

जूनियर ने थोड़ा कुरेदा तो काकू सर के अंदर का सब कुछ बाहर आ गया।

"पिताजी तो तबै गुज़र गए थे भयवा... जब हम हाईस्कूल में रहे। चाचा-ताऊ सब सँभाले। बड़के भइया बीएससी कर रहे थे शहर में। अचानक ही उन्हें और बड़ा होना पड़ा। वो अपनी पढ़ाई छोड़ के गाँव आ गए और ज़मीन जायदाद देखने में व्यस्त हो गए। एक-ठो आटा चक्की खोल लिए फिर स्पेलर लगाए। तेल पेराई भी होने लगी। सब ठीक-ठाक कर लिए और चार पैसा भी आने लगा। जब हम इंटर फ़र्स्ट क्लास पास किए तो बड़के भइया के चेहरा पर जइसे रौनक़ आ गई। हमसे बोले कि, "छोटे! तू जा पढ़ाई कर इलाहाबाद में। हम तो न कर पाए अब तुम करके दिखाओ कुछ।"

हम आ गए इलाहाबाद। बीए किए। तैयारी शुरू किए। तब तक गाँव में रोटी पानी की दिक़्क़त के चलते बड़के भइया की सादी हो गई।

जाने क्यों पिछले साल से ही भइया थोड़े सनके-सनके से थे। शादी के पहले तो ललकार के कहते थे कि, "ख़र्चे की चिंता न करना छोटे, तुम्हारा बड़ा भाई अभी ज़िंदा है!"

लेकिन इस बार जब हम गाँव गए तो बड़के भइया दो टूक सुना दिए, "देखा भाय! अब इलाहाबाद म पड़े-पड़े खाय क पईसा न दइ पाउब। ढेर दिन तैयारी करै क होय त आपन खेत बँटावा फिर चाहे बटाई म देव चाहे बेचो! अउर करो ज़िंदगी भर तईयारी।"

किवाड़ की ओट में खड़ी भाभी की चूड़ियाँ बजीं। जैसे कह रही हों कि, "वाह मेरे शेर! जैसा सिखाए थे हूबहू वइसा डायलॉग बोल दिए!"

"सो अब जा रहे हैं खेती सँभालेंगे। चक्की लगाएँगे। और सबसे छोटके भाई को भेजेंगे इलाहाबाद। अभी ग्यारहवीं में पढ़ रहा है। होशियार है ज़हीन भी। लेकिन भयवा! एक बात बताई? हम शादी न करब जब तक छोटका कुछ बन न जाई।"

काकू सर बात करते-करते कब बिस्तर पर चप्पल पहने-पहने ही सो गए पता ही नहीं चला। जूनियर ने एक ठंडी साँस ली और उनके चप्पल उतारकर उनके ऊपर चादर डाल दी।

"ठीक से सो जाइए सर!" कहते हुए जूनियर ने उनके सर के नीचे तकिया लगाने की कोशिश की।

काकू सर ने उनींदी आँखें खोली और बेहद शायराना अंदाज़ में बड़बड़ाए, "जिस ज़मीन पर पैर मज़बूती से टिके हों, जब वह ज़मीन पैरों के नीचे से

खिसकती है तो दो ही बातें हो सकती हैं भयवा! या तो बड़ी छटपटाहट होती है या फिर बड़ी गहरी नींद आती है!"

और एक शेर गुनगुनाते हुए अस्फुट स्वर बोले-

"इस जंग के माहौल में मयस्सर नहीं इक नींद भी
दो ग़ज़ ज़मीं के नीचे ही आराम से सो पाओगे!"

खाने के लिए जीना, जीने के लिए खाना

पुरानी कहावत है कि दिल का रास्ता पेट से होकर जाता है। लेकिन हम इलाहाबादियों के लिए तो दिमाग़ का रास्ता भी पेट से ही खुलता था। रोज़-रोज़ दोपहर और रात का खाना बनाना अगर एक बोझ था तो भोजन करने बैठना एक महोत्सव!

यूँ तो महीनों तक भोजन का एक बेहद नियमित-सा रूटीन था लेकिन कभी-कभी कुछ 'ख़ास' करने का मन भी हो उठता था। ख़ुद को इस 'ख़ास' के लिए जस्टिफ़ाई करने के भी अवसर तलाशे जाते थे, जैसे एक्ज़ाम का निपट जाना पेपर अच्छा (अपनी समझ में) हो जाना और सबसे महत्त्वपूर्ण अवसर होता घर से लौटकर आना। जब तेल घी और राशन की बोरी भी साथ में आई हो और जेब में माहाना ख़र्च भी गरमी दे रहा हो!

हमारी उदारता का अनुपात हमारे इन संसाधनों के हिसाब से शुरू होता। महीने की शुरुआत में हम सीना तानकर चाय की दुकान पर बैठते और आने-जाने वाले परिचितों की ओर भी 'आओ गुरु चाय पी लो' का उदार प्रस्ताव उछालते।

लेकिन महीना बीतते-बीतते यह 'उदार चरितानां' और 'बसुधैव कुटुंबकम' का भाव निम्न रक्तचाप की तरह कम होता जाता। महीने के आख़िरी दिनों में हम तामसी भोजन से प्रायः बचते। हर महीने के अंत में आने वाली इन परिस्थितियों को हम संयम और सात्विकता का मुलम्मा चढ़ाकर ख़ुद को जस्टिफ़ाई करते। सलाद में केवल प्याज़ और हरी मिर्च रह जाती। खीरा नीबू मूली को यह कहकर स्थगित कर दिया जाता कि मौसम के लिहाज़ से खीरा ठीक नहीं है, मूली गैस बहुत बनाती है, और नीबू में साइट्रिक एसिड होता है जो एसिडिटी पैदा करता है।

'सादा भोजन उच्च विचार!'

हम सामने रखे खाने को देखकर खींसे निपोरते। हालाँकि ये 'उच्च विचार' अपनी कल्पना में गरम-गरम पनीर और अंडा करी से उठती भाप के ऊपर नाचते रहते और इस विचारशीलता के परिणामस्वरूप मुँह में आया हुआ पानी सामने

रखे सादा भोजन को गले से नीचे उतारने में ख़ासी मदद करता।

इलाहाबाद में दोनों तरह के लोग उपलब्ध थे। एक वे जिन्हें देखकर लगता कि वे खाने के लिए ही ज़िंदा हैं और दूसरे वे जो केवल जीने के लिए खाते थे। दोनों वर्गों के कुछ रोचक क़िस्से मेरे ज़ेहन में हैं जो आपसे साझा कर रहा हूँ।

पीसीबी में रहने वाले मेरे एक मित्र राजीव चौहान बताते थे कि उनके कमरे के ठीक बग़ल में दो जुडवें भाई रहते थे। राजीव नया-नया हॉस्टल में शिफ़्ट हुआ था। अगले दिन सुबह-सुबह 6 बजे कुकर की फुफकारती हुई सीटियों से उनकी नींद खुली। दो कुकर की सीटियाँ आपस में जैसे होड़ लगाकर बज रही थीं।

राजीव अचकचाया। सुबह 6 बजे कौन कुकर चढ़ाता है? बहरहाल नया-नया था अभी होस्टल में, किसी से कोई ख़ास परिचय न था, इसलिए कान पर तकिया रखकर पुनः सोने की कोशिश की।

लेकिन यह क्रम रोज़ का था। अगले दो-तीन दिन तक रोज़ सुबह 6 बजे सीटियों की गर्जना सुनते-सुनते आख़िर एक दिन कुतूहलवश वे उनके कमरे जा पहुँचा। देखता क्या है कि पाँच-पाँच लीटर के दो कुकर अभी-अभी खोलकर रखे गए थे। दोनों से उठती हुई भाप और उसकी ख़ुशबू बता रही थी कि एक में दाल थी और दूसरे में चावल।

"नमस्ते सर!" राजीव बाहर से ही झाँककर बोला।

"नमस्ते-नमस्ते, आओ!" उन्होंने आमंत्रित किया।

"नहीं सर! ठीक है। कोई आ रहा है क्या सर?" राजीव ने दोनों कुकर की ओर निगाह मारते हुए संकोच पूर्ण स्वर में पूछा।

"अच्छा... ये?" उनमें से एक मुस्कुराया। "ये तो नाश्ते का इंतज़ाम हो रहा है!"

"ये नाश्ता है?" चावल और दाल से लबालब भरे कुकर को तिरछी निगाह से देखते हुए राजीव ने पूछा।

"और क्या? इसके बाद पढ़ने बैठ जाएँगे तो नाश्ता कैसे हो पाएगा!"

"अच्छा... मतलब सुबह-सुबह लंच से भी फ़ुरसत!" राजीव ने उनकी समय की बचत के प्रति प्रतिबद्धता की मन-ही-मन तारीफ़ की।

"लंच? वो तो मेस में करते हैं न!" उन्होंने बताया।

राजीव हतप्रभ-सा चला आया।

एक दिन सुबह-सुबह पाँच बजे ही राजीव के दरवाज़े पर ज़ोर-ज़ोर की

दस्तक हुई। वह भुनभुनाता हुआ उठा और दरवाज़ा खोला तो सामने दोनों भाइयों में से एक को पाया।

"नमस्ते सर! क्या हुआ?"

"कुकर है क्या तुम्हारे पास?" उन्होंने जल्दी में पूछा।

"जी है!" उसने अपना कुकर उन्हें देते हुए पूछा, "क्या हुआ सर, कुकर ख़राब हो गया क्या?"

"नहीं यार... कल रात पिताजी आ गए थे। वो नाश्ता थोड़ा जल्दी करते हैं। कुकर हमारे पास दो ही हैं फिर उनके लिए चावल कम पड़ जाएँगे!"

उन्होंने जल्दबाज़ी में बताया और कुकर लेकर सरपट अपने कमरे की ओर बढ़ गए।

ऐसे ही ईसीसी के टर्नर हॉस्टल में रहते थे एक सर। दुबले-पतले सिंगल चेसिस के 'सर' ने एक बार बब्बू की मेस में हम सब के सामने 'महा भोजन भट्ट' का ख़िताब पाया था।

बात-बात में कोई शर्त लगी और वे बैठ गए। बब्बू की मेस की रोटियाँ भले ही छोटी और पतली थीं, तो भी छिहत्तर रोटियाँ दाल-सब्ज़ी मायने रखती हैं, जो कि 'सर' ने सबके सामने उदरस्थ कीं। लड़कों ने भोजन के बाद भी उन्हें उठने न दिया बल्कि आधे घंटे तक और बैठने की दरख़्वास्त की। लड़कों को शक था कि शायद ये कमरे पर जल्दी पहुँचकर उल्टी करेंगे।

लेकिन ऐसा कुछ न हुआ। उन्होंने एक पेप्सी मँगाई और इत्मीनान से बैठकर सिप लेते रहे। बाद में जब मैं हॉस्टल से चला आया था तो किसी ने बताया कि उन्होंने एक दिन और 80 रोटियाँ खाकर अपना ही रिकॉर्ड तोड़ा था। इसके बाद बब्बू ने अपनी मेस में ऐसी प्रतियोगिताओं पर रोक लगा दी, क्योंकि जितना भोजन वे शर्त लगाकर लेते थे उतने में उसकी दस-बारह लड़कों की डाइट मारी जाती थी।

मेरा रूम पार्टनर अभिषेक तो खाना बनाने में इतना आलसी था कि उसका बस चले तो महीने भर दोनों वक़्त केवल खिचड़ी से काम चला सकता था। जब तक मैं उसके साथ रहा तब तक उसका यह खिचड़ी भोज नहीं चलने दिया क्योंकि मैं खाने में दाल, सब्ज़ी, रोटी, चावल, सलाद सब कुछ तैयार करता था। लेकिन बाद में जब हम अलग हुए और मिश्रा जी उसके पार्टनर बने तो अभिषेक ने उन्हें साल भर इतनी खिचड़ी खिलाई कि उन्हें खिचड़ी के नाम से ही अरुचि

हो गई। आलम ये है कि वो आज भी खिचड़ी के नाम पर भड़क उठते हैं।

सबसे अरुचिकर स्थिति तब उत्पन्न होती जब भोजन तैयार करके बैठे ही होते कि कोई सीनियर आ धमकते। इस परिस्थिति में भोजन के पहले ही जो वितृष्णाबोध जागता वह उतनी भूख कम कर देता जितनी सीनियर की जगी होती। दो लोगों के भोजन में खींच-खाँचकर तीन लोग बनते और... और आपको क्या लगता है कि तीनों भूखे रह जाते?

नहीं सर! केवल भोजन निर्माता अपनी क्षुधा के साथ समझौता करते, सीनियर तो साइकिल उठाते और कोई दूसरा अड्डा खोज लेते जहाँ खाना बनाना अभी शुरू ही हुआ हो।

डेलीगेसी में कुछ लोग खाना बनाने को समय की बर्बादी मानते थे। ऐसे लोग टिफ़िन सर्विस का सहारा लेते जिसमें पनीली दाल किन्हीं दो सब्ज़ियों का असंगत कम्बीनेशन और छह रोटियों के साथ थोड़े चावल होते। एक जैसे स्वाद और मुरझाई हुई रोटियों के साथ जूझते हुए कुछ दिन तक ये लोग पड़ोसियों की ईर्ष्या के पात्र होते। लेकिन बहुत जल्दी ही टिफ़िन में आए भोजन के साथ भाँति-भाँति के अनुसंधान प्रारंभ होते।

मेरे एक सीनियर थे जो पढ़ते-पढ़ते टिफ़िन को खोलते और खाना देखकर उसे वापस बंद कर देते। इस प्रक्रिया को कुछ-कुछ समय के अंतराल पर वे तब तक दोहराते जब तक किसी ठोस निष्कर्ष पर नहीं पहुँच जाते।

तत्पश्चात वे उठते और दाल में घी का तड़का लगाते प्याज़ और मसाले की तरी तैयार कर सब्ज़ी का पुनरुद्धार करते, रोटियों को पुनः सेंकते और चावल को घी में ज़ीरा डालकर फ्राई करते। इसके बाद वे खाने बैठते।

एक दिन जब मैंने उनसे कहा कि जितना समय आप इस भोजन के जीर्णोद्धार में ख़र्च करते हैं उतने में तो आप अपने कमरे पर ही ताज़ा खाना बनाकर खा सकते हैं?

पिछले कुछ दिनों से शायद वो भी यही सोच रहे थे। अगले दिन से ही उन्होंने टिफ़िन बंद कर दिया और एक ही कुकर में दाल, चावल, आलू उबालकर दाल, भात, चोखा के पारंपरिक भोजन की शरण ली!

एक दुनिया साथ-साथ

एक कम्पटीटर की इलाहाबादी ज़िंदगी महज़ किताबों, कॉपियों, नोट्स, पत्रिकाओं और सीनियर्स के गाइडेंस से ही नहीं चलती।

उनकी इस दुनिया में वे लोग भी कब और कैसे अनायास शामिल हो जाते हैं जो चौराहे पर चाय पान की गुमटियाँ लगाते हैं, रोज़गार समाचार, अख़बार और कम्पटीटिव पत्रिकाओं के काउंटर के उस पार खड़े होते हैं।

किताबों की दुकानें, हरी भरी साग-सब्ज़ी की डलियों से घिरे कॉमन से चेहरे, अंडे, डबलरोटी बन-मक्खन के ठेले लगाए जल्दी-जल्दी हाथ चलाते लोग भी हमारी दुनिया का हिस्सा बन जाते हैं। दूध वाला, अख़बार वाला, जूस वाला, टिफ़िन वाला, किराने वाला सब जैसे एक वृहद परिवार की तरह कुछ अपनी कुछ हमारी ज़रूरतें पूरी करने के लिए हमारी इलाहाबादी ज़िंदगी का एक अनिवार्य अंग बन जाते हैं।

मम्फ़ोर्डगंज के त्रिपाठी चौराहे पर नाले के किनारे एक बेहद छोटी-सी गुमटी। गुमटी के आगे पड़ी किसी देसी बढ़ई की बनाई हुई चार-पाँच अड़भंगी बेंचनुमा चीज़ें जिनमें शायद एक-दो ही स्वस्थ रही होंगी। शेष सब दिव्यांग थीं। किसी का एक पैर बाक़ी तीन पैरों की तुलना में जूनियर। किसी का आधा हिस्सा कभी भी बाक़ी हिस्से से अलग हो जाने को तत्पर।

यह बनारसी चाय वाले की दुकान थी जहाँ बकौल चाय के पियक्कड़ों के, रीजनेबल रेट पर बेस्ट चाय मिलती थी।

बनारसी बेहद सरल विनम्र और हँसमुख आदमी था। उसके तनावमुक्त चेहरे को देखकर हम सब चाय के साथ-साथ कुछ और भी लेकर लौटते थे। शायद हर हाल में ख़ुश रहने और हँसते रहने की सीख!

संकोची तो इतना कि किसी व्यवसायी को नहीं होना चाहिए। निस्पृह भाव से हर माँग पर चाय का गिलास पकड़ाना और पुनः चाय बनाने में व्यस्त हो जाना। कौन पैसे देकर जा रहा है कौन नहीं इसकी जैसे कोई सुध ही नहीं थी

उसे। हालाँकि मैंने कभी नहीं पाया कि बनारसी की चाय पीकर कोई उसे बिना पैसे दिए गया हो!

सलेक्शन के बाद इलाहाबाद छोड़े (छूटता तो है नहीं कभी) सात साल गुज़र गए थे। मेरी पोस्टिंग उस वक़्त बनारस में थी। होली की छुट्टियाँ थीं, इसलिए मैं घर पर ही था, जब मेरे गृह सहायक ने बताया कि बाहर कोई मिलने आया है आपसे। बोल रहा है कि साहब को बता दो कि बनारसी आया है। बनारसी चाय वाला। मैं बाहर गया तो सचमुच बनारसी ही था।

उसे देखकर मेरे सामने जैसे मेरे इलाहाबाद के बीते हुए दस साल नाच गए। मैंने उसे ड्राइंगरूम में बैठाया और चाय-पानी के मेरे निर्देशों से अगले दस मिनट घर में वो गहमागहमी मची कि जैसे कोई वीआईपी आ गया हो। पत्नी को तस्दीक़ के लिए ड्राइंगरूम की विज़िट करनी पड़ी।

मेरी तरफ़ उन्होंने जिस निगाह से देखा उसका एक ही मतलब हो सकता था, "कौन है?"

"अपना बनारसी हैं! हम लोग इन्हीं की चाय पीकर कम्पटीशन क्वॉलीफ़ाई किए थे। तुम्हें बताया तो था!" मैंने कहा।

पत्नी सचमुच इस नाम से भी परिचित थीं और बनारसी से मेरी आत्मीयता से भी। 2004 में प्रकाशित मेरी पहली किताब 'शेष अगले पृष्ठ पर' में भी बनारसी का ज़िक्र था और तभी से धर्म पत्नी उसके नाम से परिचित थीं।

बनारसी ने बताया कि मम्फ़ोर्डगंज के ही किसी आदमी से उसे मेरा पता मिला। उसकी पत्नी की तबियत ख़राब थी और उसे देखने वह इलाहाबाद से आया था। उसी दिन मुझे यह भी जानकारी हुई कि बनारसी दरअसल चंदौली का रहने वाला था, लेकिन इलाहाबाद में हम उसे बनारसी के नाम से ही जानते थे।

मुझसे जो मदद हो सकती थी मैंने उसकी मदद की। वह बहुत कृतज्ञ होते हुए लौटा। जब तक हम साथ बैठे हमारी आत्मीयता का बिंदु मम्फ़ोर्डगंज और इलाहाबाद के इर्द-गिर्द ही कहीं घूमता रहा।

काफ़ी दिनों बाद वह फिर आया। त्रिपाठी चौराहे से उसकी दुकान नगर निगम वालों ने हटा दी थी लेकिन उसने वहीं कहीं पास में ही ख़ाली जगह देखकर अपनी दुकान शिफ़्ट कर ली थी। मैंने उसे बनारस में ही अपने ऑफ़िस कैंपस के बाहर एक कैंटीन खोलने और इस काम में उसकी आर्थिक मदद का प्रस्ताव दिया।

बनारसी का जवाब था, "नाहीं भइया! दुकान तौ ओहरौ रही... इलाहाबाद म! लरिकन के साथ मन लागि गयल हौ। अब अउरे धंधा न होई पाई!"

मम्फ़ोर्डगंज में ही यादव की दुकान के थोड़ा पहले ही बेली रोड को जोड़ती हुई सड़क पर पार्क के सामने एक पान की दुकान थी।

"आवा भइया... एकदम चउँचक पान खियाई तोहका। मटीरियल से दबा के!"

उसकी दुकान पर खड़े होते ही यह उसका वॉर्म वेलकम था। हम लोगों ने उसका नाम ही 'मटीरियल' रख दिया था। मटीरियल से उसका तात्पर्य उस सामग्री से होता था जो वह सामने डब्बों में सजाए रहता था। गुलकंद, स्टार, गरी, चटनी और न जाने क्या-क्या। लाल हरे सुनहरे रंगों के 'मटीरियल' से भरी छोटी-छोटी काँच की शीशियाँ।

उस वक़्त सामान्य पान आठ आने (पचास पैसे) का होता था। एक दिन हम लोग उसकी दुकान पर खड़े थे तभी एक सज्जन आए और काउंटर पर अठन्नी रखकर बोले, "पान खिया द। बढ़िया वाला!"

और इसके बाद वह अपनी फ़रमाइशें पेश करने लगा, "चटनी लगावा तनी, 60 नंबर बाबा डार दिहा। सुपाड़ी अउर पेल देओ तनी सूखी सुपाड़ी!"

आख़िरकार पान वाले ने बड़े भोलेपन से पूछा, "य अठन्नियौ डार देई का भइया? जवन तू दिए हौ अबहीं?"

उस दिन हमने जाना कि उसके पास 'मटीरियल' के साथ-साथ प्रजेंस ऑफ़ माइंड और सेंस ऑफ़ ह्यूमर भी कम न था।

चौराहे के ठीक पहले दाहिनी ओर तारिक़ भाई की किताबों, पत्रिकाओं और स्टेशनरी की दुकान थी। तारिक़ भाई बेहद सरल, सहयोगी और मिलनसार आदमी थे। कई बार तो किसी पत्रिका में मुझे केवल एक लेख की ज़रूरत होती तो वे ख़ुद प्रस्ताव रखते, "तब काहे पईसा बर्बाद करेंगे... फोटू कॉपी करा लीजिए!"

और वे पत्रिका मुझे पकड़ा देते। दो पेज फ़ोटोकॉपी कराकर मैं पत्रिका वापस कर देता और इस तरह मैं पूरी पत्रिका ख़रीदने से बच जाता। तारिक़ भाई का यह व्यवहार उनके व्यवसाय के लिए ठीक नहीं था। अपनी इन्हीं दयानतदारियों के चलते कुछ दिन बाद ही उन्हें दुकान बंद करनी पड़ी और वो प्रॉपर्टी डीलिंग के धंधे में लग गए।

इलाहाबादी लड़कों के दम पर इलाहाबाद के एक बड़े वर्ग की आर्थिकी चलती है और इस तरह से कम्पटीशन के साथ-साथ एक निम्न मध्यवर्गीय समानांतर दुनिया भी। यह दुनिया भी हमारी दुनिया का ही एक हिस्सा थी, जो शाम ढलते ही अपनी रंगीनियत सहित हमारे साथ चल पड़ती थी और दिन भर के थके माँदे चौराहे हम लोगों की चाय, पान, सब्ज़ी और अड्डेबाज़ी से गुलज़ार हो उठते थे!

जो उड़ रहा है ज़मीं पर कभी तो आएगा

साल 2006 में जुलाई की बात है!

मेरा स्थानांतरण बनारस हुआ था और मैं पहले दिन ही अपने ऑफ़िस में बैठा हुआ था। कहीं नई जगह ज्वॉइन करने पर शुरुआती दो-चार दिनों कर्टसी मीटिंग करने वालों की भरमार होती है। विभाग से जुड़े सरकारी-ग़ैर सरकारी लोग, वकील, पत्रकार, राजनेता और छात्र नेतागण औपचारिक मुलाक़ात और परिचय के लिए आते ही हैं। यह कोई नई बात न थी।

दोपहर तक़रीबन 1 बजे का वक़्त रहा होगा जब एक युवक ने कमरे के दरवाज़े से अंदर आने की अनुमति माँगी। मैंने उसे सरसरी निगाह से देखा और अंदर आने के लिए कहा। वह दरम्याने क़द का हृष्ट पुष्ट युवा था जिसके गले में असाधारण रूप से मोटी सोने की चेन और दाहिने हाथ की सारी उँगलियों में विभिन्न रंगों की अँगूठियाँ थीं। मैंने उसे सामने की कुर्सी पर बैठने का इशारा किया और इस निगाह से उसे देखा जिसका एक ही मतलब हो सकता था, "फ़रमाइए?"

"भइया बड़ी ख़ुशी हुई! जब हमको पता चला कि भइया ज्वॉइन किए हैं तो बड़ा अच्छा लगा।" उसने शुरुआत की।

"जी!" मैंने एक संक्षिप्त उत्तर दिया।

"बहुत दिन बाद इस ऑफ़िस में कोई ठाकुर आया है भइया... बड़ा अच्छा लगा!"

उसकी सुई जैसे अटक गई थी।

"क्या करते हैं आप?" मैंने पूछा।

"हम भी ठाकुर हैं भइया!" उसने उत्तर दिया।

"तुम ठाकुर हो तो इसमें तुम्हारी क्या भूमिका है? इस डिग्री को पाने के लिए तुमने क्या किया है?" मैंने पूछा।

"जी?" वह अचकचाया।

"तुम अगर यह बताते कि तुम छात्र नेता हो... या फिर बीए किया है या फिर कोई व्यवसाय, दुकान, कुछ करते हो या फिर इतना ही कि हाईस्कूल किया है। तो भी मुझे ख़ुशी होती। लेकिन तुम ठाकुर हो ये कौन-सी योग्यता है? और इसके लिए तुमने ख़ुद क्या किया है कि तुम ठाकुर हो गए?"

"हें हें हें... भइया आप तो मज़ाक़ करने लगे!" उसने खींसे निपोरी।

"मज़ाक़ तो तुम कर रहे हो। इतना ही बताने आए थे कि तुम ठाकुर हो? और वो भी इसलिए कि मैं भी ठाकुर हूँ? बता चुके तो अब जाओ!" मैंने थोड़ी तल्ख़ी से कहा।

वह बेमन से चला गया।

योग्यताएँ सृजित की जाती हैं, वे विरासत में नहीं मिलतीं। और योग्यताएँ भी किसी पद विशेष की मोहताज नहीं होतीं। किसी विषय क्षेत्र काम या तकनीक में आपकी योग्यता आपके संपूर्ण व्यक्तित्व को योग्य नहीं बनाती।

वह केवल उस पर्टिकुलर फ़ील्ड में आपकी विशेषज्ञता दर्शाती है। जो विज्ञान के क्षेत्र में गहन अनुसंधान की योग्यता रखता है, वह ज़रूरी नहीं कि एक अच्छा प्रशासक भी हो, जो अच्छा प्रशासक है वह ज़रूरी नहीं कि अच्छा नेतृत्वकर्ता भी हो।

योग्यता उस संपूर्ण व्यक्तित्व से निर्मित है जिसमें आत्मविश्वास निर्णय की क्षमता, विपरीत परिस्थितियों में भी बिना हताश और निराश हुए जीने का माद्दा, थोड़ी सरलता, थोड़ा टेढ़ापन भी हो। और सबसे बड़ी बात समुदाय में रहकर, जीकर, सामुदायिक भावना से दूसरों की भी मदद के लिए खड़ा होना ही एक संपूर्ण व्यक्तित्व का निर्माण करता है!

और यह सब कुछ इलाहाबाद की ज़िंदगी सिखाती है। प्रतियोगियों को नौकरी तो लखनऊ, दिल्ली और पटना से भी तैयारी करके मिलती है लेकिन व्यक्तिव निर्माण का यह मिश्रित 'गारा' केवल इलाहाबाद में ही हासिल होता है जहाँ सब कुछ भिन्न होते हुए भी एक ही बात कॉमन है। और वह है इलाहाबादी होना!

बात शायद थोड़ी बुरी लगे लेकिन ज़रूरी-सी है इसलिए कह देता हूँ। जो लोग इलाहाबादी परिवेश में कड़े संघर्ष के बाद कुछ हासिल कर लेते हैं और इस 'कुछ' को ही 'सब कुछ' समझ लेते हैं और इस सब कुछ हासिल कर लेने के अहं में कुछ न हासिल कर पाने वालों को हेय दृष्टि से देखने लगते हैं वे इसी

तथ्य को नज़रअंदाज़ कर रहे होते हैं कि सबकी अपनी-अपनी योग्यताएँ हैं जिन्हें आपस में प्रतिस्थापित नहीं किया जा सकता।

मैंने तो ऐसे भी लोग देखे हैं जो ख़ुद को हासिल 'शक्ति और सत्ता' के मद में ऐसे चूर हो जाते हैं कि अपने मूल परिवेश को ही भूल जाते हैं। अपने मित्रों यहाँ तक कि भाई पिता और माँ भी उन्हें उनके वर्तमान 'साहबी' परिवेश से असंगत लगने लगते हैं। जिसने भीष्म साहनी की मार्मिक कहानी 'चीफ़ की दावत' पढ़ी है वे मेरे इस कथ्य के मूल भाव को बेहतर समझ पाएँगे।

ऐसा ही एक वाक़या आपसे साझा करता हूँ। मेरे एक सीनियर के बड़े भाई एक बड़े और प्रभावशाली पद पर थे। अपने सेवा काल में वे अपने गाँव-घर के नज़दीकी लोगों और अपने पुराने मित्रों से मिलने और बात करने से भरसक बचते थे कि कहीं कोई कुछ काम न बता दे।

एक बार मेरी नौकरी में कुछ संकट-सा आ पड़ा। मैं लखनऊ में ही डेरा डाले हुए दिन भर फ़ाइल लिए हुए अपने हेडक्वॉर्टर के चक्कर लगाता और शाम को लौटकर रामकृष्ण गेस्ट हाउस में रुकता। अपने विभागाध्यक्ष से बस थोड़ा-सा फ़ेवर मिल जाता तो काम हो जाना था। दो-तीन दिन की भागदौड़ के बाद एक दिन मैं मुख्यालय में प्रथम तल पर स्थित मीटिंग हाल में बैठा था। सामने दरवाज़े से सीढ़ियाँ और लॉबी नज़र आ रही थी।

तभी 'भाई साहब' सीढ़ियों से ऊपर की ओर आते दिखे। उन्हें देखते ही मुझे याद आया कि उनकी किसी पोस्टिंग के दौरान जहाँ उनका बंगला था वहीं हमारे विभागाध्यक्ष उनके पड़ोसी हुआ करते थे और दोनों में पारिवारिक संबंध थे। मुझे लगा कि ईश्वर ने ही शायद मेरी मदद के लिए उन्हें अचानक यहाँ भेजा है। अगर वे एक बार मुझे मेरे विभागाध्यक्ष से मिलवाकर कह दें कि 'ये मेरा छोटा भाई है' तो सारी समस्या आज ही हल हो जानी थी।

मैं लपककर आगे बढ़ा और उन्हें नमस्कार किया। उनकी नज़रें मुझसे मिलीं और वे अजनबी से तत्क्षण ही बग़ल से दूसरे तल की ओर जा रही सीढ़ियों की ओर मुड़ गए। हम इतने घनिष्ठ थे कि उन्होंने 'शायद मुझे पहचाना न हो', यह सोचना भी बेमानी था।

ऊपर जाने वाली सीढ़ियाँ आगे जाकर बंद थीं क्योंकि उसके बाद छत थी। वे मुड़कर वापस लौटे और मुझे जान-बूझकर बिना देखे मेरे विभागाध्यक्ष के कमरे में घुस गए। मैंने उनके निकलने का इंतज़ार किया। आधे घंटे बाद वे बाहर

निकले तो मैंने फिर उनके सामने जाकर उन्हें नमस्कार किया। लेकिन मैं तो जैसे उनके लिए अदृश्य था। बिना किसी प्रतिक्रिया के वे सीढ़ियाँ उतरते हुए चले गए। मैं उनके इस अप्रत्याशित व्यहवार से हतप्रभ-सा अपनी जगह पर खड़ा रह गया।

अभी साल भर हुए वे रिटायर होकर लौटे हैं और अपने गाँव में रहते हैं। जान-पहचान वाले बताते हैं कि न तो उनसे कोई मिलने जाता है और न कोई बात करने में रुचि रखता है। अकेले बैठे-बैठे चिड़चिड़ाते हैं और गाय-भैंसों को डाँटते रहते हैं।

मेरे पास फ़ेसबुक पर उनके दसियों बार रिक्वेस्ट आए जिन्हें मैं बेहद सुकून के साथ डिलीट कर देता हूँ। फ़ोन भी आए लेकिन उठाने से पहले ही मेरे सामने वही दृश्य बहुत स्पष्ट रूप से कौंध जाता है, जब उन्होंने मुझे पहचानने से भी इनकार कर दिया था।

और मैं फ़ोन काट देता हूँ।

क्या लोग सचमुच भूल जाते हैं कि एक दिन उन्हें अपने घर, अपने बचपन के मित्रों, नातेदारों और शुभचिंतकों के बीच वापस लौटना ही होगा? और अगर नहीं भी लौटे तो जहाँ भी रहेंगे उनके पीछे ये अमला बंगला और 'बा मुलाहिज़ा' कहने वाले लोग नहीं होंगे और दरवाज़े पर हर आहट यही सोचने और कहने के लिए मजबूर करेगी कि...

कौन आएगा यहाँ कोई न आया होगा
मेरा दरवाज़ा हवाओं ने हिलाया होगा!

साथी हाथ बढ़ाना

शायद 1995-96 का कोई वक़्फ़ा रहा होगा या थोड़ा आगे-पीछे भी हो सकता है! इलाहाबाद से तक़रीबन 12-14 कम्पटीटर्स का एक जत्था एमपी पीसीएस का प्री देने के लिए मध्य प्रदेश के किसी सेंटर के लिए रवाना हुआ। इलाहाबाद से झाँसी तक एक ट्रेन थी जो शाम छह-सात बजे तक झाँसी पहुँचती थी। इसके बाद झाँसी से अगली ट्रेन रात बारह-एक बजे के आस-पास थी।

जत्था शाम को झाँसी उतरा और जैसी कि रवायत थी, लड़के प्लेटफ़ॉर्म पर ही साफ़-सुथरी जगह तलाशकर अपने-अपने हैंडबैग का तकिया बनाकर पसर गए। रात की ट्रेन में अभी ख़ासा वक़्त था!

उसी दौरान जत्थे में से ही किसी एक ने बताया कि एक इलाहाबादी सीनियर यहीं रेलवे में एक बड़े अधिकारी हैं और अभी हाल ही में उनकी पोस्टिंग झाँसी हुई है। उनका बंगला भी स्टेशन से पैदल ही पाँच-सात मिनट की दूरी पर था। उसने प्रस्ताव किया कि चलो यार मिल ही लेते हैं उनसे! जत्था चल पड़ा और उनके बंगले के सामने लगी उनकी नेमप्लेट के सामने जा खड़ा हुआ। गेटमैन ने इस हुजूम को देखकर पूछा कि किससे मिलना है?

"साहब से!" अगुवा ने बताया।

"साहब अभी थोड़ी देर पहले ही ऑफ़िस से लौटे हैं। इस वक़्त तो वो मिलते नहीं किसी से!" गेटमैन ने मशीनी ढंग से बताया।

"तुम जाकर उनसे बोलो कि इलाहाबाद से कुछ लड़के आए हैं। अगर वो मना कर देंगे तो हम चले जाएँगे!" जत्थे के अगुवा ने कहा।

गेटमैन उन्हें सशंकित निगाहों से देखता हुआ अंदर की ओर चला गया।

दो से तीन मिनट बाद ही सीनियर 'भाई साहब' लंबे-लंबे क़दम बढ़ाते हुए जत्थे के पास आए और ख़ुद ही गेट खोलकर सबको अंदर ले गए। लड़कों से पूछने पर अगुवा जो कि भाई साहब का थोड़ा मोड़ा परिचित था उसने बताया कि एमपी का प्री देने जा रहे हैं मन हुआ कि आपसे मिलते चलें। भाई साहब बेहद

प्रसन्नता और उत्साहपूर्वक सबसे मिले।

बंगला काफ़ी विशाल था और कैंपस तो इतना बड़ा था कि खेती की जा सके। उन्होंने कुछ अतिरिक्त कुर्सियाँ मँगवाकर सबको ड्राइंग रूम में बैठाया और बोले, “तुम लोगों को फ्रेश होना हो नहाना हो तो नहा लो। बस अभी एक घंटे में खाना तैयार हो जाएगा!”

और किसी को आवाज़ दी, “सबके लिए खाना तैयार करो! जल्दी करना 12 बजे ट्रेन है इनकी!” नौकरों में भगदड़ मच गई और सब किचन में जुट गए।

लड़के हतप्रभ थे।

आनन-फानन में सभी के लिए घंटे भर में ही भोजन तैयार हुआ। दाल, सब्ज़ी, सलाद, गरम-गरम रोटियाँ और चावल! सभी लोगों ने तृप्तिपूर्ण ढंग से खाया। रात के ग्यारह बज चुके थे। भाई साहब ने पास ही रखे रेलवे के स्पेशल फ़ोन से जो कि केवल रेलवे स्टेशन से ही कनेक्टेड था स्टेशन मास्टर से ट्रेन की लोकेशन ली और उसे ताकीद भी की कि जब ट्रेन झाँसी स्टेशन के आउटर पर आ जाए तो उन्हें अवगत करा दें क्योंकि उनके छोटे भाइयों को इस ट्रेन से जाना है।

इस फ़ोन वार्ता से अचानक ही सारे जत्थे ने ख़ुद को वीआईपी महसूस किया और भाई साहब के प्रति कृतज्ञता से भर उठे। इसके बाद आधे-पौन घंटे उन्होंने सभी को एक्ज़ाम से संबंधित कुछ टिप्स दिए। कुछ लड़कों ने प्री के संबंध में अपनी कुछ छिटपुट समस्याएँ भी रखीं, जिनका उन्होंने समाधान किया। उनके इस आत्मीयतापूर्ण व्यवहार से सभी लड़के गदगद थे।

ट्रेन का समय हुआ स्टेशन मास्टर का फ़ोन आ गया। लड़के अपना अपना बैग उठाकर तैयार हुए। उसी समय उनकी पत्नी ड्राइंग रूम में आईं। सबने उन्हें नमस्कार किया। उनके पीछे दो सर्वेंट कुछ पैकेट्स लिए हुए थे।

“भइया... आप लोगों के लिए पूड़ी सब्ज़ी अचार और थोड़ा मीठा पैक करा दिया है! कल सुबह के नाश्ते के लिए!”

उन्होंने कहा और नौकरों ने सभी को एक-एक पैकेट पकड़ा दिया जिसे भरे गले से सभी ने अपने-अपने बैग में रख लिया। भाई साहब सभी लड़कों को गेट तक छोड़ने के लिए आए। लड़के निःशब्द थे उनके पास भाई साहब की इस सद्भावना के प्रति कृतज्ञता या आभार के लिए कोई शब्द न थे।

ये वही इलाहाबादी आत्मीयता थी जो बस इलाहाबाद में ही मिलती है। चाहे

पूर्वांचल हो या पश्चिमांचल, बुंदेलखंड हो या कोई भी हिंदी-भाषी प्रांत, यहाँ की गलियों में आकर जो अपनापा, जो जुड़ाव, जो प्रेम जागृत होता है वह ग़ैर-इलाहाबादियों के लिए रश्क़ की बात है।

अगले दिन सुबह जब लड़कों ने अपने पैकेट्स खोले और भरपेट खाया तो उन्हें साथ में रखा लड्डू आम लड्डुओं से कहीं ज़्यादा मीठा लगा। होता भी क्यों न? उसमें भाई साहब-भाभी जी के व्यवहार की मधुरता और इलाहाबादी कम्पटीटर संस्कृति की मिठास जो अतिरिक्त थी!

एक और वाक़या जो मुझे आह्लादित करता है और जिसे मैं आपसे साझा करने का मोह त्याग नहीं पा रहा।

मेरे एक इलाहाबादी मित्र हैं जिनकी एक कंपनी है जो विभिन्न संस्थाओं को ह्यूमन रिसोर्स सप्लाई करती है। टेक्निकल हैंड्स कम्पूयटर में कुशल या प्रबंधन और सामान्य कामकाज के लिए सुपरवाइज़र की ज़रूरत होने पर व्यावसायिक प्रतिष्ठान उनकी कंपनी से लड़कों की माँग करते हैं।

एक दिन मैं उनसे यूँ ही मुलाक़ात करने उनके ऑफ़िस पहुँच गया। बाहर युवा बेरोज़गारों की भीड़ थी। रिसेप्शन पर बैठा हुआ आदमी उनका रजिस्ट्रेशन कर रहा था। मुझे सीधे उनके ऑफ़िस में पहुँचा दिया गया।

"बड़ी भीड़ है बाहर?" मैंने उनसे पूछा।

"हाँ कुछ वैकेंसीज़ आई हैं। उसी के लिए आज इंटरव्यू ले रहा हूँ!" उन्होंने बताया।

थोड़ी देर बाद उनका एक सहायक रजिस्टर लेकर आया और बताया कि 55 रिक्तियों के लिए कुल 82 लोग हैं।

"इलाहाबाद यूनिवर्सिटी वाले छाँट लिए?" मित्र ने पूछा।

"जी... 20-22 लड़के होंगे।" सहायक ने बताया।

"पहले उन्हें भेजना!" मित्र ने कहा। सहायक सहमति में सर हिलाता हुआ चला गया।

"ऐसा क्यों?" मैंने पूछा।

"यार! आज जो भी हूँ इलाहाबाद की वजह से ही हूँ। बड़े पदों पर बैठे हुए इलाहाबादी प्रोडक्ट जिनसे मुझे कोई लाभ मिल सकता है जब उनसे मिलता हूँ और बताता हूँ कि मैंने भी इलाहाबाद में चार-पाँच साल संघर्ष किया है तो उनकी सकारात्मकता मेरे प्रति बढ़ जाती है। इसलिए जब मेरे पास कोई इलाहाबादी

आता है तो मैं उसे प्राथमिकता देता हूँ। मैं उन पर कोई एहसान नहीं करता, उन्हें वही देता हूँ जो मुझे इलाहाबाद से विरासत में मिला है!"

"यही होना चाहिए।" मुझे लगा।

बजाय जाति, धर्म और क्षेत्र पूछे एक अदृश्य भाईचारा कहीं अगर हो सकता है तो वह इलाहाबाद में पढ़े-गढ़े और संघर्ष को बहुत क़रीब से देखने वालों का 'इलाहाबादी भाईचारा' ही हो सकता है।

वह भाईचारा जो लाखों की संख्या में देश-विदेश में बिखरे इस वृहद परिवार के सदस्यों को भावनात्मक रूप से एक-दूसरे से बाँधता है। और अगर परिवार का कोई सदस्य कमज़ोर अशक्त या हताश हो जाए तो ऐसा कौन-सा परिवार है जो उससे मुँह फेर लेगा?

सितारों से आगे जहाँ और भी हैं

इलाहाबादी संस्मरणों की अपनी इस शृंखला में मैंने पिछले किसी अध्याय में उन हताश-निराश और टूटे हुए किरदारों की चर्चा की थी जो इलाहाबाद में अपने जीवन का ऊर्जामय हिस्सा खोकर वहाँ से 'कुछ' लेकर नहीं लौटे और विषाद का शिकार हो गए।

लेकिन यह 'कुछ' क्या है ? क्या यह 'सब कुछ' है ? अगर आप समझते हैं कि केवल कम्पटीशन ही अनिश्चितताओं से लबरेज़ है और यहाँ से कुछ हासिल न होने पर ज़िंदगी ख़त्म हो जाती है तो आप ग़लत हैं। ख़ुद ज़िंदगी में क्या कम अनिश्चितताएँ हैं ? और क्या अगर आपका कोई एक सपना पूरा नहीं हो पाता तो क्या आप फिर जीवन में स्वप्न देखना छोड़ देते हैं ?

अगर आप मुझे ज़्यादा आदर्शवादी और उपदेशक होने का ताना न दें तो मैं कहूँगा कि जिसे आपने जीवन का साध्य समझ लिया था वह तो साधन मात्र था। जीवन को सुखमय देखने, अपनों की उम्मीदें पूरी करने, ख़ुद को साबित करने, आर्थिक सामाजिक तौर पर मज़बूत होने और परिवार के चहेते हो जाने का लक्ष्य आपका साध्य था।

कम्पटीशन क्वॉलीफ़ाई करके अधिकारी हो जाना या एक अदद नौकरी पा जाना तो इन सपनों को पूरा करने का साधन मात्र है। जो हताश हुए, निराश हुए, उन्होंने साधन को ही साध्य मानने की ग़लती की। और ग़लती की सज़ा तो भुगतनी ही पड़ती है।

मेरा एक मित्र है जो इलाहाबाद में कम्पटीशन के मायावी लोक में विचरते हुए जल्दी ही ख़ुद का वास्तविक विश्लेषण कर कम्पटीशन से विरत हो गया। बमुश्किल पाँच हज़ार की छोटी-सी रक़म से उसने इलाहाबाद में ही कुछ मित्रों की सहायता से छोटा-मोटा काम शुरू किया। उसने कम्पटीशन में अपने संघर्ष के माद्दे का रुख़ मोड़कर वैकल्पिक व्यवसाय शुरू किया।

काम ठीक चल निकला। वह अपनी इस छोटी-सी सफलता की पूँजी लेकर

अपने शहर लौटा और बिना हताशा-निराशा के कई और भी छोटे-छोटे काम शुरू किए। जल्द ही वह बड़ा ठेकेदार हुआ, फिर ट्रांसपोर्टर बना, फिर साहसपूर्वक बड़े कामों में हाथ डाला। आज उसके व्यवसाय में उसके नियंत्रण में कम-से-कम 50 लोग काम करते हैं और उसका सालाना टर्नओवर तक़रीबन 15 से 20 करोड़ का है!

अगर नौकरी के पार्श्व में आर्थिकी भी आपका आकर्षण था तो कौन-सा अधिकारी है जो खुले तौर पर यह घोषित कर सकता है कि उसकी महीने की आय न्यूनतम एक करोड़ है? लेकिन मेरा वह मित्र करता है क्योंकि वह कर सकता है।

मेरे एक और मित्र हैं जो मध्य प्रदेश से आए थे इलाहाबाद। कम्पटीशन की तैयारी करने। हर संभव कोशिश के बावजूद कहीं सफलता नहीं मिली और वे चार-पाँच साल बिताकर वापस अपने शहर लौट गए। अभी कुछ साल पहले उनके शहर में ही उनसे मिलना हुआ। यह देखकर बहुत अच्छा लगा कि वे न तो हताश थे न निराश! आज वे एक बड़े कांट्रेक्टर हैं। लाखों में कमाते हैं और परिवार के साथ ख़ुश हैं। अधिकारी न बन पाने की कोई टीस मुझे उनके अंदर नहीं दिखी।

मेरा एक जूनियर था जो इलाहाबाद से असफल होकर लौटा। गाँव में खेती शुरू की और अपनी मेधा, ऊर्जा और पढ़े-लिखे होने का लाभ लेते हुए उन्नत खेती शुरू की। आज वह न केवल आर्थिक रूप से समृद्ध है बल्कि अपने व्यवहार समझदारी और परिपक्वता की वजह से अपने पूरे गाँव में सबका प्रिय है।

उसने अपने सच को स्वीकार किया। और अब वह अपने परिवार के साथ सुखी और संतुष्ट है। जिसने भी इलाहाबाद को केवल और केवल सिविल का कम्पटीशन क्वॉलीफ़ाई करने और सरकारी नौकरी पाने की फ़ैक्ट्री के तौर पर देखा और समझा है उसने इलाहाबाद का केवल एक ही पक्ष देखा है।

इलाहाबाद दरअसल एक कम्पटीटर को अधिकारी ही नहीं बनाता एक रॉ फ़िगर को 'आदमी' भी बनाता है। जीवन में संघर्ष को नज़दीक से देखना हो और परिपक्वता की पूँजी बनानी हो तो इलाहाबाद जाइए। पढ़िए रहिए और गुज़रिए वहाँ की आब-ओ-हवा से।

इलाहाबाद अगर नौकरी नहीं भी देता तो एक बहुत बड़ा ख़ज़ाना देता है।

दोस्ती रिश्तों संबंधों और उन्हें निबाहने के तौर-तरीक़ों का ख़ज़ाना। ख़ुद पर भरोसा करने, आत्मनिर्भर बनने, निर्णय की क्षमता पैदा करने, आत्मविश्वास और आत्मगौरव देने की ज़मीन है इलाहाबाद!

हम प्रायः इलाहाबाद की चर्चा में उन्हीं को शुमार करते हैं जो आईएएस-आईपीएस या पीसीएस बनकर निकल गए और आज भी हिंदुस्तान के अलग-अलग हिस्सों में अपना झंडा गाड़े हुए दिखते हैं। लेकिन हम उन लोगों को भूल जाते हैं जिन्होंने इलाहाबाद में पढ़कर, रहकर, जीकर भले एक अदद नौकरी नहीं पाई पर जिन्होंने इलाहाबाद से लौटकर अपने-अपने शहरों, गाँवों और क़स्बों में राजनीति, पत्रकारिता, वकालत और व्यवसाय में झंडे गाड़े। हम उनका ज़िक्र करना शायद भूल जाते हैं।

हालाँकि उनके ज़ेहन में भी इलाहाबाद वैसे ही बसता है, जैसे सिविल सेवाओं में सफल अभ्यर्थियों के मन-मस्तिष्क में बसता है।

मेरा दृढ़ विश्वास है कि इलाहाबाद से कभी कोई हारकर नहीं लौटा, बशर्ते आप एक अदद नौकरी को ही जीवन के युद्ध की विजय न समझते हों। मैं अपने समय के ऐसे अनगिनत लोगों को जानता हूँ जिन्होंने इलाहाबाद आगमन के सीमित उद्देश्य में सफल न होकर भी जीवन और समाज के अलग-अलग क्षेत्रों में अपना परचम लहराया और यह परचम कई बार उनसे भी ऊँचा है जो एक कम्पटीटर किसी परीक्षा में अंतिम रूप से चयनित होकर लहराता है।

ये उस इलाहाबादी सिक्के का दूसरा पहलू है जिसका एक पहलू चमकदार और आकर्षक है और नज़रों के सामने झिलमिलाता है। लेकिन दूसरा पहलू इस आकर्षण से निकलकर ज़िंदगी के उन रास्तों का भी है जिन पर चलकर आप न केवल फिर से ख़ुद को साबित कर सकते हैं, अपना आत्मसम्मान सुरक्षित रख सकते हैं, बल्कि आर्थिक और सामाजिक रूप से भी मज़बूत होकर अपनी आकांक्षाएँ पूरी करते हुए दूसरों के भी काम आ सकते हैं।

ज़रूरत उसी ऊर्जा को सहेजने और जगाने और उपयोग में लाने की है जो इलाहाबाद में भी आपकी ताक़त थी। राम को भी एक बार अपने अतीत का सिंहावलोकन करते हुए जीवन के नकारात्मक क्षणों को याद करके यही हताशा हुई थी।

'धिक जीवन को
जो पाता ही आया विरोध!'

लेकिन उनके सलाहकारों के द्वारा ऊर्जा संधान का यह उत्प्रेरण भी उतना ही समीचीन है।

'विचलित होने का नहीं देखता मैं कारण
हे पुरुष सिंह तुम भी यह शक्ति करो धारण!'

त्रिशंकु

इलाहाबादी कम्पटीशन की जिस मायावी दुनिया में खोए हुए एक लड़के को बरसों बीत जाते हैं उसकी मनोदशा का अंदाज़ा लगाना उनके लिए बहुत ही मुश्किल होगा जिन्होंने इस दुनिया की तपिश को महसूस नहीं किया।

इंटरमीडिएट पास करके अपनी किशोरावस्था में ही इलाहाबाद की सरज़मीं पर पैर रख देने वाला लड़का ग्रेजुएशन के दौरान ही युवा होता है और उसके बाद एक ऐसी 'आस्था की छलांग (किर्कगार्द)' लगाने को अभिशप्त होता है कि जिसमें उम्र कब और कैसे बीतती है उसे ख़ुद होश नहीं रहता।

यह छलांग शुरुआती दौर में निश्चित विजय का आभास देती है। विजय है भी कोई असंभव नहीं है यह। लेकिन सबकी नहीं। जिनकी है उन्हीं की है और उन्हीं के उदाहरण अनुसरण और अनुगमन एक ऐसी प्रत्याशा को ज़िंदा रखते हैं जिसका अंत जल्दी नहीं दीखता।

'हो जाना' और 'न होना' वस्तुतः एक ही सिक्के के दो पहलू हैं और दोनों ही अपने घटित होने की बराबर संभावनाएँ रखते हैं। इस अनिश्चित युद्ध में सफल हो जाने वालों के रास्ते तो तय हो जाते हैं। लेकिन आज बस उनकी चर्चा जो इलाहाबाद को अपनी ज़िंदगी का बेहतरीन स्वर्णिम और ऊर्जा से लबरेज़ वक़्फ़ा देकर बदले में कुछ पुरानी किताबें, मुड़े-तुड़े नोट्स, काफ़ी सारे पेन, हाईलाइटर, ढीला-ढाला-सा हाफ़ पैंट, टेबल लैंप, बाँस का बना तीन खाने का रैक और पुराना-सा रेडियो लेकर लौटते हैं। और साथ में होती है हताशा, ख़ुद को साबित न कर पाने का दर्द, इलाहाबाद से सफल होकर निकल गए मित्रों की स्मृतियाँ, एक डायरी में उनके पते और फ़ोन नंबर। और इस बची-खुची पूँजी के साथ पनीली आँखों के सामने सलीब की तरह टँगा एक बड़ा-सा प्रश्नवाचक चिह्न- 'अब ?'

ये आठ दस साल जो तनाव, अभाव और दबाव के बावजूद इलाहाबाद से जुड़ाव के भी दस साल थे, इस दौरान अनजाने में ही कम्पटीटर अपने मूल देश-काल से पूरी तरह कट चुका होता है। अपने घर, गाँव, क़स्बे और शहर में

जिन आठ-दस साल के बच्चों को वह नाक बहाता हुआ छोड़कर आया था, वे 18-20 साल के वयस्क होकर अब चौराहेबाज़ी में मशग़ूल मिलते हैं, जो नज़र मिल जाने पर भी नमस्कार करना गवारा नहीं करते!

ये वही बच्चे हैं जिन्हें बचपन से उस कम्पटीटर की ज़हीनियत के उदाहरण दे-देकर आजिज़ किया जा चुका है और जिन्हें वह बात-बेबात उनकी आवारागर्दी पढ़ाई न करने की शिकायतों और क़स्बे के एक मात्र चौराहे पर अड्डेबाज़ी करते देख साधिकार डाँट दिया करता था। लड़के भी, 'भइया... भइया' करते हुए सिर झुकाकर उनकी नसीहतें सुन लेते थे।

लेकिन 'अब?'

यही वह महाप्रश्न है जिससे बचने के तमाम प्रयासों के बावजूद यह महाप्रश्न किसी बेताल की तरह हरदम कंधे पर सवार ख़ुद को दोहराता है। कभी व्यंग्य से, कभी दुलार से, कभी चिंता की चाशनी में लिपटा हुआ।

पिछले दिनों किसी गाँव में एक 'इलाहाबाद रिटर्न' सीनियर से मुलाक़ात हुई। अपने वर्तमान से बेहद असंतुष्ट टिपिकल टाइप की घरेलू समस्याओं से घिरे हुए। मुझे देखते ही बाहर चौपाल में ही एक परंपरागत-सी चारपाई पर विराजने के लिए आमंत्रित करते हुए किसी अदृश्य को आवाज़ दी, "पानी ले आओ! और चाय बना लो दो कप!"

फिर एक औपचारिक मुस्कान के साथ सामान्य हालचाल पूछने लगे। बातचीत के दौरान ही उन्होंने बताया कि इलाक़े का दरोगा बिना मतलब खुन्नस माने हुए है। गाँव में कहीं-कोई भी छिटपुट घटना हो तो मुझे ज़रूर थाने में बुला लेगा और घंटों बैठाए रखेगा। ब्लॉक में बीडीओ इतना भ्रष्ट आया है कि किसानों को किसी सरकारी योजना का लाभ नहीं मिल पाता। लेखपाल अलग लूटे पड़ा है!

मैं कुछ कहता, इससे पहले ही पास में ही लकड़ी काट रहा उनका भतीजा वहीं से ऊँची आवाज़ में बोल पड़ा, "झाँखर आंय चाचा... झाँखर! सबसे भिड़ जाते हैं। एक दिन दरोगा गाँव में आया था तो उससे बोल दिए कि तुम्हारे जैसे दरोगा जेब में डाले घूमते हैं। हमारे साथ के कित्ते लोग एसपी कलेक्टर बने बैठे हैं। उनके साथ में बैठ के खाना बनाए हैं, एक थाली में खाए हैं। एक दिन बीडीओ से भिड़ आए हैं और लेखपाल को तो एक दिन यहीं गाँव में ही धकिया दिए। बिचारा घूरे में गिरा, सब कपड़े गंदे हो गए उसके। उसका गिरेबान पकड़ के पूछ रहे थे कि एसडीएम होता है न तुम्हारा बाप? बोल कित्ते एसडीएम खड़े

कर दूँ यहाँ लाइन लगाकर? दो-तीन ठो तो हमारी लॉज से ही निकल आएँगे। वो तो कहिए कि बस रह गए दो-चार नंबर से! नहीं तो आज तुम्हारे कलेक्टर बने बैठे होते!"

भतीजे ने जैसे एक साँस में अपनी व्यथा उलट दी। लेकिन अभी शायद और बाक़ी थी, "हम तो कहे भी एक दिन कि मिलाइए अपने कप्तान और कलेक्टर को फ़ोन! हड़कवा दीजिए दरोगा और लेखपाल को तो बस चुप। इनका फ़ोन तक तो उठाता नहीं कोई!"

वो भतीजे को निर्विकार भाव से देखते रहे।

"अब चाचा आप ही बताइए! बुरा नहीं लगेगा किसी को? खुन्नस न निकालेंगे तो क्या आरती उतारेंगे इनकी? पता नहीं कहाँ दिमाग़ रहता है इनका। न खेती के, न पाती के। कहते हैं अब हम करेंगे ये काम? अब का बताएँ चाचा, आसमान में उड़ रहे हैं अभी तक। भुइँ म पाँवै नहीं परत इनके!"

कहकर भतीजा पुनः लकड़ी फाड़कर उसके 'चैले' बनाने में व्यस्त हो गया। और सीनियर ने जैसे कुछ सुना ही नहीं।

"अरे चाय नहीं आई अभी तक? मर गए हैं क्या सब?" वो पुनः चिल्लाए।

चाय न आनी थी, न आई। मैं थोड़ी देर तक इधर-उधर की बातें करके उनसे विदा लेकर चल दिया।

"आते रहा करो यार... जब टाइम मिल जाए!" उन्होंने कहा।

मैंने सहमति में सर हिलाया और भारी मन से लौट पड़ा। भतीजे ने अनायास ही उनकी भौतिक और मानसिक स्थिति का अंतर जैसे बिलकुल स्पष्ट कर दिया था। वो मन से अभी भी इलाहाबाद में ही थे जहाँ हर साल उनके घनिष्ठ जानने वाले लॉज के अंतःवासी जूनियर अभी भी लॉट की लॉट में प्रशासनिक सेवाओं में जा रहे थे। जो उनके साथ कमरे पर खाना खा रहे थे जो पूरी आत्मीयता से कह रहे थे कि, "सर कोई आदेश हो तो बताइएगा!"

लेकिन उनका शरीर अपने क़स्बे के यथार्थ की खुरदरी ज़मीन पर पैर रखने को तैयार न था। वो न तो इधर के थे, न उधर के। वो त्रिशंकु थे!

अपनी जिजीविषाओं, अपने दिवा-स्वप्नों और अपनी मानसिक दुनिया के साथ एकदम अकेले। उनके मानसिक धरातल पर कोई भी उनके साथ खड़ा नहीं था।

क़िस्मत के खेल निराले

इलाहाबाद में जिन ज़रूरी तत्वों के उचित अनुपात से ज़िंदगी बनती है उसमें ज़हीनियत, मेहनत और संघर्ष के साथ-साथ क़िस्मत और संयोगों की भी पूरी भूमिका होती है।

हमारे एक सीनियर थे जिन्होंने अपना आईएएस का आख़िरी अटेम्प्ट ख़त्म किया और असफल रहने के बाद इलाहाबाद को हमेशा के लिए अलविदा कहकर अपने घर चले गए। उस वक़्त सिविल सेवा में महज़ तीन अटेंप्ट ही हुआ करते थे। आदमी ज़हीन थे लेकिन जैसा कि मैंने बताया अगर ज़हीनियत ही सब कुछ होती तो यूनिवर्सिटी के सारे प्रोफ़ेसर आईएएस-पीसीएस न होते?

बहरहाल सीनियर जो थे वो घर वापस लौट आए। बाक़ी छोटी-मोटी नौकरियों के लिए अभी उनकी उम्र बची थी। उसी दौरान कचहरी में पेशकार की जगह निकली तो उन्होंने फ़ॉर्म भर दिया। क़िस्मत का खेल देखिए कि उस नौकरी में उनका हो भी गया और सिविल सेवा का यह स्वप्नदर्शी आख़िरकार पेशकार हो गया। अभी नौकरी की शुरुआत से साल भर भी नहीं बीते थे कि किसी नई नीति के तहत सिविल सेवा में न केवल एक और अटेम्प्ट का इज़ाफ़ा हुआ बल्कि उम्र में भी वृद्धि हुई।

पेशकार साहब ने फिर एक बार अपने घर वालों को मानसिक रूप से तैयार किया और अपनी वर्तमान नौकरी करते हुए ही सिविल के इस आख़िरी अटेम्प्ट की तैयारी में जुट गए। अंत के कुछ महीनों में छुट्टी लेकर फिर इलाहाबाद की राह पकड़ी और मेन्स भी दे आए।

नक्षत्रों का योग कहिए कि इस बार उनका मेन्स में हो गया। और इंटरव्यू के बाद जो रिज़ल्ट आया तो देखते क्या हैं कि उनका अंतिम चयन आईएएस एलाइड में एक बड़ी अखिल भारतीय सेवा में हो गया। वो तो पेशकारी से त्यागपत्र देकर चले गए लेकिन बताते हैं कि इसके बाद कई सालों तक कई युवा पेशकारों में छुट्टी लेकर इलाहाबाद जाने की होड़-सी रही। हालाँकि यह दीगर

बात है कि इतिहास ने फिर ख़ुद को दोहराया नहीं।

हम देखते थे कि कम्पटीशन की दुनिया में बुद्धि और व्यवहार का कोई ख़ास तालमेल न था। हमने ऐसे-ऐसे महानुभावों को उच्च पदों पर जाते देखा जिनके बारे में उनके समवर्ती शर्त लगाकर कह सकते थे कि इनका तो नहीं ही होगा चाहे पूरे इलाहाबाद का हो जाए।

ऐसे लोग स्थानीय स्तर पर अपनी पूरी क्षमतानुसार जितने भी दंद-फंद, मार-पीट, गोलबंदी, सुरा-मांस, आवारागर्दी हो सकती थी उसे करने को तत्पर रहते थे। फिर भी वे कम्पटीशन क्वॉलीफ़ाई कर सलेक्शन लेकर निकल जाते थे और उसी लॉज या हॉस्टल के दूसरे बाशिंदे चौबीसों घंटे किताबों में आँखें गड़ाए हर मौज-मजे से दूर भीरुतापूर्वक एक कम्पटीटर की अघोषित आचार संहिता में बँधे हुए इन्हें विजय रथ पर सवार होकर इलाहाबाद से निकलते हुए देखते रह जाते।

प्रख्यात दार्शनिक रूसो के बारे में बताते हैं कि वह फ्रांस की मुख्य शहर से बाहर बसी हुई एक सर्वाधिक गंदी बस्ती में एक भटियारिन के यहाँ रहता था। दअरसल उस असुंदर और रूसो से उम्र में बड़ी भटियारिन को रूसो ने नहीं बल्कि उसने रूसो को 'पुरुष रखैल' के रूप में रख छोड़ा था।

ब्रिटिश दार्शनिक बेकन के बारे में तो कहा जाता है बल्कि यह ख़ुद बेकन का ही दावा था कि उसकी अवैध संतानें इंग्लैंड की हर दूसरी-तीसरी अभिजात्य गली (अंग्रेज़ी में स्ट्रीट क्योंकि 'गली' उतना अभिजात्य नहीं साउंड करता) में खेल रही हैं।

ग़रज़ यह कि चरित्रवान होना एक बात है और बुद्धिमान होना दूसरी बात! जो 'असाधारण' होता है उसके काम भी असाधारण होते हैं। हालाँकि उनकी यह 'असाधारणता' अपनाने की हिम्मत हमें कभी नहीं पड़ी।

यह किंवदंती है या सच, मुझे पता नहीं। लेकिन सुनते थे कि एक सीनियर दारागंज में रहते थे और कुसंगत में भटककर स्थानीय गुंडों और बमबाज़ों के साथ उठते बैठते थे। कई बार पुलिस से आमना-सामना भी हुआ। कई बार किसी मारपीट की घटना में मुहल्ले से खदेड़े भी गए और जहाँ-तहाँ यार दोस्तों के कमरों पर अज्ञातवास काटा।

एक दिन वो दारागंज में किसी चर्चित दरोगा के हत्थे चढ़ गए। दरोगा जी ने उनकी कनपटी पर अपनी सर्विस रिवॉल्वर लगाकर कहा, "अब भी वक़्त है। सुधर जाओ! वरना किसी दिन एनकाउंटर में मेरे ही हाथ मारे जाओगे!"

कहते हैं कि इस घटना का सीनियर के ऊपर ऐसा असर पड़ा कि उन्होंने इसके बाद दारागंज छोड़ दिया और तैयारी में जी जान से जुट गए। अंततः वो आईपीएस में चयनित हुए और आज तक उस घटना और उस दरोगा को धन्यवाद देते हैं जिसने उनकी ज़िंदगी को एक नया मोड़ दिया।

एक और वाक़या मुझे याद आता है।

मेरे एक सीनियर थे, बेहद शांत सरल और पूरी तन्मयता से तैयारी में लगे हुए। दुर्भाग्य ही था कि यूपी पीसीएस का प्रीलिम्स उन्होंने 6 बार क्वॉलीफ़ाई किया था और छहों बार मेन्स में थोड़े बहुत अंकों से रह गए थे। साइंस के स्टूडेंट थे और वही विषय उन्होंने मेन्स में रखे हुए थे। लेक़िन मानविकी में उनकी जानकारी अल्प थी जिसकी वजह से कम्पल्सरी पेपर्स सामान्य हिंदी और निबंध में हमेशा मात खा जाते थे। 1997 में मैंने सिविल का मेन्स दिया था हालाँकि उस बार मैं इंटरव्यू में रह गया था लेकिन निबंध में मेरे 70 प्रतिशत अंक थे। यह बात उन सीनियर को किसी ने बताई होगी।

एक दिन शाम को वे मेरे कमरे पर आए और बिना लाग-लपेट के मुझसे निबंध और जनरल हिंदी में मार्गदर्शन के लिए अनुरोध किया। वो मुझसे काफ़ी सीनियर थे और उनके सौम्य स्वभाव की वजह से हम सब उनका बहुत सम्मान करते थे। मुझे थोड़ा संकोच हुआ कि मैं उन्हें कैसे पढ़ाऊँगा? लेकिन उन्होंने कहा, "कई लोगों ने मुझे बताया है कि तुम्हारी भाषा और लेखन शैली बहुत अच्छी है। किसी भी ज्ञान के आदान-प्रदान में उम्र से कोई लेना-देना नहीं है। तुम पढ़ाओगे मैं पढ़ूँगा इसमें संकोच कैसा?"

मैं तैयार हो गया। हालाँकि संकोच तो मुझे तब हुआ जब वो अगले दिन तयशुदा समय पर मेरे कमरे में आए और पान-मसाले की पूरी एक लड़ी लेते आए। उन्हें पता था कि मैं पान-मसाला खाता था और वे जो लाए थे वही मेरा ब्रांड भी था।

पढ़ने के बाद हम दोनों चौराहे की ओर निकलते क्योंकि वह मेरे साग-सब्ज़ी लाने का समय होता। वे बिना नागा किए चौराहे पर मुझे एक गिलास संतरे या मोसम्मी का जूस पिलाते और फिर हम लोग अपने-अपने रास्ते चले जाते।

शुरुआती तौर पर मैंने उन्हें निबंध लिखने, विषय के चयन, उसकी प्रभावकारिता, अच्छी शुरुआत और प्रभावकारी उपसंहार के संबंध में कुछ टिप्स दिए और उसके बाद मैं विभिन्न विषयों पर उन्हें केवल 200 शब्दों के दो या तीन

निबंध लिखकर लाने के लिए कहता। जब वे निबंध लिखकर अगले दिन मुझे दिखाते तो मैं उनमें संशोधन करता और उन्हें बताता कि यही चीज़ कैसे और भी बेहतर ढंग से लिखी जा सकती थी।

मुझे स्वीकार करना पड़ेगा कि वो एक अच्छे शिष्य साबित हुए और जिस ग़लती पर भी मैं उन्हें सही करता वह ग़लती वो कभी आगे नहीं दोहराते थे। उनकी ग्रहण क्षमता उच्च कोटि की थी और वो आँख मूँदकर मेरी सलाहों और सुधारों को स्वीकार करते थे।

इसे संयोग समझें या फिर मेरा या उनका सौभाग्य कि उस बार अपना सातवाँ मेन्स देकर पहली बार उन्होंने कोई मेन्स क्वॉलीफ़ाई किया। और इंटरव्यू के बाद जिस दिन फ़ाइनल रिज़ल्ट आया वो मिठाई का पूरा एक डब्बा लेकर मेरे कमरे पर हाज़िर थे।

उन्होंने पीसीएस में काफ़ी ऊपर रैंक हासिल की थी। अब वो एसडीएम थे। अपने पूरे कम्पटीशन करियर में उन्होंने यह पहला मेन्स क्वॉलीफ़ाई किया था और अब यह आख़िरी भी था। उनकी मंज़िल उन्हें मिल चुकी थी।

महँगाई जबर है

इलाहाबादी जीवन में मितव्ययिता हमारा कोई सद्‌गुण नहीं, ज़रूरत थी। सिनेमा, सर्कस को उपेक्षित कर मौसम की सस्ती सब्ज़ियाँ खाकर और बिना किसी स्नैक्स के चाय पीकर हम जितनी मितव्ययिता बरत सकते थे बरत लेते थे।

हमारे एक हुनरमंद सीनियर तो इससे भी आगे बढ़कर किताबों पत्रिकाओं की दुकान पर खड़े होकर घंटों किसी पत्रिका के पन्ने पलटते थे। ऐसा लगता कि वो उस पत्रिका को ख़रीदने से पहले उसके एक-एक पन्ने का वज़न छपाई और गुणवत्ता परख रहे हों। घंटे-आध घंटे में वो पूरी पत्रिका आदि से अंत तक पलटकर एक गहरी साँस लेते हुए बग़ल में खड़े किसी लड़के से कहते, "ख़ास नहीं है कुछ! वही सब भंड़चाचर है। शिखर सम्मेलन, सीमा विवाद, खेल-खेलौटी!"

पता नहीं ये सूचना वे बग़ल में खड़े अपरिचित को देते या दुकान वाले को और पत्रिका बंद कर उसे यथास्थान रख देते। बाद में उनका दावा होता था कि इस वक़्फ़े में उन्होंने पूरी पत्रिका पढ़ ली थी। हमें उनके इस दावे पर हालाँकि बिलकुल यक़ीन नहीं था लेकिन इससे उनका मितव्ययिता बोध ज़रूर संतुष्ट हो जाता था कि उन्होंने एक पत्रिका बिना ख़रीदे पढ़कर पत्रिका के पैसे बचा लिए हैं।

वैसे भी डेलीगेसी में रहने वाले एक औसत कम्पटीटर का नक़द ख़र्च ही कितना था। दाल, चावल, गेंहू, घी, अचार, गुड़, चने तो घर से ही आने थे। अगर ग्रेजुएशन के बाद तैयारी करते हुए अभी बहुत दिन नहीं हुए हैं और अगर घर वालों का मुँह अभी तक नहीं बना है तो मठरी, नमकीन, घर के बने लड्डू भी स्नैक्स के तौर पर बोनस में घर से नियमित रूप से आते ही हैं।

रोज़ का ख़र्च है तो बस यही। दो आलू, एक प्याज़, चार-छह फली मटर, एक-दो टमाटर, हरी धनिया, हरी मिर्च, मूली, नीबू सलाद के तौर पर। मसाला और तेल का नियंत्रित उपयोग और सिलेंडर में गैस या स्टोव में मिट्टी का तेल।

हफ़्ते में एक रोज़गार समाचार और महीने में एक-दो पत्रिकाएँ। सादी कॉपियाँ यूनिवर्सिटी रोड में तौल में मिलती थीं और पुरानी किताबें भी सेकेंड हैंड दामों पर। हमारे समय में महीने के कुल दो हज़ार में एक कम्पटीटर अपनी आधारभूत ज़रूरतें पूरी कर लेता था जिसमें कमरे का किराया भी शामिल था और सुबह शाम चौराहे की चाय भी। उदारमना सीनियर्स इसी बजट में एक-दो जूनियर्स को भी चाय पिला सकते थे।

हम लोगों का एक सहपाठी तो चाय पर पैसा ख़र्चने को घोर अपव्यय मानता था लेकिन चाय पीने को उतना ही ज़रूरी। वो सुबह-सुबह उठकर आँख मलते हुए बनारसी चाय वाले की दुकान पर जा बैठता और तब तक अख़बार में निगाहें गड़ाए रहता जब तक कि कोई सीनियर भाई साहब न दिख जाएँ। परिचित, अल्प-परिचित या परिचित के परिचित, कोई भी दृष्टि में पड़ जाने पर वह लपककर उनके पास पहुँचता और 'भइया प्रणाम!' कहकर वह लपककर उनके बग़ल में बैठ जाता।

सीनियर उससे अपनी पहचान के लेवल और अपने बजट के हिसाब से यथोचित प्रतिक्रिया करता जो 'हूँ-हाँ' से लेकर और 'क्या चल रहा है? कब आए घर से?' जैसे वाक्यों में व्यक्त हो सकती थी।

इस बतकही के दौरान ही सीनियर बनारसी को आवाज़ देते, "एक चाय देना यार इधर!" और बग़ल में मौजूद मित्र निःसंकोच बोल पड़ता, "चाय हम भी पिएँगे भइया!"

मजबूरन उन्हें ऑर्डर में संशोधन करना पड़ता, "दो चाय इधर देना बनारसी!" इस बार सीनियर का स्वर तारत्व थोड़ा धीमा और थका हुआ-सा होता।

"घर से कब आए भइया?" मित्र पूछता। इस प्रश्न में आत्मीयता कम निहितार्थ अधिक होता जिसे समझना सीनियर के बस का नहीं ही होता।

"परसों ही आए हैं। नज़दीक में कोई एक्ज़ाम है नहीं सो चले गए थे हफ़्ते भर के लिए!"

"अच्छा किया भइया!" वह इस सूचना से सारतत्व ग्रहण कर लेता।

महीने भर से घर न गए हुए और अभी-अभी घर से आए हुए कम्पटीटर की वित्तीय मज़बूती में बहुत फ़र्क़ होता है यह बात सभी जानते थे। वह लपककर उठता और बनारसी के काउंटर में रखे काँच के जार से दो बड़े और मज़बूत किस्म के बिस्किट उठा लेता। उनमें से एक बिस्किट सीनियर को पकड़ाते हुए

'बड़ी अम्मा' बन जाता, "बिस्किट लीजिए भइया... ख़ाली पेट चाय नुक़सान करती है!"

और सीनियर समझ जाते कि इस वाचाल टाइप के चिपकू जूनियर ने अपनी चाय के साथ-साथ उन्हें एक बिस्किट भी चिपका दिया है।

कुछ लोग उच्च श्रेणी के मितव्ययी भी होते थे। महीने के तीस लंच और तीस डिनर में से दो-चार भी बच जाएँ तो उन्हें बेहद सुकून मिलता था।

ऐसे चरित्र शादियों के मौसम में अनुकूल परिस्थितियों में घुसकर भोजन कर लेते थे या फिर किसी भी भंडारे तेरही या अखंड रामायण में प्रसाद वितरण के समय पूरी तन्मयता से लगकर पूर्णतः वातावरण के अंग होकर भोजन-प्रसाद ग्रहण कर धीरे से निकल आते थे।

दोपहर या रात में ठीक खाना बनाने के समय किसी मित्र या जूनियर के कमरे पर धरना देकर ऐसा मानसिक दबाव बनाते थे कि मेज़बान को खाने के लिए पूछना ही पड़ता। उनका पूछना था कि इनका 'हाँ' कहना था, हालाँकि कहते ये बड़े 'बेमन' से ही थे।

"अच्छा, लाओ फिर! दो रोटी खा ही लेते हैं!"

इनकी 'दो रोटी' और 'चार दिन की ज़िंदगी' वाले जुमले में ख़ास फ़र्क़ न था। अगर किसी भोले मेज़बान ने इनकी 'दो रोटी' वाली लक्षणा को गणितीय ढंग से ग्रहण किया तो उस रात उनका भूखे पेट सोना तय था। क्योंकि दो रोटियाँ इनकी शुरुआत थीं और अगली रोटियाँ, दाल, घी, अचार या सब्ज़ी की प्रशंसा करते-करते कब उदरस्थ हो जाती थीं ये मेज़बान और उसका पार्टनर भी नहीं समझ पाता था।

ऐसे 'भोजन अनुसंधानियों' के बारे में इलाहाबाद में एक क्षेपक प्रचलित था जो शायद पीढ़ी-दर-पीढ़ी अब तक चला ही आ रहा होगा। वह कुछ यूँ था-

एक बार एक लॉज के दो लड़के पूड़ी-सब्ज़ी की अलौकिक महक के सहारे खिंचते हुए एक तने हुए पंडाल में जा घुसे। पंगत बस बैठ ही रही थी कि सुअवसर पाकर ये दोनों भी पंगत में जा बैठे। तभी सामने देखते क्या हैं कि पड़ोस वाली लॉज के भी दो लड़के पंगत में ठीक सामने वाली पंक्ति में विराजमान हैं और गरम पूड़ियों की सोंधी महक से उपजे मुँह के पानी से जीभ को तरल करते हुए पत्तल पड़ने का इंतज़ार कर रहे थे। दोनों पक्ष परिचित थे इसलिए 'समय बिताने के लिए करना है कुछ काम' वाली शैली में वार्ता प्रारंभ हुई...

अगला पृष्ठ :

“किस तरफ़ से हैं?” पक्ष एक ने पूछा।

पक्ष दो थोड़ा हिचकिचाया फिर यादृच्छया बोल दिया, “लड़के वाले की तरफ़ से और तुम लोग?”

जैसा कि प्रत्याशित था पक्ष एक ने तत्क्षण बताया, “हम लोग लड़की वाले की तरफ़ से हैं। इनके चाचा के परिचित हैं लड़की के पापा!”

उसने अपने जूनियर की ओर इशारा करते हुए बताया।

उनकी वार्ता सुनकर उन्हीं की पत्तलों में सब्ज़ी परोसता हुआ आदमी जो अपने सर पर गमछा बाँधे हुए था उसने अपना गमछा सर से उतारा और अपनी खलवाट खोपड़ी लगभग उनके मुँह के सामने घुसाता हुआ चिड़चिड़ाकर बोला, “मेरे बाप की तेरही है भइया! खाओ और निकल लो... कुछ कह नहीं रहे हैं इसका मतलब चूतिया हैं हम?”

अगर आपको लगता है कि क्षेपक का अंत शर्मिंदा होकर दोनों पक्षों के वहाँ से तत्काल पलायन पर हुआ होगा तो आप इलाहाबादियों को कम आंक रहे हैं। दोनों पक्षों ने जमकर खाया और संतों के ‘महापूरन’ की अवस्था पर पहुँचकर ही वहाँ से निकले!

संदर्भ के लिए बताना ज़रूरी बनता है कि महापूरन वह अवस्था है जब पेट, भोजन छोड़कर दिशा-मैदान की ओर जाने के लिए आपको ऐसी तीव्र उत्प्रेरणा देने लगे कि फिर पंगत में और टिके रहना संभव न हो!

रेलवे हमारी संपत्ति

'रेलवे आपकी संपत्ति है!'

बस यही वह एक सरकारी वाक्य था जिसका हम इलाहाबादी उचित अवसर पर रुचिपूर्वक अनुसरण करते थे। 'उचित अवसर' का ज़िक्र इसलिए कि अकेले-दुकेले इस सारवान सिद्धांत पर चलने की हिम्मत ज़रा कम ही पड़ती थी। इसलिए हालाँकि ट्रेन में टिकट लेकर बैठना हमें कभी गवारा नहीं हुआ लेकिन तब नहीं जबकि हम अकेले हों। केवल तब जब हमारी न्यूनतम संख्या पाँच के ऊपर हो और ऊपर की ओर ज्यों-ज्यों हमारी संख्या में वृद्धि होती हमारा आत्मविश्वास बढ़ता जाता।

हमारे कुछ साथी बिना टिकट ट्रेन यात्रा के विशेषज्ञ थे। उनके साथ यात्रा करने में हम पूरी तरह कंफ़र्टेबल होते थे। उनकी अक्खड़ता, बिंदासपन और निर्भीकता हर यात्रा में हमारी ढाल होती थी।

एक बार की बात है। हम 12-14 मित्र अपने एक सुपर सीनियर अखिलेश सर के साथ कोई यात्रा संपन्न करके इलाहाबाद लौटे थे। अक्सर ऐसा होता था कि हम झुंड में 'एक्जिट' पार कर जाते थे और हमारी संख्या देखकर कोई टीसी हमें नहीं टोकता था। इस यात्रा में बड़ी चतुरतापूर्वक अखिलेश सर ने पता नहीं क्या सोचकर कुल एक टिकट ले लिया था। जब हम इलाहाबाद जंक्शन पर उतरे तो सिविल लाइन की तरफ़ से स्टेशन के मुख्य द्वार से न जाकर प्लेटफ़ॉर्म नंबर आठ की ओर से एक ओवर ब्रिज से नीचे उतरने लगे। ओवर ब्रिज की समाप्ति पर ही काले कोट वाला एक टीसी खड़ा था। केवल टीसी ही होता तो भी गनीमत थी। उसके साथ जीआरपी के चार जवान भी खड़े थे।

हमने अखिलेश सर की ओर देखा उन्होंने एक इमरजेंसी कॉशन दिया, "सबके टिकट मेरे पास हैं। लाइन बनाकर चलो और टीसी को बताते जाना कि टिकट पीछे हमारे सर के पास है!"

हम लोगों ने तत्काल उनकी योजना भाँप ली और पंक्तिबद्ध होकर बड़े

अनुशासित ढंग से आगे बढ़ने लगे। हममें से पहले लड़के ने जैसे ही एक्जिट द्वार पार करना चाहा टीसी ने मशीनी ढंग से पूछा, "टिकट ?"

पहले ने पीछे की ओर इशारा किया, "सर के पास है!"

यही प्रक्रिया सब दोहराते गए। बीच में एकाध बार सशंकित होकर टीसी ने पंक्ति में पीछे की ओर देखा तो सबसे पीछे लगे अखिलेश सर ने अपने दोनों हाथ ऊपर उठाए। टीसी महोदय ने संतुष्ट होते हुए सबको निकल जाने दिया।

सबसे आख़िर में अखिलेश सर ने पहुँचते-पहुँचते इतना गैप बनाया कि सभी लोग स्टेशन परिसर के आख़िरी छोर पर पहुँच चुके जिसके बाद बस एक सपाट सड़क थी जो सिविल लाइन में सीधे पत्थर वाले चर्च पर खुलती थी।

"टिकट ?" टीसी ने अखिलेश सर से पूछा।

अखिलेश सर ने निस्पृह भाव से उसे एक टिकट पकड़ा दिया।

"बाक़ी लोगों का ?" टीसी ने सख़्ती से पूछा।

"मतलब ?" अखिलेश सर ने आश्चर्य से पूछा।

"अरे बाक़ी 12 टिकट किधर हैं ?" टीसी तिलमिलाया।

"एक आदमी के 12 टिकट ? कोई नया रूल आया क्या ?" अखिलेश सर ने व्यंग्यपूर्वक पूछा।

"वो जो 12 लड़के अभी-अभी निकलकर गए हैं वो आपके साथ नहीं हैं ?" अब टीसी को थोड़ा-थोड़ा समझ में आ रहा था कि माजरा क्या है।

"अरे भाई अकेला हूँ! शादी तक नहीं हुई अभी। लखनऊ से आ रहा हूँ एक्ज़ाम देकर। टिकट मेरे पास है। प्रॉब्लम क्या है ?"

अखिलेश सर हतप्रभ होने का पूरा प्रयास कर रहे थे और अपने प्रयास में पर्याप्त सफल थे।

"आपने हाथ क्यों उठाए अपने ? जब मैं पीछे देख रहा था ?" टीसी ने एक कोशिश और की।

"एक तो बैठने तक के लिए सीट नहीं मिली! कोई रात भर जागकर सफ़र करे और स्टेशन पर उतरकर अँगड़ाई भी न ले ? इसमें भी टिकट लगने लगा क्या ?" अखिलेश सर ने चुटकी लेते हुए पूछा।

टीसी और सिपाहीगण किंकर्तव्यविमूढ़ भाव से खड़े थे।

"मैं जा सकता हूँ या जेल चलना है ?" अखिलेश सर ने अबकी बार कड़ककर पूछा।

"सॉरी सर! आप जाइए।" हड़बड़ाकर टीसी ने कहा। और अखिलेश सर शान से चलते हुए हम तक आ पहुँचे। अखिलेश सर और हम सभी लोगों ने सम्मिलित रूप से अपने हाथ उठाकर टीसी की तरफ़ हिलाए। पता नहीं उसने देखा भी या नहीं। हम लोग तब तक स्टेशन परिसर से बाहर निकल चुके थे।

इसी तरह हमारा एक मित्र ट्रेन यात्राओं के मामले में कुछ ज़्यादा ही निर्भीक और अक्खड़ था। 'रेलवे आपकी संपत्ति है' को सूत्र वाक्य मानकर वह साधिकार बिना टिकट यात्रा करता था और टीसी के टिकट माँगने पर उसे इस तरह देखता था जैसे टीसी साहब ने उसकी किडनी माँग ली हो।

एक बार उसके साथ यात्रा करने का संयोग हुआ। हम तक़रीबन पाँच-छह मित्र थे और बुंदेलखंड एक्सप्रेस से बाँदा जा रहे थे। मुझ सहित एक-दो मित्रों ने टिकट लेना भी चाहा तो उसने हमें धिक्कारते हुए मना कर दिया।

"ज़्यादा पैसे वाले हो गए हो क्या? तो रास्ते में सबको चाय-समोसा करा देना। मेरे साथ चलना है तो टिकट कोई नहीं लेगा!" उसने ताकीद की।

नैनी क्रॉस करते ही टीसी साहब बोगी में चढ़े। उनके हम तक पहुँचते-पहुँचते हमारी धुकधुकी बढ़ी हुई थी। हमारे पास आकर जब टीसी ने टिकट माँगा तो हम निरीह भाव से मित्र को देखने लगे।

"प्रणाम चाचा!" उसने टीसी साहब से मुख़ातिब होकर कहा।

"टिकट?" टीसी साहब के चेहरे पर प्रणाम का कोई प्रभाव परिलक्षित हुआ हो ऐसा हमें नहीं लगा।

"क्या चाचा! स्टूडेंट हैं, हमीं मिले हैं आपको? सौ-पचास रुपये में पूरा महीना काटते हैं, घर लौटते-लौटते चवन्नी नहीं बचती जेब में। टिकट कहाँ से लें?"

"लेकिन!" टीसी साहब ने कुछ कहना चाहा।

"आज सुबह से कुछ खाए तक नहीं हैं! आपके भी लड़के-बच्चे होंगे। कित्ता देते हैं उनको महीने में? चलिए कोई बात नहीं, आपकी भी ड्यूटी है! ले चलिए जेल में डाल दीजिए। कम-से-कम दो वक़्त का खाना तो मिलेगा, तंग आ गए इस ज़िंदगी से!"

टीसी साहब सचमुच द्रवित होते दिखे। और लाइलाज केस समझकर आगे बढ़ने को उद्यत हुए।

"चाचाजी!" मित्र ने उन्हें पीछे से पुकारा।

"चाय तो पिला दीजिए। बाँदा तक पहुँचते-पहुँचते मर जाएँगे। हत्या लगेगी आपको!"

और यक़ीन मानिए टीसी ने हँसते हुए अपनी जेब से दस रुपये का नोट निकालकर मित्र के हाथ में रख दिया। मित्र ने बोगी से गुज़रते एक वेंडर को आवाज़ दी और तत्क्षण उसे चाय और समोसे का ऑर्डर देते हुए हमसे मुख़ातिब हुए, "लेओ खाओ! जो पैसे कम पड़ें दे देना!" और हम उसकी वक्तृता के क़ायल हो चुके थे।

इलाहाबादी जीवन-काल में 'रिज़र्वेशन' शब्द से हमारा कोई परिचय था तो बस परीक्षा का फ़ॉर्म भरते वक़्त उस कॉलम से था जिसमें सामान्य या आरक्षित वर्ग भरना पड़ता था।

बाक़ी दूर-दूर की यात्राओं में भी हम मुँह उठाकर चल देते थे और 'अपनी संपत्ति' में जाकर कोई ख़ाली सीट तलाशकर टिक जाते थे। अगर हम संख्या में पर्याप्त हुए तो सीट ख़ाली करा लेना भी कोई मुश्किल काम न था। हमारी पहुँच स्लीपर क्लास तक थी और एसी डिब्बों को हम बड़े लोगों के चोंचले मानकर उन्हें हिक़ारत (और कुतूहल) भरी निगाहों से देखते हुए आगे बढ़ जाते थे।

ट्रेन में 'भले और पढ़ाकू' लड़के दिखने के लिए हमारे कई साथी अंग्रेज़ी का कोई नॉवेल या अंतर्राष्ट्रीय लेबल के किसी चर्चित लेखक की हिंदी में अनुदित किताब को इस प्रकार चेहरे के सामने रखते कि किताब का नाम और लेखक का नाम सामने वाले पर पर्याप्त प्रभावकारी भाव उत्पन्न करे और ख़ुद के चेहरे के बेवक़ूफ़ाना भाव एक हद तक किताब के दोनों खुले पन्नों में छुप सकें।

यह प्रक्रिया तब और भी गंभीरता से संपादित की जाती थी जब सामने वाली सीट या फिर सामने की अपर बर्थ पर कोई स्त्रीलिंग सह यात्री विराजमान हो।

कतिपय दुस्साहसी लड़के ट्रेन का आईना बल्ब या दीगर चीज़ें अपनी ही संपत्ति समझकर निकालकर ले आते और बाद में उनके कमरों में दिखतीं। एक बार एक मित्र के कमरे में टेबल क्लॉथ के रूप में बिछे नीले रंग के रेक्ज़ीन कवर जिस पर 'उत्तर रेलवे' या 'मध्य रेलवे' जैसा कुछ ठप्पा लगा हुआ था उसे देखकर ही मुझे समाधान हुआ था कि ट्रेन के टॉयलेट में मग को ज़ंजीर से बाँधकर क्यों रखा जाता है!

मध्य प्रांत की ओर

यूपी पीसीएस की परीक्षा की तैयारी करने वाले लगभग सारे कम्पटीटर किसी टैबू की तरह एमपी पीएससी का फ़ॉर्म ज़रूर भरते थे।

ऐसा माना जाता था कि एमपी का सिलेबस अपेक्षाकृत सरल और प्रश्नों की क्लिष्टता यूपी की तुलना में आधी होती है। हालाँकि एमपी में फ़ाइनल सलेक्शन की प्रक्रिया में यूपी वालों को दोयम दर्जे पर रखा जाता था और उसी प्रकार भेदभाव होता था जैसे महाराष्ट्र में 'भइया लोगों' के साथ।

लेकिन इतिहास गवाह है कि जिस तरह मुम्बई की आर्थिकी को पूर्वांचल ने कैप्चर कर रखा है, उसी तरह एमपी के फ़ाइनल रिज़ल्ट में भी शुरुआती एक से लेकर आठ-दस तक की रैंकिंग में इलाहाबादी लड़के ही होते थे।

एमपी पीसीएस का पेपर वाक़ई बहुत सरल होता था, लेकिन इसीलिए इसकी कटऑफ़ मेरिट भी अधिक होती थी। सब्जेक्ट में प्री में 100 प्रश्न पूछे जाते थे और अधिकांश इलाहाबादी 97, 98 या सभी 100 प्रश्न सही करके आते थे। जीएस में 'मध्य प्रदेश स्पेशल' काफ़ी होते थे लेकिन वे सारे प्रश्न किसी भी एक गाइड या विशेषांक में समाहित मिल जाते थे।

अपनी पूरी तैयारी के काल में मैंने भी एक बार एमपी पीसीएस की प्री परीक्षा दी थी। हमारा सेंटर जबलपुर पड़ा था और इलाहाबाद से हम साथ जाने वाले तक़रीबन 15-16 लड़के थे। उस दौरान इलाहाबाद के ही एक सीनियर जो आईपीएस थे और एमपी कैडर में ही अंडर ट्रेनिंग थे, वो जबलपुर की एक तहसील सिहोरा के एसडीपीओ थे। हम लोगों का ग्रुप भाग्यशाली था कि हमें वहाँ ठहरने खाने की मारामारी से मुक्त रहना था।

परीक्षा के दो दिन पहले ही हम लोग जबलपुर उतरे और स्टेशन से ही दो कमांडर जीपों पर बैठकर सिहोरा पहुँच गए। एसडीपीओ साहब ने सभी के रुकने की व्यवस्था एक लॉज में की थी, जिसमें अलग से साफ़-सुथरे गद्दे और चादर मँगाकर बिछाए गए थे। हम सभी एक-एक कमरे में 4-4 लड़कों के हिसाब

से व्यवस्थित हो गए। चूँकि उस दिन हमें पहुँचने में देर हो गई थी इसलिए उस दिन भोजन के बाद सिर्फ़ आराम किया गया। इस दौरान हम मध्य प्रदेश स्पेशल दोहराते रहे और एक-दूसरे से क्विज़ शैली में प्रश्न पूछते रहे।

अगले दिन सुबह ही एसडीपीओ साहब के प्रस्ताव पर हम लोग जंगल भ्रमण के लिए तैयार हुए।

दो बड़ी कमांडर जीपों पर सभी लोग लद-फंदकर डीप जंगल की ओर चल पड़े। एसडीपीओ सर की जीप आगे-आगे थी और हर थाना क्षेत्र में प्रवेश करते ही वहाँ के थानाध्यक्ष की जीप अगवानी के लिए उपस्थित होती।

सबसे पहले हम लोग 'करौंदी' नाम की जगह पहुँचे जो भारत का मध्य स्थल है। वहाँ एक अशोक स्तंभ गड़ा था जिसके बारे में बताया गया कि इस स्तंभ से पूर्व पश्चिम उत्तर और दक्षिण किसी भी तरफ़ नापा जाए तो भारत की दूरी बराबर निकलेगी। हालाँकि भारत के नक्शे को देखकर लगता नहीं था कि यह सच होगा लेकिन स्तंभ के नीचे स्पष्ट रूप से अंकित था कि यह स्थान संपूर्ण भारत का मध्य केंद्र है। हम लोगों ने इसे याद कर लिया क्योंकि यह कल की परीक्षा में पूछा जा सकता था।

हम लोगों का दोपहर का भोजन 'स्लीमेनाबाद' में था। स्लीमेनाबाद एक अंग्रेज़ अधिकारी कर्नल स्लीमेन द्वारा बसाया गया था। स्लीमेनाबाद थाना शायद 1867 में स्थापित भारत का पहला थाना था। वहाँ के इंचार्ज ने थाने के सामने लगे एक विशालकाय पेड़ को इंगित करते हुए बताया कि इसी पेड़ पर सैकड़ों ठगों को फाँसी दी गई थी। कर्नल स्लीमैन ठगों के विरुद्ध एक विशिष्ट अभियान में थे और पकड़े गए ठगों की सज़ा स्लीमैन की खुली अदालत में ही बमुश्किल एक या दो दिन में मुक़र्रर करके वहीं थाने के सामने वाले पेड़ पर फाँसी पर लटका दिया जाता था।

थाना स्लीमेनाबाद के इंचार्ज ने सभी के लिए दोपहर के भोजन का दिव्य इंतज़ाम किया था। भोजन करके कुछ देर अलसाने के बाद हम लोगों ने घने जंगल के अंदरूनी भाग की ओर प्रस्थान किया।

दिन भर जंगल भ्रमण और विहंगम प्राकृतिक दृश्यों का अवलोकन करते हुए हम लोग शाम 7-8 बजे जंगल के बिलकुल मध्य भाग में स्थित 'बमका' नाम की जगह पर पहुँचे। यहाँ वन विभाग का एक रेस्ट हाउस था जिसका नाम ही 'बमका फ़ॉरेस्ट रेस्ट हाउस' था।

पुलिस टीम ने वहाँ पहले ही पहुँचकर रात के भोजन का इंतज़ाम करना शुरू कर दिया था। रेस्ट हाउस में दो कमरे थे जिनमें सभी लड़के बारी-बारी से फ्रेश होकर हाथ-मुँह धोकर तरोताज़ा हुए और बाहर एक खुली जगह पर पड़ी कुर्सियों पर बैठकर गलचैरा करने लगे। हम लोगों को ताकीद की गई कि हममें से कोई भी अकेला इस कम्पाउंड के बाहर न जाए क्योंकि ख़ासा अँधेरा हो चुका था और इस समय हिंसक जंगली जानवरों के आक्रमण का ख़तरा हो सकता था।

रात तक़रीबन 9 बजे हम लोगों ने बमका रेस्ट हाउस में शानदार रात्रिभोज का आनंद लिया। शाकाहारियों के लिए दाल मटर पनीर और बैंगन का चोखा था और मांसाहारियों के लिए मुर्ग़े की व्यवस्था थी। खाना खाकर देर रात हम लोग सिहोरा तहसील मुख्यालय लौटे और दिन भर की थकाऊ यात्रा के चलते गहरी नींद सो गए।

अगले दिन सुबह जल्दी उठकर सभी लोग तैयार हुए। सुबह का नाश्ता एसडीपीओ साहब के सरकारी आवास पर था। वहीं से हम लोग उन्हीं कमांडर जीपों से जबलपुर के लिए रवाना हो गए। रास्ता तक़रीबन दो घंटे का था और हम लोग समय से अपने-अपने परीक्षा केंद्रों में पहुँच गए।

भाई साहब की वजह से मध्य प्रदेश की वह प्री परीक्षा यात्रा हम लोगों के लिए किसी पिकनिक या पर्यटन जैसी थी और वह यात्रा हमें परीक्षा की वजह से नहीं बमका के जंगलों की वजह से आज भी याद है!

कोडिंग-डीकोडिंग

कम्पटीशन में अपने विषय पढ़ना तब भी अपेक्षाकृत आसान है। अच्छी किताबें हों, समझ में आती हों, और कोई समझाने, गाइड करने वाला सीनियर मिल जाए तो चीज़ें बहुत आसान हो जाती हैं।

मुश्किल पेश आती है जनरल स्टडी में।

रोचक बात यह है कि यह किसी भी कोण से 'जनरल' नहीं होती। यह 'विशिष्ट अध्ययन' है जिसमें संविधान, इतिहास, भूगोल, अर्थशास्त्र दर्शन, अंतरिक्ष, परमाणु तकनीक, पर्यावरण, खेल, चर्चित चेहरों सामयिक घटनाओं और थोड़ी बहुत रीज़निंग का भी घाल मेल होता है।

हमारे समय में जनरल स्टडी ख़ुद पढ़नी पड़ती थी। इसे न कोई पढ़ाता था न कोई इसका कंसेप्ट क्लियर कराता था। कई एक सीनियर लोग 'यूनिक गाइड' की सलाह देते थे लेकिन सच पूछिए तो वह भी पर्याप्त न थी।

लब्बोलुवाब यह कि जो भी अपने विषय से इतर है वह सामान्य अध्ययन था और जिसकी वैतरणी किसी यूनिक गाइड की भी पूँछ पकड़कर पार होना मुश्किल था। फलतः इतने विस्तृत अध्ययन को नोट्सबद्ध करना और उसे याद रख पाना लोहे के चने चबाने जैसा था। इसके लिए मैं और कई समकक्ष प्रतियोगी 'कोडिंग पद्धति' का प्रयोग करते थे। मसलन- इतिहास में बौद्ध संगीतियाँ कहाँ-कहाँ और किसके शासन काल में हुईं इस पर हमारी कोडिंग थी- 'रावैपाक-अकाअक!'

यानी प्रथम से लेकर चौथी संगीति क्रमशः राजगृह, वैशाली, पाटिलपुत्र और (कुंडलवन) कश्मीर में हुईं जो 'रावैपाक' से डीकोड होता था और जिन शासकों के समय हुईं वो 'अकाअक' से, यानी अजातशत्रु, कालाशोक, अश्वघोष और कनिष्क!

यह कोडिंग पद्धति हमारे अपने मस्तिष्क की उपज थी और यह सबकी अलग-अलग हो सकती थी। जैसे भूगोल में बादलों के स्तर को क्रमशः याद

रखने के लिए मेरा कोड था “PSKV(पस्कव)। जो क्रमशः पक्षाभ, स्तरी, कपासी और वर्षा मेघ को संकेतित करते थे।

मेरा पार्टनर अभिषेक तो विचित्र-विचित्र पदबंधों में कोड बनाता था जो इतने अड़बैंगे होते थे कि याद रह जाते थे (उसे)। उसके कोड किसी संस्कृत श्लोक की तरह होते थे मसलन- ‘पूस पस्व उवि दभो मरा’

यह उसके विषय इतिहास का कोई तथ्य था जिसका विस्तार करने पर यह तथ्य निकलता था कि पूर्व में सम्राट, पश्चिम में स्वराट, उत्तर में विराट, दक्षिण में भोज और मध्य में राजा कहलाते थे।

ऐसा ही एमपी पीसीएस की तैयारी में उसने एक आल्हा पंक्ति का सृजन किया था जो मध्य प्रदेश की नदियों के उदगम स्थलों को बताता था-

‘तवा होशंगा माही झबुआ सुक्ता खंडवा पैरी राय
दजला देवड़ा खरगौने में उर्मिल बही छतरपुर माय’

मनुष्य के जन्म से लेकर मृत्यु तक 16 संस्कारों को याद रखने के लिए उसका विचित्र कोड था- ‘गपुंसी जानानि अचूक यज्ञवे केसविअं’

इस कोड में गर्भाधानपुंसवन सीमन्तोत्रयन जाति कर्म नामकरण निष्क्रमण अन्न प्रासन चूड़ा कर्म कर्ण छेदन यज्ञोपवीत वेदारंभ केशांत समावर्तन विवाह अंत्येष्टि कुल सोलहो संस्कार शामिल थे।

इसी प्रकार अभिषेक रचित एक श्लोकनुमा कोड था- ‘ऋएकौ यतैश सापं अगो’

अर्थात ऐतरेय व कौषीतकी ऋग्वेद के, ब्राह्मण यजुर्वेद के, तैत्तरीय व शतपथ साम वेद का, पंचविश और अथर्ववेद का गोपथ। लेकिन अभिषेक के कोड केवल उसी को याद रहते थे। हम लोग इन्हें याद करने का प्रयास करने पर भी इनकी डीकोडिंग में कंफ़्यूज़ हो जाते थे।

कोड बनाने में सबसे अहम चीज़ थी उसका रिदमिक होना ताकि वह याद रह सके। या फिर कोशिश ये होती थी कि कोड में कोई एक मज़ेदार लेकिन सार्थक वाक्य बन सके जिसे आसानी से याद रखा जा सके। इन कोड्स को हम लोग शीशे के सामने बाथरूम में स्टडी टेबल के सामने या गैस चूल्हे के ऊपर दीवार पर रंगीन स्केच पेन से लिखकर बड़ी-बड़ी चिटों के रूप में चस्पाँ कर देते थे। रोज़मर्रा के जो भी काम नियमित रूप से करने होते उस हर जगह पर ऐसी रंगीन चिटों की भरमार होती थी। जब हमें लगता कि अब ये याद हो गईं हैं तो

उन्हें हटाकर उनकी जगह नई चिटें लग जाती थीं। यह छोटे-छोटे तथ्यों को याद करने का बेहतर तरीक़ा था।

लेकिन कोडिंग जितनी आसान थी उसकी डीकोडिंग उतनी ही दुष्कर थी। हर बार कोड याद करते समय उसका फुल फ़ॉर्म और कोड के प्रत्येक शब्द का मतलब याद करना भी उतना ही ज़रूरी था अन्यथा अर्थ का अनर्थ हो सकता था।

इस पर एक रोचक किंतु दुखद वाक़या मुझे याद है।

जुलाई 97 में सार्वजनिक उपक्रमों में उनके निष्पादन और लाभ के आधार पर 9 कंपनियों को 'नवरत्न' घोषित किया गया था। उन्हें याद रखना कठिन था लेकिन मेन्स में इस पर दो नंबर का प्रश्न पूछे जाने की प्रबल संभावना थी। मैंने इसका एक कोड बनाया और यह कोड मेरी स्टडी टेबल के सामने एक सफ़ेद काग़ज़ पर लाल स्केच पेन से लिखा हुआ चिपका था। पेपर से ठीक एक दिन पहले एक सीनियर मेरे कमरे पर आए और बड़ी देर उस कोड को निहारने के बाद मुझसे उसका मतलब पूछा।

मैंने कोड को 'एलाबोरेट' किया। उन्होंने कोड को एक काग़ज़ पर लिख लिया और कोष्ठ में लिखा- नवरत्न!

मैंने उन्हें ताकीद की कि हर बार कोड दोहराते हुए हर कैपिटल लेटर से डिनोट होने वाली कंपनी का नाम ज़रूर रटिएगा नहीं तो कोड याद रह जाएगा लेकिन कंपनियाँ भूल जाएँगी।

वो बड़े आत्मविश्वास से बोले, "कंपनियाँ तो मुझे पहले से ही याद हैं, तुम्हारा ये कोड मौक़े पर केवल उनका क्रम याद रखने और उनका नाम याद दिलाने में ही काम आएगा।"

अगले दिन पेपर में वही प्रश्न रखा था। दो अंक के प्रश्न में पूछा गया था- 'नवरत्न क्या हैं, उनके नाम लिखिए?'

सीनियर ने बहुत कोशिश की लेकिन उन्हें नवरत्नों के नाम याद नहीं आए। कोड उन्हें बख़ूबी याद था क्योंकि उसे उन्होंने ख़ासा रट मारा था। अंततः उन्होंने उत्तर में लिखा- 'नवरत्न नौ प्रकार के होते हैं- भीम ऑन भेल सेल हेल!'

उसी दिन शाम को वे मुझसे पूछ रहे थे कि, "कंपनियों के नाम मुझे मौक़े पर याद नहीं आए। लेकिन कोड तो मैंने पूरा-पूरा और सही लिख दिया है। क्या दो नंबर के इस प्रश्न पर एक नंबर भी नहीं देगा? कोड का तो मिलना ही चाहिए एक नंबर... क्यों?"

उनकी इस बात पर मुझे एक क्षेपक याद आने के अलावा और कुछ नहीं सूझा। क्षेपक यूँ था कि एक बच्चे ने गणित का एक प्रश्न तक़रीबन तीन पेज में हल किया। लेकिन अंत में जो उत्तर निकला वह ग़लत था। बच्चे ने टीचर से एक बेहद मासूम-सा सवाल किया कि, "सर! उत्तर तो ग़लत है लेकिन 'स्टेप' के तो कुछ मार्क्स मिलेंगे न?"

टीचर का जवाब उससे भी मासूम था, "बेटा ये मैथ का पेपर है कोई मुजरा नहीं हो रहा जहाँ स्टेप के मार्क मिलें!"

बहरहाल मेरे पास मौन के अतिरिक्त कोई उत्तर न था! मैं ये ज़रूर सोच रहा था कि जो भी कॉपी जाँचेगा वो इस तांत्रिकनुमा श्लोक को पढ़कर क्या प्रतिक्रिया देगा?"

जतन कैसे-कैसे

जब सब कुछ ठीक चल रहा हो, घर वालों का विश्वास अभी क़ायम हो। और ये पता कैसे चले? तो यूँ कि घर से सामान्य राशन पानी के अलावा अभी भी मूँग बेसन या आटे के (मेवे डले हुए) लड्डू आते हों तो कम्पटीटर बहुत सुकून में होता है। अतिरिक्त मेहनत करता है और अपनों की उम्मीद क़ायम रहे इसके लिए जी जान से मेहनत करता है।

लेकिन सब कुछ निबाहते हुए भी जब सफलता हर बार क़दम-दो क़दम ही दूर रह जाए तो क़िस्मत, ज्योतिष, पूजा-पाठ और दुनिया भर के दंद-फंद सूझते हैं। मज़े की बात तो ये है कि कम्पटीशन की दुनिया में गोते लगाते हुए भी कई एक सीनियर लोग ही अच्छे ज्योतिषाचार्य हो जाते हैं। इतने कि आप सचमुच उन पर भरोसा कर सकते हैं।

मेरे एक सीनियर थे मिश्रा जी, जो हाथ देखते थे। यह हुनर उनके पास इलाहाबाद आने से पहले से था या फिर इलाहाबाद की दुर्घर्ष और कठिन ज़िंदगी में उन्हें कोई 'एनलाइटमेंट' हुआ था यह एक रहस्य है।

एक बार हम एक-दो मित्र उन्हें पूरी श्रद्धा से अपनी हथेली का अवलोकन करा रहे थे। हमारे एक अन्य सीनियर पांडे जी भी उसी कमरे में विराजमान थे, जो बड़ी हिक़ारत से मिश्रा जी की ओर एक नज़र मारकर अपनी किताब में घुस जाते थे। बीच-बीच में उनकी व्यंग्यात्मक टिप्पणियाँ भी उछल पड़ती थीं। मिश्रा जी को बार-बार पड़ने वाली यह बाधा रुचिकर तो नहीं लग रही थी, लेकिन उनकी सीनियरिटी का लिहाज़ कर वो ख़ून का घूँट पीकर फिर से सामने वाले की हथेली में किसी दुबली-पतली रेखा को व्याख्यायित करने लगते।

"पहले अटेम्प्ट में होने का योग था।"

मिश्रा जी उस हथेली से बात कर रहे थे, "लेकिन राहु की वक्रीयता ने बिगाड़ दिया। वृहस्पति स्वग्रही है समय आने पर अच्छी नौकरी देगा! मिश्रा जी गंभीरतापूर्वक बता रहे थे।"

“और समय कब आएगा?” हथेली का मालिक उत्सुक था।

“जब मंगल, बुद्ध को लाठी करेगा और गुरु पर चढ़ बैठेगा!” पांडे जी की खीसनिपोरी से लबरेज़ टिप्पणी आई और फिर वो खी-खी करके हँसने लगे।

मिश्र जी और हथेली के मालिक दोनों को क्रोध तो बहुत आया, लेकिन फिर वही सीनियरिटी का लिहाज़। आख़िरकार मिश्रा जी सभी का हाथ देखकर निवृत्त हुए। अंत में पांडे जी ने भी अपना हाथ मिश्रा जी के आगे कर दिया।

“हमको भी कुछ बतलाइएगा मिश्रा जी?” पांडे जी ने अश्रद्धापूर्वक पूछा।

मिश्रा जी ने बड़ी सौम्यता से उनके हाथ से पहले उनके मुँह की तरफ़ निगाह मारी। वहाँ व्यंग्य उपेक्षा और हिक़ारत तीनों सम्मिलित रूप में लहरा रहे थे। मिश्रा जी ने उनका ख़ासा लंबा अँगूठा सहलाया और बोले, “पांडे जी आपका अँगूठा तो बिलकुल अँगूठा छाप है!”

जूनियर्स मुँह छुपाकर खिस्स से हँस दिए। पांडे जी चिढ़ गए।

“अँगूठा छोड़िए! हाथ देखिए... हाथ!” पांडे जी ने ललकारा।

“कारागार योग बन रहा है!” मिश्रा जी ने गंभीरतापूर्वक बताया।

“वो क्या होता है? जेलर कि डिप्टी जेलर?” पांडे जी थोड़ा संयत हुए।

“नहीं... जेल यात्रा का योग है।”

पांडे जी को अब जाकर बुरा लगा। लेकिन मज़ाक़ में ही बात टालते हुए उसे मोड़ने की कोशिश की।

“कोई बात नहीं जेल तो गाँधी जी भी गए थे और जवाहरलाल नेहरू भी!”

“आपके हाथ में न तो गाँधी योग है न नेहरू योग। आप उठाईगिरी या लौंडेबाज़ी में जेल जाएँगे!” मिश्रा जी ने जैसे उनकी हथेली पर ही ज़हर उगला।

“अइसा है मिसरा! हम जेल गए तो मर्डर में जाएँगे! वो भी किसी मिसरा के मर्डर में!”

पांडे जी क्रोध में ‘डायरेक्ट’ हो गए। बात बढ़ गई और ज्योतिष को छोड़ गाली-गलौज में तब्दील होने लगी। बमुश्किल दोनों को अलग किया जा सका।

“कीड़े जैसी सकल लिए घूम रहा है और कीरो बनने का दावा!”

भुनभुनाते हुए वे कमरे से निकल गए, क्योंकि कमरा मिसरा जी का था।

एक बार की बात...

मेरा रूम पार्टनर पता नहीं किसको क्या दिखाकर आया था कि अगली सुबह से ही मुँह अँधेरे उठता नहाता और एक ताँबे का लोटा लेकर चुपचाप कमरे से

निकल जाता। उस वक़्त सुबह के चार-पाँच बज रहे होते और उसकी खट्-पिट से रोज़ मेरी नींद बाधित होने लगी।

एक दिन जब वह कमरे से निकल गया तो मैंने चुपके से छत की बालकनी पर जाकर देखा कि वह आख़िर जा कहाँ रहा था? मेरे मन में एक सवाल उछल रहा था कि नीचे वाले तल पर बाथरूम था ही फिर लोटा लेकर वह फ़ारिग़ होने कहीं बाहर क्यों जाता है, वह भी नहा-धोकर?

पार्टनर सड़क के आख़िरी छोर पर जाकर अदृश्य हो गया। उसकी रहस्यमय चाल देखकर मेरी हिम्मत उसके पीछे जाने की न पड़ी। तक़रीबन आधे घंटे बाद वह लौटा।

"कहाँ गए थे सुबह-सुबह?" मैंने पूछा।

मुझे जागते देख वह चौंक गया। मेरे बहुत इसरार करने पर उसने बताया, "उसे किसी तांत्रिक ने बताया है कि मुँह अँधेरे नहा-धोकर बिना किसी को बताए एक लोटा जल पीपल के पेड़ की जड़ में डालना है और फिर मुड़कर बिना पीछे देखे वापस लौट आना है। इस दौरान न तो कोई तुम्हें देखे न टोके और न ही कोई रास्ते में मिले। इसलिए सुबह बहुत जल्दी निकलता हूँ!"

"इससे क्या होगा?" मैंने पूछा।

"एक्ज़ाम अच्छा होगा... और पेपर में वही आएगा जो मैंने पढ़ रक्खा है!"

उसने बड़े भोलेपन से बताया। ज्योतिष पर विश्वास या अविश्वास पर एक बहस के दौरान जो बात भइया ने अपने एक मित्र से कही थी उसे याद करके आज भी हँसी आ जाती है।

उनके मित्र ने कहा, "तुम अपनी मेहनत में सफल हो गए इसका मतलब ये नहीं कि क़िस्मत की कोई भूमिका ही नहीं होती या ज्योतिष कुछ होता ही नहीं!"

"मैं क़िस्मत को भी मानता हूँ और ज्योतिष को भी! हस्तरेखा शास्त्र भी एक विज्ञान है और ज्योतिष शास्त्र भी एक गणित!" भइया ने कहा।

"फ़र्ज़ करो कि एक वैद्य आपकी नाड़ी देखकर बताता है कि... हूँ! कुछ ठंडी चीज़ खा ली अपने कल। कफ बढ़ा हुआ है या फिर इतना तैलीय और गरिष्ठ भोजन आपके लिए ठीक नहीं है महराज... पित्त बढ़ गया है आपका!"

और रोगी स्वीकार करता है, "वैद्य जी सही कह रहे हैं। उसने सचमुच कुछ ठंडा, तैलीय या गरिष्ठ खाया होता है। तो वैद्य जो यह सब कह रहा है नाड़ी विज्ञान की प्रस्थापनाओं के आधार पर कह रहा है। उसे मानने में कोई हर्ज नहीं!"

"अरे यार तुम वैदकी पर उतर आए... मैं ज्योतिष की बात कर रहा हूँ।" मित्र थोड़े झुंझलाए।

"ठहरो ज़रा... दम लेने दो!" भइया ने मुस्कुराते हुए कहा।

"और वही वैद्य अगर तुम्हारी नाड़ी देखते हुए गंभीरतापूर्वक सर हिलाए... और कहे कि अच्छा! तो पिक्चर देख के आए तुम कल। जैकी श्रॉफ़ की हीरो फ़िल्म देखी तुमने! तो तुम मान लोगे? नाड़ी देखकर जो बताया जा सकता है जब तक आप वो बताएँगे तब तक वह तार्किक होगा। एक और क़दम आगे बढ़ते ही ढोंग हो जाएगा। यही बात ज्योतिष में भी है। नक्षत्रों की गणना और ग्रहों की गति गणितीय सिद्धांतों पर आधारित है। जैसे ही आप समस्याओं के समाधान का भी दावा करने लगते हैं और मुँह अँधेरे पीपल के पेड़ में पानी देने निकल पड़ते हैं वहीं आप ज्योतिष को अपने भय से प्रतिस्थापित करने लगते हैं। तब आप तथ्यों से नहीं अपने डर से संचालित होते हैं!"

मित्र ने पता नहीं इस बात को स्वीकार किया या नहीं। पर वह फ़िलहाल चुप ज़रूर हो गया। ज्योतिषीय गणनाओं पर निर्भरता के साथ-साथ बुद्धि-विवेक और व्यवहारिकता का भी मेल रखना कितना आवश्यक होता है, इस पर एक क्षेपक याद आता है। मुलाहिज़ा फ़रमाइए...

"एक राजा के दरबार में एक वृद्ध राज ज्योतिषी थे जिनका ज्योतिष ज्ञान अभूतपूर्व था। उनकी गणनाओं को कोई काट नहीं सकता था। आस-पास तक के राज्यों में उनके ज्ञान की धाक थी। अपने पुत्र को भी उन्होंने ज्योतिष के क्षेत्र में ही ज्ञानार्जन और उच्च शिक्षा के लिए काशी भेजा जहाँ से कई वर्षों के विशद अध्ययन के बाद वह अपने घर वापस लौटा।

अगले दिन पुत्र को साथ लेकर वो राजदरबार गए। राजा के समक्ष पुत्र का औपचारिक परिचय कराया। राजा उसकी शिक्षा-दीक्षा के बारे में सुनकर अत्यंत प्रसन्न हुए। उन्हें लगा कि चलो राज्य को राज ज्योतिषी का सही उत्तराधिकारी मिल गया। फिर भी वो पुत्र की परीक्षा लेना चाहते थे।

राजा ने ज्योतिषी और उनके पुत्र दोनों से कहा कि वे ज्ञान के आधार पर नक्षत्रों की गणना करके बताएँ कि क्या आज वर्षा का कोई योग है?"

वैशाख-जेठ के दिन थे। दूर-दूर तक बादलों का कोई नामो-निशान न था। वृद्ध ज्योतिषी ने अपना पंचांग निकाला और गणना में जुट गया। पुत्र ने ऐसा कोई उपक्रम न किया और आसमान की ओर ताकने लगा। थोड़ी देर बाद ही वृद्ध

ज्योतिषी के चेहरे पर मुस्कुराहट आई और उन्होंने पंचांग बंद करते हुए बताया कि, "आज वर्षा भी होगी और ओले भी पड़ेंगे। वर्षा की पहली बूँद ठीक चार बजे पड़ेगी हर ओले का वज़न पचास-पचास ग्राम होगा।"

इतनी सटीक गणना और भविष्यवाणी सुनकर दरबारी वाह-वाह कर उठे।

अब राजा ज्योतिषी के पुत्र से मुख़ातिब हुए, "तुम्हारी गणना क्या कहती है युवक? तुमने तो पंचांग तक नहीं देखा?"

"महाराज! इतनी छोटी-सी गणना के लिए पंचांग क्या देखना? पिताजी ठीक कह रहे हैं कि वर्षा भी होगी और ओले भी पड़ेंगे। लेकिन इनकी गणना में थोड़ी-सी त्रुटि है। वर्षा की पहली बूँद 4 बजे नहीं 4 बजकर एक मिनट पर पृथ्वी पर पड़ेगी। और ओले का वज़न पचास ग्राम नहीं 48 ग्राम होगा।"

राजा और दरबारी गण तो हतप्रभ हुए ही वृद्ध ज्योतिषी भी अवाक रह गए। जीवन में पहली बार उनकी गणना में किसी ने ग़लती निकाली थी।

ख़ैर... सभी शाम के 4 बजने की प्रतीक्षा करने लगे।

आख़िरकार 4 बज गए। पानी की कोई बूँद पृथ्वी पर नहीं गिरी। वृद्ध ज्योतिषी हतप्रभ थे। ठीक 4 बज कर एक मिनट पर वर्षा की पहली बूँद पृथ्वी पर पड़ी और फिर तेज़ बारिश शुरू हो गई। थोड़ी देर बाद ही ओले पड़ने शुरू हो गए। उनमें से तत्काल एक ओले का वज़न किया गया तो वह ठीक 48 ग्राम का निकला। राजा ने उठकर ज्योतिषी के पुत्र को गले लगा लिया और अपना मोतियों का हार उसके गले में डाल दिया। वृद्ध ज्योतिषी पुत्र के इस सम्मान को देखकर प्रसन्न तो थे लेकिन अपनी गणना की असफलता पर निराश और दुखी भी थे।

घर लौटकर वृद्ध पिता ने पुत्र से उसकी गणना का आधार जानना चाहा। पुत्र ने मुस्कुराते हुए बताया कि उसने वस्तुतः कोई गणना की ही नहीं थी। उसने पिता को विस्तार से बताया- मुझे आपके ज्ञान और आपकी गणना में कोई संदेह ही नहीं था तो मैं गणना क्यों करता? लेकिन आपकी गणना में वर्षा जल की पहली बूँद का जो समय बताया वह बादलों में उसके निर्मित होने का समय था। उसे पृथ्वी पर आते-आते दूरी और वायु के प्रतिरोधी वेग को झेलते हुए एक मिनट का समय लगना ही था इसलिए मैंने आपके ही बताए समय पर एक मिनट और जोड़ दिया। इसी प्रकार ओला 50 ग्राम का ही निर्मित हुआ था लेकिन पृथ्वी तक पहुँचने और उसे उठाकर तोलने में जो समय लगना था उसमें वह कम-से-कम दो ग्राम क्षरित होता इसलिए मैंने उसमें दो ग्राम घटाकर उसका वज़न बताया।

यह ज्योतिष नहीं व्यवहार शास्त्र है पिताजी! मुझे क्षमा करें मैंने राजदरबार में आपकी बात का प्रतिकार किया!

वृद्ध ज्योतिषी ने पुत्र को गले लगा लिया। वह समझ गया था कि सिद्धांत और व्यवहार में थोड़ा-सा फ़र्क़ होता ही है और उसे पकड़ लेने वाला ही वास्तविक विद्वान है!

बोल रहा है कागा

बचपन में घर की मुंडेर पर बैठे कौए को बोलते हुए सुनकर घर में माँ या दादी का मानना होता था कि निश्चित रूप से आज कोई मेहमान आने वाला है। पिताजी कौए के इस कर्कश संदेश को हमारे मामा के आने से जोड़ना चाहते थे, लेकिन माँ इस पर नाराज़ हो जाती थीं, क्योंकि वे हमें रात में खिले हुए चमकते चाँद को दिखाकर पहले ही उसे चंदामामा बता चुकी होती थीं।

बहरहाल कौए की कर्कश ध्वनि किसी-न-किसी वांछित-अवांछित अतिथि के आगमन की सूचना है इस पर सभी एकमत होते थे। हमारी बुंदेलखंडी में एक लोकगीत के बोल में पति अपनी पत्नी को चिढ़ाता है।

"उठो गोरी बोल गयो, मंगरे पर कउआ
लगत तोरे मायके से, आ रये लेवउआ!"

(यानी हे गोरी उठ जाओ मुंडेर पर कौआ बोल रहा है लगता है कि तुम्हारे मायके से कोई तुम्हें लेने आ रहा है।)

इलाहाबाद की कम्पटीटिव ज़िंदगी में सबसे कठिन और दुर्धष स्थिति वह होती थी जब किसी कागा की बिना पूर्व सूचना के ही कोई अभिभावक सुबह से लेकर शाम तक किसी भी समय आ धमकते थे। यह एक साथ ही प्रसन्न और 'धक्क' से होने का एक मिश्रित क्षण होता था। प्रसन्नता इसलिए कि महीने भर का राशन घर का घी और महीने का ख़र्च भी उनके साथ ही आया होता था। और 'धक्क' इसलिए कि पिता दादा या चाचा जो भी अभिभावक या अभिभावकों के प्रतिनिधि के तौर पर औचक रूप से कमरे में उपस्थित होते थे, उनका एक टास्क यह भी होता था कि वे प्रतिक्षण लड़के की दिनचर्या पढ़ना, लिखना, बोलना, साथी-संगाती और आस-पड़ोस के माहौल पर कड़ी नज़र फिराते चलते थे, जिसमें एक प्रश्नवाचक भाव के साथ यह जानने की प्रबल जिज्ञासा भी होती थी कि बचवा सही में पढ़ ही रहा है कि हमको 'पढ़ा' रहा है?

अभिभावक का इस तरह आना और एकाध दिन कमरे पर रुककर अपनी

तीक्ष्ण निगाहों के सीसीटीवी कैमरे से पूरे माहौल को वॉच करना किसी एसएसबी इंटरव्यू जैसा था जो कई दिन निरंतर चलता है! इसमें अभ्यर्थी की हर गतिविधि पर प्रतिक्षण निगाह रखी जाती है और परिणाम अंतिम दिन सुनाया जाता है।

मेरे एक सीनियर थे जो केवल शाम को एक घंटे चाय पीने, पत्रिकाएँ वग़ैरह देखने-पलटने के लिए चौराहे तक आते थे। बाक़ी समय बेचारे दीन-दुनिया से बेख़बर अपने कमरे पर ही किताबों में आँखें गड़ाए हुए पढ़ते रहते थे।

अपने नोट्स वे चारपाई के नीचे एक बक्से में रखे रहते थे जिन्हें वे कमरे का दरवाज़ा बंद करके ही निकालते थे और दरवाज़े पर कोई दस्तक होते ही सबसे पहले नोट्स बक्से में वापस जाते फिर दरवाज़ा खुलता था। अड़ोस-पड़ोस के कमरों के बाशिंदों से उनका कोई सामाजिक-सांस्कृतिक सरोकार न था और इस लिहाज़ से वे अपनी लॉज में असामाजिक प्राणी घोषित थे।

बग़ल वाले जूनियर सिसौदिया ने कई बार उनसे नोट्स माँगे थे, लेकिन उन्होंने इस लिहाज़ से साफ़ इनकार कर दिया कि अपने बग़ल में ही अपना कम्पटीटर कौन तैयार करे भला?

एक दिन दुर्भाग्यवश कोई यार दोस्त ज़िद करके उन्हें संगम ले गया। वे सुबह 9 बजे निकले ही थे कि 10 बजे उनके चाचाजी राशन की बोरी टाँगें हाँफते-काँपते लॉज में नमूदार हुए और दरवाज़े पर मुँह चिढ़ाता हुआ ताला देखकर मायूस हो गए। तब तक बग़ल वाले कमरे से सिसौदिया जी निकले और उन्होंनें चाचाजी को पहचानते हुए चरण स्पर्श किया और सादर अपने कमरे में ले गए। पंखे की ठंडी हवा में कुर्सी पर बैठाकर चाय पिलाई और उनसे कहा कि चाचाजी आप थके-मांदे सफ़र करके आए हैं नहा-धोकर फ़ुरसत हों तब तक मैं आपके नाश्ते का इंतज़ाम करता हूँ।

चाचाजी इस सत्कार से गदगद थे। वो नहाने चले गए। तब तक सिसौदिया जी चौराहे से जाकर पाव भर दही और आधा किलो जलेबी तौला लाए। दही और जलेबी के मधुर कॉम्बीनेशन से चाचाजी अत्यंत प्रसन्न होकर चौकी पर विश्राम की मुद्रा में लेट गए और सिसौदिया जी को आशीर्वाद देने लगे।

"ई ससुरा सखुआ गवा कहाँ? कब का निकला है?"

उनके भतीजे का नाम रामसखा राजपूत था जिसे वह अपनी किताबों के कवर पर 'आरएस राजपूत' लिखते थे। इससे उन्हें सिविल सेवा के जेनुइन अभ्यर्थी होने का बोध होता था और अपने कई दिवा-स्वप्नों में वो पदस्थापित

होने के बाद अपनी नेमप्लेट में अंग्रेज़ी के बड़े-बड़े अक्षरों में 'आरएस राजपूत, आईएएस' अथवा पीसीएस लिखा देख चुके थे।

"बतायो नहीं बचवा... ई सखुआ कहाँ गे?" चाचाजी ने फिर पूछा।

चाचाजी की बोरी उठाकर कमरे में रखने, दही जलेबी खिलाने से लेकर उनके चौकी पर विश्राम की मुद्रा में आ जाने तक सिसौदिया जी इसी अंतर्राष्ट्रीय प्रश्न की प्रतीक्षा कर रहे थे। वो तत्क्षण ही शोले फ़िल्म के अमिताभ बच्चन की भूमिका में आ गए।

"गए कहाँ? अरे आए ही कहाँ... जो जाएँगे। कल रात के ही निकले हैं सर। अब देखिए कित्ते बजे आते हैं?"

सिसौदिया जी ने कई महीनों की खुन्नस अपनी प्रस्तावना में ही उड़ेल दी।

"ऐं? रात भर से ग़ायब हैं? कहाँ गएन हैं? पढ़त-लिखत हैं कि नहीं कुछ?"

चाचाजी उठकर बैठ गए।

"होइ कौनो यार-दोस्त के कमरा में मुर्ग़ा-सुर्गा की पार्टी! दारू जादा हो गई होगी तो रुक गए होंगे... रोज़ का काम है चाचा... बस आई रहे होंगे!" बताते हुए सिसौदिया जी को अपनी ही कल्पना शक्ति पर गर्व हुआ।

"हे भगवान! अउर हम हाड़-तोड़ के इनका महीना का ख़र्चा का जुगाड़ करित हैं। ई लच्छन हैं इनके!"

चाचाजी अनजाने में ही चौकी के नीचे अपनी लाठी ढूँढने लगे, जिसे वो नहीं लाए थे। दोपहर का भोजन भी चाचाजी को सिसौदिया जी ने ही कराया। और इस पूरे वक़्फ़े में वे आरएस राजपूत जी की शान में 'क़सीदे' पढ़ते रहे।

राजपूत जी शाम 4 बजे के आस-पास लौटे। कमरे का ताला खोलकर वे अपनी चौकी पर आराम की मुद्रा में लेटे ही थे कि सिसौदिया जी ने चाचाजी को सूचित किया- "राजपूत सर आ गए हैं चाचा... कमरे पर हैं!"

"कउन सर?" चाचा समझ नहीं पाए।

"अरे सखुआ आय गएन चाचा!" सिसौदिया जी ने इंटरप्रेट किया।

चाचा उठकर भतीजे के कमरे पर आए। उन्हें देखते ही राजपूत जी उठ खड़े हुए और पैर छुए, "अबहिने चले आय रहे हैं का?"

राजपूत ने उनके हाथ में बोरी झोला कुछ न देखकर थोड़े असमंजस में पूछा।

"हम तौ काल्हि रातै म आ गएन रहैं... तुम कबै आयो?" चाचाजी ने दाँत

पीसते हुए प्रतिप्रश्न किया।

"उ तो भला हो बग़ल वाले लरिका का जउन नाश्ता-खाना सब करवाइस। नहीं त भटकत रहतेन सड़की मा!" चाचा के तेवर चढ़े हुए थे।

राजपूत सर समझ गए कि सिसौदिया ने क़ायदे से भरा है चाचा को। और फिर चाचाजी उसी शाम अपने साथ राजपूत जी को 'अगियाये' लिए गए वापस गाँव। पंद्रह दिन बाद जब तमाम 'महनामथ' के बाद चाचा सहित पूरे घर को समझा-बुझाकर राजपूत जी वापस इलाहाबाद लौटे तो अगले हफ़्ते ही उन्होंने अपना कमरा बदल दिया और किसी दूसरे मुहल्ले में शिफ़्ट हो गए।

"तो ये होता है अपनी ही लॉज में 'बना' के न रखने से। सबसे मिलो-जुलो, खाना-पीना, भात-भोज का संबंध रखो, एक-दूसरे की मदद करो, नहीं तो राजपूत वाली दसा होगी!" सिसौदिया जी राजपूत के कमरे में अभी कल ही शिफ़्ट हुए एक जूनियर को हितोपदेश देते हैं और परिणामतः आज रात का भोजन जूनियर के कमरे में ही प्राप्त करते हैं।

लेकिन सभी राजपूत नहीं होते। घर से अभिभावक आ जाएँ तो वे किस प्रकार प्रसन्नचित्त और आशान्वित होकर ख़ुशी-ख़ुशी वापस लौटें इसके भी रक्षोपाय हैं भाई लोगों के पास। हमारे एक सीनियर भदौरिया जी जब भी कहीं बाहर निकलते कमरे पर लगे ताले में एक चिट खोंसकर जाते- 'प्रिय अखिलेश! प्रोफ़ेसर साहब के घर जा रहा हूँ। आज का समय दिया है गाइडेंस के लिए तुम शाम को मत आना आज नहीं पढ़ा पाऊँगा!'

यह अखिलेश कौन था भदौरिया जी भी नहीं जानते थे। अपने पिताजी के आते ही अगर वे कमरे पर हुए तो उन्हें बैठाकर चाय-वाय पिलाकर तुरंत लॉज के अन्य कमरों में सूचना प्रेषित करते कि पिताजी आ गए हैं।

पिताजी जो थे वो पृथ्वीराज चौहान की-सी मूँछों वाले विशालकाय शरीर के स्वामी थे और अमर चित्रकथा के किसी बुज़ुर्ग नरेश की तरह दिखते थे। चेहरे से वो जितने रौबदार थे अंदर से उतने ही भोले और सरल थे।

भदौरिया सर लौटकर कमरे पर आते और पिताजी से गाँव-घर का हाल चाल पूछने लगते। तब तक हर दस-पंद्रह मिनट पर कोई-न-कोई लॉज वासी जूनियर अपने हाथ में कोई मोटी-सी किताब लिए कमरे के दरवाज़े पर नमूदार होता और वहीं से फर्शी सलाम पेश करता- "प्रणाम सर!"

"आज नहीं! आज पिताजी आए हैं!" भदौरिया जी कहते और जूनियर फिर

एक फर्शी सलाम पेश कर वापस लौट जाता।

"काहे के लिए आया था ?" पिताजी पूछते।

"अरे! पढ़ने आते हैं मुझसे। कभी कुछ पूछना है कभी कोई चैप्टर समझ में नहीं आ रहा है तो सबको बस यही कमरा दिखता है!" भदौरिया जी झुँझलाने का सफल प्रयास करते।

तब तक कोई घुस ही आता सीधे कमरे पर।

"क्या है ?" भदौरिया जी कड़े स्वर में पूछते।

"कुछ नहीं सर... बस बताने आया था कि कल जो आप समझाए थे वो क़ायदे से समझ में आ गया है। बहुत बढ़िया किलियर किए आप। दूई महीने से पल्ले नहीं पड़ रहा था सर!"

जूनियर निरीह भाव से बताता।

"ठीक है, ठीक है! अब जाओ और उसी चैप्टर को तीन बार और पढ़ो फिर कल पूछूँगा। आज बिज़ी हूँ। पिताजी आए हैं न!" वो पिताजी की ओर इशारा करते हुए बताते।

जूनियर झुककर पिताजी को साष्टांग करता। पिताजी बेटे की विद्वानता और महानता दोनों पर एक साथ चकित और गदगद होते हुए ख़र्चे की तयशुदा रक़म में कुछ और बढ़ाकर भदौरिया जी को पकड़ाते और अगले दिन प्रसन्न भाव से गाँव लौट जाते।

इस 'बढ़ी हुई' रक़म से अगली सुबह लॉज के सभी जूनियर्स का बन-मक्खन और चाय का नाश्ता भदौरिया जी की तरफ़ से होता। जिसने अतिशय निरीहता का प्रदर्शन करते हुए साष्टांग किया था वह पूरी दुष्टता के साथ अलग से दो नानखटाई की भी माँग करता, जिसे भदौरिया जी संपूर्ण उदारता के साथ पूरी करते।

मोबाइल टेलीफ़ोन और कौवे की अनुपलब्धता में बिना पूर्व सूचना के अभिभावकों के ऐसे औचक निरीक्षण में अच्छे नंबरों से पास होने का बेहतर तरीक़ा यही था कि जिस समुदाय में आप रहते हैं वहाँ के सामुदायिक चरित्र से न केवल अवगत हों बल्कि उसमें घुल-मिलकर रहें।

क्योंकि इलाहाबाद में अब कौवे भी गौरैया की ही तरह विलुप्त-से हैं। और जो बचे खुचे हैं भी उनमें से पता नहीं कौन-सा 'सिसौदिया' निकल आए ?

आलू की खीर और कँटीली सब्ज़ी

साहू जी की लॉज में रहते हुए मम्फ़ोर्डगंज के सबसे यादगार दिन थे वो। आठ लोगों के संयुक्त परिवार में रहते हुए जैसे चार कमरे सबके थे। कोई भी किसी भी कमरे में भोजन के लिए बैठ जाए, कोई भी कहीं भी अपनी किताब उठाकर किसी की टेबल पर जम जाए, किसी को कोई फ़र्क़ नहीं पड़ता था। मुझे अक्सर देर रात तक पढ़ते हुए भूख लगती थी। मेरा पार्टनर जल्दी खाकर (जल्दी का मतलब भी 12 बजे रात का ही होता था) सो जाने वाला था। कई बार तो रात 2 या 3 बजे भूख लगने पर मैं ऊपर अनिल और संजय के कमरे में चला जाता कि शायद कुछ बचा हो। लेकिन इलाहाबादी लड़के खाना बिलकुल नाप-तौलकर बनाते हैं गिनी हुई रोटियाँ और नपी तुली दाल या सब्ज़ी इतनी कि अगर कोई औचक भोजन के समय ही आ धमके तो एक राष्ट्रीय समस्या उत्पन्न हो जाती थी।

एक रात मैं यूँ ही ऊपर अनिल-संजय के कमरे में पहुँच गया। दोनों जग रहे थे और अपने-अपने टेबल लैंप की रौशनी के दायरे में किताबों में घुसे थे।

"क्यों गुरु, बचा है कुछ ?" मैंने पूछा।

"नहीं भाई साहब! आज तो व्रत था हम लोगों का। दूध ले आए थे, उसी में चीनी घोलकर पी लिया।" संजय ने बताया।

"दूध चीनी!" मेरे दिमाग़ में कुछ चलने लगा। नज़र घुमाई तो गैस चूल्हे के पास चार आलू दिख गए।

"क्या यार! व्रत भी था तो कुछ व्रत वाला बना लेना चाहिए था ? यूँ भूखे पेट पढ़ाई का क्या मतलब ?" मैंने उन चार आलुओं पर नज़र गड़ाते हुए उन्हें डाँटा।

"जब खाना ही बनाना होता तो व्रत क्यों रहते ? कम-से-कम इसी बहाने एक दिन की छुट्टी चूल्हे को भी मिल जाती है!" अनिल ने तर्क दिया।

"न! ऐसे नहीं चलेगा। ठीक है तुम लोग पढ़ो, मैं तुम लोगों के लिए आलू की खीर बनाता हूँ। व्रत के लिहाज़ से भी ठीक रहेगा!"

मैंने अपने काइयाँपन को भरसक छुपाते हुए उस पर उदारता की चादर ओढ़ाई। लेकिन संजय उनमें से ज़्यादा चतुर था। लॉज के सभी लड़कों ने पीठ पीछे उसका नाम 'पुर्णइया पंडित' यूँ ही नहीं रख छोड़ा था। पुर्णइया पंडित उन दिनों टीवी पर आने वाले सीरियल 'द सॉर्ड ऑफ़ टीपू सुल्तान' का एक पात्र था और बीरबल या तेनालीराम की तरह तेज़ दिमाग़ वाला मंत्री था।

"भूख लगी है क्या भाई साहब?"

संजय ने मुझे संदेहजनक दृष्टि से देखा। उसे शायद अंदाज़ा हो गया था कि अब सुबह की चाय के लिए दूध और चीनी दोनों बचना मुश्किल है!

"भूख तो क्या, बस ऐसे ही कुछ स्नैक्स टाइप। और तुम लोग भी आज कुछ नहीं खाए। मैं बनाता हूँ अभी!"

मैंने रायशुमारी का अवसर निरस्त करते हुए चारों आलू कुकर में डालकर उन्हें उबलने के लिए गैस चूल्हे पर रख दिया। जैसे एक बार किसी प्रक्षेपास्त्र को लॉन्च करने के बाद उसे रोकने की गुंजाइश ख़त्म हो जाती है, वैसे ही पहली सीटी के बाद आलू की खीर निर्माण की प्रक्रिया को अब रोका नहीं जा सकता था।

आलू उबलने के बाद उन्हें मसलकर देसी घी में भुनने के लिए कड़ाही पर छोड़ दिया गया। भुनते हुए आलू और घी की सोंधी महक तैरती हुई बग़ल की खिड़की से मिश्रा जी के कमरे तक जा पहुँची। वो भी अभी तक पढ़ रहे थे। सोंधी महक उनके नथुनों में जाते ही वो भी किताब छोड़कर इस ख़ुशबू के स्रोत की तलाश में चल पड़े और अनिल-संजय के कमरे में नमूदार हुए।

अब आलू भी चार थे और प्रत्याशी भी! भगौने का बचा हुआ दूध और जितनी भी चीनी एक छोटे से प्लास्टिक के डब्बे में थी कड़ाही को समर्पित कर दी गई। दस मिनट में सारी सामग्री आपस में मिल-जुलकर स्वादिष्ट खीर में बदल गई और सबको एक-एक छोटी कटोरी प्रसाद रूप में प्राप्त हुई। अंततः सबने स्वीकार किया कि रात में आलू दूध और चीनी का स्टॉक रखना बेहद ज़रूरी है।

निगम चौराहे से आगे की ओर बढ़ते हुए दाहिनी ओर एक साफ़-सुथरे से मकान के ऊपरी तल पर बने एक छोटे कमरे में दो पार्टनर थे लंबे और सोनू। सोनू मेरे गाँव का ही था और बेहद सरल बिंदास मज़ाक़िया लड़का था। लंबे जिनका औपचारिक नाम कम ही लोग जानते थे असाधारण लंबाई के बिलकुल दुबले पतले सीनियर थे।

सोनू कोई भी सब्ज़ी इतनी रुचि और तन्मयता से बनाता था कि ऐसा शायद ही कभी हुआ हो कि सब्ज़ी बेहद स्वादिष्ट न बनी हो। दोनों पार्टनर बनाने और खाने के शौक़ीन थे लेकिन उल्लेखनीय यह है कि वो खिलाने के भी उतने ही शौक़ीन थे।

अगर हम लोग उनके कमरे पर भोजन के समय के आस-पास पहुँच जाएँ तो क्या मजाल कि बिना खाए वहाँ से चल सकें।

"भइया आज 'वह कँटीली' सब्ज़ी बनी है कि चोला तर्र हो जाएगा आपका!"

वह आमंत्रण की भूमिका बनाते हुए कहता और फिर उसके इस स्नेहपूर्ण आमंत्रण को उपेक्षित करना संभव न रह जाता। ख़ूब तेल-मसाले में बनी चटक और कड़क सब्ज़ी के लिए उसके पास एक ही विशेषण था- 'कँटीली सब्ज़ी'। उसकी कंटीली सब्ज़ी के आधार पर ही हम लोगों ने उसका नामकरण ही 'सोनू कँटीला' रख दिया था।

सोनू की सामान्य सहज और बिना लाग-लपेट की गँवई भाषा उसे मुक्त बिंदास और हद दर्जे का मज़ाकिया बनाती थी। अपनी बात पर ख़ुद वह कभी नहीं हँसता था। दरअसल हम लोगों के बीच वह उस देश-काल का कपिल शर्मा था जिसकी चुटकियाँ हमें उस तनाव भरे दौर में भी ख़ूब हँसाती थीं।

एक बार हम लोग पीसीएस की प्री परीक्षा देकर सेंटर से निकले ही थे कि सोनू मिल गया। वह भी एक्ज़ाम देकर निकला था। मुझे देखते ही उसने कहा, "भइया गाँधी जी के समय टोपाज़ ब्लेड थी कि नहीं?"

मैं अचकचा गया। ऐसा तो कोई प्रश्न भी नहीं पूछा गया था आज के एक्ज़ाम में?

"क्यों? वैसे मुझे पता नहीं है कि उस समय ब्लेड थी भी या नहीं और अगर थी तो किस ब्रांड की चलती थी!" मैंने उसे प्रश्न और उत्तर एक साथ दिया।

"भइया देखिएगा, अगले साल पक्का पूछेगा कि गाँधी जी किस ब्लेड से दाढ़ी बनाते थे!"

एक ठहाका उठा। दरअसल एक प्रश्न पूछा गया था कि गाँधी जी जिस समुद्री जहाज़ से गोलमेज़ सम्मेलन में भाग लेने लंदन गए थे उस जहाज़ का नाम क्या था।

सोनू का व्यंग्य उसी प्रश्न को लेकर था। एक बार तो एक्ज़ाम हॉल में ही

उसने परीक्षक से पूछ लिया, "सर हम तो जनरल नॉलेज (सामान्य ज्ञान) का पेपर दे रहे हैं न?"

परीक्षक ने उसे हिक़ारत से देखा और बोला, "पेपर के ऊपर लिखा तो है!"

"लिखा है सर। जनरल नॉलेज सामान्य अध्ययन!"

"तो?" परीक्षक समझ नहीं पा रहा था कि सोनू पूछना क्या चाह रहा है?

"लगता है आपने ग़लती से हमें 'असामान्य अध्ययन' का पेपर दे दिया है। इसमें तो कोई प्रश्न सामान्य है ही नहीं सर? स्वतंत्रता के पश्चात भारत संघ के साथ रियासतों के विलय पत्र का नाम क्या था ये सामान्य प्रश्न है?" उसने भोलेपन से पेपर और कक्ष निरीक्षक दोनों को एक साथ बिसूरते हुए कहा।

"साल भर कुछ पढ़े होते तो पता होता!" कक्ष निरीक्षक ने व्यंग्य किया।

"आप तो टीचर हैं सर... आप तो पढ़े होंगे? बताइए भला क्या था?"

सोनू ने बड़ी चतुराई से पूछा। टीचर झेंप गए। उनका चेहरा बता रहा था कि उन्हें भी नहीं पता था। पूरा एक्ज़ाम हाल क़हक़हों से गूँज उठा। उस बार का जनरल स्टडी का पेपर वाक़ई कठिन था और प्रश्न दुरूह। सोनू का इशारा उसी ओर था।

एक दिन तक़रीबन 16-17 साल बाद सोनू को देखा। वह अपने नये प्रतिष्ठान एक इलेक्ट्रिकल स्टोर में बैठा था और जब मैं पहुँचा तो वह इन्वर्टर ख़रीदने आए किसी ग्राहक को डील कर रहा था।

"मज़बूत तो है न?" ग्राहक पुख़्ता होना चाहता था।

"घन चलाय दा चाहै!" सोनू का लापरवाही भरा जवाब था।

"चार बल्ब दो पंखे और एक ट्यूबलाइट तो जल जाएगी न ठीक से?" ग्राहक और भी पुख़्ता होना चाहता था।

"भइया कै बात!" सोनू ने उसकी नादानी पर अपनी आँखें बड़ी करते हुए दावा किया।

"चाहे आरा मशीन चलाय ल्या। चूँ नहीं करेगा इतना पावरफ़ुल चीज़ है!"

इन्वर्टर की डील ख़त्म होने के बाद उसकी नज़र मुझ पर पड़ी और वह भावातिरेक में मुझसे गले लग गया। यह देखकर मुझे बेहद सुकून मिला कि वह बिलकुल नहीं बदला था। वही बात, वही अंदाज़ और वही बिंदासपन!

बहुत कम लोग इलाहाबाद से लौटकर वैसे ही रह पाते हैं जैसे वे होते हैं। अब रही बात उसके पार्टनर लंबे सर की तो वे इतिहास के अध्येता थे और ईसा

पूर्व को हमेशा 'ईपू' पढ़ते थे। 'ई' और 'पू' के आगे लगे हुए शून्य को वो शून्य मानकर ही चलते थे, क्योंकि इतिहास से भी पहले वो गणित के विद्यार्थी रहे थे और अपने जनपद से बीएससी संपन्न करके आए थे।

अपने कॉलेज के दिनों में वे अपने गाँव की पुरानी सह-पाठिनों को सगर्व बताते थे कि वे शहर से 'बीएससी साइंसाइड' कर रहे हैं। हालाँकि इलाहाबाद आकर इतिहास दर्शन राजनीति और समाजशास्त्र से लोगों को प्री निकालते देखकर अपनी बीएससी और साइंस दोनों को मुँह भर गरियाते थे। लंबे सर दुर्भाग्यवश बहुत जल्दी ही एक कम्पटीटर के लिए सिद्धांततः निर्धारित 'वर्ज्य क्षेत्र' में प्रवेश कर गए जो कि निषिद्ध था।

हुआ यह था कि एक सुबह जब वे अपने कमरे की बालकनी में खड़े ब्रश कर रहे थे उसी समय हाईस्कूल में पढ़ने वाली छात्राओं का एक समूह अपने स्कूल जा रहा था। उनमें से एक कन्या ने बालकनी की ओर देखा, लंबे सर से उसकी निगाहें मिलीं और वह मुस्कुरा दी। कन्या का मुस्कुराना था कि लंबे सर के चारों ओर सितार बज उठे।

वो दौड़कर शीशे के सामने गए और अपने चेहरे और दाँतों को जी भर निहारा। उन्हें समझ में नहीं आ रहा था कि रातों-रात उनके चेहरे में वो सुरख़ाब के पर कहाँ उग आए हैं जिन्हें देखकर कन्या विह्वल हो उठी? वो अभी ठीक से चकित भी नहीं हो पाए थे कि सोनू ने सारा माजरा भाँप लिया। आख़िर हिचकिचाते और शर्माते हुए उन्होंने सोनू से पूछ ही लिया कि कन्या आख़िर उन्हें देखकर क्यों मुस्कुराई होगी?

सोनू पंच-परमेश्वर की तरह गंभीर होकर बोला, "लंबाई भइया... लंबाई! खुदै बताइए, है कोई पूरे मम्फ़ोर्डगंज में आपके बराबर भी? आपसे लंबा तो ख़ैर कोई हो भी नहीं सकता। अमिताभ बच्चन भी बग़ल में खड़ा हो जाए तो कंधे तक ही आएगा आपके!"

"लेकिन हम तो बालकनी में खड़े थे नीचे से उसे लंबाई कैसे नज़र आई होगी?"

लंबे सर का शरीर जिस तरह की हरकत में था उसे साहित्य में 'पुलकित' होना कह सकते हैं।

"भइया की बात! मैं बालकनी में खड़ा हो जाऊँ तो कितना दिखूँगा नीचे से? मान ल्या छ इंच? औ आप खड़े होंगे तो छ फ़ुट तो बालकनी से ऊपर ही

दिखे होंगे। बाक़ी तो नीचे का अंदाज़ा ही लगाया होगा भउजी ने। आप तो गणित के विद्यार्थी रहे हैं समझ ही रहे होंगे?" सोनू के मुँह से 'भउजी' सुनकर लंबे सर इतने निहाल हुए कि तुरंत नाश्ते के लिए बन-मक्खन के साथ चाय का एलान किया और बन-मक्खन वाले की दुकान तक पहुँचते-पहुँचते पाँच-छह जूनियर साथ हो लिए, जो शायद सोनू के गुप्त इशारों का कमाल रहा होगा।

अगली सुबह फिर वही कन्या दल ठीक उसी समय निकला और फिर वही क़िस्सा दोहराया गया। आज की मुस्कुराहट में कल से ज़्यादा आत्मीयता देखकर लंबे सर (जो कि टिप-टॉप होकर पहले से ही तैयार थे) कन्या समूह के पीछे-पीछे उन्हें स्कूल तक छोड़ने चले गए। फिर यह सिलसिला चल निकला और वो अपनी नैतिक ज़िम्मेदारी मानकर कन्या को स्कूल से वापस लेने भी जाने लगे।

एक दिन तो दुस्साहसपूर्वक वो किसी लड़के को कमरा दिखाने के बहाने कन्या के घर तक पहुँच गए, जो कि उसी सड़क पर आगे जाकर एक मोड़ पर था। कन्या की विशालकाय माँ दरवाज़ा खोलकर निकली और जितनी हो सकती थी उतनी वितृष्णा से पूछा, "क्या है?"

"जी... सुना था कि यहाँ कोई कमरा ख़ाली है?"

लंबे सर उनकी क़द काठी और चेहरे के विद्रूप भावों से प्रभावित होकर दो क़दम पीछे खिसकते हुए बोले।

"कहाँ सुना था?" कन्या की माँ ने दो टूक पूछा।

"जी...वो... कोई बता रहा था!"

"कौन हरामी बता रहा था? बुलाओ उसको!" उन्होंने फ़तवा दिया।

"ये तो याद नहीं है पर कोई कह रहा था कि..." अब लंबे सर वहाँ से जल्दी-से-जल्दी निकलने की फ़िराक़ में थे।

"सब जानती हूँ। जवान लड़कियों वाला घर है। मुँह उठाए चले आते हैं जिसका मन हुआ। जीना दूभर कर दिया है हरामी साले!" उन्होंने किसी अदृश्य को गाली दी। लेकिन लंबे सर गणित के विद्यार्थी थे और वो समझ भी गए कि मम्मी जी ने उन्हें 'मान' लिया है। माना कि 'क' हरामी है। और इससे पहले कि मम्मी जी के समीकरण में 'क' बराबर लंबे सर निकलते वो बगटुट वहाँ से निकल लिए।

हालाँकि उनका विचार यही था कि अगर वाक़ई कमरा ख़ाली हुआ तो वो अपने साथ ले गए अभ्यर्थी के साथ ही रूम पार्टनर होकर वहीं रह जाएँगे ताकि

'उनका' दीदार अहर्निश होता रहे। लेकिन अपनी भावी सास को देखकर उन्हें व्यापक निराशा हुई और कई दिनों तक वे सामान्य नहीं हो सके। यह सिलसिला उतना लंबा चला जितने लंबे वो ख़ुद थे। कन्या जो थी वह क़द में इनकी एक-चौथाई थी और संभवतः उम्र में एक तिहाई।

लंबे सर जीतू भाई और विक्रम सिंह की तिकड़ी इतिहास की मास्टरमाइंड मानी जाती थी। तीनों कम्पटीटर कॉलेज के समय से साथ थे और इलाहाबाद ने भी उन्हें पूरी तरह जोड़कर रखा था।

जीतू भाई शेष दोनों यारों के राजनीतिक, सांस्कृतिक और उत्प्रेरक गुरु थे। उन्हीं की प्रेरणा से लंबे और विक्रम सिंह इलाहाबाद आए थे। विक्रम अब हमारे बीच नहीं हैं, लेकिन जब थे तब भी हमारे बीच नहीं ही होते थे। वे जैसे अपनी ही दुनिया में खोए रहते और रात भर किताबें खोले इतिहास से साक्षात्कार करते। बेहद गंभीर दिमाग़ से असाधारण रूप से तीक्ष्ण और कम बोलने वाले विक्रम सिंह का इतिहासबोध सचमुच बहुत प्रबल था। इतिहास के फ़ैक्ट और गहन चीज़ें हम लोग उन्हीं से पूछते थे।

विक्रम जब तक इलाहाबाद में रहे कोई भी ऐसा प्री एक्ज़ाम नहीं था जो उन्होंने क्वॉलीफ़ाई न किया हो। संपूर्ण इतिहास की घटनाएँ तिथियाँ कोटेशन उन्हें जबानी याद थे। लेकिन दुर्भाग्य से हर मेन्स के पहले वे विषय तलाशते रह जाते थे और तब तक मेन्स इतना नज़दीक आ चुकता था कि उनकी नाक परीक्षा तिथि को छूने लगती थी।

मैं, जीतू भाई, लंबे मम्फ़ोर्डगंज के रिहायशी थे, लेकिन विक्रम भाई प्रयाग स्टेशन के पास स्थित लाल कोठी में रहते थे। लाल कोठी काफ़ी बड़ी विशालकाय खंडहरनुमा कोठी थी जिसमें ज़्यादातर या शायद सभी बाशिंदे बाँदा के ही थे। कुछ न पढ़ने वालों से लेकर बहुत ज़्यादा पढ़ने वालों की वैरायटी थी लाल कोठी में। कभी-कभी हम लोग वहाँ मित्रों से मिलने जाते तो बाहर मैदान में जमी आठ-दस लड़कों की ताश की फड़ में बुंदेलखंड का रोचक खेल 'लकड़ी' खेलते हुए पाते।

"या तो बाबू बंगले में... या तो बाबू जंगले में! लिखो मेरे साथ!"

एक ललकार-सी सुनाई देती।

यह जुमला डबलू का होता जिसका नाम पता नहीं कब कैसे और क्यों 'डबलू झांय-झांय' पड़ गया था। संभवतः लाल कोठी में कई डबलू होने की

वजह से उन्हें अलगाने के लिए सबके नाम में 'सफ़िक्स' जोड़ा गया हो। डबलू गौतम, डबलू रंगीला... जैसे कई और भी नाम थे जिनके धारक अलग-अलग डबलू थे।

लाल कोठी हमारा 'शक्ति पीठ' था। वहाँ के लड़कों में प्रबल एकता थी और उनसे जुड़े हुए मम्फ़ोर्डगंज या किसी भी डेलीगेसी के लड़कों को कहीं कोई परेशान करे चाहे वह मुहल्ले के दबंग हो या फिर मकान मालिक, तो आनन-फानन में पूरी 'लाल कोठी पल्टन' मिलकर घटना स्थल की ओर कूच कर जाती थी।

व्यतिक्रम के लिए क्षमा करें। बात लंबे सर की चल रही थी... तो वहीं लौटते हैं।

एक दिन पता चला कि हँसमुख चेहरे वाले मस्तमौला लंबे सर यकायक बेहद गंभीर रहने लगे हैं। कुछ दिनों से उन्होंने लोगों से मिलना-जुलना भी बंद कर दिया और कई लोगों से फुटकर फुटकर क़र्ज़े लेकर दिवालिया होने की कगार पर हैं। उनकी अभीष्ट कन्या ने शायद एक अदद सोने की ज़ंजीर माँग ली थी, जिसे ख़रीदने के लिए उन्होंने अपना भुगतान संतुलन क़ायदे से बिगाड़ लिया था। और फिर एक दिन वे कन्या और कम्पटीशन दोनों से हाथ धोकर वापस अपने गाँव लौट गए जहाँ से उनकी ख़बरें आनी भी बंद हो गईं।

सोनू ने नया पार्टनर ढूँढ लिया और इस बीच गंगा यमुना के संगम से कितना पानी बह गया किसी को याद नहीं!

महाजनो येन गतः

'माहौल' की तलाश में इलाहाबादी कम्पटीटर ग्रेजुएशन से ही अपने चारों तरफ़ सफलता की आस में अपने नाक, कान, आँख खुले रखते हुए अहर्निश माहौल सूँघते रहने की कोशिश में मुब्तला रहते हैं।

वजह भी है! एक जैसे वातावरण, एक जैसी किताबें, पत्रिकाएँ, कुंजियाँ, समीक्षाएँ, सब्ज़ियों की दुकानों, चाय-पान की दुकानों की समरूपता में आख़िर क्या भिन्न है, जो बग़ल वाली लॉज के भाई साहब को एसडीएम बना देता है और अगल वाली लॉज के सबसे सीनियर भाई साहब जो प्री स्पेशलिस्ट हैं और विगत छह सालों में विभिन्न राज्यों के छोटे बड़े बारह प्री निकाल चुके हैं फिर भी उनका कभी कोई मेन्स क्यों नहीं निकलता?

ये ऐसे यक्ष प्रश्न हैं जो कम्पटीशन के झिलमिलाते-लुभाते मायावी संसार में प्रवेश कर रहे और पहली बार सिविल का फ़ॉर्म भर रहे नये-नवेलों के मन को मथते हैं। इलाहाबाद के हर हॉस्टल और डेलीगेसी में सफलता की प्रेरणाएँ बिखरी हुई हैं।

मैं एक बार अपने एक मित्र के कमरे पर बैठा था। उनके चाचाजी गाँव से आए हुए थे। मित्र ने मेरा परिचय कराया कि ये भी कलेक्टरी की तैयारी कर रहे हैं। उन्होंने मुझे उसी उदासीन भाव से देखा जिस भाव से वो सुबह से ही अपने भतीजे को देख रहे थे। उनकी आँखों में अगर स्वर होता तो वो कहना चाहती थीं, "हुँह! ये मुँह और मसूर की दाल! जईसे तुम चार साल से चूतिया बनाय रहे हौ, वइसे यहू होइहैं!"

लेकिन जब आगे मेरे परिचय के क्रम में मित्र ने अवगत कराया कि इनके बड़े भइया अभी इसी साल आईपीएस हुए हैं और ट्रेनिंग में हैं तो तत्क्षण उन्होंने मुझे नये सिरे से स्कैन किया। भाव-विह्वल होकर वो मेरे पास खिसक आए और पीठ पर हाथ फेरते हुए बोले, "बाह-बाह! तभी ख़ानदानी तेज़ झलक रहा है बचवा। आईपीएस से का बनत हैं?"

मित्र ने बताया, "ज़िले का कप्तान... एसपी साहब!"

उन्होंने अपनी विह्वलता में इज़ाफ़ा किया और गदगद हो उठे, "कलेट्टर, एसपी ही तो आज के देवता हैं महराज। जब गाड़ी के ऊपर सुदर्शन चक्र लपर-झपर घूमता है (उनका तात्पर्य नीली बत्ती से था) तो अच्छों-अच्छों की आँखें चौंधिया जाती हैं। साक्षात देव स्वरूप! ओह! उफ़्फ़!"

चाचाजी के शब्द कहीं खो गए, केवल उनकी आँखें बोल रही थीं। यही प्रेरणाएँ ही एक कम्पटीटर को अभाव का जीवन झेलकर भी डटे रहने के लिए जिजीविषा देती हैं। तो आख़िर जब इलाहाबाद में सब कुछ सबको उपलब्ध है चाहे वो विश्व घटनाचक्र हो या प्रतियोगिता दर्पण, चाहे नई लॉन्च हुई 'यूनीक गाइड' हो या यूनिवर्सिटी रोड और ज्ञान भारती में हर विषय की नई-नकोर सजी हुई किताबें हों। और सब लोग वही पढ़ते हैं तो फिर 'होने और न होने' का फ़र्क़ शुरू कहाँ से होता है?

वही यक्ष भेष बदलकर फिर पूछता है और पांडव उत्तर देने की कोशिश में गश खाकर गिर पड़ते हैं सिवा युधिष्ठिर के।

गुड आइडिया! युधिष्ठिर को ढूँढो। पता करो कि जो इन यक्ष प्रश्नों का व्यूह तोड़कर सलेक्शन का तमगा लटकाकर इलाहाबाद से बाँछें खिलाए हुए निकलते हैं वे आख़िर क्या खाते हैं, क्या पढ़ते हैं, कैसे बैठते हैं, कैसे सोते हैं, कैसे जागते हैं, और...

यह जानना बहुत मुश्किल है कि वे क्या निकालते हैं! अरे मतलब... एक्ज़ाम हॉल में कॉपी पर! वो ऐसा क्या लिखते हैं कि लोक सेवा आयोग उन्हें अपने गेट पर चस्पा खर्रे में जगह देता है। तो फिर शुरू होती हैं जासूसियाँ। उनके बग़ल वाले कमरे के बाशिंदों, उनके रूम पार्टनर, उनके यार दोस्तों से और अगर कहीं उनका छोटा भाई ही इन जानकारियों का स्रोत हो सके तो फिर कहना ही क्या!

छोटा भाई, अगर संयोग से हो, हो तो इलाहाबाद में भाई साहब के साथ ही रहता हो, रूम पार्टनर भी हो, और सबसे बड़ी बात कि वो भाई की सारी गतिविधियों पर नज़र रखता हो। इतने सारे संयोग एक साथ मिलें तब बात बने। तो भइया कम्पटीशन है ही क़िस्मत और संयोग का विचित्र मिश्रण! मेहनत तो सब करते हैं।

"तो भाई साहब, एनसीईआरटी ज़रूर पढ़नी है, हम ख़ुद देखें हैं वर्मा सर की टेबल पर।"

"हाँ... तो ये कौन-सी नई बात हुई? एनसीईआरटी तो सब पढ़ते हैं?"

"रुको ज़रा! पढ़ते तो सब हैं। कैसे पढ़ते हैं वर्मा जी...ये भी तो सुनो!"

"कौन वर्मा जी यार?" अब केंद्रीय प्रश्न उठता है।

"एल्लो! सलोरी वाले वर्मा जी की बात कर रहे हैं। यूपी का मेन्स निकाले हैं इस बार। इंटरव्यू दे रहे हैं अगले महीने!"

वर्मा जी के इस विशिष्ट परिचय से अब जक्का खुला है सुनने वाले का। वह अपने कान थोड़ा और बड़े करके पूछता है।

"कैसे पढ़ते हैं वर्मा जी?"

"हम लोग इम्पॉर्टेंट फ़ैक्ट अंडरलाइन करते हैं न... पढ़ते वक़्त? फिर भी तुमने देखा होगा कि एक्ज़ाम में कुशचन वहीं से उठाता है जहाँ हमारा अंडरलाइन नहीं होता। मने कुछ-न-कुछ इम्पॉर्टेंट छूट ही जाता है हमसे!"

"बात तो ठीके है!" सुनने वाले की दिलचस्पी चरम पर है।

"तो वर्मा जी क्या करते हैं कि पन्ने की हर लाइन को अंडरलाइन करते चलते हैं। कोई शब्द नहीं छूटता जिसको उन्होंने रंगा न हो। शब्द बाई शब्द, लाइन बाई लाइन, एक्को अक्षर नहीं छोड़ते!"

"हा हा हा! गज्जब टेक्निक! पूछ लेओ कहाँ से पूछोगे, जब सब कुछ अंडरलाइन है तो साले अब कहाँ से निकालोगे कोश्चन?"

"अरे सुनो तो... अभी पूरी बात सुनो। कमरे पर जा के पूरी किताब न गोंच देना पेन से!"

"काहे?"

"वर्मा जी जो अंडरलाइन करते हैं वो पेंसिल से करते हैं। एकदम हल्के हाथ से। पूछो क्यों?"

"क्यों... क्यों?" प्रश्न जैसे प्रतिध्वनित होता है।

"क्योंकि एक बार पूरी किताब अंडरलाइन करके पंद्रह दिन बाद फिर उसे रबर से मिटाते हैं और फिर से किताब दोहराने में फिर से पूरी किताब अंडरलाइन करते हैं। एक बार यही बात हम गणेशन को बताए थे। लुपुर-लुपुर सुना...औ गोंच दिया पेन से पूरी किताब। जब दुबारा पढ़ने का नंबर आया तो अब ढूँढ रहा है ऐसी रबड़ जो पेन की अंडरलाइन मिटा दे। पूरी बात न सुनने से यही होता है!"

प्रश्नकर्ता को नई तकनीक मिली है आज। एनसीईआरटी को अंडरलाइन करने का तरीक़ा... वो भी पेंसिल से!

यही तो है इलाहाबाद का फ़ायदा। जहाँ बैठ जाओ कोई नई बात, कोई नई टेकनीक मिल ही जाती है कम्पटीशन की। यही तो माहौल है, नहीं तो आदमी अपने घर में ही न पढ़ ले? काहे सत्तू-पिसान बाँध के इलाहाबाद में सालों पड़ा रहे?

अभी पिछले हफ़्ते गुप्ता जी के कमरे पर गया था। देखा कि अपनी कुर्सी पर कुछ अड़बैंगी-सी पोजिशन में बैठे थे और चेहरे पर पीड़ा के भाव थे। अधो पृष्ठ भाग के दोनों वृत्तों में से एक कुर्सी के स्पर्श में था और दूसरा त्रिशंकु की तरह हवा में था। शायद एक वृत्त में फोड़ा हो गया होगा, मैंने अंदाज़ा लगाया।

"क्या हुआ सर?" मिज़ाजपुरसी के लिए मैंने पूछा।

"इंजेक्शन लगवाए हैं... वही पिरा रहा है!" उनके जूनियर पार्टनर ने आटा गूँथते हुए निस्पृह भाव से बताया।

"किस चीज़ का इंजेक्शन? क्या हो गया था?" मैंने जानना चाहा।

"न्यूरोबियान है। बहुत गाढ़ा होता है कई दिन दर्द करता है!" गुप्ता जी ने कराहते हुए बताया।

"लेकिन हुआ क्या था?" मेरा मूल प्रश्न अपनी जगह अडिग था।

"हुआ उआ कुछ नहीं! एक दिन देवव्रत सर के टेबल पर न्यूरोबियान का ख़ाली डिब्बा देख लिए। जल्दी से काग़ज़ में इस्पेलिंग नोट किए और ख़रीद लाए सोचे कि कोई सीरप होगा लेकिन निकला इंजेक्शन। जाके डॉक्टर संखवार की क्लिनिक में कम्पाउंडर को बीस रुपया दिए और ठुकवा लिए!" जूनियर पार्टनर ने बताया।

"कौन देवव्रत सर?"

"अरे अभी सिविल क्वॉलीफ़ाई किए हैं...112वीं रैंक है!" गुप्ता जी के मुँह से कराह और सूचना एक साथ निकली।

"हम सोचे कि कोई दिमाग़ी ताक़त की चीज़ होगी। वो लगवाएँ हैं तो ठीके लगवाए होंगे। ऐसेइ थोड़े फ़ाइनल सलेक्शन हो जाता है किसी का। एक सेक दंद-फंद करते हैं लोग!"

"वैसे है किस चीज़ का ये इंजेक्शन?" हमने पूछा।

"उ तो बाद में पूछे हम! तो पता चला चश्मा का नंबर बढ़ गया था उनका। सर में दर्द था कई दिन से तो डॉक्टर ने आँख की कमज़ोरी के कारण लगाया था!"

वो शर्मिंदा होने वाले भाव से बोले और पृष्ठ भाग को सहलाने लगे।

"औ भइया... इनको तो चश्मा लगता भी नहीं! न पूछे न जाँचे बिना मतलब ठुकवा लिए। अब काल्हि से 'उठाए-उठाए' घूमि रहे हैं!"

जूनियर पार्टनर ने अपने होंठ के बेहद किनारे से एक अदृश्य-सी मुस्कुराहट को रिलीज़ किया और तत्क्षण ही सीरियस हो गया।

दरअसल सारी पाठ्य सामग्री उपलब्ध होते हुए भी सबसे दुरूह कला है नोट्स बनाना।

प्री परीक्षा तो मूल किताबों, अभ्यास पुस्तकों और गाइडों से पढ़कर भी निकल सकती है, लेकिन अगला मोर्चा जो कि मेन्स परीक्षा का है उसके लिए अच्छे नोट्स की दरकार होती है। नोट्स कैसे बनाए जाएँ इसी प्रश्न के उत्तर की खोज में लड़के उन सीनियर्स के आगे पीछे घूमते हैं जिनके नोट्स वेरिफ़ाई हो चुके हों... यानी कम-से-कम कोई एक मेन्स क्वॉलीफ़ाई किया हो।

ये तो रही सब्जेक्ट की बात। फिर सामान्य अध्ययन और निबंध भी अपने-आप में कम पहाड़ नहीं। क्या पढ़ें, कैसे पढ़ें, किस तरह पढ़ें और सबसे बड़ी बात कि पढ़े हुए विस्तार को सीमित कैसे करें कि वह संघनित होकर नोट्स में तब्दील हो जाए। क्योंकि एक बार अगर विषय के नोट्स क़ायदे के बन गए तो फिर बल्ले-बल्ले। उसे रटना है और जाकर 'छाप' देना है एक्ज़ाम में। बस इतना-सा ख़्वाब है! कोई पृथ्वी का साम्राज्य तो नहीं माँग रहे हम?

जिन्हें कई किताबें पढ़कर सबसे थोड़ा-थोड़ा लेकर उसे 'समराइज़' करते हुए एक प्रश्न का उत्तर पाँच से छह पेज में समेटना आ गया, वो हो गया नोट्स बनाने का तकनीकी विशेषज्ञ! और उसी तकनीक की तलाश में नये लड़के दारागंज से बैरहना, अल्लापुर से सलोरी, नयापुरवा से मेहदौरी, मम्फ़ोर्डगंज से म्योराबाद, बेली रोड और राजपुर तक साइकिल लिए मारे-मारे फिरते हैं। सीनियर भाई साहब, सलेक्टेड भाई साहब, सलेक्शन के मुहाने पर खड़े भाई साहब और पीसीएस में झंडा गाड़ चुके, अब आईएएस की ओर मुख़ातिब भाई साहबों की तलाश और उनसे टिप्स लेने की आकांक्षा जो न कराए!

धुरिया सर के कमरे में बड़े जुगाड़ से पहुँच पाई हैं दो बिचकी हुई शक्लें। किसी का रिफ़रेंस लेकर पहुँचे इन दोनों नव प्रवेशी कम्पटीटर्स की जिजीविषा देखने लायक़ है। वे आज ही सब कुछ पूछ लेना चाहते हैं!

लेकिन धुरिया सर आज ही सब कुछ नहीं बता देना चाहते। वे धीरे-धीरे टुकड़ों-टुकड़ों में बताएँगे। इसलिए नहीं कि बच्चों की पाचन क्रिया ख़राब है,

बल्कि इसलिए कि बच्चों के रूम पर आते-जाते रहेंगे। जब कभी भोजन निर्माण में आलस जागेगा तब पहुँच जाएँगे कमरे पर और एक-दो टिप्स देकर चले आएँगे। यूँ निरंतरता में देखते भी रहेंगे कि जो बताया है वो पढ़ भी रहे हैं कि नहीं?

धुरिया सर रुक-रुककर इत्मीनान से देते हैं मार्गदर्शन। क्योंकि मार्गदर्शन बोले तो गाइडेंस कोई दवाई की पुड़िया नहीं है जो फाँकी और दो घूँट पानी के साथ उदरस्थ कर गए।

"जो खाओ...उसे वैसे ही निकाल दो तो उसे क्या बोलेंगे?" धुरिया सर ने अपना चश्मा ठीक करते हुए पूछा है।

"उल्टी!"

लड़का ज़हीन है, प्रश्न पकड़ लिया। धुरिया सर ने प्रशंसात्मक भाव से उसे देखा। लड़के ने गदगद होने की कोशिश की लेकिन सफल नहीं हुआ।

"बिलकुल ठीक! तो उल्टी अच्छी है कि गंदी?" उन्होंने दूसरे लड़के की तरफ़ मुख़ातिब होते हुए पूछा। शायद वे उसका भी आई क्यू जानना चाहते थे।

"गंदी!" दूसरे ने मुँह सिकोड़कर बताया।

"राइट! तो अब बताओ जो पढ़ा, जैसे पढ़ा, अगर वैसा ही कॉपी पर उड़ेल दिया तो ये क्या हुआ?" धुरिया सर बड़ी तरतीब से आगे बढ़ रहे हैं।

"जी... इसका मतलब मेमोरी अच्छी है। सब याद हो गया!" पहले ने थोड़ी कंफ़्यूज़ होते हुए उत्तर दिया।

"नहीं... ये हुई उल्टी! जब आप किताब से अपने पढ़े हुए को शब्दशः निकालकर कॉपी में चिपका देते हो तो ज्ञान नहीं ज्ञान की उल्टी है!" धुरिया सर ने ब्रीफ़ किया। दोनों नव प्रवेशी हतप्रभ से उनके चेहरे को देख रहे हैं।

"पहले चढ़ो, फिर पढ़ो, फिर गढ़ो। एक ही टॉपिक पर चार-पाँच-छह किताबें पढ़कर सबको भूल जाओ!" धुरिया सर गूढ़ ज्ञान दे रहे हैं।

"भूल जाएँ?" जिज्ञासु चौंकते हैं।

"हाँ बिलकुल! अब उसी टॉपिक पर मनन करो। पठन के साथ मनन ज़रूरी है। फिर दो-चार पेज अपने मन से लिखो जो भी लिख सकते हो, जितना लिख सकते हो, लिखो! इन दो-चार पेज पर जो भी निकलकर आएगा वो होगा पचा पचाया मानसिक उत्पाद! समझ में आया कुछ?"

धुरिया सर ने पहले की आँखों-में-आँखें डाल दीं। जिज्ञासु अचकचा गया। वह इतने गंभीर ज्ञान की आशा लेकर नहीं आया था जितना उसे मिल गया था।

"लेकिन सर... चार पाँच किताबें पढ़कर इतना कैसे याद रहेगा कि उसे अपने शब्दों में लिख सकें? नोट्स तो किताब से पढ़कर ही बनाएँगे न?" उसने हिचकिचाते हुए पूछा।

"तो घुइयाँ छीलने आए हो यहाँ? अगर पढ़ के कॉन्सेप्ट नहीं क्लियर होगा तो नोट्स बनाओगे कैसे? किताब से ही उठा के सब छाप देना है तो काहे को कॉपी बर्बाद करोगे? किताब में तो लिखा ही है सब। सपुस्तकीय परीक्षा वाले टाइम में हाईस्कूल पास किया था क्या?"

जिज्ञासु ने स्वीकार किया कि धुरिया सर सही थे।

"तभी तो!" धुरिया सर ने अपना स्वर अवरोह पर लाकर थोड़ा कोमल किया।

"कोई बात नहीं। टाइम लगेगा... लेकिन सीख जाओगे नोट्स बनाना। अच्छा निबंध में क्या पोजिशन है?" उन्होंने पूछा।

"जी... दीपावली, होली, गाय, चाँदनी रात में नौका विहार और साहित्य समाज का दर्पण है। ये तो याद हैं!"

अबकी बार पूरी बातचीत में अपनी भूमिका नगण्य देखकर दूसरे ने सोत्साह बताया और प्रशंसा की प्रत्याशा में गदगद होने के लिए अपनी बाँछें ढूँढने लगा, जो मौक़े पर तत्काल खिल सकें।

उसकी नौबत नहीं आई। धुरिया सर ने उसे इतनी हिक़ारत से देखा कि उसने अपने अब तक के पढ़े और याद किए हुए सारे निबंध डिलीट कर दिए। अब उसकी मानसिक स्लेट नये सिरे से कम्पटीशन वाले निबंध लिखने की कला के लिए बिलकुल ख़ाली थी।

"यार देखो! तुम लोग जीतू भाई के जानने वाले हो, उन के परिचित हो। उन्होंने कहा था कि बच्चे ज़हीन हैं, थोड़ी गाइडेंस की ज़रूरत है, इसलिए टाइम दे रहा हूँ तुम लोगों को। नहीं तो यहाँ भीड़ लगी रहती है गाइडेंस लेने वालों की। इतना टाइम नहीं है मेरे पास। अभी सब्ज़ी लेने जाना है खाना भी बनाना है!" धुरिया सर ने बड़ी आजिज़ी से बताया।

"अरे सर! अभी तो सात ही बजे हैं। हम लोग यहाँ से निकलेंगे सब्ज़ी लेते हुए कमरे पर जाएँगे और घंटे भर में खाना तैयार। आप नौ बजे तक आकर वहीं भोजन करिए। मेरा पार्टनर खाना बहुत बढ़िया बनाता है! आप तो बस आज बता ही दीजिए!"

पहले वाले ने दूसरे की तरफ़ इशारा करते हुए उत्साहपूर्वक बताया। धुरिया सर आश्वस्त हुए और ठीक से कुर्सी पर बैठ गए।

"देखो, निबंध ही मेन्स की जान है। किसी विद्वान ने कहा है कि निबंध जो है वो एक जवान लड़की के स्कर्ट की तरह होना चाहिए। न इतना बड़ा हो कि 'विषय' को पूरा ढक ले न इतना छोटा हो कि शुरू होते ही ख़त्म हो जाए। जिज्ञासा बनी रहनी चाहिए कि लड़का अगर और लिखता तो क्या लिखता।

और दूसरी बात... निबंध एक चटक, चरफर और कँटीली सब्ज़ी है, जिसमें तेल, मसाला, गरम मसाला, नमक हर चीज़ का अनुपात एकदम चौंचक होना चाहिए और लास्ट में उपसंहार में हरी धनिया उर्राकर भाप उठती हुई प्रस्तुति ही निबंध की फ़ुल रेसिपी है!"

धुरिया सर ने अपने मुँह में आए पानी को वापस सुड़क लिया। जिज्ञासु समझ गए कि सर को अब भूख लगी है। अब आगे का कोई भी गाइडेंस साग-सब्ज़ियों की उलटबासियों पर ही बढ़ेगा जिसे समझना थोड़ा मुश्किल होगा।

"चलते हैं सर, खाना भी बनाना है अभी। आप नौ बजे आ जाइएगा, कमरा एकदम्मे पास में है। ये छोटा लिवा ले जाएगा आपको!" पहले ने बताया।

"हम्म... ठीक है! ये बताओ... अंडा करी बना लेते हो क्या?"

"जी सर!"

"तो वही बनाओ फिर आज। कई दिन से मन कर रहा है। हम आते हैं फ़्रेश होके!"

धुरिया सर बाथरूम की ओर बढ़ गए और जिज्ञासुगण अंडे की दुकान की ओर।

इंटरना- टायोनल

इलाहाबादी दिनों के शुरुआती दौर में जब इंटर पास करके एक कच्चे अनगढ़ छात्र को आगे की पढ़ाई के लिए इलाहाबाद जाने का अवसर मिलता है तो शुरू-शुरू में वह बिचका-बिचका, खड़े बालों वाला, घबराया हुआ, शर्मीला-सा लड़का होता है। लेकिन इलाहाबाद के पानी की सीरत ही ऐसी है कि चंद दिनों में ही इलाहाबाद की अघोषित शिक्षा संस्कृति को आत्मसात कर एक अलग-सा आत्मविश्वास उसके चेहरे पर झलकने लगता है।

डेलीगेसी हो या हॉस्टल, लड़कों के आगमन के स्रोत प्राय: गँवई, क़स्बाई और मध्यवर्गीय ही होते हैं लेकिन इलाहाबाद उन्हें परिपक्व और बौद्धिक जीवन शैली देकर ही मानता है। चाहे नाक पर चश्मा चढ़ा हो या न हो बुद्धिजीविता, पहले 'माथे' से शुरू होती है और सर के बालों को बाधा समझकर उन्हें ऊपर की ओर खिसकाती हुई अंतत: सर के मध्य भाग तक पहुँचती है।

एक नवेला इलाहाबादी शुरुआती दौर में भले ही ट्रेन में यात्रा करते समय मनोहर कहानियाँ, सत्यकथा, वेदप्रकाश शर्मा या रीमा भारती का उपन्यास लेकर चलता रहा हो, कालांतर में वह इन्हें इंडिया टुडे, विश्व घटनाचक्र, सैटेनिक वर्सेज या गुनाहों के देवता से प्रतिस्थापित कर ही देता है। इलाहाबाद में 'सेटल' होते ही एक आम स्टूडेंट की महत्त्वाकांक्षी परियोजना सर्वप्रथम अंग्रेज़ी सीखने की होती है, भले ही बीए में उसके विषय हिंदी, समाजशास्त्र या इतिहास हों। प्राय: हर नये स्टूडेंट की टेबल पर रैपीडेक्स इंग्लिश स्पीकिंग कोर्स की प्रति ज़रूर जगह लेती है, चाहे वह कुछ दिन बाद अलमारी में सजाने के ही काम आए।

प्रीलिम्स, मेंस, क्वॉलीफ़ाई, सलेक्शन, नेशनल मूमेंट, कॉन्स्टिट्यूशन, जैसे शब्दों से शुरू हुआ कॉन्फ़िडेंस आगे जाकर पोल साइंस, पब्लिक एड, करेंट अफ़ेयर्स, जनरल स्टडी, कंटेम्परेरी, वेस्टर्न या इंटरनेशनल अफ़ेयर्स जैसे सॉफ़िस्टिकेटेड शब्दों के उच्चारण में ज़बान लटपटाने से लेकर उनके शुद्ध उच्चारण तक के श्रम साध्य सफ़र के बावजूद लड़के पीछे नहीं हटते।

इंटरमीडिएट तक सरेंडर को सिलेंडर, कॉनवाय को कानबाई, अनसॉल्वड को अनसोल्ड, एनसीईआरटी को एनसीआरटी, रोड को रोड़, मम्फ़ोर्डगंज को मम्फोड़गंज, ज़ारॉक्स को फोटूकॉपी, एक्सरे को एकसरा, मास्टर साहब को माटसाब, यूनिवर्सिटी को यूनीभर्सिटी, लॉज को लाज और प्लेटफ़ॉर्म को टेशन बोलने वाली ज़बानें भी कालांतर में प्रीलिमिनरी एक्ज़ाम्स को प्रीलिम्स, कमरे को रूम, निबंध को एस्से और वूमेन्स हॉस्टल को डब्ल्यू एच कहना सीख ही जाते हैं।

घर से गेहूँ, दाल, चावल, अचार और घी के साथ क़स्बाई स्कूलों के स्थानीय व्याकरण और भाषिक ग़लतफ़हमियाँ भी साथ में बाँध लाए शिक्षार्थी इलाहाबाद आकर यहाँ के माहौल में बहुत कुछ नया सीखते हैं। यहीं आकर पता चलता है कि एडीसी, सीएमपी और ईश्वर शरण में एडमिशन तकनीकी तौर पर भले ही यूनिवर्सिटी में पढ़ना कहा जाता हो पर वास्तव में मेन कैंपस ही असली इलाहाबाद यूनिवर्सिटी है। यहीं आकर जानकारी होती है कि केवल इलाहाबाद आने भर से कलेक्टर एसपी नहीं बनते... उसके लिए लंबी और उबाऊ रातों की जी तोड़ मेहनत, सही मार्गदर्शन और क़िस्मत भी उतनी ही ज़रूरी है।

मेरे एक सीनियर ने भाषिक ग़लतफ़हमी का एक बड़ा रोचक वाक़या मुझे सुनाया था, जिसे कभी-कभी याद करके आज भी हँसी छूट जाती है। उन्होंने बताया कि जब वे हाईस्कूल में थे तो उनके पिताजी कहीं से एक रंगीन कैलेंडर लाए थे, जिसके बीचो-बीच पृथ्वी का एक चित्र बना था। गोल पृथ्वी के एक तरफ़ लिखा था- Interna और तब तक पृथ्वी शुरू हो जाती थी। उसकी दूसरी साइड की गोलाई के बाद लिखा था- (tional)

और सबसे नीचे लिखा था- अर्थ (Earth)

बक़ौल उनके उन्हें हमेशा लगता था कि जैसे उस कैलेंडर में कोई पहेली छुपी थी और नीचे जो 'अर्थ' लिखा था वह जैसे ऊपर लिखे हुए शब्द युग्म का अर्थ पूछ रहा था। वो हाईस्कूल से लेकर इंटर पास करने तक रोज़ उस कैलेंडर को देखते और उस पर लिखे हुए शब्द 'इंटरना- टायोनल' के अर्थान्वयन का प्रयास करते लेकिन उन्हें कहीं इस शब्द का अर्थ नहीं मिला।

जब वो इंटर के बाद इलाहाबाद आए और ग्रेजुएशन के बाद कम्पटीशन की तैयारी में मुब्तला हुए तब उन्हें जनरल स्टडी के लिए इंटरनेशनल अफ़ेयर्स पढ़ना पड़ा। इस बार घर जाकर उन्होंने फिर कैलेंडर को ध्यान से देखा और

उनके ज्ञान-चक्षु खुल गए।

कैलेंडर में लिखा था interna (इंटरना) बीच में पृथ्वी बनी थी और आगे लिखा था- tional (टायोनल)। पूरा शब्द दरअसल international (इंटरनेशनल) था जिसे 'दुनिया' ने बीच में आकर इंटरना-टायोनल कर दिया था।

आख़िर इलाहाबाद के माहौल और कम्पटीशन की तैयारी ने उनके ज्ञान-चक्षु खोलकर उन्हें ये समझ दे ही दी थी कि अपनी निजी समझ के रास्ते में अगर दुनिया (पृथ्वी) आ जाए तो वह किस तरह सालों-साल आदमी को कंफ़्यूज़ रख सकती है।

सीनियर आजकल उत्तर प्रदेश वित्तीय सेवा में फ़ाइनेंस कंट्रोलर हैं और ख़ूब सुखी हैं क्योंकि अब वो अपने और फ़ाइनेंस के बीच दुनिया को नहीं आने देते!

अपने-अपने रास्ते, अपनी-अपनी रीत

सच पूछिए तो हमारे समय का इलाहाबाद केवल विभिन्न क्षेत्रों बोलियों संस्कृतियों का ही नहीं विचित्र-विचित्र प्रकार की आदतों, जीवन-शैलियों और तैयारी के तरीक़ों का भी एक वृहद समुच्चय था। हर कम्पटीटर की अपनी निजी प्रस्थापनाएँ थीं, रहन-सहन की शैलियाँ थीं और लक्ष्य को पाने के लिए विभिन्न प्रकार के तौर-तरीक़े थे।

एक बार मैं अपने एक सीनियर के कमरे पर जून की गर्मियों की तपती दोपहरी में पहुँचा तो वे केवल अंडरवियर और बनियान पहने चित्रगुप्त की भाँति एक मुनीमी चौकी अपने सामने बिस्तर पर रखे हुए प्राचीन इतिहास पढ़ रहे थे।

यह ऊपर का कमरा था जिसके ऊपर केवल छत थी और कमरा किसी भट्ठी की तरह दहक रहा था। पसीना उनके भाल से निकलता हुआ नीचे वर्ज्य स्थानों तक पहुँच रहा था, जैसे भगीरथ गंगा को उतारकर अपने पार्श्व भाग को तार रहे हों।

"बहुत गर्मी है सर! पढ़ कैसे पा रहे हैं आप?" दूर से इस तरह की गर्मी में साइकिल चलाकर आया था मैं। शरीर जैसे किसी भट्ठी की तरह ही उबल रहा था।

"गर्मी तो जान मार है। पंखा चला लो!" उन्होंने पंखे के बटन की ओर इशारा करते हुए कहा।

"बिजली है?" मैंने हतप्रभ स्वर में पूछा और बटन दबा दिया। पसीने से भीगे बदन को पंखे की हवा उस वक़्त किसी ठंडी बयार-सी लगी।

"बत्ती थी तो पंखा क्यों बंद किए हैं सर?" मैंने पूछा।

"यही तो तपस्या है बालक!" वे किसी स्थितप्रज्ञ योगी की तरह बोले, "कष्ट और अभाव में ही तो साधना होती है।"

"तो ऑक्सीजन भी क्यों ले रहे हैं?" मैं भुनभुनाया।

"भोजन बनाए हैं कुछ...या अभी बनाएँगे?" मैंने लालसासिक्त स्वर में

पूछा। मैं जान-बूझकर आया ही ऐसे समय में था कि शायद वो भोजन की तैयारी में होंगे और उनका हाथ बटाकर लगे हाथ मैं भी भोजन यज्ञ में शामिल हो जाऊँगा।

"लौकी उबाली थी सुबह! वही खा ली थी। देखो शायद रखी होगी थोड़ी-सी अभी!" उन्होंने किताब से नज़र हटाए बिना बताया।

"क्या हुआ? राशन ख़त्म है क्या? या फिर पेट गड़बड़ है?"

"नहीं-नहीं, राशन रखा है सब। तुम्हारा मन हो तो बना लो। मैं तो आजकल केवल उबली हुई लौकी ही खा रहा हूँ। कम्पटीशन तपस्या है तपस्या। यह 'दाब' के सुस्वादु भोजन करने से नहीं निकलता भूखे पेट लगना पड़ता है!" उन्होंने बताया।

मैंने बिना संकोच के तत्क्षण ही आधे लीटर के कुकर में अरहर की दाल रखी, हल्दी, नमक और पानी डाला। इस मिश्रण में दो आलू छीलकर डाल दिए और एक छोटे टिफ़िन में थोड़े चावल सेट करके उसी कुकर में रखकर उसे स्टोव पर रख दिया।

जब तक पहली सीटी आई मैं आठ रोटी का आटा गूँथ चुका था। तीसरी सीटी ख़त्म होते ही कुकर उतारकर मैंने स्टोव पर तवा चढ़ाया और तवे पर ही मोटी-मोटी आठ रोटियाँ जल्दी-जल्दी सेंक लीं। हाथ-मुँह धुलकर मैंने उनकी आलमारी से देसी घी निकाला और बैठ गया।

घर की अरहर की देसी दाल की महक पूरे कमरे में इस तरह फैली कि भगीरथ की तपस्या भंग हो गई। वो बिना कुछ कहे उठे और पालथी मारकर फ़र्श पर बैठ गए। मैंने दो थालियों में भोजन निकाला। उबले हुए आलुओं में थोड़ी प्याज़, टमाटर और हरी धनिया कतरकर उन्हें चोखे में तब्दील किया और परोस दिया।

अगले दसेक मिनट तक हमने अपनी पंचेंद्रियों को पूरी तरह भोजन के हवाले कर दिया। अंतिम रोटी के ख़त्म होने तक पूरा कमरा शब्द शून्य रहा। केवल भोजन के चबाने की सार्थक आवाज़ें ही कमरे की शांति भंग कर पा रही थीं।

"अब चलता हूँ सर! भोजन में मज़ा आ गया!" मैंने उनसे विदा लेते हुए कहा, "पंखा बंद कर दूँ?"

"चलने दो, अब थोड़ा आराम करूँगा!" उन्होंने कटोरी में रखी सुबह की

उबली लौकी की ओर वितृष्णा भरी निगाह से देखते हुए कहा।

और मैं चला आया।

कम्पटीशन को कृत्रिम रूप से तपस्या की तरह निबाहने वालों का एक बड़ा वर्ग था, जिनके तौर-तरीक़े किसी संन्यासी को भी मात करते थे। यह तैयारी के हज़ार तरीक़ों में से एक तरीक़ा था।

एक और सीनियर थे जिन्होंने मेरे देखते-देखते तक़रीबन पाँच-छह प्री क्वॉलीफ़ाई किए, लेकिन वे कभी भी मेन्स के लिए स्थिर रूप से कभी कोई सब्जेक्ट नियत नहीं कर पाए। वो पूरे साल नये-नये विषयों पर शोध करते थे। कभी वे समाजशास्त्र पढ़ते दिखाई पड़ते, तो कभी एक महीने बाद ही उनकी टेबल पर लोक प्रशासन की कोई नई किताब दिखती। पंद्रह दिन टूटकर इतिहास पढ़ते और फिर सोलहवें दिन सारी किताबें समेटकर दुछत्ती पर डाल देते और सैन्य विज्ञान का रुख करते। किताबें नोट्स और तरह-तरह की आनुषंगिक सामग्री वे इतनी तन्मयता से इकट्ठा करते कि उनका कमरा मल्टी सब्जेक्ट लाइब्रेरी हो गया था।

दुर्भाग्य से उनका कभी कोई मेन्स नहीं निकला, लेकिन वे इलाहाबाद छोड़ने तक इस बात के लिए प्रचंड आशावान रहे कि जिस दिन उन्हें कोई क़ायदे का सब्जेक्ट 'सूट' कर जाएगा उसी दिन वे पहली रैंकिंग लाकर दिखाएँगे।

उनके इस विशद ज्ञान भंडार का प्रतिफल ही था कि वे मेन्स के हर सब्जेक्ट पर अपनी विशेषज्ञ राय दे सकते थे, लेकिन किसी भी एक सब्जेक्ट पर वे कभी केंद्रित नहीं रह पाए।

यह वर्ग 'तैयारी के पहले की तैयारी' को बेहद पुख़्ता ढंग से तैयार करने पर विश्वास करने वाला वर्ग था। बस एक बार सारे नोट्स इकट्ठा हो जाएँ, सारी किताबें रैक पर सज जाएँ, सारी गाइडें टेबल पर क़रीने से लग जाएँ, च्यवनप्राश साइड में रखा हो, दूध शुद्ध मिलने लगे और कोई ठीक-ठाक टिफ़िन सर्विस मिल जाए ताकि खाना बनाने से निजात मिले। एक बार निबंध लिखना आ जाए और जनरल इंग्लिश के क्वॉलीफ़ाइंग पेपर के लिए कोई क़ायदे की कोचिंग मिल जाए फिर होगी तैयारी... और पहली ही बार में मैदान फ़तह!

कुरुक्षेत्र कभी सज नहीं पाया और व्यूह रचना पूर्ण नहीं हो सकी...वरना!

मज़दूरों की तरह हाड़-तोड़ मेहनत करने वाले कम्पटीटर संन्यासियों की तरह निस्पृह जीवन जीने वाले कम्पटीटर, शाहों-सुल्तानों की तरह जीने वाले

कम्पटीटर, परंपरागत अध्ययन पद्धतियों में रमे 'पाथर परत निसान' पर भरोसा रखने और जीवट वाले कम्पटीटर।

इलाहाबाद से लेकर दिल्ली की राव कोचिंग के नोट्स जुगाड़ते हुए आधुनिक तकनीकों में सफलता ढूँढते हुए कम्पटीटर, स्टोव से लेकर गैस चूल्हे तक और पुराने से सिन्नी या ओरियंट पंखे से लेकर कूलर की ठंडी हवा खाने वाले कम्पटीटर।

अल्लापुर सलोरी मेंहदौरी बघाड़ा कटरा की पतली सँकरी गलियों से लेकर मम्फ़ोर्डगंज जॉर्ज टाउन बेली-स्टैनली रोग म्योराबाद जैसे पाश इलाक़ों के साफ़-सुथरे कमरों तक विस्तीर्ण कम्पटीटर। पानी बिजली किराये की खिच-खिच से जूझते कम्पटीटर। घर से माहाना रक़म की अनिश्चितता में डूबते-उतराते कम्पटीटर।

मुख़्तसर यह कि इलाहाबाद में वरायटी सिर्फ़ संगम नहाने आए हुए, मूंड मुंडाए अलग-अलग बोलियों और असली भारत के नमूनों में ही नहीं है। लुंगी से लेकर लोवर के पायचों में घुसी उन मज़बूत टाँगों में भी है जो सालों साल बिना थरथराए एक जैसे वातावरण में एक जैसी दिनचर्या वही दाल, चावल, चोखा, रोटी, सब्ज़ी, सलाद और घर से आए घी, अचार, भरवाँ मिर्च, गुड़, बुकनू और भुने चनों के भरोसे यूपी पीएससी या यूपीएससी का अभेद्य दुर्ग फ़तह करने की जिजीविषा से लैस कम होते बालों और बढ़ती हुई उम्र की सफ़ेदी छुपाए लौंडों जैसी हरकतें करके ख़ुद को आदमी की बजाय 'लड़के' साबित करने की कोशिशों में मुब्तला रहते हैं।

यही इलाहाबाद है। और यही सब इलाहाबादी हैं!

चाहे वे बुंदेलखंड के हों या पूर्वांचल के, चाहे पश्चिम के हों या रुहेलखंड के, मध्य प्रदेश के हों या बिहार के। इलाहाबाद आकर सब इलाहाबादी हैं, चाहे वे डेलीगेसी में आकर गिरें या फिर हॉस्टल में। इलाहाबाद इनके अंदर इंजेक्ट हो जाता है और फिर ऐसी एंटीबॉडी बनती हैं कि फिर इलाहाबाद न जिस्म से निकलता है, न मन से, न अपनी अकड़ से।

1995 से 97 तक मैं म्योराबाद की जिस लॉज में रहता था उसमें नीचे और ऊपर के फ़्लोर को मिलाकर कुल 8 कमरे थे। लॉज के मालिक थे दबंग, माफ़िया और गुंडे टाइप के आदमी जो कि पास के ही गाँव में रहते थे। लॉज के एक सेपरेट पोर्शन में उनका एक कमरा और ड्राइंग रूम था। वे कभी-कभी दो-चार

दिन के लिए लॉज में आकर अपने पोर्शन में रुकते और चले जाते। हम लॉज के अंत:वासियों से उनका संपर्क लगभग न के बराबर था। दो साल के वक़्फ़े में मुझे कभी याद नहीं है कि उन्होंने बहुत लेट-लपेट हो जाने पर भी कभी किराये का तग़ादा किया हो। सेपरेट पोर्शन में स्थायी तौर पर उनकी एक महिला मित्र रहती थी, किराया हम लोग उसी को देते थे।

यह शायद हमारी ख़ुशक़िस्मती ही थी कि लॉज के इन आठ कमरों में रहने वाले 16 लड़के बेहद ज़हीन सुसंस्कृत और सहयोगी प्रवृत्ति के थे। हमारी लॉज में जाति धर्म या क्षेत्र को लेकर न कोई गुटबंदी थी न कोई आपसी मतभेद। सीनियर और जूनियर की परंपरा शायद हॉस्टल से भी बेहतर थी।

लॉज के मुख्य प्रवेश द्वार से प्रवेश करते ही एक बड़ी लॉबी थी जिस पर सभी कमरों के दरवाज़े खुलते थे। सबसे पहला कमरा मेरा था उससे सटे हुए कमरे में ओपी पांडे और पंकज मिश्रा रहते थे जो यूनिवर्सिटी के स्टूडेंट थे। अगले कमरे में देवेंद्र नाम का एक लड़का रहता था जो एसएससी की तैयारी कर रहा था, उसका पार्टनर पंकज था जो बाद में हरियाणा कैडर का आईएएस हुआ। ऊपर के तल में पहले कमरे में लॉज के सुपर सीनियर संजय सिंह रहते थे जिनके साथ उनका छोटा बबलू और भतीजा शिम्पू रहता था।

हम लोगों के अध्ययन काल में ही संजय सर का सलेक्शन पैरा मिलिट्री फ़ोर्स में असिस्टेंट कमांडेंट के पद पर हुआ था और उन्होंने सिविल लाइंस के 'मचान' रेस्टोरेंट में लॉज के सभी अंत:वासियों को एक शानदार पार्टी दी थी, जो संभवत: आज तक लॉज के अंत:वासियों को याद होगी।

ऊपर के ही एक कमरे में वीरेश राज रहता था जिसने बाद में जेएनयू से एमफ़िल किया और सम्प्रति जेल अधीक्षक है। उसका पार्टनर संजय सनसनवाल उर्फ़ सैंसी था जो हरियाणा का जाट था और उसके इलाहाबाद आने का वाक़या भी बड़ा दिलचस्प था। इस पर आगे कभी विस्तार से लिखूँगा।

ऊपर के ही तल में एक लड़का था बरुन मिश्रा, जो उस वक़्त यूनिवर्सिटी से स्नातक कर रहा था, सम्प्रति वह दिल्ली विश्वविद्यालय में अंग्रेज़ी का लेक्चरर है। लॉज के सबसे आगे वाले पोर्शन में दो कमरे थे जिनमें से एक में धनंजय और उसका भतीजा सुधीर रहता था और दूसरे कमरे में आशीष त्रिपाठी और उसका छोटा भाई आलोक रहता था। धनंजय सम्प्रति खाद्य विभाग में बड़े पद पर है और सुधीर आबकारी विभाग में। आशीष भी आजकल उत्तराखंड में सूचना

निदेशक के पद पर है।

लॉज के सबसे सम्मानित फक्कड़ और एकदम अलहदा स्वभाव के सुपर सीनियर थे मोहन सिंह। वे अपने कमरे में अकेले रहते थे और हमेशा मेन्स के लिए दो अदद विषयों की खोज में रहते थे। 'टोपी'(आईपीएस) उनका सपना था और वो हर एक्ज़ाम के पहले कोई नया सब्जेक्ट धारण करते थे। हफ़्ते में एकाध बार वे ऊपर वाले फ़्लोर से चिल्लाकर घोषणा करते कि 'आज खाना न बनाउब!' और इसके बाद तक़रीबन 12-1 बजे दोपहर में वे एक मंझोले क़द का भगौना लेकर ऊपर के पहले कमरे से शुरू करते।

"क्या-क्या बन गया?" वो साधिकार पूछते।

"अभी तो दाल ही बनी है सर! चावल चढ़ाने जा रहे हैं।" जूनियर कहता।

"इत्ता टाइम नहीं है हमारे पास... लाओ जो बन गया हो!" वे अपना भगौना आगे कर देते और जूनियर उसमें दो चम्मच दाल अर्पित कर देता।

अगले कमरे से सब्ज़ी या रात का बचा हुआ कोई आइटम, ताज़ी बन चुकी रोटी या फिर रात की बची रोटी चावल जो भी उपलब्ध हो वो सब कुछ एक साथ उसी भगौने में समाहित करते जाते। आख़िरी कमरे में आकर वो थोड़ा घी, अचार, मिर्च या प्याज़ की माँग करते और वहीं बैठकर सारी भोजन सामग्री को आपस में मिलाकर खा जाते। इसके बाद एक लंबी डकार लेकर ताकीद करते, "सोने जा रहे हैं... कोई डिस्टर्ब न करे!" और अपने कमरे में जाकर तानकर सो जाते।

उनकी यह फक्कड़ई पूरे लॉज को स्वीकार्य थी। खाने के लिए उन्हें कभी किसी ने मना नहीं किया।

मोहन सर अंग्रेज़ी के विद्वान थे। इंग्लिश लिटरेचर से उन्होंने एमए किया था। अंग्रेज़ी उस वक़्त हम सिविल की तैयारी करने वालों की कमज़ोरी थी। एक बार उन्होंने ऑफ़र किया कि जिसको जिसको अपनी अंग्रेज़ी मज़बूत करनी हो वो सुबह 9 बजे मेरे कमरे में आ जाया करे।

अगले दिन सुबह से हम पाँच-छह लड़के उनके कमरे में पहुँच गए। उन्होंने ग्रामर पढ़ाना शुरू किया। एक घंटे समझाने के बाद उन्होंने कुछ एक्सरसाइज़ दी, जिन्हें करने में तक़रीबन घंटे-आध घंटे लगते। हम लोग एक्सरसाइज़ करने लगे।

इस बीच उन्होंने कब आटा गूँथकर देसी घी में पराठे सेंक दिए और एक्सरसाइज़ ख़त्म होते-होते सबके सामने चार-चार पराठे, अचार, बुकनू, प्याज़ और हरा मिर्च परोस दिया। सुबह का वक़्त था किसी ने अभी नाश्ता नहीं किया

था, वो कुरकुरे सोंधे पराठे खाकर सबकी आत्मा तृप्त हो गई। दोपहर में फिर वे अपना निजी भगौना लेकर भिक्षा भ्रमण पर सबके कमरों में थे।

जब तक हम लोगों ने उनसे अंग्रेज़ी पढ़ी तब तक रोज़ हमें उनके पराठों का स्वाद मिला। पराठे सेंकने की उनकी गति इतनी तीव्र थी कि जितना समय कोई आटा गूँथने या चटनी बनाने या सब्ज़ी काटने में ख़र्च करता उतने समय में वो आठ दस लोगों के लिहाज़ से पराठे तैयार कर सकते थे।

टेढ़ी उँगली का घी

1997 के अंत या शायद 1998 की शुरुआत में ही मैं निगम चौराहे के पास टिपटॉप ड्राइक्लिनर्स के सामने की एक गली में साहू जी के मकान में शिफ़्ट हो गया था। यह कोई लॉज न था बल्कि एक दुतल्ला मकान था, जिसके निचले तल पर मकान मालिक के बड़े भाई सपरिवार रहते थे और दूसरे तल पर उनके दूसरे भाई सपरिवार आधे पोर्शन में रहते थे। दूसरे तल पर ही एक कमरा किचन बाथरूम का एक सेट था जो मैंने और ब्रजेंद्र ने पार्टनरशिप पर ले लिया। इसके भी ऊपर छत में तीन कमरे थे जिनमें सभी लड़के बाँदा के ही थे। यानी कुल मिलाकर कुल चार कमरे थे जिनमें हम एक ही शहर और मुहल्ले के कुल आठ लड़के रह रहे थे। मकान मालिक मस्त मौला और हँसमुख थे, इसलिए मकान मालिक-किरायेदार का सकारात्मक सह अस्तित्व था और दोनों को एक-दूसरे से कभी कोई शिकायत नहीं थी।

फ़र्स्टफ़्लोर पर स्थित एकमात्र कमरे में मैं और ब्रजेंद्र रहने लगे। ऊपर छत में बने एक कमरे में संजय मिश्रा और अनिल रूम पार्टनर थे। बालकनी की तरफ़ से होते हुए किनारे वाले कमरे में गौतम जी रहते थे और ऊपर की ओर जाने वाली सीढ़ियों के ठीक मुहाने पर स्थित एक बड़े कमरे और लगे हुए किचन के एक सेट में मिश्रा जी और उनका छोटा भाई रहता था।

केवल मैं और मिश्रा जी ही उस समय सिविल की तैयारी कर रहे थे और इलाहाबादी मानकों में कम्पटीटर थे। शेष सभी लड़के जूनियर थे और ग्रेजुएशन कर रहे थे। चूँकि सारे लोग एक ही शहर और एक ही मुहल्ले के थे इसलिए सबका स्नेह भाव 8 सदस्यों के एक परिवार की तरह ही था।

साहू भवन में हम सबका प्रवास ख़ूब सुखद और सुविधाजनक था। अच्छे कमरों की मारामारी के बीच हम सौभाग्यशाली थे जो एक सुविधाजनक साफ़-सुथरे मकान के बाशिंदे थे। मकान मालिक और उनके परिवार का व्यवहार भी हम सबके प्रति बहुत आत्मीय और दोस्ताना था। ऐसी सकारात्मक परिस्थितियों

में हम अपना पूरा ध्यान अपनी पढ़ाई और तैयारी पर केंद्रित कर सकते थे।

ठीक सीढ़ियों की सीध में खुलने वाले दरवाज़े के साथ-साथ उससे लगा कमरा मिश्रा जी का था जैसा कि मैंने बताया। मिश्रा जी की कुछ मिश्रित ख़ूबियाँ थीं जो उन्हें दिलचस्प बनाती थीं। वो रात में भूतों की कहानियाँ बड़े दिलचस्प ढंग से सुनाते थे और ख़ुद भी उनमें इतनी हद दिलचस्पी ले लेते थे कि कहानी का अंत आते-आते ख़ुद काँपने लगते थे। कई बार तो कहानी सुनाते-सुनाते उस घटना के प्रत्यक्षदर्शी भी बन जाते।

जैसे ही कहानी ख़त्म होती वे एक भयानक सस्पेंस का सृजन कर ऊपर अपने कमरे के लिए प्रस्थान करते और जैसे ही हम लोग लाइट बुझाकर सोने की मुद्रा में आए ही होते कि दो-चार मिनट बाद ही वे हमारे दरवाज़े पर खुट-खुट करते। हम चौंककर उठते और पाते कि मिश्रा जी दरवाज़े के बाहर उकड़ू खड़े हैं।

"क्या हुआ मिश्रा जी?" हम पूछते।

"यार ब्रजेंद्र (मेरा रूम पार्टनर) को मेरे कमरे में भेज दोगे क्या?" वो चारों तरफ़ संदेह भरी दृष्टि से देखते हुए बोलते।

"क्यों... क्या हुआ?" हम पूछते।

"कुछ नहीं... आज भाई भी नहीं है। किचन से कुछ खटपिट की आवाज़ें आ रही हैं!"

"तो काहे आधी रात को भूतों की कहानी सुनाते हैं?" हम झुँझलाते।

"अरे वही होगी मिश्रा जी, कुछ कहती-वहती नहीं है। बस खटर-पटर करती है रात भर!" ब्रजेंद्र चादर में मुँह ढके हुए गंभीर आवाज़ में सूचना देता।

"अरे वैसे मैं नहीं डरता, लेकिन तुम्हें पता है? उसी कमरे में एक लड़की ने आत्महत्या की थी।" वो बताते। और अगर हमारी ज़रा भी दिलचस्पी इस नये क़िस्से में उन्हें झलकती तो वे कमरे में बाक़ायदा घुस आते और एक नई भुतही कहानी की भूमिका तैयार करने लगते।

मिश्रा जी की दूसरी विशेषता थी उनके घर का गमकता हुआ सोंधी ख़ुशबू वाला देसी घी और उनकी माँ के हाथ का भरवाँ मिर्च का अचार। लेकिन मिश्रा जी की एक 'उप विशेषता' यह भी थी कि वो घी के बारे में कभी कोई समझौता नहीं करते थे। वो अपना क्लियर स्टॉक घर से लाते थे और ख़ुद ही उसे क्लियर करते थे। अगर कोई उनके साथ खाने भी बैठ जाए तो वे स्पष्ट कर देते थे कि

घी का स्टॉक सीमित है और मुझे अभी जल्दी घर भी नहीं जाना है। और बाद में वे एक शाश्वत सत्य की तरह घोषित करते, "तुम तो जानते ही हो कि मैं घी के बिना एक भी दिन नहीं खा सकता!"

मुझसे उनका विशेष स्नेह था लेकिन वह भी कभी उनकी घी संबंधी अनुदारता पर भारी नहीं पड़ा। हालाँकि वो मुझे कभी-कभी मिर्च के अचार में से चार-छह मिर्च अनुदानित कर देते थे जिन्हें मैं उतने ही दिन चलाता था जितनी उनकी संख्या होती।

घी के प्रति, ख़ास तौर पर अपने घर के घी के प्रति उनकी दीवानगी पर साहू भवन में एक क्षेपक प्रचलित था जो कि कुछ यूँ था- "एक बार वे यूनिवर्सिटी रोड किसी काम से गए थे और दोपहर के भोजन के समय तक नहीं लौटे। छोटे भाई ने खाना तैयार किया और थोड़ी बहुत प्रतीक्षा के बाद मिश्रा जी के हिस्से का खाना बचाकर ख़ुद खा भी लिया। ज़ाहिर है कि उसे घी नहीं मिला क्योंकि घी बक्से में रखा होता था। बक्से में एक मज़बूत ताला होता था और ताले की चाबी मिश्रा जी के पास ही अहर्निश रहती थी। वो लगभग 3 बजे यूनिवर्सिटी रोड से लौटे और जब अपना खाना निकालकर बैठे तब उन्हें याद आया कि बक्से की चाबी तो उन्हीं के पास थी। उन्होंने भाई से अपराधबोध के स्वर में पूछा, "आज बिना घी के ही खाना पड़ा?"

"नहीं तो!" भाई ने लापरवाही और व्यंग्य भरे स्वर में कहा, "घी के साथ ही खाया।"

"कैसे? घी पहले ही निकाल लिए थे क्या?" वो चकित हुए।

"नहीं... खाना परोसकर हर रोटी को बक्से पर लगे ताले से छुआ लेता था जिससे उसमें घी की महक आ जाती थी। बस ऐसे ही चार रोटी खा गया!" भाई ने बताया।

मिश्रा जी थोड़ी देर तक सकते में रहे। फिर तत्क्षण ही भाई के गाल पर एक ज़ोरदार तमाचा चिपका दिया और चिल्लाए, "एक दिन भी बिना घी के नहीं खा सकता था?"

और भाई को हतप्रभ छोड़कर उन्होंने ताला खोला और अपनी रोटियाँ घी में चभोक लीं।

बीए फ़र्स्ट ईयर के एक्ज़ाम समाप्त होते ही मिश्रा जी का भाई लंबी छुट्टी पर घर चला गया और मिश्रा जी कमरे में अकेले रह गए। खाना बनाना उनके

लिए पहाड़ था। भाई के रहते वो केवल सब्ज़ी बनाते थे और इसके बाद नहाने चले जाते थे। जब तक भाई रोटी सेंककर फ़ारिग़ होता तब तक वो पूजा समाप्त करके खाने के लिए उद्यत हो जाते। अब भाई के जाने के बाद रोटियाँ सेंकना उनके लिए काल था।

अचानक एक दिन मैंने पाया कि मेरा पार्टनर ब्रजेंद्र रोज़ दोपहर में उनके सब्ज़ी बना लेने के पश्चात उनके किचन में पहुँचकर बेहद उदारतापूर्वक कहता, "मिश्रा जी आप नहा लीजिए मैं रोटी सेंक देता हूँ!"

मिश्रा जी बाग़-बाग़ हो जाते और ब्रजेंद्र सचमुच ही उनके लिए फुर्ती से चार-पाँच रोटियाँ सेंककर बाथरूम के सामने से आवाज़ लगाता हुआ नीचे आ जाता, "मिश्रा जी रोटी बन गई है, पूजा कर लीजिए!"

और मिश्रा जी नहाकर निकलते तो पाते कि किचन में गर्म-गर्म रोटियाँ सिंकी रखी हैं। इस स्नेह भाव से रोज़ मिश्रा जी की आँखों में आँसू आ जाते और उनके बग़ल के कमरे में संजय और अनिल की आँखों में भी। मिश्रा जी के आँसू विह्वलता के होते और साइड पार्टनर्स की आँखों में हँसी के अतिरेक से।

उन्हीं दिनों मैंने महसूस किया कि हमारे किचन में रखे हमारे घी के डिब्बे में घी बढ़ता जाता और उसकी महक भी मिश्रा जी के घी जैसी होती जा रही थी। इस चमत्कार के लिए मैं अपने पार्टनर का आभारी था।

एक दिन उससे पूछने पर पता चला कि जब वह मिश्रा जी के किचन में रोटी सेंकने जाता है तो उसके साथ हमारे किचन से एक छोटी स्टील की कटोरी भी ज़िद करके साथ में ही जाती है और रोटी सेंकने के बाद जब मिश्रा जी बाथरूम में ही होते तो वह कटोरी मेरे पार्टनर के साथ ही लौट भी आती थी। फ़र्क़ इतना था कि जब कटोरी जाती थी तो वह ख़ाली होती थी और लौटते समय वह देसी घी से भरी होती थी।

कटोरी के इस दक्षतापूर्ण संचलन को कई बार संजय और अनिल ने ख़ुद देखा था और शायद इसीलिए दर्शन के 'अनुमान' प्रभाव से जब ब्रजेंद्र बाथरूम के सामने चिल्लाता कि, "मिश्रा जी रोटी बन गई हैं...पूजा कर लीजिए।" तो दोनों साइड पार्टनर की हँसी छूट जाती जो देर तक क़हक़हों के रूप में गूँजती रहती।

दो महीने बाद एक चर्चा में मिश्रा जी ने सगर्व बताया कि वे पहले प्रतिदिन 50 ग्राम के लिहाज़ से महीने में डेढ़ किलो घी खाते थे लेकिन अब ख़ुराक बढ़ गई है और महीना ख़त्म होते-होते वे दो किलो के औसत पर पहुँच चुके हैं। हम

सब ने मिलकर उनकी देसी घी की ख़ुराक़ में बढ़ोत्तरी की दाद दी और बधाई भी। क्योंकि मिश्रा जी का मानना था कि कम्पटीटर जितना घी खाएगा उसका दिमाग़ उतना ही तेज़ काम करेगा।

इधर हमारे किचन में घी का डिब्बा जितना ख़ाली होता उससे ज़्यादा भर जाता। मैं और ब्रजेंद्र इस चमत्कार को देखकर चकित होते और हम अपनी दाल फ्राई में घी की मात्रा और बढ़ा देते।

दिलीपोध्याय:

साहू भवन में आने के बाद भी अच्छे भाई की लॉज से न तो मेरा नाता टूटा था न मेरे पार्टनर ब्रजेंद्र का। बिना नाग़ा हम सब बनारसी चाय वाले की दुकान पर फव्वारे चौराहे पर या तारिक़ भाई के बुक स्टाल पर मिलते रहते थे। मेरे मित्रों, शुभचिंतकों और जूनियर्स का दायरा बहुत व्यापक था और हम एक-दूसरे की मानसिक-आत्मिक मदद के लिए सदैव तत्पर रहते थे।

जैसा कि मैंने साहू लॉज का ज़िक्र किया मिश्रा जी के अतिरिक्त आपका परिचय साहू लॉज परिवार के दूसरे सदस्यों से भी कराना समीचीन जान पड़ता है। ऊपर छत पर एक बड़े कमरे में दिलीप सर का निवास था। दिलीप जी 5 साल पहले बुद्ध के महाभिनिष्क्रमण की तर्ज़ पर रातों-रात घर छोड़कर इलाहाबाद आए थे और सीधे मेरे कमरे में शरण ली थी। उन दिनों चेहरे मोहरे से बेहद गंभीर और सौम्य दिलीप जी अपने इंटर का एक्ज़ाम देने का प्रयास कर रहे थे जब उनकी माताजी और मौसी जी ने उनका विवाह करने की ठान ली। दिलीपजी 'मानसिक' रूप से अभी इसके लिए तैयार न थे (शारीरिक महत्त्वाकांक्षाओं के बारे में हम कुछ नहीं कह सकते)।

बहरहाल इंटर की परीक्षा छोड़कर इलाहाबाद आए हुए दिलीप जी ने अपना बचा हुआ इंटर इलाहाबाद से पूरा किया और लगे हाथ बीए में भी प्रवेश ले लिया। मैंने उनके इसरार पर उनके घर वालों से बात की थी और उन्हें फ़िलहाल शादी न करने के लिए बड़ी मुश्किल से मनाया था। इस पूरी प्रक्रिया में उनकी मौसी जी से मुँह भर गालियाँ खाईं लेकिन अपने दोस्त के उज्ज्वल भविष्य के लिए आख़िरकार यह भी गवारा किया।

उधर लड़की वाले बयाना लेकर घर आए लेकिन विवाह के मुख्य पात्र के पलायन कर जाने से वे अपना सीताफल, पुंगीफल, चाँदी का थाल, मिठाइयाँ और कपड़े लेकर लौट गए।

यह दीगर बात है कि बाद में दिलीप जी ने जब उस लड़की की तस्वीर देखी

तो पलटने का तीव्र मन किया लेकिन तब तक देर हो चुकी थी। लड़की की शादी कहीं और तय हो चुकी थी। उनके पलटने की तीव्रता इतनी प्रबल हुई कि उन्होंने घर वालों को लड़की के यहाँ सीधे पुन:प्रस्ताव के लिए भेज दिया।

लेकिन इस बार लड़की वाले न केवल दिलीप जी की चलायमान प्रवृत्ति के प्रति पूर्ण सजग थे बल्कि एक और बड़ी दिक़्क़त यह थी ठीक उसी दिन वे लड़की का तिलक वहाँ लेकर निकलने ही वाले थे जहाँ वे अब शादी तय कर चुके थे। आख़िरकार दिलीप जी नियति के हाथों समर्पित हो गए और तब से बेहद गंभीर रहने लगे।

उनकी गंभीरता के पीछे एक ठोस तथ्य यह भी था कि वे विद्योत्तमा के कालिदास की भाँति 'कुछ न बोलकर' ज़्यादा विद्वान और गंभीर दिख सकते थे, बनिस्बत बोल पड़ने के। उनके पारिवारिक जेनेटिक इफ़ेक्ट के चलते उनके सर के बालों का निरंतर ह्रास भी उनके व्यक्तित्व को गंभीर और समय से पूर्व ही उम्रदराज़ बनाता था जिसके कारण मेरे जूनियर होते हुए भी मेरे कई सीनियर तक उन्हें भाई साहब कहते थे, जिसका दिलीप जी ने कभी विरोध नहीं किया।

दिलीप जी खाना बनाने और उदारतापूर्वक खिलाने के बेहद शौक़ीन थे और मुर्ग़े में तो उनकी जान बसती थी, हालाँकि इस प्रक्रिया में ख़ुद मुर्ग़ा ही जान से जाता था। वो नॉनवेज की नई-नई डिशेज अप्लाई करते थे और बड़े शौक से ख़ुद भी खाते, लोगों को भी खिलाते। वो केवल अच्छा खाने के ही नहीं अच्छा पहनने के भी बेहद शौक़ीन थे।

उस दौर के सबसे फ़ैशनेबल कपड़े टी-शर्ट और जीन्स पहनना उनका शग़ल था। भाँति-भाँति की अजीबोग़रीब रंगों वाली टी-शर्ट, बंडीनुमा कमीज़ें और महँगे बूट उनके कलेक्शन में होते और गोरे होने के तात्कालिक विज्ञापनों में दिखने वाली भाँति-भाँति की क्रीम, डियो और इत्र भी।

उनका प्रचंड विश्वास था कि आईएएस बनने के लिए नोट्स वग़ैरह तैयार करना बाद की प्रक्रिया है पहले आपको अपना रहन-सहन और मानसिकता अंदर से तैयार करनी होती है ताकि पहले आप ख़ुद को जस्टिफ़ाई कर सकें कि आप आईएएस बनने के लिए ही पृथ्वी लोक पर अवतरित हुए हैं।

देखा जाए तो उनके इन मानकों के लिहाज़ से मुझ समेत साहू लॉज के बाक़ी बाशिंदे चपरासी तक बनने लायक़ नहीं थे। लेकिन बावजूद इसके दिलीप जी सबका सम्मान करते थे सबसे प्रेम करते थे और सबके काम आते थे।

प्रेम करने, ख़ासकर कन्याओं और महिलाओं से प्रेम करने के प्रति उनकी छटपटाहट अपनी पराकाष्ठा पर थी। वो ज़मीनी आदमी थे और प्रेम की शुरुआत हमेशा पैरों की ओर से किया जाना उचित मानते थे। इसके चलते वो पैर छूने को इतनी प्राथमिकता देते थे कि जो मिल जाए उसी के पैरों की ओर लपक पड़ते थे। विनम्र तो इतने थे कि बैठने को कहिए तो लेटने को तैयार!

मम्फ़ोर्डगंज से लेकर तेलियरगंज तक उनके कई परिवारों से बेहद घनिष्ठ संबंध थे, जिनकी लड़कियों के नोट्स, किताबें आदि मैनेज करना उनकी मम्मी (आंटी जी) की छोटी-मोटी ज़रूरतों के लिए मई-जून की दुपहरियों में भी साइकिल चलाते हुए पसीना बहाकर सड़कों पर डाँय-डाँय घूमना, घर के बुज़ुर्गों के पैर दबाना, उनके लिए नित्यप्रति नई-नई आयुर्वेदिक दवाइयों की व्यवस्था करना। यह सब वे निष्काम कर्म योग की भाँति करते थे और इस लिहाज़ से काफ़ी व्यस्त रहते थे।

पढ़ने, और निरंतर पढ़ने में उनका स्टैमिना ग़ज़ब का था। वो 16-16 घंटे निरंतर कुर्सी पर बैठ सकते थे और तत्कालीन समय की बेस्ट सेलर या सर्वाधिक चर्चा में बनी हुई किताब उनकी जाँघों के मध्य भाग पर विराजमान हो सकती थी। एक बार मेरे पार्टनर ने उनके साथ बड़ा फ़ोहश मज़ाक़ किया।

जब वो अपनी कुर्सी पर बैठे हुए तस्लीमा नसरीन की 'लज्जा' अपनी जाँघों पर रखे हुए उसमें डूबे हुए थे और पिछले तीन-चार घंटों से वे किताब के किसी एक ही प्रसंग को आत्मसात करने के प्रयास में मुब्तला थे तो ब्रजेंद्र ने उनकी जाँघों को छुए बिना किताब बदलकर शेक्सपियर की 'मैकबेथ' का अंग्रेज़ी वर्जन रख दिया।

यहाँ तक भी ठीक होता। लेकिन ब्रजेंद्र ने वह किताब भी सीधी न रखकर उल्टा रख दी थी। इसके बाद वह संजय और अनिल को चुपचाप कमरे में बुला लाया। कमरे में आकर ब्रजेंद्र ने एक स्टील का ख़ाली गिलास कमरे के फ़र्श में गिरा दिया। दिलीप जी चौंककर योगनिद्रा से उठे और उन्होंने लाल-लाल आँखों से घूरकर ब्रजेंद्र को देखा।

"पढ़ने भी नहीं देते यार, बहुत डिस्टर्ब करते हो!" वे नाराज़ हुए।

"सॉरी भाई! लेकिन पढ़ क्या रहे हो? कुछ हमें भी तो बताओ!" ब्रजेंद्र ने होठों के भीतर-भीतर मुस्कुराते हुए पूछा। तब उनका ध्यान शिशुवत गोद में रखी 'लज्जा' पर गया। वहाँ अंग्रेज़ी की मैकबेथ थी... वह भी उल्टा।

दिलीप जी बेहद नाराज़ हुए। सब जानते थे कि उन्हें अंग्रेज़ी से चिढ़ थी और उल्टी किताब तो वो कभी नहीं पढ़ते थे क्योंकि उससे गर्दन टेढ़ी होने का ख़तरा रहता था। ब्रजेंद्र के इस अश्लील मज़ाक़ पर वे ख़ासा बुरा मान गए और परिणाम यह हुआ कि उस शाम जब उन्होंने मटन कलेजी फ्राई बनाई तो ब्रजेंद्र उसमें आमंत्रित नहीं था।

बाद में रात के खाने के बाद छत पर जमने वाली परपंरागत सांस्कृतिक सभा में ब्रजेंद्र ने यूँ ही एक क्षेपक सुनाया जिसे सभी ने रस लेकर सुना।

क्षेपक कुछ यूँ था-

एक गंभीर क़िस्म का दामाद एक बार अपने ससुराल गया। (यह ब्रजेंद्र ने पहले ही स्पष्ट कर दिया कि इस कहानी का कोई भी संबंध दिलीप जी से नहीं है। लेकिन कोई मानता है भला?)

ससुराल में बड़ा ही पवित्र और धार्मिक वातावरण था और रोज़ शाम को परिवार के सदस्यगण घर के बाहर एक बड़े चबूतरे पर बैठ जाते और ससुर जी रामायण का पाठ अर्थान्वयन सहित करते थे, जिसे सुनने के लिए मुहल्ले के आदमी-औरतें भी इकट्ठा होते। रात आठ-नौ बजे तक श्री रामकथा का अमृत पान करने के बाद फिर सभी लोग भोजन के लिए उठ जाते।

उस दिन चूँकि दामाद आए हुए थे जो हालाँकि इलाहाबाद में नहीं पढ़ते थे (यह भी ब्रजेंद्र का ही डिस्क्लेमर था जिससे सभी लोग पुख़्ता हो गए कि दामाद निश्चित रूप से इलाहाबाद में ही पढ़ते रहे होंगे) फिर भी अपने परिवार में ख़ासकर ससुराल में विद्वानों जैसा मुँह होने के कारण बेहद ज़हीन और विद्वान माने जाते थे।

उस दिन सालियों ने बड़ी ज़िद की कि आज रामकथा का वाचन 'जीजाजी' ही करेंगे। जीजाजी ने बड़ी ना-नुकुर की लेकिन छोटी साली तो पीछे ही पड़ गई कि आज रामायण सुनेंगे तो जीजाजी के ही मुख मंडल से, नहीं तो हम ग़ुस्सा हो जाएँगे। जीजाजी ग़ुस्सा तो किसी को करते ही नहीं थे। साली को तो बिलकुल भी नहीं, मजबूरन व्यास पीठ पर बैठ गए और रामायण खोल ली।

पाँच मिनट बीते... दस मिनट... फिर पंद्रह मिनट! जीजाजी की एकाकार दृष्टि रामायण के खुले पन्नो में अटक-सी गई थी। कोई शब्द नहीं, कोई ध्वनि नहीं।

और यह क्या?

लोगों ने देखा कि जीजाजी की दोनों आँखों से भीषण अश्रुपात हो रहा है। ससुर जी को अपनी रामायण के भीगने का ख़तरा था और उधर पूरा मुहल्ला चकित कि आख़िर हो क्या गया?

"कोई अत्यंत मार्मिक प्रसंग प्रस्तुत हो गया है!" एक बुज़ुर्ग खुसफुसाए।

"हमें तो जान पड़ता है कि भरत मिलाप का प्रसंग खुल गया। कुँवर साहब भाव विह्वल हो उठे हैं!" सास ने अंदाज़ा ज़ाहिर किया।

"हट अम्मा... तुम भी न! देख रही हो? जीजाजी की आँखों में पीड़ा है विह्वलता नहीं। मुझे तो लग रहा है कि लक्ष्मण को शक्ति लगी है और भगवान राम का विलाप चल रहा है!" साली ने विश्लेषण किया।

"हुआ क्या कुँवर साहब?" ससुर साहब दाँत पीसकर चिड़चिड़ाए।

"आख़िर ऐसा कौन-सा प्रसंग आ पड़ा है?"

"क्या बताएँ पापा जी!" कुँवर साहब एक सर्द-सी आह भरते हुए रामायण के अधखुले पन्ने पर एक स्थान पर उँगली रखते हुए बोले, "यह 'क' देख रहे हैं न! जब मैं पहली बार स्कूल गया था तो स्कूल के बड़े-बड़े ब्लैक बोर्ड पर यह इतना बड़ा-बड़ा लगता था जैसे हाथी। और आज सालों बाद इसे देखा है तो देखिए सूखकर काँटा हो गया है! दिनन की गति देखिए। पूरे पन्ने में मैं केवल इसी को पहचानता हूँ और आज यह मिला भी तो किस हाल में कि पहचाना ही नहीं जा रहा। कितना दुबला हो गया है हमारा 'क'! और दामाद जी अबकी बार फूट-फूटकर रो पड़े।

सांस्कृतिक सभा बर्ख़ास्त हुई। लेकिन दिलीप जी का कमरा आज बंद था। अंदर से टेबल लैंप की रौशनी दरवाज़ों की झिरी से छन-छनकर आ रही थी।

वो बेहद नाराज़ थे। फलतः आज इस क्षेपक पर जिसे-जिसे भी बुक्का फाड़कर हँसना था वह छत से नीचे आकर हमारे कमरे में ही खुलकर अपनी भड़ास निकाल पाया। लेकिन रात की गहराई में आवाज़ें तो फैलती ही हैं! चाहे उनका स्रोत बंद कमरे में ही क्यों न हों!

रेड चैंबर

1990 के आख़िरी महीने में मैं और मेरा एक जूनियर बैरहना की एक जर्जर-सी बिल्डिंग के सबसे ऊपरी तल पर एक दड़बेनुमा कमरे में शिफ़्ट हुए थे। कमरे का किराया था सौ रुपये महीना। राशन-पानी, घी, अचार आदि घर से आता था और पढ़ाई व अन्य दीगर ख़र्चों के लिए तीन या चार सौ रुपये महीने के मिलते थे। हम अपनी इस व्यवस्था से संतुष्ट थे।

जिस चार मंज़िला बिल्डिंग के सबसे ऊपरी तल पर हम रहते थे उसकी जीर्ण-शीर्ण अवस्था और उसकी भुतहा बनावट के चलते अंदर से थोड़ा-थोड़ा डर लगता था। बाथरूम बिल्डिंग के सबसे निचले तल पर एक आँगन में था और हमारे कमरे के ठीक पीछे लोहे के जाल पड़े थे जो हर लेयर पर थे और वहाँ से आँगन किसी गहरे कुएँ की तरह दिखता था। रात-बिरात तीन-चार मंज़िल नीचे सँकरी और अँधेरी सीढ़ियों से होते हुए बाथरूम जाना एक साहसिक कार्य था जिसे हम हर बार हाँफते-काँपते अंजाम दे पाते थे।

बिल्डिंग के सबसे निचले तल पर एक हिस्से में डाकघर खुला था। और बग़ल वाले हिस्से में पंसारी की दुकान थी। यह बिल्डिंग भी उसी पंसारी की ही थी। बीच वाला पोर्शन लाल रंग से पेंट किया गया था जिसे देखकर हम लोगों ने उस बिल्डिंग का नाम ही 'रेड चैंबर' रख दिया। इससे हमारी रिहाइश का पता भी थोड़ा स्टैंडर्ड लगने लगा। रेड चैंबर, डाकघर के ऊपर, बैरहना, इलाहाबाद!

इस कमरे में शिफ़्ट करने के पहले ही दिन मेरा पार्टनर बुरी तरह डर गया था।

हुआ यह कि हम लोगों ने पहले दिन साथ मिलकर खाना बनाया और खाया। पार्टनर कहानियाँ सुनने का शौक़ीन था। बातों-बातों में मैंने उसे एक भुतहा कहानी सुनाई। देर रात में भूतों की कहानी का भी एक ग़ज़ब सम्मोहन होता है जिसे सुनने और सुनाने वाले दोनों डरते हैं लेकिन क़िस्सा बीच में नहीं रुकता।

तो मैंने शुरू किया... हम दोनों अपने-अपने बिस्तर पर गले तक कम्बल

ओढ़कर कथावार्ता में मशग़ूल हो गए।

"एक बार की बात है, झाँसी के एक कॉलेज के हॉस्टल में कुछ लड़कों ने रात के खाने के बाद नौ से बारह का पिक्चर का शो देखने का प्रोग्राम बनाया। पौने नौ बजे चार-पाँच लड़के इलाइट टॉकीज के लिए प्रस्थान करने के पहले अपने साइड रूम पार्टनर को बताकर गए कि हम देर रात 12 बजे तक लौटेंगे अगर गेट खुलने में कोई दिक़्क़त होगी तो तुम्हें आवाज़ लगाएँगे। बग़ल के कमरे वाला लड़का देर तक पढ़ता था, उसने सहमति दे दी।

लड़के हॉस्टल गेट की बाउंड्री के एक टूटे हिस्से को फाँदकर पैदल ही चल दिए और पिक्चर देखने के बाद हँसी-ठिठोली करते पैदल ही हॉस्टल की ओर चल दिए।

एक लंबी सुनसान सड़क पर चलते हुए अचानक उन्हें बीच सड़क पर औंधे मुँह पड़ा हुआ एक आदमी दिखा। डर, जिज्ञासा और कौतूहल से लड़कों के रोंगटे खड़े हो गए। लेकिन चूँकि वो संख्या में पाँच थे इसलिए हिम्मत बाँधकर उनमें से एक ने उसे सीधा करना चाहा। जैसे ही उसने औंधे पड़े हुए आदमी का दाहिना हाथ उठाया उसे देखकर लड़के की रीढ़ की हड्डी में सिहरन-सी दौड़ गई। वह हाथ बेहद विचित्र असाधारण और डरावना था। हाथ में दो अँगूठे और छह उँगलियाँ थी और हथेली के बीचो-बीच एक हँसती हुई आँख का चित्र था। लड़का सिहर गया और बाक़ी लड़कों को पास बुलाया, तब तक हथेली में बनी हुई आँख की पुतली में हरकत हुई और पाँचों जान छुड़ाकर दौड़े।

भागते-भागते दूर कहीं आगे उन्हें एक ताँगा दिखाई दिया। घिघ्घी बँधे हुए स्वर में लड़कों ने ताँगे वाले से हॉस्टल तक लिफ़्ट माँगी। ताँगे वाला रहस्यमय ढंग से मुस्कुराया और उन्हें बैठा लिया। रास्ते में लड़के उस वीभत्स हाथ की चर्चा करने लगे। जिज्ञासा वश ताँगें वाले ने पूछ लिया कि हुआ क्या था ? लड़कों ने पूरी बात बताई और हाथ के बारे में बताते हुए ज़ोर से झुरझुरी ली।

"कहीं ऐसा तो नहीं था वह हाथ ?" ताँगे वाले ने मुड़कर उन्हें अपना दायाँ हाथ दिखाया। और उसे देखते ही लड़के ताँगे से गिरते-पड़ते कूदकर भागे। वह बिलकुल वही हाथ था जिसे अभी-अभी वे देखकर आए थे।

हाँफते-काँपते किसी तरह वे हॉस्टल के गेट पर पहुँचे और ज़ोर-ज़ोर से गेट भड़भड़ाने लगे। हॉस्टल का चौकीदार तम्बाकू मलते हुए भुनभुनाते हुए कहीं से नमूदार हुआ। उसने गेट खोला और लड़कों को बेतहाशा डरे हुए देखकर वजह

पूछी। लड़कों ने पूरी घटना बताई और हाथ का ज़िक्र करते हुए सब थर-थर काँपने लगे।

"कहीं ऐसा तो नहीं था?"

चौकीदार ने अपना दाहिना हाथ उनके चेहरे के सामने कर दिया। यह भी वही हाथ था और हाथ में बनी आँख की पुतली ज़ोर-ज़ोर से हँसते हुए नाच रही थी। लड़कों ने पसीना छोड़ दिया और चिल्लाते हुए अपने कमरे की ओर भागे। हड़बड़ाहट में वे अपने कमरे का ताला भी खोल नहीं पा रहे थे। उसी वक़्त बग़ल के कमरे वाला लड़का बाहर निकला और झुंझलाया, "क्या है यार! एक-दो रात भर यहाँ-वहाँ भटकते हो फिर यहाँ आकर हल्ला मचा रहे हो। हुआ क्या है?"

लड़कों ने उसे अपनी लोमहर्षक दास्तान बताई। अंत में हाथ का ज़िक्र आते ही उन्होंने जब उसकी वीभत्सता के बारे में बताना चाहा तो मुस्कुराते हुए साइड पार्टनर ने अपना दायाँ हाथ उनके आगे करते हुए कहा, "कहीं ऐसा तो नहीं था?"

और उसका हाथ देखते ही पाँचों वहीं बरामदे में ही बेहोश हो गए!

सुबह जब उन्हें होश आया तो पता चला कि रात में चौकीदार हॉस्टल गेट पर था ही नहीं। वह तो शाम को ही छुट्टी पर चला गया था। उनके पिक्चर के लिए रवाना होते ही साइड पार्टनर के घर से किसी इमरजेंसी होने पर वह भी साढ़े नौ बजे ही अपने कमरे का ताला लगाकर ट्रेन पकड़कर घर चला गया था। यानी उस रात जब वे हॉस्टल लौटे थे तो हॉस्टल में कोई भी नहीं था।

कहानी ख़त्म करके मैंने अपने कम्बल को मुँह के ऊपर तक खींच लिया। कमरे के बाहर सन्नाटा था और नीचे सड़क से कुत्तों के भौंकने की आवाज़ आ रही थीं। मेरा पार्टनर कम्बल के अंदर हिल रहा था यह समझना मुश्किल था कि वह हँस रहा था या काँप रहा था।

मैंने झटके में अपना कम्बल मुँह से खींचा और अपना दायाँ हाथ उसके सामने लाते हुए बोला, "कहीं ऐसा तो नहीं था?" और वह दहाड़ मारकर चिल्लाया।

फिर उस पूरी रात हमने अपनी किडनी पर बेहद ज़्यादती की लेकिन हम दोनों में से किसी की हिम्मत दरवाज़ा खोलकर बाथरूम जाने की नहीं हुई। रेड चैंबर के उस भुतहे और डरावने कमरे में हमने तक़रीबन एक साल गुज़ारा।

असली दिक़्क़त तो गर्मियों में शुरू हुई जब आठ गुना आठ का वह छोटा-

सा चैंबरनुमा कमरा दोपहरी में भट्टी की तरह तपने लगता। अप्रैल 1991 की ही शुरुआत में पार्टनर की इंटर बोर्ड की परीक्षाएँ समाप्त हो गईं और उसने गर्मियों की लंबी छुट्टियों के लिए बोरिया-बिस्तर बाँध लिया। अब उसे जुलाई में ही वापस लौटना था, जबकि मेरे बीए फ़र्स्ट ईयर के एक्ज़ाम शायद मई-जून में निपटते।

पार्टनर के जाने से दो-तीन दिक़्क़तें किसी प्रेत की तरह आकर सवार हो गईं। एक तो यह कि कमरे का एक मात्र सिन्नी टेबल फ़ैन जो कि पार्टनर का ही था उसने सामान के साथ ही बाँध लिया घर ले जाने के लिए।

दूसरा यह कि उसने अपनी साइकिल को अथक परिश्रम से चौथी मंज़िल की सँकरी सीढ़ियों तक पहुँचाया और सीढ़ियों में ही एक किनारे पर टिकाकर उसमें ताला लगा दिया।

और अकेलापन तीसरी दिक़्क़त थी, लेकिन वह ज़्यादा ग़ौर तलब न थी, क्योंकि मेरे कमरे के ठीक बग़ल वाले कमरे में तीन सीनियर कम्पटीटर तैयारीरत थे- ओमप्रकाश द्विवेदी जी, अरविंद पांडे जी और अशोक त्रिपाठी सर!

तीनों पार्टनर बेहद मिलनसार और सहयोगी थे। उनका कमरा मेरे कमरे से लगभग तीन गुना बड़ा था और उसमें सीलिंग फ़ैन होने की वजह से उसका एयर सर्कुलेशन भी ज़्यादा था। दोपहर में अपने कमरे पर पढ़ते-पढ़ते जब माथे से टपकता हुआ पसीना किताबों और नोट्स को भिगोने पर उतारू हो जाता तो मैं संकोच त्यागकर बग़ल वाले कमरे में चला जाता। उनके कमरे में प्रवेश करते ही मई-जून की पंखे की गर्म हवा भी कुछ देर कूलर का काम करती। निपट अकेला होने की वजह से प्रायः द्विवेदी जी मुझे अपने साथ ही भोजन का ऑफ़र कर देते और मैं एक वक़्त का खाना बनाने की ज़हमत से बच जाता।

द्विवेदी जी और अरविंद पांडे हीटर पर ही तवा रखकर, तवे पर ही बिलकुल गोल और फूली हुई रोटियाँ बनाते जिनकी शक्ल देखकर ही भूख भड़क उठती। मेरे लिए वह रोटियों के निर्माण का तकनीकी कौशल चकित करने वाला था। वो रोटी बेलकर तवे पर डालते और एक कपड़े की सहायता से उसे तवे पर ही गोल-गोल घुमाते हुए फुल्के की तरह फुला देते।

रात अपेक्षाकृत सरल और सुखद होती क्योंकि दोनों कमरों के आगे खुली छत थी। चौथी मंज़िल पर शाम की धूप के हल्के पड़ते ही मौसम ठंडा और सुहाना हो जाता और हमारे बिस्तर खुली छत पर बिछ जाते। सब लोग छत पर ही

डिनर करते और टेबल लैंप बाहर निकालकर देर तक पढ़ते रहते। हवा की तीव्रता बढ़ती जाती और देर रात तक ठंडक का अहसास होने लगता जैसे हम किसी हिल स्टेशन पर हों। पढ़ते-पढ़ते नींद का झोंका आता तो फिर नींद सीधे सुबह की चिपचिपी धूप, चिड़ियों के कलरव और मौसम की बढ़ती तपिश से ही खुलती।

बग़ल के कमरे में एक पुराने सीनियर ओमनाथ जी कभी-कभार आते थे। पहले वे इसी कमरे के बाशिंदे थे और फ़िलहाल शायद ब्रिटानिया में काम करते थे दिल्ली में। बेहद हँसोड़, बिंदास, हर वक़्त मज़ाक़ से लबरेज़। ओमनाथ जी के आते ही दोनों कमरों में कुछ इस प्रकार का उल्लास छा जाता जैसे कोई गार्जियन आ गया हो।

वो प्राय: सुबह-सुबह की किसी ट्रेन से इलाहाबाद उतरते और सीधे रेड चैंबर में आते। जब मैं उनींदी आँखों को मलते हुए उठता तो बग़ल के कमरे में उनके क़हक़हों की आवाज़ें ही जता देतीं कि ओमनाथ सर आए हैं और सभी लोग जल्दी-जल्दी हाथ मुँह धोकर उनके साथ चौराहे की एक बड़ी चाय नाश्ते की दुकान पर जा धमकते।

उस वक़्त सब कुछ 'ऑन द हाउस' होता। गरमा-गरम समोसे, कचौड़ियाँ, जलेबी और चाय! हम लोग छकभर नाश्ता करते और ओमनाथ जी पूरी उदारता से सबका पेमेंट करते। इस बीच उनके मज़ेदार क़िस्से और संस्मरण जारी रहते। ये क़िस्से और उनको सुनाने का अंदाज़ इतना रोचक होता कि जब तक ओमनाथ जी कमरे पर रहते सबकी पढ़ाई स्थगित रहती और रेड चैंबर क़हक़हों से गुलज़ार रहता।

यूँ तक़रीबन जुलाई-अगस्त तक एक्ज़ाम निपटाकर मैं कुछ दिन के लिए घर वापस चला गया।

कुछ दिन बाद रूम पार्टनर ने अवगत कराया कि वह बीएएमएस करने कहीं और जा रहा है इसलिए अब वह मेरा रूम पार्टनर नहीं रह पाएगा। यानी मुझे नये सत्र के शुरू होने से पहले पहले ही नये ठिकाने का इंतज़ाम करना था।

उन दिनों हॉस्टल के, भइया के पुराने सीनियर मम्फ़ोर्डगंज में टिपटॉप ड्राई क्लीनर्स के ऊपर एक कमरे में रहने लगे थे। मैं अक्सर बैरहना से किराये की साइकिल लेकर मम्फ़ोर्डगंज उनके कमरे पर चला जाता कि शायद वे मम्फ़ोर्डगंज में कोई क़ायदे का कमरा दिलवा दें। उस दौरान मम्फ़ोर्डगंज को बड़ी एलीट डेलीगेसी माना जाता था और वहाँ कमरा मिलना बड़े सौभाग्य की

बात थी।

बहरहाल लंबे समय की भागदौड़ के बावजूद मम्फ़ोर्डगंज में कमरा नहीं मिल सका। लेकिन कमरे की तलाश के सिलसिले में ही मैं एक दिन जब पांडे जी के कमरे पर बैठा उनसे दोपहर के भोजन के प्रस्ताव की आशा कर रहा था तभी मेरा एक पुराना मित्र अभिषेक वहाँ नमूदार हुआ। वह पांडे जी से यह कहने आया था कि उसने फ़तेहपुर बिछुआ (टैगोर टाउन) में एक कमरा लिया है और अब उसे एक पार्टनर की तलाश है।

कितना सुखद संयोग था कि उसके पास कमरा था और पार्टनर की तलाश थी। और मैं कमरा ढूँढ ही रहा था। कुआँ प्यासे के पास चलकर आया था, जिसका परिणाम यह हुआ कि उसी शाम मैं अपना बोरिया-बिस्तर बैरहना से उठाकर अभिषेक का रूम पार्टनर हो गया।

1992-93 का पूरा साल फिर यही कमरा मेरी रिहाइश बना। अभिषेक एक उदार और मस्त लड़का था जिसके साथ एक अच्छी और सुखद पार्टनशिप गुज़री।

फ़तेहपुर बिछुआ में अच्छी कट रही थी। मेरा पार्टनर अभिषेक मस्त मौला लड़का था और किसी भी तरह के चिंता और तनाव से प्राय: दूर ही रहता था। मेरा एक मित्र विवेक निराला दारागंज में अपने पैतृक आवास में रहता था और घर से आते हुए मेरे कमरे से होते हुए ही निकलता था जहाँ से हम लोग यूनिवर्सिटी के लिए साथ ही हो लेते।

हमारे मित्रों की संख्या पर्याप्त थी जिससे यूनिवर्सिटी में भी हम लोग पूरी मौज-मस्ती के साथ क्लास करते और ख़ाली समय में कैंटीन में जाकर चाय पीते। उन दिनों मैं छोटी-मोटी तुकबंदी वाली ग़ज़लें भी लिखने लगा था जो मेरी एक डायरी में संग्रहीत होती चलतीं। कालांतर में उनमें से दस ग़ज़लों को मेरे एक अज़ीज़ दीपक पांडेय ने बनारस में 2008-09 में संगीतबद्ध किया और एक अलबम के रूप में लॉन्च किया।

ख़ैर वह तो बाद की बात है!

उन दिनों देर रात तक पढ़ना हमारा शग़ल था और पढ़ने से आजिज़ आकर मैं जगजीत सिंह की ग़ज़लें सुनने लगता। मेरा पार्टनर हालाँकि खाना बनाने के मामले में थोड़ा आलसी था और उसका बस चलता तो वह महीनों केवल खिचड़ी पर रह सकता था। लेकिन मेरे साथ दिक़्क़त यह थी कि मैं पूर्ण भोजन

का पक्षधर था। जब तक दाल सब्ज़ी रोटी चावल और सलाद का कोरम पूरा न हो भोजन में स्वाद नहीं आता था। इसलिए मैं आलस त्यागकर दोनों वक़्त पूरा भोजन बनाता था और उसे छकने में पार्टनर को कोई दिक़्क़त न थी। हम दोनों एक-दूसरे के पूरक थे और इसलिए हमारी पार्टनरशिप में कभी कोई गतिरोध नहीं हुआ।

मेरा रूम पार्टनर कभी-कभी विचित्र हरकतें करता। एक्ज़ाम की पूर्व तैयारियों के दिनों में देर रात पढ़ते-पढ़ते अचानक वह बड़े सौजन्यपूर्ण स्वर में अनुमति माँगता, "तुम्हें डिस्टर्ब न हो तो मैं थोड़ी देर चिल्ला लूँ?"

मैं हँसते हुए अपने नोट्स बंद कर देता और वह बालकनी में निकलकर गला फाड़कर मोगली की तरह जंगली आवाज़ें निकालता। उसकी इस गलाफ़ाड़ आवाज़ से आस-पास के पेड़ों पर सोए परिंदे चौंककर फड़फड़ा उठते और आस-पास की छतों पर सोए लोग झटके से उठकर बैठ जाते।

कभी-कभी वह विचित्र कल्पनाएँ करता। जैसे मई जून की उन दोपहरियों में ऐसी भीषण बारिश हो जिसकी बाढ़ यूनिवर्सिटी कैंपस को डुबा दे और परीक्षाएँ स्थगित हो जाएँ। कभी-कभी जब मैं रात के एक-दो बजे के आस-पास अपनी पढ़ाई में बेहद संकेंद्रित होता और टेबल लैंप की धीमी रौशनी में अर्थशास्त्र का कोई चैप्टर पढ़ रहा होता वह लगभग डराने की हद तक मेरे क़रीब आकर मेरे चेहरे के सामने एक चाक़ू बढ़ाता।

मैं चौंककर उसे देखता तो उसका प्रस्ताव होता- "ये चाक़ू ज़ोर से मेरे सीने में पैवस्त कर दो! मैं परीक्षा देने से बच जाऊँगा।"

बड़ी मुश्किल से मैं उसे समझाता और तब जाकर वह शांत होता।

उन्हीं दिनों विवेक निराला के चाचाजी के सौजन्य से आकाशवाणी के 'युववाणी' कार्यक्रम में हम दोनों को कविता पाठ का अवसर मिला। हर शुक्रवार प्रसारित होने वाले इस कार्यक्रम में दो-दो कविताओं की लाइव ब्रॉडकास्टिंग पर हमें पिचहत्तर रुपये का चेक मिलता था, जो कि हमारी अपनी कमाई थी। यह सिलसिला तक़रीबन 6 महीने चला। मैंने विवेक की मदद से दारागंज में ही एक बैंक की ब्रांच में अपना सेविंग अकाउंट खोल लिया और चेक मिलते ही उसमें जमा कर देता था।

91, 92, 93 के वक़्फ़े में शौक़िया तौर पर ही मैंने कई विचारधाराओं का चक्कर काटा। 91 में मैं आईसा का मेंबर बना। नॉर्वे के एक पूर्व प्रधानमंत्री का

कथन था-"25 वर्ष की उम्र तक अगर कोई युवक साम्यवादी नहीं होता तो उसके दिमाग़ में कुछ फ़ितूर है। और अगर 25 के बाद भी वह साम्यवादी है तो उसके दिमाग़ में निश्चित रूप से कुछ फ़ितूर है।"

सो मैंने 25 की उम्र के पहले ही साम्यवादी बनकर साबित किया कि मेरा दिमाग़ बिलकुल दुरुस्त था। उस साल कुमुदनी पति के चुनाव में मैं सक्रिय रूप से सहयोगी था। लेकिन साम्यवाद से मोहभंग होने के लिए मैंने 25 बरस की उम्र बीतने का इंतज़ार नहीं किया और 1992 में मैंने एनएसयूवाई ज्वॉइन कर लिया। फ़तेहपुर बिछुआ में रहने के दौरान मैं वहाँ का वार्ड अध्यक्ष था। बाद में कतिपय मुद्दों पर गतिरोध के चलते मैंने और अभिषेक दोनों ने अपना इस्तीफ़ा दे दिया।

वार्ड अध्यक्ष के रूप में हमारी उपलब्धि मात्र इतनी ही थी कि हमें बिना आई कार्ड दिखाए ही मिट्टी का तेल मिल जाता था हालाँकि हमारे पास गैस सिलेंडर और चूल्हा था इसलिए अपना केरोसिन ऑयल का कोटा हम लोग अपने उन मित्रों को दे दिया करते थे जिनके पास स्टोव था।

पढ़ाई की मेरी अपनी एक विचित्र आदत थी और वह थी चक्रमण पद्धति से पढ़ने की। मैं अक्सर अपना एक निश्चित लक्ष्यबद्ध कोर्स लेकर किसी-न-किसी मित्र के घर या कमरे पर चला जाता और हफ़्ते-दस दिन के लिए वहीं जम जाता। चूँकि मेरे पास सीमित और संयमित सिलेबस ही होता। बमुश्किल एक या दो किताबें जिन्हें पूरा करने का लक्ष्य लेकर मैं इस तरह के प्रवास पर जाता। इसलिए लक्ष्य से ध्यान भटकने की संभावना समाप्त हो जाती कि ये पढ़ें...या वो!

जो मैं लेकर जाता उसके पूरा होते ही मैं वापस अपने कमरे की ओर प्रस्थान कर जाता और अगले पंद्रह-बीस दिनों में फिर कहीं-न-कहीं के लिए प्रयाण कर जाता। इस बात पर मैं सौभाग्यशाली ही था कि मेरे मित्रों और स्नेहियों की संख्या बहुत थी और उनमें से प्रायः हर कोई मेरे इस प्रवास को पूरी प्रसन्नता के साथ स्वीकार करता। बदले में मैं उन्हें बैंगन भरवाँ, मटर पनीर, एग करी जैसी रिच डिशेज़ बनाकर खिलाता जो कि कुकिंग में मेरी विशेषज्ञता सूची में शामिल थीं।

1993 में मेरा स्नातक पूर्ण हुआ और एमए में एडमिशन अभी सत्र के लेट होने के कारण संभव नहीं था। मैंने अपना बोरिया-बिस्तर समेटा और वापस अपने गृह जनपद चला गया। स्नातक पूर्ण होने के बाद भी मेरी उम्र अभी 21 वर्ष नहीं थी इसलिए सिविल सर्विसेज के फ़ॉर्म मैं नहीं भर सकता था। यह तय हुआ कि इस वक़्फ़े में मैं सामान्य अध्ययन और विषयों पर कुछ-न-कुछ पढ़ता रहूँगा इस

तरह से पढ़ाई और तैयारी की निरंतरता भी बनी रहेगी।

और इस तरह से 1990 से 1993 का त्रिवर्षीय इलाहाबाद प्रवास, जो कि मेरे पूर्ण काल का प्रथम चरण था, बिताकर मैं बाँदा चला गया। फिर से एक बार इलाहाबाद की सरज़मीं पर लौट आने के लिए!

मेमोरी प्लस

1996 में मैंने पहली बार पॉलिटिकल साइंस से सिविल सेवा का प्रीलिम्स दिया और संयोग से क्वॉलीफ़ाई कर गया। लेकिन उस बार मेन्स में नहीं हो पाया।

अगले सत्र में 1997 का प्रीलिम्स फिर से क्वॉलीफ़ाई किया और मेन्स के लिए भइया की सलाह पर मैंने दर्शनशास्त्र और हिंदी साहित्य चुना और तैयारी में जुट गया। भइया का फ़ाइनल सेलेक्शन 1994 एक्ज़ाम में ही 'भारतीय रक्षा लेखा सेवा' में हो गया था और 1997 में वे वडोदरा में फ़ाउंडेशन ट्रेनिंग पूरी कर एनआईएफ़एम फ़रीदाबाद में प्रोफेशनल ट्रेनिंग कर रहे थे।

सोमवार से शुक्रवार तक वे अपनी बेहद व्यस्त ट्रेनिंग क्लासेज़ में मशग़ूल रहते लेकिन हर शनिवार शाम ट्रेन पकड़कर फ़रीदाबाद से नई दिल्ली आते, वहाँ से रात में प्रयागराज एक्सप्रेस पकड़ते और रविवार की सुबह-सुबह इलाहाबाद पहुँच जाते।

एक पूरे दिन के लिए उनके पास पूरा लेसन प्लान तैयार होता। मैं उनके आते ही आँखें मलते हुए उठता और वो आते ही केवल चाय पीकर तुरंत क्लास लेने बैठ जाते। चूँकि मेरे दोनों मेन्स के सब्जेक्ट मेरे लिए नये थे और इन्हें मैंने ग्रेजुएशन में भी नहीं पढ़ा था, इसलिए दोनों सब्जेक्ट मुझे 'कखगघ' से ही शुरू करने थे। इसी के दृष्टिगत भइया अपनी ट्रेनिंग से एक दिन का समय निकालकर इतनी थकाऊ यात्रा करके हर हफ़्ते इलाहाबाद पहुँचते थे।

स्टेशन से उतर कर वो सबसे पहले कमलानगर में अपने मित्र प्रवीण के घर पहुँचते और मुझे या तो वहीं बुला लेते या फिर ख़ुद लॉज में आ जाते। लॉज में उनके आने पर एक दिक़्क़त यह होती कि लॉज के अंत:वासी ही नहीं बल्कि उनके भी तमाम परिचित यार दोस्त भइया से मिलने और मार्गदर्शन लेने के लिए आ जाते जिससे आधा दिन तो इसी मिलने-जुलने में निकल जाता।

यह वह दौर था जब भारतीय सिविल सेवा में चयनित अभ्यर्थियों से मिलने वालों की भीड़ होती थी। इसीलिए वे प्रयास करते थे कि दिन भर कमलानगर

में पढ़ाने के बाद स्टेशन के लिए ट्रेन पकड़ने से पहले वो लॉज में आते और सबसे मिल-जुलकर स्टेशन निकल जाते, जहाँ से प्रयागराज एक्सप्रेस पकड़कर सोमवार की सुबह साढ़े नौ बजे उन्हें अपनी फ़रीदाबाद एकेडमी में ट्रेनिंग क्लास ज्वॉइन करनी होती।

इस पूरे व्यस्त शेड्यूल में भी वे सिविल की अगली परीक्षा के लिए ख़ुद भी तैयारी कर रहे थे और दर्शनशास्त्र उनके लिए भी नया सब्जेक्ट होने के कारण नोट्स बनाने का काम भी तीव्र गति से चल रहा था। वे फ़िलॉसफ़ी के जितने चैप्टर कम्प्लीट करते जाते मैं उन्हें कंठस्थ करता चलता और इस लिहाज़ से देखा जाए तो मैं कहीं ज़्यादा सुविधाजनक स्थिति में था।

उन्हें तमाम किताबें पढ़कर उन्हें विश्लेषित कर नोट्सबद्ध करना होता था जबकि मुझे केवल ताँगे के घोड़े की तरह आँखों के दोनों साइड पट्टी बाँधे हुए केवल और केवल संघनित नोट्स ही पढ़ने होते थे। यही वजह थी कि भारतीय सिविल सेवा की मुख्य परीक्षा की तैयारी मेरे लिए महज़ बीए की परीक्षा की तैयारी-सी थी और मैं इस वक़्फ़े में भी ताश खेलने बतकही करने और शाम को चौराहेबाज़ी का पर्याप्त समय निकाल ही लेता था।

उसी दौरान याददाश्त बढ़ाने के लिए बाज़ार में 'मेमोरी प्लस' नाम का एक कैप्सूल लॉन्च हुआ था। इसका फ़ॉर्मूला उसी 'केंद्रीय औषधि अनुसंधान केंद्र' द्वारा अप्रूव्ड बताया जाता था जिसमें भइया पहले नौकरी कर चुके थे। कैप्सूल के विज्ञापनों में उसे प्रसिद्ध शतरंज खिलाड़ी विश्वनाथन आनंद को खाते हुए दिखाया जाता था, जो ख़ासी प्रभावोत्पादकता उत्पन्न करता था।

भइया इस मेमोरी प्लस का एक डिब्बा ख़रीद लाए थे और उसका सेवन कर रहे थे। पता नहीं उससे मेमोरी बढ़ती थी या नहीं लेकिन ऐसे प्रयास सदैव मानसिक सकारात्मकता ज़रूर देते थे।

इस 'मेमोरी प्लस' को लेकर एक बार एक रोचक वाक़या पेश आया जिस पर हम आज तक हँसते हैं और जिसके बाद भइया ने कैप्सूल खाना छोड़ दिया था।

हुआ यह कि एक रविवार जब वे शाम को जल्दी-जल्दी खाना खाकर फ़रीदाबाद वापसी के लिए प्रयागराज पकड़ने की जल्दी में थे, उसी समय लॉज में उन्हें याद आया कि उनके हॉस्टल रूम की चाबी प्रवीण सर के घर पर ही रह गई है।

प्रवीण सर भइया को अपनी फ़िएट कार से स्टेशन छोड़ने जाते थे। आनन-फानन प्रवीण सर का कजिन सलिल दौड़ा हुआ घर गया और जहाँ रात में भइया सोए थे उस कमरे को पूरा छान मारा लेकिन चाबी कहीं नहीं दिखी। वह उल्टे पैरों लौटा और बताया कि चाबी वहाँ नहीं है। एक बार भइया का पूरा बैग उल्टा पलटा गया लेकिन चाबी नहीं मिली।

हॉस्टल रूम की चाबी ख़ासी लंबी और बड़ी चाबी थी। भइया ने बताया कि मुझे अच्छी तरह याद है कि रात में चाबी मेरी पैंट की जेब में थी और सोने में असुविधा के चलते मैंने ख़ुद उसे निकालकर तकिए के नीचे रखा था। इस 'तीव्र स्मृति प्रत्यय' के आधार पर सलिल को पुनः दौड़ लगाकर म्योर चर्च का मैदान पार करते हुए कमलानगर जाना पड़ा। सलिल ने पूरा बिस्तर छान मारा और केवल तकिए को फाड़कर चाबी अंदर ढूँढने की कसर छोड़ी लेकिन फिर भी चाबी का कहीं नामोनिशान न था।

अब चूँकि ट्रेन पकड़ने के लिए लेट हो रहा था इसलिए यह तय पाया गया कि हॉस्टल पहुँचकर ताला तुड़वा दिया जाएगा क्योंकि और कोई विकल्प शेष नहीं था।

सोमवार की सुबह-सुबह साढ़े आठ-नौ बजे वे फ़रीदाबाद अपनी एकेडमी पहुँचे। क्लास शुरू होने में समय कम ही था। उनका एक सह प्रशिक्षु कैंटीन से नाश्ता करके क्लास के लिए निकल ही रहा था जो कि रिसेप्शन में भइया को मिल गया। उन्होंने सह प्रशिक्षु से कहा कि अपने कमरे की चाबी दो मैं फ्रेश होकर क्लास के लिए तैयार होता हूँ, तब तक तुम जल्दी से किसी को बुलाकर मेरे कमरे का ताला तुड़वा दो। प्रशिक्षु ने उन्हें अपने कमरे की चाबी दी और हॉस्टल के किसी कर्मचारी को ताला तोड़ने के लिए संदेशा देने चला गया।

पंद्रह मिनट बाद ही वह ताला तोड़ने के कतिपय यंत्रों और एक चपरासी के साथ लौटा और अपने कमरे में बैठे भइया को सूचित किया कि ताला तोड़ने वाला आ गया है। इसके साथ ही उसने बड़े भोलेपन से यह भी पूछा, "लेकिन रूम का ताला तुड़वा क्यों रहे हो?"

"क्योंकि रूम की चाबी मेरे पास नहीं है और मेरा सारा सामान कमरे के अंदर है। इसलिए!" भइया ने झुँझलाते हुए बताया।

"लेकिन उसके लिए ताला तोड़ने की क्या ज़रूरत है? हम उसे चाबी से भी खोल सकते हैं?" उसने बेहद भोलेपन से पूछा।

"चाबी है कहाँ यार? यही तो बता रहा हूँ कि चाबी नहीं है!" भइया चिड़चिड़ा उठा।

"तुम्हारी चाबी तो मेरे पास है। तुम्हीं तो शनिवार की शाम जब निकल रहे थे तो यहीं रिसेप्शन के पास मुझे दी थी!" सह प्रशिक्षु ने अवगत कराया और भइया के रूम की चाबी निकालकर उसके हाथ में रख दी।

"तुम्हें कब दिया, क्यों दिया था?"

"अरे जब तुम निकल रहे थे तो मैंने तुमसे इलेक्ट्रिक प्रेस माँगा था जो तुम्हारे कमरे में रखा था, तुमने मुझे अपने रूम की चाबी दी कि निकाल लेना और चाबी अपने पास रख लेना क्योंकि तुम्हें ट्रेन पकड़नी थी!" अरविंद ने बताया।

और इस तरह ससमय ही ताला शहीद होते-होते बचा।

बाद में पूरी बात पता चलने पर मैंने इस चाबी प्रकरण को कुछ यूँ व्याख्यायित किया कि भइया ने किसी दिन हॉस्टल में जेब में गड़ रही चाबी को निकालकर तकिए के नीचे रखा होगा। वह 'एक' स्मृति थी। और कमलानगर में उसे यह बात याद रही कि चाबी को किसी दिन जेब से निकालकर उसने तकिए के नीचे रखा था।

यानी यह कैप्सूल दो अलग-अलग घटनाओं और जगहों की मेमोरी को जोड़कर एक घटना बना देता है इसलिए दो मेमोरीज़ को जोड़कर एक मेमोरी बना देने की वजह से ही इसका नाम मेमोरी प्लस है! और वैसे भी इसका अनुप्रयोग अभी ख़रगोश और चूहों पर ही किया गया था। आदमियों को यह प्रयोग विश्वनाथन आनंद करा रहा था, वह भी ख़रीदार के ख़र्च पर!

हम लोग इस घटना पर ख़ूब हँसे और भइया पर इसका हृदय विदारक असर यह पड़ा कि उन्होंने कैप्सूल खाना बंद कर दिया।

प्रसंगवश यह बताना होगा कि कुछ समय बाद मेन्स एक्ज़ाम की अंतिम चरण की तैयारी के लिए मैं वहीं फ़रीदाबाद एकैडमी पहुँच गया था, भइया मुझे देर रात तक फ़िलॉसफ़ी पढ़ाते थे। उपरोक्त वर्णित सह प्रशिक्षु भी अपग्रेडेशन के लिए अगला सिविल का एक्ज़ाम दे रहे थे। एक दिन उन्होंने कहा कि वे भी फ़िलॉसफ़ी पढ़ना चाहते हैं। भइया ने सहमति दे दी।

एक-दो दिन उन्होंने हॉस्टल रूम में भइया के नाइट क्लास ज्वॉइन किए, लेकिन जल्दी ही उकता गए।

एक सुबह मैं और सह प्रशिक्षु सर हॉस्टल के लॉन में बैठे थे जब एक

दक्षिण भारतीय प्रशिक्षार्थी ने उनसे से पूछा, "क्या पढ़ते रहते हो तुम लोग रात भर? कौन-सा सब्जेक्ट पढ़ते हो?"

"फ़िलॉसफ़ी!" सह प्रशिक्षु ने आजिज़ी से बताया।

"फ़िलॉसफ़ी? क्या पढ़ते हो फ़िलॉसफ़ी में?" उन्होंने लान में पड़ी एक बेंच की ओर इशारा करते हुए पूछा।

"वो बेंच है न? देख रहे हो?"

प्रश्नकर्ता ने स्वीकार किया, "हाँ!"

"और हम पढ़ते हैं कि वह बेंच नहीं है! वह उसका प्रत्यय है!"

बेंच दरअसल वहाँ है ही नहीं, वह हमारे दिमाग़ में है। दिमाग़ में भी बेंच नहीं है, केवल उसका प्रत्यय है। प्रत्यय जो होता है। वह होता नहीं, दरअसल क्या है कि!"

तब तक प्रश्नकर्ता वहाँ से जितना जल्दी संभव हो सकता था निकल चुका। सह प्रशिक्षु ने दर्शन का सार तो समझ लिया था हालाँकि इसके बाद उनकी और आगे दर्शन पढ़ने की हिम्मत नहीं पड़ी।

गऊघाट के घाट पर

1990-91 के शुरुआती दिनों में जब मैं नया-नया इलाहाबाद आया था तो मेरा शुरुआती ठिकाना ईसीसी के रे हॉस्टल का कमरा नंबर 7ई बना। एक ही परिसर में दो हॉस्टल थे। हॉस्टल रे और टर्नर हॉस्टल, तीसरा हॉस्टल कॉलेज कैंपस में घुसते ही बायीं ओर था, हॉस्टल फ़िलाडेल्फ़िया!

ईसीसी के कैंपस में एक विशालकाय बूढ़ा बरगद था जिसके बारे में कई कहानियाँ प्रचलित थीं। लोग बताते थे कि 1857 के विद्रोह के समय इसी बरगद में तमाम विद्रोहियों को फाँसी पर लटकाया गया था। शाम के धुंधलके में कैंपस में एक अजीब-सा सन्नाटा पसर जाता था या कम-से-कम मुझे तो ऐसा ही लगता था।

हमारे हॉस्टल परिसर से पैदल दूरी पर ही एक ही परिसर में तीन सिनेमा हॉल थे- संगीत, दर्पण और गौतम। उन दिनों संगीत टॉकीज में 'आशिक़ी' फ़िल्म चल रही थी जो लंबे समय तक सिनेमा हॉल से नहीं उतरी। कई बार तो बब्बू की मेस में रात का भोजन करके कई सीनियर्स प्रस्ताव करते कि फ़िल्म का एक-दो गाना सुनकर आया जाए।

'आफ़्टर डिनर वॉक' करते हुए हम जूनियर लोग भी उनके पीछे लग जाते और बिना किसी टिकट के सिनेमा हॉल में घुस जाते। उस समय इस 'त्रिमूर्ति कैंपस' में किसी भी हॉस्टलर के घुसने में कोई मनाही नहीं थी। टॉकीज प्रबंधन और हॉस्टलर्स में एक अघोषित-सा समझौता था कि अगर टॉकीज हाउसफुल होगी तो हॉस्टलर्स फ़्री में पिक्चर देखने की ज़िद नहीं करेंगे और अगर हॉल ख़ाली है तो हम लोग तीनों में से किसी भी टॉकीज में बैठकर पिक्चर देख सकते हैं।

बीए फ़र्स्ट ईयर के मेरे कई मित्र बन गए थे जो रे, टर्नर और फिला में रहते थे। शशिकांत, संजय सिंह, समरेंद्र, इंदु प्रकाश, विनय भट्ट सब एक गोल के लोग थे। बग़ल में 6ई में दो सीनियर थे राजीव सर और मोहन सर। मोहन सर खागा के रहने वाले थे और उन्हें हम उनकी उदारता के लिए जानते थे। घर से

उनके लिए पाँच लीटर के कैन में देसी घी आता था और किसी को भी उनके डिब्बे से ज़रूरत के अनुसार घी निकाल लेने की छूट थी।

एक बार तो वे कुछ दिन की छुट्टियों में घर जा रहे थे। उनके पार्टनर राजीव सर को घी की महक पसंद नहीं थी, दूसरे यह भी था कि जब जिसका जी चाहे वह अपनी-अपनी कटोरी लेकर बड़े अधिकार भाव से मोहन सर के डिब्बे से घी निकालने के लिए हाज़िर हो जाता था, इससे राजीव सर की पढ़ाई डिस्टर्ब होती थी।

उन्होंने मोहन सर को ताकीद की कि या तो यह घी का डिब्बा लेकर जाओ या फिर इसे कमरे से बाहर फेंक दो। मोहन सर को दोनों बातें गवारा न थीं।

आख़िरकार वो पूरा डिब्बा ही हम लोगों को सौंपकर चले गए। हम लोगों ने घी खाने की अति कर दी और कई बार तो संडे की शाम को जब रूम पर ही खाना बना तो सब्ज़ी भी सरसों के तेल के बजाय घी से ही छौंकी गई। हालाँकि उसमें वह स्वाद न आया।

एक बार भइया के मित्र तिवारी जी इलाहाबाद आए, अपने मित्रों से मिलने के लिए। पांडे जी 7ई में भइया के सीनियर पार्टनर थे। शाम को वे तिवारी जी को लेकर कॉलेज कैंपस घुमाने ले गए। वे किसी गाइड की तरह सारे डिपार्टमेंट दिखाते हुए केमिस्ट्री की लैब की ओर जा निकले।

शाम का समय था और शायद लैब का चपरासी भी कहीं इधर-उधर चाय पीने चला गया था। लैब खुली हुई थी। पांडे जी ने अंदर घुसकर तिवारी जी को उस विशालकाय लैब का निरीक्षण कराना शुरू किया। एक लंबी-सी टेबल पर पंक्तिबद्ध ढंग से सूक्ष्मदर्शी रखे हुए थे। पांडे जी के हाथ में शनीचर था और वे अनावश्यक ही चीज़ों से छेड़छाड़ करते चलते थे।

उन्होंने सबसे पहले नंबर पर ही रखे सूक्ष्मदर्शी का लेंस निकालकर अपनी शर्ट की जेब में डाल लिया और तिवारी जी की ओर देखकर खिसिर-खिसिर करने लगे। संयोगवश उसी समय चपरासी लौटा था और उसने पांडे जी को सूक्ष्मदर्शी के साथ छेड़छाड़ करते हुए देख लिया। हालाँकि उसकी हिम्मत तो पांडे जी को टोकने या तलाशी लेने की न पड़ी लेकिन वह दौड़कर शायद लैब असिस्टेंट या टीचर को बुला लाया। पांडे जी और तिवारी जी लंबे-लंबे क़दम बढ़ाते हुए लैब से निकल ही रहे थे कि सामने से लैब प्रभारी आ गए और पांडे जी को रोका। पांडे जी लंबाई असाधारण थी। उन्होंने अपनी गर्दन झुकाकर लैब

प्रभारी को हिक़ारत से देखा।

"लैब में क्यों घुसे?" उसने बेहद रूखे स्वर में पूछा।

"हमारा कॉलेज है। स्टूडेंट हैं हम यहाँ के, चाहे जहाँ घुसें क्यों?" पांडे जी ने लापरवाही से जवाब दिया।

लैब प्रभारी ने बिना किसी पूर्व सूचना के पांडे जी की जेब में झटके से हाथ डालकर सूक्ष्मदर्शी का लेंस निकाल लिया और वितृष्णा भरे स्वर में पूछा, "क्या है ये?"

"हमें क्या पता... तुम बताओ! हम कोई साइंस के स्टूडेंट थोड़े हैं!" पांडे जी सीनाज़ोरी पर उतारू थे। तिवारी जी के सामने अपनी हेठी से वे तिलमिला गए थे। उन्हें लगा कि तिवारी जी क्या सोचेंगे कि ये औक़ात है इनकी अपने कॉलेज में?

"ये सूक्ष्मदर्शी का लेंस है। सबसे ज़रूरी पार्ट! क्यों निकाला इसे?" लैब प्रभारी अपना धैर्य खो रहा था।

"अच्छा! हमें इसकी महत्ता का ज्ञान नहीं था। ऐसा है तो रख लो!" पांडे ने निस्पृह भाव से कहा और आगे बढ़ने को उद्यत हुए। पांडे जी के मुड़ते ही लैब प्रभारी कुछ भुनभुनाया जिसके आख़िरी हिस्से में पांडे जी को किसी अश्रवणीय गाली का बोध हुआ। वे पलट गए।

"क्या कहा तुमने?" पांडे जी ने उसकी टाई को अपनी उँगलियों में लपेटते हुए दाँत पीसा।

"एक तो चोरी करते हो...ऊपर से अकड़ दिखाते हो?" लैब प्रभारी भी अकड़ा।

"इतने बड़े और रेपुटेड कॉलेज के एम्प्लाई हो और स्टूडेंट को गाली देते हो? यही सभ्यता है तुम्हारी? यही संस्कार हैं?" पांडे जी चढ़ गए।

पासा पलट गया। गाली तो दी थी उसने। वह लिबिर-लिबिर करने लगा।

"चलो प्रिंसिपल के पास...बताता हूँ उन्हें कि कॉलेज का स्टाफ़ गाली देता है वो भी स्टूडेंट को। कल ही स्ट्राइक होगी अब स्टूडेंट्स की!"

पांडे जी की धमकी से वह मिमियाने लगा। तब तक चपरासी ने बीच बचाव किया और पांडे जी से मिन्नत की, "जाने दीजिए सर! नये ज्वॉइन किए हैं, अभी कॉलेज के तौर-तरीक़े नहीं पता इन्हें!"

"समझा लेना, गाली वाली बर्दाश्त नहीं करते हम! एक-ठो काँच का टुकड़ा

ही तो था, उठा लिए तो कौन-सा पहाड़ टूट पड़ा। और हम कहते भी जा रहे हैं कि हमें इसकी महत्ता का ज्ञान नहीं था!"

लैब प्रभारी अपनी टाई ठीक करता हुआ वहाँ से खिसक लिया।

एक बार मेस लंबे समय के लिए बंद हो गई। कुछ दिन तो कोठा पारचा रोड पर जग्गी के होटल में नियमित रूप से खाना खाया गया। होटल क्या था एक छोटी-सी गुमटीनुमा दुकान थी लेकिन जग्गी का खाना वाक़ई बहुत स्वादिष्ट और कम तेल मसाले का होता था। लेकिन होटलिंग बहुत दिनों तक संभव नहीं थी। आर्थिकी भी उसकी एक वजह थी। इसलिए फिर रूम में ही राशन पानी का इंतज़ाम किया गया और हीटर प्लेट के सहारे दोनों वक़्त के भोजन की व्यवस्था होने लगी।

अगल-बग़ल के एक-दो कमरों के अंत:वासियों की अपनी-अपनी सुविधानुसार टीमें बन गईं। कोई दाल बनाने में एक्सपर्ट था तो कोई फ्राई करने में। कोई रोटी अच्छी बेल लेता था, तो कोई हीटर के नंगे तारों पर रोटी को सुडौल फुलाने में कुशल था। सुबह का नाश्ता या तो चौराहे पर बंद-मक्खन के साथ होता या फिर हम लोग बिलकुल सुनहरी तली हुई सुस्वादु आलू टिकिया ले आते और ब्रेड के बीच में लगाकर सैंडविच की तरह चाय के साथ उसका सेवन करते।

यमुना किनारे गऊघाट का यह शुरुआती इलाहाबादी प्रवास आज भी ज़ेहन में एक सुखद कसक की तरह ज़िंदा है। वह समय भले ही असुविधाओं और अभावों का समय था लेकिन उसकी स्मृतियाँ अब उतनी ही सुखद और गुदगुदाने वाली हैं!

बिछुआ पर चढ़ाई

दिसंबर-जनवरी 1992 में अप्रत्याशित रूप से मैं टैगोर टाउन मुहल्ले की एक गली में जिसे फ़तेहपुर बिछुआ कहते थे में शिफ़्ट हो गया। बालसन चौराहे से थोड़ा आगे जाकर बायीं ओर एक चौड़ी सड़क मुड़ती थी, जहाँ कर्नलगंज इंटर कॉलेज के सामने से होते हुए आगे जो रास्ता दो फाड़ होता था, उसी में एक रास्ता अंदर एक गली की शक्ल लेता हुआ सँकरा होता जाता था।

यही फ़तेहपुर बिछुआ था। इलाहाबाद के टैगोर टाउन जैसे पाश इलाक़े में यह जैसे एक छुपा हुआ गाँव था जो गली में घुसते ही इलाहाबाद से अलग हो जाता था।

गली के दोनों ओर बँधी भैंसें, आधी सड़क पर चारपाई डालकर एक-दूसरे के सर से जूएँ बीनती औरतें, चारपाइयों पर सूखती दालें, घर के सामने बैठकर अचार डालती बुढ़िया, अधनंगे बच्चे। यह गली जितनी जल्दी शुरू होती उतनी ही जल्दी ख़त्म हो जाती और आगे जाकर फिर से मुख्य सड़क से जुड़कर टैगोर टाउन में तब्दील हो जाती।

अगर कोई जल्दी में इस गली से गुज़र जाए तो उसे मतिभ्रम हो सकता था कि वह इलाहाबाद में ही है या फिर अचानक अभी-अभी भटककर किसी 19वीं सदी के गाँव से हो गुज़रा है।

इसी गली में थोड़ा आगे जाकर एक सामान्य से मकान की छत के कोने पर बने दो कमरों में से एक कमरा हमारा था। कमरे के पीछे एक पतली-सी बालकनी थी जिससे नीचे झाँकने पर एक बेहद सँकरी-सी गली थी। गाली-गलौज और फ़ोहश जुमलों से गुलज़ार यह गली भी जैसे छटपटाकर इलाहाबाद की मुख्य धारा से दूर जा पड़ी थी।

हमारे मकान मालिक किसी ज़माने में किसी प्रेस में प्रूफ़ बनाते थे और किसी मानसिक अवसाद के शिकार होकर लगभग 1975-78 के वक़्फ़े में ठहर गए थे। घर के मुख्य दरवाज़े पर एक बेहद साफ़-सुथरे काग़ज़ पर निहायत ही

कलात्मक ढंग से लिखा था-

'क.ख. पटेल

चीफ़ अटॉर्नी जनरल राष्ट्रपति प्रधानमंत्री भारत सरकार

एडवोकेट जनरल चीफ़ जस्टिस ऑफ़ इंडिया, गृहमंत्री, भारत सरकार, दिल्ली, इलाहाबाद'

काग़ज़ पर लिखी यह नेमप्लेट हर हफ़्ते नई हो जाती थी। कई रंगों के पेन और स्केच पेनों का इस्तेमाल करके वो डट-डटकर इसे लिखते और दरवाज़े पर चिपका देते। अगर कोई शरारतन इस नेम स्लिप को खुरच दे या फाड़ दे तो वे ज्वालामुखी हो जाते और अगले घंटे भर में ही उतनी ही कलात्मकता से नई स्लिप बनकर दरवाज़े पर चिपक जाती।

ऐसा लगता था कि हमारे मकान मालिक का मानसिक विकास 1975 के बाद से ही अवरुद्ध हो गया था। उनके लिहाज़ से आज भी देश में इंदिरा सरकार ही थी और इमरजेंसी लगी हुई थी। उन्हें इंदिरा सरकार का मंत्रिमंडल जबानी कंठस्थ था।

कई बार वो बड़ी उटपटाँग हरकतें करते। बताया गया कि एक बार उन्होंने सरकार को एक पत्र लिखकर पोस्ट कर दिया था कि मुहल्ले के आस पड़ोस के कुछ लोग उनका ख़ून चूसते हैं, मशीन से ख़ून निकालकर विदेशों में सप्लाई करते हैं। इस पत्र की प्रति उन्होंने सीबीआई से लेकर प्रदेश के डीजी और मुख्यमंत्री तक को भेज दी थी, जिस पर एक सरकारी टीम इसकी जाँच करने भी आई थी।

मकान मालिक का बड़ा लड़का सऊदी अरब में किसी फ़र्नीचर कंपनी में काम करता था और वहाँ से पर्याप्त पैसा परिवार के लिए भेजता था। मकान मालिक (जिन्हें हम अधिष्ठाता कहते थे) किसी से बात नहीं करते थे, लेकिन उनकी पत्नी बेटी और दो बेटे हमें बहुत सम्मान देते थे। उनकी सहृदयता का आलम यह था कि यदि कोई मित्र हमसे मिलने कमरे पर आ जाए तो थोड़ी ही देर में हमारे कमरे में गरमा-गरम भजिया पकौड़ी और चाय आ जाती थी।

उस दौर में किरायेदारों के साथ मकान मालिकों का यह व्यवहार हतप्रभ करने वाला था। वो हमसे हर छोटी बड़ी घरेलू बातों पर सलाह मशविरा करते थे और हमें अपने परिवार का सदस्य मानते थे।

हमे वहाँ रहते तक़रीबन साल भर बीता होगा कि एक घटना घट गई।

मेरे एक मित्र के बड़े भाई का एक छोटा ऑपरेशन हुआ था, जो कि टैगोर टाउन की ही किसी क्लिनिक में हुआ था। चूँकि वे मेंहदौरी में रहते थे और चेकअप के लिए वहाँ से बार-बार आना थोड़ा असुविधाजनक था इसलिए वे कुछ दिन के लिए हमारे कमरे पर ही रुक गए।

एक दिन मैं और मेरा घनिष्ठ मित्र राजीव टर्नर हॉस्टल गए हुए थे अपने पुराने मित्रों शशिकांत और इंदु प्रकाश से मिलने। शाम को जब हम लौट रहे थे तो मेरा रूम पार्टनर और हमारे बग़ल के कमरे के मिश्रा जी, गौतम जी और कथित पेशेंट, हमें गली के मुहाने पर ही एक चाय की दुकान पर मिल गए। उन्होंने हमें कमरे पर न जाने की सलाह दी।

मेरे पूछने पर उन्होंने बताया कि पिछली गली में रहने वाले गोसाईं परिवार से आज दोपहर में झगड़ा हो गया है। वे लोग दस-पंद्रह की तादाद में लाठी डंडे लेकर कमरे पर चढ़ आए और मारपीट भी हुई। उसके जवान लड़कों ने धमकी दी है कि अगर अब हम लोग अपने कमरे में गए तो आज की रात हम सबको बम से उड़ा देंगे।

यह अप्रत्याशित घटना थी जिसका सींग-पूँछ कुछ पता ही नहीं चल रहा था।

बम से उड़ाने की उनकी धमकी को बहुत हल्के में भी नहीं लिया जा सकता था क्योंकि पिछली गली में रहने वाले ज़्यादातर लोग खलिहर, अराजक और लुक्खे क़िस्म के लोग थे। जिस परिवार से यह झगड़ा हुआ था वह एक बूढ़ा किंतु अक्खड़ गोसाईं था, जो शाम से ही शराब के नशे में धुत्त हो जाता था और अपनी ही जवान लड़कियों, पत्नी को बड़ी सांस्कृतिक गालियों से नवाज़ता था। घर की लड़कियाँ भी गाली-गलौज में पुरुषों को भी मात करती थीं और उसके तीनों लड़कों (पहाड़ सिंह, पत्थर सिंह और कंकड़ सिंह) के बारे में कहा जाता था कि वो बड़े बमबाज़ हैं।

हालाँकि हम लोगों ने अपने कमरे की पिछली गली से कभी कोई वास्ता नहीं रखा था लेकिन न जाने मेरी ग़ैरमौजूदगी में इन लोगों ने क्या किया था कि गोसाईं लोग भड़क गए थे और ये नौबत आन पहुँची थी कि अब हम अपने कमरे का रुख़ भी नहीं कर सकते थे। बताया गया कि उन्होंने कमरा ख़ाली करने के लिए केवल कल तक की मोहलत दी थी।

हम लोग सर पकड़कर चाय की दुकान पर ही बैठ गए और मंथन करने लगे

कि अब क्या करना है! चाय की दुकान पर बैठे हुए हमें काफ़ी समय बीत गया।

शाम का धुंधलका पैर पसारने लगा था और हम सब असमंजस की स्थिति में सर से सर जोड़कर बैठे हुए थे। जिस गली में हम पूरे सम्मान और प्रतिष्ठा के साथ पिछले एक साल से रह रहे थे और गली के इर्द-गिर्द बने मकानों के लोग हमें अपने से अधिक अभिजात्य और प्रतिष्ठित घरों के लड़के मानकर राह चलते नमस्कार करते थे उसी गली से हमें रात-बिरात चुपचाप सामान ख़ाली करके कमरा छोड़ना बेहद कष्टकारक और अपमानजनक लग रहा था।

आख़िरकार मैंने अपने पार्टनर अभिषेक को कुरेदा कि वह पूरी बात तफ़सील से बताए कि आख़िर हुआ क्या था और क्यों बात इतनी बढ़ गई कि हमें चोरों की तरह अँधेरे में अपना कमरा ख़ाली करना पड़ेगा?

तो हुआ यूँ था कि जब मैं और राजीव टर्नर हॉस्टल गए हुए थे उसी दोपहर पिछली गली में गोसाइयों के घर पर भाई-बहनों में सांस्कृतिक गाली युद्ध जारी था। उनकी बड़ी लड़की जो ख़ासी ख़ूबसूरत थी उसने एक फ़ोहश गाली देते हुए अपने भाई को आवाज़ दी। मेरे मित्र के बड़े भाई जो ऑपरेशन कराए हुए स्वास्थ्य लाभ की दृष्टि से हमारे कमरे पर रुके हुए थे वो पीछे बालकनी में जाकर खड़े थे। उनकी नज़रें लड़की से मिलीं और लड़की के आवाज़ लगाने पर उन्होंने किसी अश्लील बकरे की तरह आवाज़ निकाली- "आं!"

और लड़की 'छिड़' गई।

वो ज़ोर-ज़ोर से उन्हें माँ-बहन की गालियाँ देने लगी। इस पर मेरे पार्टनर और मेरे एक जूनियर 'गौतम' से रहा न गया और वो सब गली में उतरकर उनके दरवाज़े के सामने जा पहुँचे। इन सबने पूरे परिवार के साथ गाली-गलौज की और अति-उत्साही गौतम ने लड़की के छोटे भाई को एक कंटाप भी रख दिया। मुहल्ले वालों ने बीच बचाव किया और ऐसा लगा कि बात ख़त्म हो गई।

लेकिन बाद में जब लडक़ी के दोनों लड़ाके भाई घर वापस लौटे और उन्हें पूरी घटना का संज्ञान हुआ तो उन्होंने अपनी गोल के दस-बारह बाहरी लड़कों को बुलाया। सब लाठी-डंडों से लैस होकर हमारे कमरे के बाहर छत पर चढ़ आए और गाली-गलौज शुरू कर दी।

मेरा पार्टनर, पेशेंट, जूनियर गौतम और साइड पार्टनर मिश्रा जी बहादुरी से भिड़े, लेकिन उनकी संख्या ज़्यादा थी इसलिए थोड़ी बहुत मार भी खाई और अपमानित हुए। चलते-चलते आक्रमणकारी दल ने गंभीर चेतावनी दी कि अगर

कल तक कमरा ख़ाली नहीं किया तो सब को बम से उड़ा देंगे। और आज की रात भी अगर कमरे में रुके तो अपनी मौत के ज़िम्मेदार तुम लोग ख़ुद होगे।

बात गंभीर थी। पार्टनर और अन्य मित्रों की सलाह थी कि रात में ही कमरा ख़ाली कर दिया जाए और सारा सामान रातों-रात गौतम के कमरे में शिफ़्ट कर दिया जाए। गौतम ने तीन-चार दिन पहले ही मम्फ़ोर्डगंज के हलवाई चौराहे पर एक कमरा लिया था जिसमें ताला लगा रखा था, लेकिन समान शिफ़्ट करने के आलस और अकेलेपन के चलते फ़िलहाल वह अभी हमारे ही कमरे में विराजमान था।

मैंने त्वरित निर्णय लिया। अपने पार्टनर और सहयोगियों की बात से सहमत होते हुए मैंने दृढ़तापूर्वक कहा कि कमरा तो हम छोड़ेंगे लेकिन आज रात नहीं कल दोपहर में सबके सामने। लेकिन इसके पहले हम इस गली में अपनी खोई हुई प्रतिष्ठा प्राप्त करेंगे। इन आक्रमणकारी गुंडों को पूरे मुहल्ले के सामने सड़क पर घुटनों के बल बैठाएँगे और इनको बताएँगे कि तुम कितने बड़े तोपबाज़ हो। इसके बाद भले ही हम कमरा छोड़ देंगे यह दिखाते हुए कि हम क्षुब्ध ज़रूर हैं लेकिन डरे हुए नहीं।

मैं और राजीव अपनी साइकिल से उल्टे पैरों टर्नर हॉस्टल की ओर प्रस्थान कर गए और अभिषेक भी प्रयाग स्टेशन छोटा बघाड़ा के कुछ पुराने मित्रों को एकत्र करने चला गया। तब तक बाक़ी लोग चाय की दुकान पर ही प्रतीक्षारत रहे।

रात आठ-साढ़े आठ बजते बजते हम लोग टर्नर हॉस्टल से शशिकांत, इंदु, मनीष, विनय भट्ट और दस-पंद्रह लड़ाकू हॉस्टलर्स के साथ लौटे। उधर प्रयाग स्टेशन बघाड़ा और टैगोर टाउन से भी कुछ लड़के पहुँच चुके थे। गली के मुहाने पर समवेत होकर हम हुजूम में अपने कमरे की ओर बढ़े। कमरे पर पहुँचते ही मकान मालकिन हम लोगों से विनती करने लगी कि यहाँ लड़ाई झगड़ा न करें। आज आप लोग यहाँ कुछ करके जाएँगे तो कल हमें इन्हीं के पड़ोस में रहना है।

मैंने उन्हें दिलासा दिया कि आप बिलकुल परेशान न हों। आज हम इनकी गुंडई की क़ब्र खोदेंगे और ऐसी खोदेंगे कि इनकी हिम्मत नहीं होगी पूरे मोहल्ले में किसी को कुछ कहने की। मैंने सड़क पर खड़े होकर ऊलजलूल तर्कों से पूरे मोहल्ले के सामने चिल्ला-चिल्लाकर यह साबित करने की कोशिश की कि ये गुंडे पूरे मोहल्ले को त्रस्त करते हैं आज इनको हम इनकी औकात बताएँगे। मेरी

तक़रीर से ऐसा माहौल बनने लगा जैसे हम उन आततताइयों को सबक़ सिखाकर मुहल्ले की रक्षा के लिए सन्नद्ध हुए हों।

हमारे कमरे की मसहरी के बाँस तोड़कर उनके दो-दो टुकड़े किए गए। कुछ को वो बाँस मिले और कुछ ने डंडा रॉड और हाकियों का सहारा लिया और यह कुमुक चल पड़ी पिछली गली की ओर। एक उत्साही हॉस्टलर ने बालकनी के ऊपर से गुज़रते हुए बिजली के तार पर बाँस भाँजा और कड़-कड़ करते हुए शॉर्ट सर्किट हुआ। पूरे मोहल्ले की लाइट उड़ गई। लोग अपने-अपने खिड़की दरवाज़े बंद करने लगे। किसी खिड़की से कोई आकृति झाँकती दिखाई दी तो हॉस्टलर ने मुँह भर गालियाँ दीं। लोग सहमकर अपने-अपने घरों में घुस गए।

लक्ष्य पर पहुँचकर लड़कों ने गोसाइयों के दरवाज़े पर ज़ोर-ज़ोर से पद प्रहार करना शुरू किया। अंदर चीख़-पुकार मच गई। कंकड़, पत्थर और पहाड़ सिंह शाम को धमकी देकर ही कहीं मुहल्ले से बाहर निकल गए थे। शायद उन्हें भी अंदेशा था कि हम लोग प्रतिक्रिया कर सकते हैं।

थोड़ी देर के लिए माहौल बेहद अराजक हो गया था। हॉस्टल के लड़के सब मेरे अत्यंत घनिष्ठ थे और मेरा लिहाज़ करते थे इसलिए वे तब भी काफ़ी नियंत्रण और अनुशासन में थे, लेकिन और भी जो लड़ाके अन्य जगहों से आए थे उनसे मेरा कोई ख़ास परिचय न था। वो उग्र होते जा रहे थे। आख़िरकार भरपूर गालियों से नवाजने भीषण धमकियों और दरवाज़ा तोड़कर सबको बाहर निकालने के फ़रमान से गोसाइयों की घिग्घी बँध गई। जैसे-तैसे करके लड़कों को नियंत्रित किया गया और हम लोग विजय भाव से अपने कमरे की ओर लौटे।

रात के तक़रीबन 10 बज गए होंगे। हमारी सहायक सेना धीरे-धीरे प्रस्थानित होने लगी और अंततः केवल हम चार पाँच लोग कमरे में रह गए। मकान मालकिन ने हमारी इस विजय को सेलिब्रेट करने के लिए जल्दी-जल्दी पूड़ियाँ तल दीं और आलू-बैंगन की गमकती सब्ज़ी के साथ सभी के लिए कमरे पर भिजवा दिया।

लेकिन मैं जानता था कि यह उपसंहार नहीं है। हमारी इस प्रतिक्रिया की भी प्रतिक्रिया हो सकती थी और वह भी तब जबकि हम रात में गहरी नींद सो रहे होते। मेरी छठीं इंद्रिय कह रही थी कि यह युद्ध का अंत नहीं है और इस मसले को पूरी तरह समाप्त करना अभी बचा है।

"अब हम रात में यहाँ नहीं रुकेंगे!" मैंने पार्टनर से कहा।

"क्यों? अब तो ऐसी तैसी हो ही गई सबकी। अब क्या दिक़्क़त है?" पार्टनर और अन्य मित्र अति-उत्साह में थे।

"यह विजय क्षणिक है दोस्त! मुझे सोचने का समय दो। हम इसे अंजाम तक पहुँचाएँगे लेकिन कल! आज हम सबको यहाँ नहीं सोना चाहिए!"

मैंने ज़िद की और हम सब पैदल ही मम्फ़ोर्डगंज की ओर गौतम के कमरे पर चल दिए। इस युद्ध का रणनीतिक विराम अभी शेष था!

देर रात 12 बजे तक हम लोग पैदल मम्फ़ोर्डगंज पहुँचे और गौतम के कमरे पर जम गए। पूरा ख़ाली कमरा था न तो कोई बिस्तर था न ओढ़ने को कुछ था। हम लोग दिन भर के थके-माँदे कमरे के फ़र्श पर ही ढेर हो गए।

"तुम्हें क्या लगता है? अब वो लोग क्या करेंगे?" पार्टनर ने मेरी ओर करवट बदलते हुए पूछा।

नींद शायद किसी की भी आँखों में न थी। हम लोग मूलतः पढ़ने-लिखने वाले लड़के थे लेकिन आज हम मुहल्ले में जो करके आए थे वह कोई गिरोहबंद लोग ही कर सकते थे, जिनके पास मार-पीट झगड़े-झंझट और आवारागर्दी के अलावा और कोई काम न हो। त्वरित आक्रोश में आकर हमने बिलकुल फ़िल्मी ढंग से गुंडई की थी और पूरे फ़तेहपुर बिछुआ को ललकारकर आए थे। सुबह इसकी क्या प्रतिक्रिया होगी यह तो अभी सोचना भी बेमानी था।

"वो इसकी ज़्यादा घातक प्रतिक्रिया कर सकते हैं!" मैंने अपना अंदाज़ा बताया।

"इस तरह तो ये लड़ाई कभी ख़त्म ही नहीं होगी। पता नहीं वो कब हम पर भारी पड़ जाएँ?" पार्टनर ने शंका ज़ाहिर की।

"हारना या हरा देना किसी लड़ाई का अंत है भी नहीं गुरु!" मैंने दार्शनिकता बघारी।

"ज़रूरी है दिल से हार को मान लेना। मैं चाहता हूँ कि वे दिल से हार मान लें तो फिर हमारे लिए स्थितियाँ निरापद हो जाएँगी। मैं उन्हें पर्याप्त प्रताड़ना के बाद सहृदयता के साथ माफ़ करना चाहता हूँ और साथ ही मुहल्ले में अपना खोया हुआ सम्मान भी पाना चाहता हूँ।"

मैंने अपनी स्थिति स्पष्ट की।

"लेकिन ये कैसे होगा?" पार्टनर ने पूछा।

"होगा...ज़रूर होगा। लेकिन फ़िलहाल हमारे सामने कुछ दूसरी दिक़्क़तें हैं

जो ज़्यादा ख़तरनाक हो सकती हैं!"

"क्या?"

"ख़तरनाक तब होगा जब वे उसे दूसरे एंगल की ओर मोड़ देंगे।" मैंने कुछ सोचते हुए कहा।

"कैसा एंगल?" गौतम ने जिज्ञासा ज़ाहिर की।

"लड़की छेड़ने का एंगल। आधी रात को घर में हथियारबंद लोगों के साथ दरवाज़े तोड़ने की कोशिश, बलात्कार का प्रयास, डकैती या ऐसा ही कुछ भी!" मैंने बताया।

सभी सहम गए। हालाँकि मैंने यह बात उन्हें डराने के लिए नहीं बोली थी बल्कि मुझे अंदेशा था कि वो सुबह मुहल्ले के कुछ लोगों को गवाह बनाकर पुलिस के पास रिपोर्ट दर्ज कराने भी जा सकते हैं। हम सब युवा थे और उनकी लड़की को छेड़ने का इल्ज़ाम हम पर बड़ी आसानी से आयद हो सकता था। मैं रात भर सो नहीं पाया। चिंता बस यही थी कि कल हम वापस उसी मुहल्ले में कैसे और किस तरह जाएँगे जहाँ हम रात में चरस बोकर आए हैं।

सुबह होते न होते आख़िरकार एक आइडिया मेरे ज़ेहन में कौंध ही गया।

मेरे बड़े भाई के एक मित्र थे वाईपी सिंह जो कि रे हॉस्टल में रहा करते थे। उनके मामा जी उस समय कर्नलगंज सर्किल के सीओ थे। उनका सरकारी आवास तेलियरगंज में कहीं था। ख़ुद वाईपी सिंह छोटा बघाड़ा में रहते थे।

हम लोग सुबह-सुबह उठे यादव की दुकान में एक-एक ब्रेड पकौड़ा और चाय ली और छोटा बघाड़ा की ओर चल दिए। मेरा दिमाग़ तेज़ी से काम कर रहा था और मैंने अपनी रणनीति काफ़ी हद तक सोच ली थी।

छोटा बघाड़ा से वाई पी सिंह को लेकर हम लोग उनके मामाजी के सरकारी आवास पहुँचे। सीओ साहब उस वक़्त घर के आँगन में बैठे दाढ़ी बना रहे थे। काले रंग का बेसिक फ़ोन उनके सामने रखा था।

वाईपी सिंह ने मेरा परिचय दिया और मुझे पूरी घटना तफ़सील से बताने को कहा।

ख़ुद को अधिकतम सकारात्मक स्थिति में रखते हुए मैंने बताया कि पिछली गली में एक परिवार रहता है जिसके तीनों लड़के गुंडे हैं और छोटे-मोटे अपराध करते हैं। चूँकि हम लोग पढ़ने-लिखने में मशग़ूल रहते हैं इसलिए उन्हें ज़्यादा भाव नहीं देते। कल दोपहर उन्होंने कुछ गुंडे लेकर हमारे पार्टनर के साथ गाली-

गलौज की और मेरे जूनियर को मारा भी। यह सब उन्होंने मुहल्ले में अपना वर्चस्व स्थापित करने के लिए किया।

"हूँ!" सीओ साहब हुँकारे। और उन्होंने दाढ़ी बनाने के बाद जॉर्ज टाउन थाने को फ़ोन डायल करते हुए मुझसे पूछा, "नाम क्या है?"

मैंने अपना नाम बताया। तब तक शायद उनका फ़ोन लग गया।

"इंस्पेक्टर साहब! देखिए फ़तेहपुर बिछुआ वाली गली में कोई लड़का रहता है।" उन्होंने इंस्पेक्टर को मेरा नाम बताते हुए कहा।

"उसे उठाकर थाने में बैठाओ मैं आता हूँ दोपहर तक!" उन्होंने आदेश पारित किया।

"नहीं-नहीं मामा जी! ये तो मेरा नाम है!" मैंने तत्क्षण उन्हें टोका।

"अरे! तो उसका नाम क्या है?" उन्होंने फ़ोन को होल्ड में रखते हुए मुझसे पूछा।

"उसका नाम तो मुझे पता नहीं। हम लोग वैसे भी मुहल्ले में किसी से कोई मतलब नहीं रखते। बस इतना जानते हैं कि वो लोग गोसाईं हैं और उनके लड़के सब अपराधी क़िस्म के हैं।" मैंने बताया।

"एक काम करो इंस्पेक्टर साहब, आप ख़ुद चले जाओ फलाँ-फलाँ मकान नंबर में मेरा भांजा रहता है उससे मिल लेना कुछ लोग इसकी पढ़ाई डिस्टर्ब कर रहे हैं उसी से पूछ लेना कौन लोग हैं उन्हें पकड़कर थाने में बिठाओ। मैं आकर ख़ुद बात करता हूँ तब तक छोड़ना मत किसी को!" उन्होंने अपने भांजे के तौर पर मेरा नाम नोट करा दिया।

सीओ साहब का जॉर्ज टाउन थाने के इंस्पेक्टर को यह फ़रमान हमारा अमोघ अस्त्र था। इससे यह भी स्पष्ट हो गया कि उनमें से कोई हमारी शिकायत लेकर अभी तक थाने नहीं पहुँचा था। क्योंकि अगर ऐसा कुछ हुआ होता तो इंस्पेक्टर इस बात का ज़िक्र ज़रूर करता। और यह भी तय हो गया कि अगर पहुँचेगा भी तो अब हमारे ख़िलाफ़ कुछ होने वाला नहीं था।

हम लोग उन्हें धन्यवाद देते हुए अपनी खिली हुई बाँछों के साथ सीधे फ़तेहपुर बिछुआ लौटे। कमरे पर पहुँचते ही नीचे हमारे मकान मालिक का मंझला लड़का शेर सिंह मिल गया। वह बुरी तरह डरा हुआ था। पूछने पर उसने बताया कि आज सुबह तीनों भाई आए थे और मेरे सीने में तमंचा लगाकर पूछने लगे कि उन लड़कों को कहाँ भगा दिया? अब तुम लोगों की भी ख़ैर नहीं है।

जल्दी उनसे कमरा ख़ाली कराओ!

मैंने सहज भाव से मुस्कुराते हुए उसे दिलासा दिया कि परेशान न हों कुछ नहीं होगा। हम कहीं भाग नहीं गए थे उन्हीं का फ़ाइनल इंतज़ाम करने ही गए थे। हम यहाँ से आपका मकान छोड़कर कहीं नहीं जा रहे, यहीं रहेंगे आपके पास। आपको कोई आँख उठाकर भी देखेगा तो हम उसके हाथ पैर तोड़ देंगे।

मकान मालिक का पूरा परिवार हम पर बेहद भरोसा करता था। मेरी बातों से उन्हें बड़ा ढाढ़स मिला। मैंने आंटी जी से मनुहार की, "अब जल्दी से कुछ खाना-वाना बनवाइए, बड़ी भूख लगी है।"

मकान मालकिन खाने-पीने का इंतज़ाम करने चली गईं और हम लोग निश्चिंत भाव से कमरे में बैठकर पंखे की हवा का आनंद लेते हुए भोजन का इंतज़ार करने लगे।

खाना खाकर हम फ़्री ही हुए थे कि मकान मालिक के छोटे बेटे ने हाँफते हुए ऊपर हमारे कमरे में आकर बताया कि गली के मुहाने से पुलिस की जीप अंदर आ रही है। उन्होंने कई लोगों से रुककर आपका नाम पूछा है!

"आने दो!" मैंने इत्मीनान से कहा।

मकान मालिक का छोटा बेटा मोंटू मेरे इस इत्मीनान पर ख़ुद भी रिलैक्स हो गया और बोला, "भइया जी, अब क्या पुलिस आपको पकड़ ले जाएगी?"

"तुम क्यों परेशान होते हो? अभी देखना पुलिस किसको पकड़ती है। ज़रा पीछे गली में झाँककर देखो पत्थर सिंह और पहाड़ सिंह किधर हैं?" मैंने उससे कहा।

उसने कनखियों से बालकनी के नीचे झाँका और बताया कि दरवाज़े पर उनका बाप बैठा है अंडरवियर बनियान पहने हुए, लड़के तो सुबह से ही ग़ायब हैं।

"ठीक है, तुम ज़रा पुलिस वालों के लिए चाय बनवाओ नीचे, मैं उन्हें लेकर अभी आता हूँ।"

तब तक पुलिस जीप आकर हमारे मकान के आगे रुकी। कतिपय मुहल्ले वाले तमाशाई की तरह जीप के पीछे-पीछे थे। पुलिस ने कई लोगों से मेरा नाम पूछा था कि ये कहाँ रहते हैं और उन्हें यक़ीन हो गया था कि पुलिस अब हमें पकड़ ले जाएगी।

मैं और पार्टनर अपने कमरे से नीचे उतरे। एक पुलिस वाले ने बढ़कर मेरा

नाम पूछा कि ये कहाँ रहते हैं? आगे बढ़कर मैंने उन्हें अपना परिचय दिया।

"आप ही सीओ साहब के भांजे हैं?" पुलिस वाले ने फिर पूछा।

"जी हाँ। सुबह मामा जी से बात हुई थी!" मैंने इत्मीनान से बताया।

"कौन भो...वाला गुंडा है जो इन पढ़ने-लिखने वाले बच्चों को तंग कर रहा है?" उसने पुलिसिया अंदाज़ में पीछे खड़ी भीड़ से पूछा। ये सुनकर सब धीरे-धीरे वहाँ से खिसकने लगे।

मैंने उन्हें अपने पीछे आने का इशारा किया और हम लोग उन्हें पीछे वाली गली में गोसाईं के घर के सामने ले गए। पुलिस ने परिवार के मुखिया को अंडरवियर-बनियान में उठा लिया और जीप में पीछे बैठा लिया।

"लौंडे कहाँ हैं तेरे? बमबाज़? अंदर बम बना रहे हैं क्या?" एक सब इंस्पेक्टर ने कड़ककर पूछा।

"हुज़ूर, वो लोग तो कल रात से ही नहीं आए!" गोसाईं ने निरीह स्वर में कहा।

"अच्छा? और अभी दोपहर में शेर सिंह को कट्टा दिखाकर कौन गया है?" मेरे पार्टनर ने कड़ककर कहा।

"पता नहीं साहब! मेरे लड़के बहुत हरामी हैं। ये बच्चे तो बड़े भले लोग हैं कभी अपने कमरे की बालकनी में झाँककर तक नहीं देखते। सब पढ़ाकू बच्चे हैं, मेरे लड़के ही दुष्ट हैं साहब, क्या करें, सब बर्बाद हैं कमीने!"

बुड्ढा ख़ुद को सुरक्षित रखने के लिए बड़बड़ाए जा रहा था और उसकी बड़बड़ाहट से न केवल पुलिस के सामने बल्कि मुहल्ले के सामने भी हमारी इमेज सकारात्मक होती जा रही थी।

आख़िरकार पुलिस गोसाईं को लादकर थाने चली गई।

हम लोग भी थोड़ी देर बाद वहाँ की कैफ़ियत देखने के लिए थाने की ओर चल दिए। मकान मालिक का मंझला लड़का मुहल्ले के कुछ दलबदलू चेले और तब तक हमारे और आ चुके कुछ यार दोस्त किसी पिकनिक यात्रा की तरह थाने की ओर साथ में चल पड़े।

उधर गोसाईं के घर में कोहराम मचा था। अब गोसाईं की पत्नी और उनकी लड़कियाँ भी अपने भाइयों को पानी पी-पीकर कोस रही थीं कि ख़ुद तो बाप को अंदर करा दिया और अब घर लौटने की हिम्मत नहीं है।

लड़कों ने अपने सीमित सोर्स और जान पहचान में पर्याप्त प्रयास किया

कुछेक पार्षदों के पास भी गए लेकिन हर फ़ोन और सिफ़ारिश पर जॉर्ज टाउन थाने के इंचार्ज का एक ही जवाब था, "सीओ साहब से बात कर लीजिए! उन्होंने कहा है कि वे ख़ुद आकर मसले को देखेंगे।"

शाम तक हर जगह से सोर्स सिफ़ारिश लगवाकर वे पस्त हो चुके थे। थक हारकर वो हमारे मकान मालिक के पास गए और हमसे माफ़ी माँगने की पेशकश की। थाने के बाहर मुहल्ले के कई लोग लेकर वे पहुँचे, शेर सिंह ने बताया कि वो लोग शर्मिंदा हैं और माफ़ी माँगना चाहते हैं। उनका कहना है कि बाप को रोज़ शाम को शराब पीना अनिवार्य है और अगर उसे शाम तक नहीं छोड़ा गया तो वह बिना शराब के ही मर जाएगा।

मैंने शर्त रखी कि माफ़ी माँगनी है तो हमारे मकान मालिक से माँगों जिसके सीने पर तुमने कट्टा लगाया था। उन्होंने बाक़ायदा हमारे मकान मालिक, मेरे रूम पार्टनर और गौतम से माफ़ी माँगी। वो सचमुच शर्मिंदा दिख रहे थे।

उसके बाद मैंने थाना इंचार्ज से रिक्वेस्ट की कि उनके पिता को छोड़ दें क्योंकि हम यहाँ पढ़ने के लिए आए हैं और हमें अब इनसे कोई शिकायत नहीं है। इंचार्ज ने उन सबको चेतावनी देकर छोड़ दिया कि भविष्य में अगर इन बच्चों के साथ कोई गुंडई की तो ठीक नहीं होगा।

आख़िरकार हम लोग 'जुलूसे-जश्न' की शक्ल में थाने से लौटे। गोसाईं और उसका परिवार मुहल्ले के मानिंद लोग और हमारे मित्र गण सब एक साथ हँसी ख़ुशी वापस फ़तेहपुर बिछुआ लौटे और हमारे मकान मालिक ने सबको चाय-पकौड़ी की दावत दी।

इस घटना के बाद भी हम एक साल उसी कमरे पर रहे और ग्रेजुएशन वहीं से पूरा किया। इस वक़्फ़े में जब भी कंकड़, पत्थर और पहाड़ सिंह सामने मिलते तो दूर से पूरी प्रफुल्लता के साथ 'भइया जी नमस्ते' कहकर हमारा अभिवादन करते।

हम मुहल्ले में अब परिपक्व विद्यार्थियों की भाँति पुनः सम्मानित थे और आस-पड़ोस के लोग अपनी छोटी-मोटी समस्याओं में अब हम लोगों से सलाह लेने लगे थे।

बेसन का ऑमलेट

1996 की शुरुआत में अच्छे भाई लॉज में एक समय ऐसा भी था जब हम अपने एक ही कमरे में चार लोग एक साथ रह रहे थे।

भइया के एक सीनियर ग़ौर साहब ने वह कमरा लिया था जिसमें उनका छोटा भाई भी रह रहा था। 1995 के दिसंबर तक मैं अपने फ़ॉर्म हाउस में खेतिहर था और खेत-पात, जंगलों के जीवन का रोचक अनुभव ले रहा था। लगभग उसी समय भइया का संदेश आया कि मैं अब इलाहाबाद के लिए प्रस्थान कर दूँ क्योंकि सिविल सेवा की प्रारंभिक परीक्षा 1996 के जून में थी और उनके लिहाज़ से अब मुझे उसके लिए फुल टाइम तैयारी प्रारंभ कर देनी चाहिए थी।

जनवरी 1996 में मैंने फ़ॉर्म हाउस को अलविदा कहा और रोज़मर्रा का कुछ सामान बाँधकर दूसरे चरण के इलाहाबाद प्रवास के लिए रवाना हो गया। अच्छे भाई लॉज में यह मेरा प्रथम पदार्पण था।

एक दिन सुबह-सुबह लॉज में पिताजी का आगमन हुआ। मैं ग़ौर साहब और भइया कमरे पर ही थे। छोटा भाई चौराहे तक गया हुआ था, सुबह के नाश्ते के लिए ब्रेड और अंडे लेने के लिए। जब कभी कमरे में ज़्यादा भीड़ भाड़ हो तो हमारा नाश्ता बग़ल के रूम में तैयार कर वह कमरे में ही ले आता था।

पिताजी अभी आकर बैठे ही थे और जब तक नाश्ता तैयार होता तब तक वे नहा लेना चाहते थे। वो अपनी अटैची से कपड़े निकाल ही रहे थे कि आनंद ने कमरे में प्रवेश किया और भइया से पूछा, "सामान ले आया हूँ... ऑमलेट बनाकर ब्रेड सेंक लूँ?"

पिताजी ने झटके से चौंककर भइया की ओर देखा। दरअसल हम लोगों ने इलाहाबाद आने के बाद ही अंडा करी और ऑमलेट खाना शुरू किया था। पिताजी अभी तक ये बात नहीं जानते थे और हम लोग उनके सामने कभी खाते भी नहीं थे।

पिताजी की प्रश्नवाचक दृष्टि से भइया अचकचा गया। तब तक छोटे भाई

को भी महसूस हो गया था कि कुछ गड़बड़ हो गई है। वह धीरे से सरक लिया।

"ऑमलेट?" पिताजी ने भइया की ओर गहरी दृष्टि से देखते हुए पूछा।

तब तक ग़ौर साहब ने बात सँभाली, "हाँ पिताजी! आज आपको भी खिलाते हैं, हम लोग एक बेसन का ऑमलेट बनाते हैं जो ब्रेड के साथ बहुत अच्छा लगता है। अब क्या करें? अंडा तो कोई इस कमरे में खाता नहीं तो हम लोग बेसन का ही ऑमलेट बना लेते हैं!"

"अच्छा...बनाइए फिर! आज टेस्ट करते हैं!" उन्होंने चुनौती के से अंदाज़ में कहा और नहाने के लिए बाथरूम की ओर बढ़ गए।

अब प्रश्नवाचक दृष्टि से देखने की बारी भइया की थी और दृष्टि लक्ष्य थे ग़ौर साहब। ग़ौर साहब ने उन्हें आँखों-ही-आँखों में दिलासा दिया और 'बेसन का ऑमलेट' बनाने की तैयारी में जुट गए। आनन-फानन पास की किराने की दुकान से सौ ग्राम बेसन लाया गया। छोटे भाई को टमाटर और हरी धनिया की चटनी बनाने के निर्देश हुए।

एक भगौने में बेसन डालकर ग़ौर साहब ने उसमें नमक पिसी लाल मिर्च हरी धनिया और प्याज़ महीन-महीन कतरकर डाल दिया और पानी मिलाकर उसे तरल द्रव के रूप में परिवर्धित किया। इसके बाद गैस पर तवा चढ़ाकर उन्होंने उस पर सरसों का तेल डालकर आधा कप तैयार बेसन का घोल डालकर उसे पूरे तवे पर फैला दिया। निचली सतह के थोड़ा पकते ही उन्होंने उसमें दो ब्रेड सेट किए और पलट दिया। दूसरी तरफ़ से ठीक से पकाने के बाद उन्होंने उसे कुशलता से चारों कोनों की तरफ़ से मोड़ते हुए ब्रेड में लपेट दिया। सुनहरे रंग का ब्रेड ऑमलेट (बेसन का) तैयार था और सबसे पहला निर्माण पिताजी को हरी चटनी के साथ परोसा गया। पिताजी ने स्वीकार किया कि बेसन का वह ऑमलेट वाक़ई बढ़िया और स्वादिष्ट बना था।

इसके बाद भगौने का घोल और ब्रेड का पूरा पैकेट कब ख़त्म हुआ पता ही नहीं चला। ग़ौर साहब के उस ऑमलेट ने उस दिन हमें बाल-बाल बचाया। बाद में ग़ौर साहब और उनका छोटा भाई म्योर कालोनी में थोड़ा अंदर जाकर एक कमरे में शिफ़्ट हो गए थे क्योंकि उनका सबसे छोटा वाला भाई भी इलाहाबाद पढ़ने आ गया था। अच्छे भाई लॉज के उस कमरे को मैंने और ब्रजेंद्र ने टेक ओवर कर लिया।

उन दिनों

वो 1996 की गर्मियों के दिन थे, शायद जून के।

इलाहाबाद में हमारे लाज का एक अंत:वासी जब गर्मियों की छुट्टियों से वापस लौटा तो ये ख़बर भी साथ में लेता आया कि वह अब विवाहित है। इन्हीं गर्मियों की छुट्टियों में लगे हाथ घर वालों ने उसके हाथ पीले कर दिए थे।

वापस लौटने पर उसने ज़ोर-शोर से अपनी शादी की दावत देने का ऐलान किया। शाम चढ़े ही दावत की तैयारियों से पूरी लॉज महकने लगी।

रात तक़रीबन 9 बजे तक खाना-पीना तैयार हुआ। अगल-बग़ल के कई कमरों से स्टोव बर्तन आदि की संख्या बढ़ाई गई और लगभग साढ़े 9 बजे ज्योनार के लिए उसने अपने कमरे में आमंत्रित किया। चटाइयाँ बिछा दी गईं और हम तक़रीबन 15-16 लोग पालथी मारकर बैठ गए।

पंक्ति के एक कोने से एक बड़ा स्टील का भगौना चला और सबके सामने रखी कटोरियों में चमचे से एक तरल पदार्थ डाला जाने लगा। दो-दो चम्मच पानी वाली तरी थी जिसमें कई भाग्यशालियों को प्याज़-लहसुन और हरी मिर्च के कुछ टुकड़े भी दिख जा रहे थे। तरी की इस तलछट में तैरते टुकड़े पानी की उस तरी के बाक़ायदा 'ग्रेवी' होने का अहसास दिला रहे थे।

अभी हम इस असमंजस में ही थे कि आख़िर यह सब्ज़ी किस चीज़ की है जो डिनर का मेन कोर्स थी, तब तक पंक्ति की बायीं ओर से दो बड़ी प्लेटें एक साथ नमूदार हुईं। एक प्लेट में फ्राई किए हुए साबुत अंडे थे जिनका सुनहरा खोल भूख भड़का रहा था और दूसरी प्लेट में तले हुए पनीर के टुकड़े थे। जो शुद्ध शाकाहारी थे, उनकी कटोरी के भाप उठते पानी उर्फ़ तरी में दो-दो पनीर के टुकड़े सरका दिए गए जो उत्प्लावन बल को धता बताते हुए सीधे कटोरी की तली में जा लगे और सबसे पहले ख़ुद ही तरी पीने लगे। जो लोग अंडाहारी थे उनकी कटोरी में एक-एक अंडा 'गुडुप' से गिरा और देखते ही देखते वह विचित्र डिश अंडा करी में तब्दील हो गई। कुछ उत्साही पनीर और अंडा दोनों

की अभिलाषा रखते थे उन्हें पूरी दयानतदारी से एक अंडा और एक पनीर का टुकड़ा नोश फ़रमाया गया।

इस पूरी कार्यवाही के बाद शुक्र था कि रोटियाँ प्रकट हुईं जिनकी संख्या पर कोई पाबंदी आएद न थी। इसके बाद चावल भी थे लेकिन उसकी शर्त यह थी कि आप अपनी तरी को पूरी मितव्ययिता के साथ ख़र्च करें क्योंकि तरी अब और न थी।

"वाह भई पांडे! मज़ा आ गया!" पंक्ति के आख़िरी छोर से एक पानी मिली हुई आवाज़ आई और फिर पूरा कमरा 'चपर-चपर' की आवाज़ से गुंजायमान हो गया। हमारे लॉज में इस प्रकार की देसी और अपनी-अपनी लोक संस्कृति में रची बसी डिशेज़ की दावतें प्रायः होती रहती थीं। आज़मगढ़ से बरुन एक लहसुन की पत्तियों का अचार लाता था जो दाल-चावल के साथ खाने पर अतीव सुख देता था। किसी के घर से आए हुए भरवाँ मिर्च का स्वाद लाजवाब था तो किसी का देसी घी पूरे लॉज में गमकता था।

म्योराबाद स्थित हमारी यह लॉज वस्तुतः बुंदेलखंड और पूर्वांचल की मिश्रित संस्कृति का नायाब नमूना थी जिसमें पश्चिम और हरियाणा के भी कुछ तत्व विद्यमान थे।

मेरा एक जूनियर था जो वन डे एक्ज़ाम की तैयारी कर रहा था और दिनभर, रातभर रीज़निंग मैथ और अंग्रेज़ी से जूझता रहता था। उसकी एक ख़ास आदत यह थी कि वह रात को सबसे अंत तक पढ़ता था और सोने के पहले बिल्ली की तरह दबे पाँव हर कमरे के दरवाज़े के पास जाकर आहट लेता था कि सब लोग सो गए हैं या नहीं।

इस दौरान अगर किसी के कमरे की बत्ती जलती मिल जाए या कुछ भी जगहर की आहट मिले तो वह फिर से जाकर अपना टेबल लैंप जलाकर बैठ जाता था। उसका मानना था कि कम्पटीशन में अगर कोई आदमी उससे आधे घंटे भी ज़्यादा पढ़ रहा है तो दिक़्क़त हो जाएगी।

हम लोगों ने उसे परेशान करने की एक तरकीब निकाली थी। जब भी ऐसा लगे कि वह अब लॉज के 'बिल्ली भ्रमण' पर निकलने वाला है तो हम लोग अपना लैंप जला देते और लेटे-लेटे ही बातें करने लगते। वो बेचारा फिर से कमरे पर लौट जाता और पढ़ने लगता।

कई बार हम अपना टेबल लैंप जलता ही छोड़ देते और सो जाते। उसे

लगता कि कमरे में रौशनी हो रही है इसका मतलब हम अभी पढ़ रहे हैं। वह फिर अपनी उनींदी आँखों को छींटे मारता और सुबह 4 बजे तक पढ़ता रहता।

एक बार तो उसने मेरे बड़े भाई से मेरी शिकायत भी की, "भाई साहब इसको मना कर लीजिए। ये सोता ही नहीं रातभर, पूरी रात पढ़ता है। तबियत ख़राब हो जाएगी इसकी!"

भइया ने मुस्कुराते हुए कहा, "मैं किसी को पढ़ने से कैसे मना कर सकता हूँ?" और वह फिर से अपनी रीज़निंग की किताब खोलकर अपने कमरे में जाकर बैठ गया!

एक वाक़या शर्मा और सैंटी सिंह का है।

कुछ दिनों तक वे हमारी लॉज में थे और महीने भर बाद जब दोनों को कमरा मिल गया और दोनों शिफ़्ट हो गए तो दो-तीन महीने बाद एक दिन सैंटी फव्वारे चौराहे पर सब्ज़ी ख़रीदता दिख गया। मैंने पूछा कि शर्मा जी की पढ़ाई कैसी चल रही है?

तो उसने मुँह बिचकाकर कहा, "पता नहीं!"

"क्यों? कोई बात हो गई क्या?" मैंने उसे कुरेदा।

"पता नहीं, मैंने तो पिछले महीने ही दूसरा कमरा ले लिया है। अब नयापुरवा में रहता हूँ।"

"अरे? क्या हुआ कोई झगड़ा हुआ था क्या?" मैंने जानना चाहा।

"कुछ नहीं भाई साहब! मुझे तो कुछ पढ़ने नहीं देते थे, बस खाना बनवाना, झाड़ू-पोछा करना और बर्तन धोने के अलावा कोई काम ही नहीं था मुझे। एकाध बार मैंने उनके नोट्स पढ़ने की कोशिश की तो मुझसे कहने लगे कि तुम अभी रहने दो। एक बार पहले मेरा सलेक्शन हो जाए फिर मैं तुम्हें भी 'झींक' लूँगा, तब तक तुम मेरी सेवा पर ध्यान दो!"

मैं बड़े ग़ौर से उसकी व्यथा सुन रहा था।

"अच्छा एक बात बताइए भाई साहब!" उसने बड़ी मासूमियत से पूछा, "अगर मैं पहले निकल जाऊँ तो मैं भी तो उन्हें 'झींक' सकता हूँ न... या फिर दोनों साथ-साथ निकल जाएँ तो क्या हर्ज है? कोई ज़रूरी है कि पहले उन्हीं का सलेक्शन हो और मैं इंतज़ार करूँ कि वो मुझे झींक लें, बाद में न झींका तो?"

मैं उससे सहमत होता न होता उसे कोई फ़र्क़ नहीं पड़ता था। लेकिन इतना तय था कि उसने इलाहाबाद के माहौल और कम्पटीटिंग इंस्टिंक्ट को समझ

लिया था।

इलाहाबाद मूढ़ से मूढ़ मति को चांगला बना ही देता है। आदमी आता है पूरब-पश्चिम, उत्तर-दक्खिन का ठप्पा लगाए और अंत में केवल इलाहाबादी हो जाता है। सारे ठप्पे मिटाकर!